KB095949

잘못된 장소 잘못된 시간

질리언 매캘리스터 지음   이경 옮김

WRONG
PLACE
TIME
WRONG

시옷북스

차례

일러두기

· 외래어는 국립국어원의 외래어 표기법을 따랐으나 일반적으로 통용되는 경우에는 관용에 따라 표기했다.

· 본문 속 각주는 모두 옮긴이 주이다.

· 본문 속 볼드체는 원서에서 이탤릭으로 강조한 부분이다.

0일,
자정 직후

　오늘 밤 서머타임＊이 끝난다. 젠은 시계가 거꾸로 돌아가는 것이 기쁘다. 한 시간이 더 생기니 아들을 한 시간 덜 기다린 척할 수 있다. 이제 막 자정을 넘겼으므로 공식적으로 10월 30일이다. 핼러윈이 코앞이다. 9월에 태어난 아들 토드는 이제 열여덟 살이다. 어른이 되었고 **원하는 건 뭐든지** 할 수 있는 나이라고, 젠은 스스로에게 타일렀다. 그녀는 저녁 내내 낑낑대며 호박을 파냈다. 집 앞이 훤히 내려다보이는 커다란 전망창 창턱에 호박을 올리고 불을 켜놓았다. 젠은 자신이 하는 대부분의 일과 마찬가지 이유로 핼러윈 호박을 만들었다. 왠지 그래야 할 것 같으니까. 의무감에 했으나 완성해 놓고 보니 삐죽삐죽한 모양이 나름대로 꽤 예쁘다.

＊　유럽의 서머타임은 3월에 시작해 10월에 끝난다.

그때 위층에서 남편 켈리의 발소리가 들려 돌아보았다. 이 시간에 그가 깨어 있는 경우는 거의 없다. 켈리는 아침형 인간이고 젠은 올빼미형 인간이다. 켈리는 위층 침실에서 걸어 나왔다. 어슴푸레한 어둠 속에 드러난 그의 검푸른색 머리가 헝클어져 있다. 아무것도 걸치지 않은 알몸 상태로 입가에 희미하지만 기분 좋은 미소를 짓고 있다. 그녀를 향해 계단을 내려오는 켈리의 손목에 새겨진 타투가 빛을 받아 슬쩍 보인다. 켈리가 젠에 대한 사랑을 깨달았다는 2003년 3월의 날짜가 새겨져 있다. 젠은 켈리의 몸을 바라보았다. 43세였던 작년과 올해 사이 그의 가슴에 난 털 몇 가닥이 흰색으로 변했다.

"저것 때문에 바빴어?"

켈리가 호박을 가리키며 물었다.

"이웃집들도 다 만들었으니까."

젠의 대답에는 설득력이 없다.

"안 해도 아무도 신경 안 써."

이게 바로 켈리의 방식이다.

"토드가 아직 안 왔어."

"걔한테는 초저녁이지."

초저녁이라는 세 글자를 발음할 때 켈리의 웨일스 억양이 희미하게 드러났다. 비틀거리며 산을 넘는 듯한 특유의 숨소리가 있다.

"통금 시간이 1시 아니야?"

이것이 두 사람의 전형적인 대화다. 젠은 엄청나게 걱정하는데 켈리는 너무 걱정이 없다. 젠이 이런 생각을 하고 있을 때 켈리가 몸을 돌렸다. 그의 완벽한 엉덩이가 나타난다. 젠이 20년 동안 사랑한 엉덩이. 젠은 토드가 오는지 보려고 거리를 내다봤다가 다시 켈리에게로 시선을 돌렸다.

"이웃집에서도 자기 엉덩이가 보이겠어."

"호박이 또 하나 있는 줄 알겠지."

그의 유머는 칼로 얇게 잘라내듯 재빠르고 예리하다. 두 사람은 항상 이렇게 말장난을 주고받는다.

"침대로 올래? 메릴록스 일이 끝났다는 게 안 믿겨."

켈리는 기지개를 켜며 말했다. 그는 이번 주 내내 메릴록스가에 자리 잡은 한 집에서 빅토리아 스타일의 타일 바닥을 복구했다. 그는 혼자 일하는 것을 좋아한다. 끊임없이 팟캐스트를 들으며 거의 아무도 만나지 않는다. 켈리는 성격이 까다롭고 무언가 충족되지 않은 공허함을 간직한 사람이다.

"물론이지. 금방 갈게. 토드가 집에 오는 걸 확인하고 싶어서 그래."

"곧 올 거야. 케밥 하나 들고."

켈리는 손을 흔들었다.

"혹시 감자튀김 기다리는 거야?"

"이제 그만해."

젠은 웃는 얼굴로 말했다. 켈리가 윙크를 한 번 하고 침대로 돌아간 뒤, 젠은 정처 없이 집 안을 서성였다. 그리고 이혼소송 중인 자신의 고객을 떠올렸다. 그들은 주로 도자기 접시를 가지고 언쟁을 벌였지만 사실 문제의 핵심은 배신이다. 젠은 이미 300여 건이 넘는 이혼을 담당했지만 이번 건은 맡지 말아야 했다. 비카르 부인은 첫 번째 미팅에서 젠에게 말했다.

"저 접시들까지 그 사람한테 넘기면 제가 사랑하는 것들은 하나도 남김없이 몽땅 잃게 되는 거예요."

이 말을 듣고 의뢰를 거절할 수가 없었다. 젠은 이혼하는 타인들, 이웃 사람들, 빌어먹을 호박까지도 그렇게 신경 쓰고 싶지 않았지만 어쩔 수 없었다. 신경이 쓰였다. 젠은 차 한 잔을 들고 전망창 앞으로 다시 올라가 계속 토드를 기다렸다. 아무리 늦더라도 기다릴 생각이다. 아이가 신생아일 때와 막 어른이 됐을 때, 각각 이유는 다르지만 부모는 똑같이 잠을 설친다. 젠과 켈리는 한가운데 위치한 전망창에 반해 이 삼층집을 샀다.

"마치 왕이 된 것처럼 밖을 내려다볼 수 있어."

젠의 말을 듣고 켈리는 웃었다.

10월의 안개 사이로 창밖 풍경을 바라보던 중 젠은 드디어 토드를 발견했다. 그 순간 마침 서머타임이 끝났다. 휴대폰 시계가 1시 59분에서 1시로 바뀌었다. 젠은 미소를 감추었다. 시계가 한 시간 전으로 되돌아간 덕분에 토드는 마치 계획한 듯 통금 시간에 늦지 않게 되었다. 이게 바로 토드의 방식이다. 그는 집에 늦게 온 진짜 이유보다 통금 시간에 대해 언어적, 의미론적으로 자기 입장을 합리화하는 게 더 중요하다고 생각한다.

토드는 거리를 천천히 달려오고 있다. 몸에 뼈와 가죽밖에 없고 도무지 살이 찌지 않을 것처럼 보인다. 걸을 때 청바지 안쪽을 쿡쿡 찌르는 무릎의 윤곽이 드러난다. 엷게 낀 안개는 색깔이 없고 나무와 길은 검은색이며 공기는 반투명한 흰색이다. 세상이 회색

톤으로 잠겨 있다. 젠의 가족이 살고 있는 머지사이드주 크로스비의 끄트머리 동네에는 모든 불이 꺼져 있다. 켈리는 집 밖에 나니아 연대기 스타일의 램프를 설치해 놓았다. 연철로 된 비싼 램프를 보고 젠은 깜짝 놀랐었다. 켈리가 어떻게 비용을 감당했는지 알 수가 없었다. 움직임을 감지하면 불이 켜지는 램프다.

그런데 잠깐. 토드가 무언가 본 것 같았다. 갑자기 멈춰 서더니 눈을 가늘게 뜨고 어딘가를 쳐다봤다. 젠은 토드의 시선을 따라갔다. 길 건너편에서 서둘러 다가오는 사람의 형체가 보였다. 토드보다 훨씬 나이가 많은 남자인 듯했다. 젠은 몸의 형태나 움직임 같은 것으로 나이를 짐작할 수 있었다. 그녀의 짐작은 대부분 잘 맞았고, 이 능력은 유능한 변호사가 되는 데 도움을 주었다.

젠은 시원한 유리 창문에 뜨거운 손바닥을 올려놓았다. 뭔가 문제가 있다. 무슨 일인가가 벌어지려고 한다. 정확히 알 수는 없어도 일촉즉발의 상황임이 확실했다. 불꽃놀이 주변, 철도 건널목, 절벽 끝에서 느껴지는 것과 같은, 위험에 대한 본능이 젠의 내면에서 꿈틀거렸다. 카메라 셔터를 누르는 것처럼 이런 생각들이 하나씩 하나씩 재빠르게 지나갔다.

그녀는 창턱에 머그잔을 올려놓고 켈리를 소리쳐 부른 다음 계단을 두 칸씩 뛰어 내려갔다. 맨발에 줄무늬 운동화를 급히 구겨 신고 나서, 금속으로 된 현관문 손잡이를 잡고 잠시 멈추었다. 이 느낌은 뭐지? 젠은 설명할 수 없는 기분에 사로잡혔다. 데자뷔, 즉 기시감인가? 하지만 그녀는 이런 경험을 한 적이 없었다. 눈을 한 번 깜박이자 그 느낌은 연기처럼 사라졌다. 뭐였지? 놋쇠 손잡이를 잡았었나? 밖에 노란 불빛이 있었나? 아무것도 생각나지 않았다. 기억은 흔적도 없이 사라졌다.

"왜 그래?"

켈리가 회색 실내용 가운의 허리끈을 묶으며 뒤따라 나왔다.

"토드가 밖에……, 누구랑 같이 있어."

켈리와 젠은 서둘렀다. 쌀쌀한 가을 공기에 젠의 피부가 곧바로 차갑게 식었다. 그녀는 토드와 낯선 남자를 향해 달려갔다. 젠이 상황을 파악하기도 전에 켈리가 소리쳤다.

"멈춰!"

그때 토드가 달려와 순식간에 낯선 남자의 모자 달린 코트를 낚아챘다. 토드는 싸울 자세를 취하고 어깨로 남자를 밀었다. 두 사람의 몸이 한데 엉켰다. 남자가 뭔가를 찾는 듯 주머니에 손을 넣었다. 켈리는 두 사람을 향해 달려가며 겁에 질린 표정으로 주변 거리를 이리저리 살폈다.

"토드, 안 돼!"

켈리가 소리친 바로 그때 젠은 칼을 발견했다. 그 순간 아드레날린이 솟구쳐 젠의 시각이 예리해졌다. 모든 것이 슬로모션처럼 느리게 보였다. 토드는 빠르고 깔끔하게 남자를 찔렀다. 칼을 다시 빼려는데 옷에 걸렸다. 토드는 칼을 흔들어서 완전히 뽑아냈다. 칼날에 하얀 깃털 두 개가 붙어 나와 차가운 공기 속에서 눈송이처럼 제멋대로 흩날렸다. 엄청난 피가 뿜어져 나오는 것을 젠은 망연히 바라보았다. 길바닥의 작은 돌들이 무릎에 박히는 느낌이 들었다. 젠은 그제야 자신이 털썩 무릎을 꿇었음을 알았다.

그녀는 칼에 찔린 남자를 팔에 안고 그의 재킷을 벗겼다. 젠의 손에 가득 넘쳐흐른 뜨끈한 피가 손가락 사이로, 손목을 따라 흘러 내렸다. 티셔츠를 벗겨보니 남자의 상체가 피에 잠기기 시작했다. 동전 투입구만 한 상처 세 곳이 핏속에서 드러났다 잠겼다 하고 있었다. 마치 붉은 연못의 바닥을 보는 것 같았다. 젠의 몸이 차갑게 식어버렸다.

"안 돼!"

젠은 울음 섞인 쉰 목소리로 비명을 질렀다.

"젠."

켈리의 목소리도 갈라졌다. 피가 낭자했다. 젠은 집 앞 진입로에 남자를 눕히고 자세히 살펴보았다. 자신이 틀렸기를 간절히 바랐지만 그는 이미 숨을 거둔 듯했다. 노란 가로등 불빛에 비친 그의 눈은 정상이 아니었다. 완벽하게 고요한 밤, 몇 분 동안 젠은 충격으로 눈을 깜박이다가 곧 정신을 차리고 고개를 들어 아들을 보았다. 켈리가 토드를 남자에게서 떨어뜨린 뒤 팔로 감싸 안고 있었다. 켈리는 젠을 향해 등을 돌리고 있고, 토드는 아빠의 어깨에 턱을 올린 채 젠을 바라보았다. 토드의 얼굴에는 아무 감정이 드러나 있지 않았다. 토드는 칼을 툭 떨어뜨렸다. 얼어붙은 보도에 금속이 뎅그렁 부딪히는 소리가 마치 교회 종소리처럼 울려 퍼졌다. 토드가 자기 얼굴을 쓱 문지르자 핏자국이 남았다. 젠은 토드의 표정을 살펴보았다. 후회하고 있는지 아닌지 알 수 없었다. 젠은 사람의 마음을 꿰뚫어 보는 재주가 있었지만 아들의 마음만은 절대 읽어내지 못했다.

거리에서 밝은 파란색 불빛이 번쩍이는 걸 보니 누군가 긴급출동 신고를 한 것이 틀림없다.

"어떻게 이런……."

젠은 말끝을 흐렸다. 이 말에는 다음과 같은 뜻이 전부 담겨 있었다. 누가, 대체 왜, 이런 미친 짓을 한 거지? 안았던 토드를 놓아주는 켈리의 얼굴은 충격으로 창백했다. 하지만 으레 그렇듯 그는 아무 말도 하지 않았다. 토드는 엄마와 아빠를 외면하다가 마침내 입을 열었다.

"엄마."

아이들은 원래 엄마를 먼저 찾지 않는가? 젠은 아들에게 손을 뻗었지만 시신을 놓을 수가 없었다. 상처를 누르는 손에서 힘을 뺄수가 없다. 이 손을 놓아버리면 모두에게 상황이 불리해질 것이다.

"엄마."

다시 엄마를 부르는 토드의 목소리는 마른 땅이 두 조각으로 쪼개지듯 갈라져 있었다. 토드는 입술을 깨물고 길 쪽을 멀리 바라보았다.

"토드."

대답하는 젠의 손 위로 남자의 피가 걸쭉한 목욕물처럼 흘러넘쳤다.

"어쩔 수 없었어요."

토드는 그제야 엄마를 바라보며 말했다. 젠은 너무 놀라 입을 벌렸다. 켈리는 고개를 아래로 떨구었다. 켈리의 실내용 가운 소매는 토드의 손에서 묻은 피로 얼룩져 있었다.

"이 친구야, 토드."

켈리가 작게 속삭이듯 말했다. 목소리가 너무 작아 젠은 그가 말을 하긴 했는지 확신할 수 없었다.

"어쩔 수 없었다구요."

토드는 좀 더 힘을 줘 다시 말했다. 차가운 공기 속으로 토드의 입김이 길게 뿜어져 나왔다.

"다른 방법이 없었어요."

이번에는 토드가 10대 청소년 특유의 고집스러운 말투로 말했다. 경찰차의 번쩍이는 파란 불이 점점 가까이 다가왔다. 켈리는 토드를 바라보며 핏기 없이 창백한 입술로 소리 없는 말을 내뱉었다. 아마도 불경한 말이었으리라. 젠도 아들을 응시했다. 컴퓨터와 통계를 좋아하고 아직도 매년 크리스마스 파자마를 위아래로 맞춰 입는, 이 난폭한 가해자를.

켈리는 두 손으로 머리를 부여잡고 진입로에서 속절없이 원을 그리며 돌았다. 그는 쓰러진 남자를 한 번도 보지 않았다. 켈리의 시선은 오직 토드에게만 고정되어 있었다. 젠은 아직 고동치고 있는 남자의 상처를 손으로 막아보려 애썼다. 이 사람을 놓을 수가 없다. 경찰이 왔지만 응급구조대원의 모습은 보이지 않았다. 토드는 계속 몸을 떨었다. 추위 때문인지 충격 때문인지 젠은 알 수 없었다.

"이 사람 누구야?"

마침내 젠이 물었다.

토드는 어깨를 으쓱할 뿐 대답하지 않았다.

"넌 체포될 거야."

켈리가 낮은 목소리로 말했다. 경찰이 그들을 향해 달려올 때 켈리는 다시 말했다.

"아무 말도 하지 마, 알았지? 우리가 알아서……."

그때 젠이 쩌렁쩌렁한 소리로 다시 물었다.

"이 사람 누구냐고?"

젠은 경찰이 제발 서두르지 않고 조금만 더 시간을 주기를 간절히 바랐다. 토드는 다시 젠을 보았다.

"저는……."

토드는 입을 열었지만 이번에는 어떤 설명도, 해명하려는 몸짓도 없었다. 마지막 순간에 가족을 충격에 빠뜨릴 수도 있었던, 끝맺지 못한 그 문장은 축축한 공기 속에서 연기가 되어 사라져 버렸다. 드디어 경찰이 가까이 다가왔다. 검은 방탄조끼와 흰 셔츠 차림에 왼손에는 무전기를 들고 있다.

"여기는 탱고 245, 현장에 와 있다. 응급구조대는 오는 중이다."

토드는 어깨너머로 경찰을 한 번, 두 번 쳐다보다 다시 젠에게로 시선을 돌렸다. 바로 지금이다. 경찰이 수갑과 공권력으로 완전히 제압하기 전에 토드가 상황을 설명할 수 있는 기회다. 젠의 얼굴은 얼어붙어 있고 손은 피 때문에 뜨거웠다. 젠은 토드의 시선을 놓칠세라 꼼짝하지 않고 기다렸다. 이 침묵을 깨야 할 사람은 토드다. 그는 입술을 깨물고 자기 발을 내려다보았다. 하지만 그게 전부였다.

또 다른 경찰이 와 젠을 쓰러진 남자에게서 떼어냈다. 운동화에 파자마 차림으로 진입로에 망연자실 선 젠은 끈적하게 젖은 손을 하고 아들과 남편을 바라보았다. 실내용 가운을 입은 켈리는 사법제도와 협상을 시도하고 있었다. 사실 지금 상황에서 나서야 할 사람은 젠이었다. 어쨌든 변호사니까. 하지만 그녀는 너무 당황한 나머지 말문이 막혀버렸다. 북극에 버려진 채 길을 잃은 기분이었다.

"이름을 확인해 주시겠습니까?"

첫 번째 경찰이 토드에게 물었다. 다른 경찰들이 개미집에서 나오는 개미처럼 차에서 내렸다. 젠과 켈리가 동시에 한 걸음 앞으로 나섰지만 토드는 손을 내밀어 엄마와 아빠를 제지했다.

"토드 브라더후드입니다."

토드는 건조하게 대답했다.

"어떻게 된 일인지 말해줄 수 있습니까?"

경찰이 질문했다.

"잠깐만요. 이렇게 길가에서 심문하시면 안 되죠."

젠이 다급하게 나서며 말했다.

"저희가 다 같이 경찰서로 가겠습니다. 그리고……."

켈리가 뒤이어 말했다. 그때 토드가 바닥에 쓰러진 남자를 가리키며 끼어들었다.

"네, 제가 찔렀어요."

이렇게 말하며 토드는 주머니에 다시 손을 넣고 경찰에게 다가갔다.

"그러니까 저를 체포하시는 게 좋을 것 같네요."

"토드! 그만해."

젠은 울컥 목이 메었다. 이건 말도 안 돼. 그녀는 독한 술을 마시고 시간을 되돌리거나 차라리 앓아눕고 싶었다. 터무니없고 혼란스러운 상황 속에서 추위를 느끼며 젠의 온몸이 떨리기 시작했다.

"토드 브라더후드, 지금은 아무 말도 할 필요 없어요. 하지만 심문받을 때 대답하지 않으면 상황이 불리해질 겁니다."

경찰이 말했다. 토드는 영화 속 한 장면처럼 알아서 두 손목을 모았다. 찰칵, 금속성의 소리와 함께 수갑이 채워졌다. 토드의 어깨가 올라간 것을 보니 추운 게 분명했다. 표정은 모호했지만 순순히 따르겠다는 태도였다. 젠은 토드에게서 절대로, 절대로 눈을 뗄 수 없었다.

"이게 대체 무슨 짓입니까! 이건 정말……."

켈리가 소리쳤다.

"잠깐만요. 저희도 갈게요. 쟨 아직 10대⋯⋯."

충격에 휩싸인 젠이 경찰에게 말했다.

"전 열여덟 살이에요."

토드가 응수했다.

"저기 타세요."

경찰이 젠을 무시한 채 차를 가리키며 토드에게 말했다. 그러고
는 무전기에 대고 보고했다.

"여기는 탱고 245. 수감실 준비 바란다."

"그럼 저희가 따라갈게요. 전 변호사예요."

젠이 절박하게 말했다. 소용없는 정보를 추가해 봤지만 사실 그
녀는 형법에 대해 아무것도 몰랐다. 이런 위기 상황에도 엄마로서
의 본능은 창가의 호박등처럼 밝고 뚜렷하게 타올랐다. 젠과 켈리
는 토드가 왜 그랬는지 알아내서 그를 빼내고 도움을 줘야 한다.
그게 두 사람의 의무이자, 앞으로 할 일이었다.

"저희도 갈게요. 경찰서에서 다시 뵙죠."

경찰이 마침내 젠과 시선을 마주쳤다. 그 경찰은 마치 모델 같았
다. 깎아놓은 조각상처럼 잘생겼다. 너무 진부한 얘기지만 요즘엔
경찰들이 이렇게 젊은가?

"크로스비 경찰서입니다."

이 말을 끝으로 그는 차에 타 토드를 데리고 가버렸다. 바로 그
때 냉정하던 남편이 지은 표정을 젠은 절대로 잊지 못할 것이다.
젠은 남편의 남색 눈에 시선을 고정했다. 돌아가던 세상이 잠시 멈

추고, 조용한 침묵 속에서 젠은 생각했다. 켈리의 표정이 비통함이란 무엇인지를 보여주고 있다고.

경찰서 앞에 걸린 하얀 간판은 이곳이 어디인지를 만인에게 드러내고 있었다. 머지사이드주 크로스비 경찰서. 간판 뒤에는 낮게 웅크린 듯한 1960년대 건물이 야트막한 벽돌담에 둘러싸여 있다. 담벼락 아래에는 쓸려온 10월의 낙엽이 가득했다. 젠은 경찰서 밖, 주차금지선 위에 차를 세우고 시동을 껐다. 아들이 사람을 칼로 찌른 마당에 주차위반 딱지 따위가 무슨 문제란 말인가? 켈리는 차가 완전히 멈추기도 전에 내렸다. 젠이 주차를 하고 따라 내리자 켈리는 그녀를 향해 뒤로 손을 내밀었다. 젠이 보기엔 무의식적인 행동 같았다. 그녀는 그 손이 바다 위의 뗏목이라도 되는 양 꽉 잡았다.

켈리가 이중 유리문을 밀었고 두 사람은 따분한 회색 리놀륨 바닥이 깔린 로비를 서둘러 지나쳤다. 경찰서 내부는 학교나 병원, 요양원처럼 고색창연한 느낌을 물씬 풍겼다. 유니폼을 입어야 하고 형편없는 음식을 주는 기관들. 켈리가 싫어하는 대표적인 장소들이다. 그는 젠을 만난 지 얼마 안 됐을 때 이렇게 말했다.

"저는 뻔하디뻔한 생존경쟁의 세계에는 절대 들어가지 않을 겁니다."

그리고 지금 켈리는 경찰서에서 젠에게 짧게 말했다.

"내가 얘기해 볼게."

켈리는 몸을 떨고 있다. 하지만 두려움이 아니라 분노 때문인 것 같다. 그는 격분한 상태다.

"아니야. 내가 변호사 선임하고 해결해 볼게."

"경찰서장님은 어디 계십니까?"

켈리는 로비를 관리하고 있는 머리가 벗겨진 경찰에게 소리 질렀다. 경찰은 새끼손가락에 도장이 새겨진 반지를 끼고 있다. 켈리의 몸짓은 평소와 너무 달랐다. 다리를 넓게 벌리고 어깨는 잔뜩 부풀렸다. 이렇게 이성을 잃은 그의 모습은 젠도 거의 본 적이 없다. 하지만 경찰은 따분하다는 듯한 목소리로 잠시 기다리라고 답했다.

"그럼 딱 5분만 기다릴 겁니다."

켈리는 시계를 가리키며 이렇게 말하고 로비 맞은편 의자에 털썩 앉았다. 젠은 켈리 옆에 앉아 그의 손을 잡았다. 켈리의 결혼반지가 헐렁하다. 그는 추운 게 틀림없다. 앉아서 기다리는 동안 켈리는 다리를 꼬았다 풀었다 반복하며 씩씩거렸고, 젠은 아무 말도 하지 않았다. 경찰 한 명이 로비에 나타나 전화기에 대고 조용히 말했다.

"이틀 전에 일어난 것과 같은, 18항 고의상해 사건입니다. 이틀 전 피해자는 니콜라 윌리엄스, 가해자는 무단이탈한 군인이었습니다."

경찰의 목소리가 너무 나지막해서 젠은 알아듣기 위해 애를 써야 했다. 그녀는 앉아서 귀를 기울였다. 18항 고의상해는 칼로 찌르는 행위를 의미한다. 토드 일을 이야기하는 게 분명했다. 그리고 비슷한 사건이 이틀 전에 일어났다.

마침내 토드를 체포한 경찰이 나타났다. 조각상 같은 그 키 큰 경찰이다. 젠은 책상 뒤에 걸린 시계를 보았다. 새벽 3시 반인지 4시 반인지 모르겠다. 영국의 서머타임이 여기서도 적용되고 있는 건지 젠은 확신할 수가 없었다. 그녀는 혼란스러웠다.

"아드님은 오늘 밤 여기서 보낼 겁니다. 곧 심문할 예정이고요."

"어디요, 저기 뒤쪽인가요? 저도 들어가겠습니다."

켈리가 말했다.

"아버님은 아드님을 만나실 수 없습니다. 목격자니까요."

경찰의 말에 젠은 확 짜증이 치솟았다. 이런 일, 정확히 지금 같은 상황 때문에 사람들이 사법제도를 혐오하는 것이다.

"아, 네. 원래 이런 거였죠. 안 그래요?"

켈리는 두 손을 들어 올리며 경찰에게 신랄하게 말했다.

"무슨 말씀이시죠?"

경찰의 목소리는 온화했다.

"아들과 제가 서로 적이라는 거 아닙니까?"

"켈리!"

젠이 소리를 질렀다.

"어느 누구도 서로 적이 아닙니다. 내일 아침에 아드님과 이야기하실 수 있어요."

경찰이 말했다.

"경찰서장 어디 있습니까?"

켈리가 말하자 같은 대답이 돌아왔다.

"아침에 아드님과 이야기하시죠."

켈리는 무겁고 위험한 침묵을 남겼다. 젠은 이렇게 불쾌한 일을 당하는 경찰을 거의 본 적이 없지만, 그렇다고 경찰이 부럽지는 않았다. 켈리는 화를 내기까지 오래 걸리지만 한번 폭발하면 파장이 엄청나다.

"내가 전화 한번 해볼게. 도와줄 사람이 있어."

젠은 휴대폰을 꺼내 떨리는 손으로 연락처 목록을 뒤졌다. 그녀는 형사 전문 변호사를 많이 알고 있다. 법조계의 첫 번째 규칙은 자신의 전문 분야가 아닌 곳에 함부로 뛰어들지 말라는 것이고, 두 번째 규칙은 절대 가족을 변호하지 말라는 것이다.

"아드님이 변호사는 필요 없다고 했습니다."

경찰이 말했다.

"그 애한텐 변호사가 필요해요. 그렇게 말씀하시면……."

젠이 말하자 경찰은 그녀를 저지하듯 손바닥을 들었다. 젠은 옆에서 부글부글 끓어오르고 있는 켈리의 분노를 느꼈다.

"제가 변호사에게 연락하면 그분이……."

젠이 말을 시작하는데 켈리가 끼어들더니 경찰서 안쪽으로 향하는 흰색 문을 가리키며 말했다.

"좋아요. 제가 저 안쪽에 들어가 보겠습니다."

"그건 안 됩니다."

경찰이 말하자 켈리가 욕을 했다.

"염병할."

젠은 충격받은 얼굴로 그를 돌아봤다. 경찰은 반응조차 하지 않고 냉랭한 침묵 속에서 켈리를 쳐다볼 뿐이었다.

"그럼 이제 어떡하죠?"

젠이 침묵을 깨고 말했다. 켈리가 경찰에게 욕을 하다니 믿을 수가 없었다. 공공질서를 위반하는 행위는 상황을 개선하는 데 전혀 도움이 안 된다.

"말씀드린 대로 아드님은 오늘 밤 여기서 보낼 겁니다."

경찰은 켈리를 무시하고 젠에게 건조하게 말했다.

"내일 다시 오시면 됩니다."

그는 켈리를 힐끗 보더니 말을 이었다.

"아드님에게 변호사 선임을 강요할 순 없습니다. 저희가 시도해봤어요."

"하지만 그 앤 어리잖아요."

젠은 이렇게 말했지만, 물론 법적으로 토드는 성인임을 그녀도 알고 있다.

"아직 애라고요."

젠은 다시 한번 조용히 읊조렸지만 자신에게 하는 독백에 가까울 뿐이었다. 그녀는 크리스마스 파자마, 그리고 얼마 전 노로바이러스에 걸렸을 때 엄마에게 침대 곁에 있어 달라고 말하던 토드를 떠올렸다. 그때 둘은 함께 밤을 지새웠고, 젠은 아무 말 없이 물에 적신 천으로 토드의 입을 닦아주었다.

"저 사람들은 변호사를 쓰건 말건 아무 관심도 없네."

켈리가 쓸쓸하게 말했다.

"내일 아침에 변호사와 함께 올게요."

젠은 딱딱한 분위기를 부드럽게 만들려고 애쓰면서 말했다.

"편하신 대로 하세요. 이제 저희 팀이 댁으로 따라갈 겁니다."

경찰의 말에 젠은 아무 말 없이 고개를 끄덕였다. 과학수사가 시작되는 모양이다. 젠의 집은 샅샅이 털릴 것이다. 젠과 켈리는 경찰서 밖으로 나왔다. 차에 타며 젠은 이마를 문질렀고 운전석에 앉자마자 화를 폭발시켰다.

"우리 그냥 집에 가는 거야? 멍하니 앉아서 수색당해야 돼?"

켈리의 어깨가 잔뜩 긴장되어 있었다. 머리는 흐트러져 있고, 젠을 바라보는 그의 눈은 시인처럼 슬펐다.

"젠장, 나도 모르겠어."

젠은 자동차 앞 유리 너머로 한밤의 가을 이슬이 맺혀 반짝이는 덤불을 망연히 바라보았다. 그리고 잠시 후 차를 돌려 운전했다. 달리 무엇을 해야 할지 몰랐기 때문이다. 집 앞에 주차하니 창턱에 올려둔 호박등이 그들을 맞아주었다. 아까 초를 켜둔 채 나갔던 게 틀림없다. 과학수사팀이 벌써 도착해 하얀 옷을 입고 진입로에 유령처럼 서 있었다. 둘러쳐진 폴리스라인이 가을바람에 펄럭였다. 바닥에 고여 있는 피는 가장자리가 마르기 시작했다.

젠과 켈리는 자신들의 집에 허락을 받고 들어와 유니폼 입은 사람들이 일하는 모습을 지켜보았다. 몇몇 사람들은 네발로 기어다니며 범죄현장의 지문을 채취하고 있었다. 젠과 켈리는 아무 말 없이 손을 잡고 기다렸다. 켈리는 코트를 그대로 입고 있었다. 마침내 조사를 마친 경찰들이 떠났다. 그들은 토드의 물건을 수색하고 일부를 챙겨 갔다. 젠은 소파에 누워 천장을 바라봤다. 그제야 눈물이 나왔다. 뜨거운 눈물이 걷잡을 수 없이 흘러내렸다. 미래에 대한 걱

정 그리고 무슨 일이 일어날지 전혀 몰랐던 어제에 대한 회한의 눈
물이었다.

젠은 눈을 떴다. 침대에 올라가 잠들었나 보다. 침대에 간 것도 잠든 것도 기억에 없지만 어쨌든 그녀는 소파가 아닌 침대 위에 누워 있었다. 우드 블라인드 너머로 햇빛이 비쳤다. 젠은 옆으로 돌아누우며 어제 일어난 일이 사실이 아니길 빌었다. 그녀는 눈을 깜박이고 빈 옆자리를 보았다. 방에는 젠 혼자뿐이다. 켈리는 먼저 일어나서 전화를 걸고 있겠지. 제발 그러면 좋겠다.

마치 옷만 남기고 사람은 증발해 버린 것처럼 침실 바닥에 젠이 벗어놓은 옷들이 어지럽게 흩어져 있다. 젠은 옷들을 밟고 지나가서 청바지와 목이 올라오는 스웨터를 입었다. 입으면 몸이 비대해 보이지만 그래도 그녀는 이 스웨터를 좋아했다. 젠은 성큼성큼 복도로 나가 토드의 방 앞에 섰다. 경찰서 유치장에서 밤을 보낸 아들. 앞으로 얼마나 많은 일이 토드를 기다리고 있을지 젠은 차마 상상할 수 없었다. 하지만 정신을 차리고 생각해 보니, 그녀는 이 일을 해결할 수 있다. 젠은 누군가를 구하는 데 천부적인 재능을 타고났고, 평생 그 일을 해왔다. 이제 아들을 도와줄 차례다. 젠은 알아낼 수 있을 것이다. 토드가 왜 그런 행동을 했을까? 왜 칼을 갖고 있었을까? 토드의 손에 죽은 그 남자는 누구일까?

갑자기 젠은 최근 몇 주, 몇 달 동안 토드가 보인 작은 단서들이 떠올랐다. 최근 그 애는 침울했고, 살이 빠졌으며, 뭔가 숨기려는 태도를 보였다. 젠은 10대의 특성이겠거니 생각하고 신경 쓰지 않았다. 그런데 이틀 전 토드는 정원에서 전화를 받았고, 젠이 누구냐고 묻자 관심 끄라고 말하며 소파에 휴대폰을 집어 던졌다. 휴대폰은 소파에 한 번 튕기고는 바닥으로 떨어졌다. 젠과 토드는 둘 다 그 장면을 멍하니 쳐다보았다. 토드는 장난이라는 듯 넘겨버렸지만 사실 그 작은 짜증은 사소한 일이 아니었던 것이다.

젠은 토드의 방문을 뚫어질 듯 바라보았다. 내가 살인자를 키워내다니, 대체 어떻게 된 일일까? 10대의 격렬한 분노, 흉기 범죄, 범죄조직, 극좌파. 토드의 문제는 이 중에 뭘까? 어느 쪽과 관계가 있을까?

켈리의 기척이 전혀 느껴지지 않았다. 아래층으로 반쯤 내려왔을 때 젠은 전망창 밖으로 시선을 던졌다. 불과 몇 시간 전, 모든 것이 바뀐 순간 그녀가 서 있던 창문이다. 밖에는 아직 안개가 가득했다. 젠은 깜짝 놀랐다. 길이 아무런 흔적 없이 말끔했다. 비와 안개가 피를 씻어낸 것일까? 경찰도 없고, 폴리스라인도 사라졌다. 젠은 거리 위쪽을 쳐다보았다. 길가에는 환하게 단풍이 든 나무들이 빽빽이 이어져 있었다. 그런데 무언가 이상했다. 그게 뭔지는 모르겠다. 어젯밤의 충격 때문인가? 왠지 눈앞에 펼쳐진 광경이 약간 불길했다. 뭔가 살짝 어긋난 느낌이다.

젠은 황급히 아래층으로 내려가 나무 바닥재가 깔린 복도를 지나서 부엌으로 들어갔다. 어젯밤 '그 일'이 일어나기 전의 냄새가 났다. 음식, 촛불, 정상적인 일상. 그때 머리 위쪽에서 저음의 남자 목소리가 들렸다. 켈리다. 젠은 혼란을 느끼며 천장을 올려다보았다. 켈리가 토드의 방에 있는 게 분명하다. 아마 뭔가를 찾고 있겠지. 그 마음을, 충동을 충분히 이해한다. 경찰이 찾지 못한 무언가를 발견해 내고 싶은 그 심정을.

"켈리?"

젠은 남편을 부르며 다시 계단을 급히 뛰어 올라갔다. 꼭대기 층에 도착해 숨을 헐떡이며 말했다.

"토드의 변호사를 어떻게 할지 결정해야 돼."

"20 세 개와 젠!"✝

토드의 방에서 목소리가 흘러나왔다. 그런데 이건 틀림없이 아들의 목소리다. 젠은 너무 크게 뒷걸음질 치는 바람에 계단 아래로 굴러떨어질 뻔했다. 착각이 아니었다. 진짜로 토드가 자기 방에서 나왔다. **'사이언스 가이'**라고 쓰인 검은 티셔츠와 운동복 바지를 입고 있다. 방금 일어난 게 분명하다. 살짝 찡그린 채 엄마를 바라보

✝ 'three score and ten'이라는 관용구에 ten 대신 주인공 이름 Jen을 넣은 말장난. score는 20을 의미하고 three score는 세 개의 20이므로 60, three score and ten은 70을 뜻한다.

는 토드의 창백한 얼굴이 어둠 속의 유일한 빛처럼 느껴졌다.

"우리가 하는 말장난 게임에서 이 표현은 아직 안 나왔죠? 솔직히 말하면 새로운 거 찾아보려고 말장난 사이트까지 뒤졌어요."

토드는 보조개를 보이며 미소 지었다. 젠은 그저 입을 딱 벌리고 아들을 바라보았다. 그녀의 살인자 아들을. 이 아이의 손에는 피의 흔적이 없다. 사람을 죽일 것 같은 표정도 전혀 없다.

"뭐야? 너 어떻게 여기 있어?"

젠이 물었다.

"네?"

토드는 정말 예전과 똑같아 보였다. 혼란스러운 한편 젠은 궁금했다. 짙은 파란색 눈, 헝클어진 검은 머리, 키 크고 마른 체형. 모든 것이 그대로다. 하지만 이 아이는 용서할 수 없는 잘못을 저질렀다. 아마 젠을 제외한 어느 누구라도 도저히 용서할 수 없을 것이다. 그런데 어떻게 토드가 여기 있는 것일까? 어떻게 집에 왔지?

"뭐라고요?"

토드가 재차 물었다.

"어떻게 집에 온 거야?"

젠의 말에 토드가 눈썹을 씰룩거렸다.

"무슨 말인지 모르겠는데요."

"아빠가 빼내 줬어? 보석금으로?"

젠이 소리 지르듯 말했다.

"**보석금**이요?"

토드가 눈썹을 치켜올렸다. 새로 생긴 그의 버릇이다. 지난 몇 달 동안 토드는 조금 달라졌다. 몸과 엉덩이의 살이 빠졌는데 얼굴은 부었다. 일을 너무 많이 하고 포장 음식을 너무 많이 먹으면서 물은 안 마시는 사람처럼 얼굴빛이 창백해졌다. 젠은 토드가 그런 것과는 거리가 멀다고 생각했지만 그건 그녀의 착각일 수도 있다. 그리고 토드는 새 여자친구 클리오를 만난 직후 눈썹을 치켜올리는 버릇이 생겼다.

"코너 좀 만나고 올게요."

코너는 토드가 최근에 사귄 같은 학년 친구로, 친해진 것은 겨우 지난여름부터다. 젠은 코너의 엄마 폴린과 몇 해 전부터 친하게 지내고 있다. 폴린은 젠과 같은 부류의 사람이다. 지쳐 있고 입이 거칠며 타고난 엄마 스타일은 아닌 사람. 육아를 잘 못해도 괜찮다는 생각을 은연중 젠에게 심어주는 그런 종류의 사람. 젠은 항상 이런 스타일의 사람에게 마음이 끌렸다. 그녀의 친구들은 하나같이 가식 없이 솔직하고, 자신의 생각대로 말하고 행동하기를 두려워하지 않는다. 최근 폴린은 코너의 남동생 테오에 대해 이렇게 말했다.

"그 앨 사랑하지만 일곱 살이라 그런지 행동하는 게 꼭 멍청이 같아."

폴린과 젠은 교문 앞에서 약간의 죄책감을 느끼며 아비새*처럼 웃었다.

젠은 앞으로 가까이 다가가 토드를 관찰했다. 악마의 표식도 없고 눈빛도 그대로다. 토드의 등 뒤로 보이는 방에는 무기가 없다.

✤　북미산 큰 새이며 사람 웃음소리 같은 소리를 낸다.

사실 그 방은 누가 건드린 흔적도 없다.

"어떻게 집에 왔어? 어떻게 된 거야?"

"어디서 집에 왔다는 거예요?"

"경찰서."

젠은 사실 그대로 말했다. 그리고 자신이 토드에게서 일정한 거리를 유지하고 있음을 깨달았다. 평소보다 한 발짝 더 먼 거리다. 젠은 이 사람이, 가장 사랑하는 자신의 아이가 어떤 일을 저지를 수 있는지 이제 더는 알지 못했다.

"뭐라고요, 경찰서?"

토드는 분명히 재미있어하는 기색이다.

"도대체 무슨 얘기죠?"

토드는 얼굴을 일그러뜨리고 어릴 때 하던 것처럼 코를 찌푸렸다. 토드의 얼굴에는 가장 심했던 여드름의 흔적으로 작은 흉터 두 개가 남아 있다. 그것만 아니면 그의 얼굴은 아직 어린애 같다. 보송보송한 솜털은 오염되지 않은 순수함을 보여주는 듯했다.

"체포됐던 거 말이야, 토드!"

"**체포**라니요?"

아들이 거짓말을 하면 젠은 대개 알아차리는데, 지금 토드는 숨기는 것이 없음이 분명했다. 맑고 빛나는 눈으로 엄마를 바라보는 토드의 표정에는 명백히 혼란스러움이 나타나 있었다.

"뭐지?"

젠은 속삭이듯 말했다. 무언가가 그녀의 척추를 타고 서서히 올라왔다. 머뭇거리는, 소름 끼치는 사실이.

"난 봤어……. 네가 뭘 했는지 봤다고."

젠은 층계참 중간의 창문을 가리켰다. 그리고 그 순간 그녀는 무엇이 문제인지 깨달았다. 바깥 풍경이 아니다. 창문 앞이다. 호박이 없다. 사라져 버렸다.

젠의 이가 덜덜 떨리기 시작했다. 이건 말도 안 된다. 젠은 호박이 없는 창턱에서 겨우 시선을 거두었다.

"난 봤어."

그녀는 다시 중얼거렸다.

"뭘 봤는데요?"

토드의 눈은 켈리를 많이 닮았다. 최소한 천 번도 넘게 한 생각인데, 젠은 자신도 모르게 또 한 번 그 생각을 했다. 두 사람의 눈은 정말 똑같다. 젠은 토드를 보았다. 이번에는 토드와 시선이 마주쳤다.

"어젯밤에, 네가 돌아온 다음에 일어난 일 말이야."

"어젯밤에 전 아무 데도 안 갔는데요."

토드의 말에는 장난기도 허세도 가식도 없었다.

"무슨 소리야? 네가 늦어서 안 자고 널 기다렸어. 그때 서머타임이 끝나서 시간이 바뀌고……."

토드는 젠에게 눈길을 고정한 채 잠시 멈추었다가 말했다.

"서머타임이 끝나서 시간이 바뀌는 건 내일이에요. 오늘은 금요일이잖아요."

젠의 가슴속에서 뭔가가 쿵 하고 떨어져 내렸다. 그녀는 토드에게 잠깐 기다리라는 뜻으로 손가락을 들어 보인 뒤, 얼굴 위로 흩어진 머리카락을 쓸어 넘기고 집 뒤편의 가족 욕실로 향했다. 마치 토드가 경계해야 할 포식자라도 되는 듯, 아들에게서 등을 돌린 젠은 몸을 떨었다. 속이 울렁거려서 젠은 변기에 대고 토했다. 오랫동안 느껴보지 못한 메슥거림이었다. 하지만 막상 나오는 것은 거의 없고, 끈적하고 노란 위산이 변기 물속으로 가라앉을 뿐이었다. 젠은 임신했을 때가 떠올랐다. 너무 많이 토해서 이제 담즙만 나온다고 의사에게 말하자 의사는 분명히 해야겠다는 듯 이렇게 말했다.

"담즙은 밝은 녹색이고 그게 나온다면 진짜 심각한 겁니다. 환자분의 경우는 위산이에요."

젠은 변기 물속으로 천천히 가라앉는 위산을 빤히 바라봤다. 담즙은 아니지만 그녀는 자신의 상황이 정말 심각하다는 생각이 들었다. 토드는 젠의 말을 이해하지 못하고 있다. 그것은 명백하다. 토드도 이 사실을 부인하지 않을 것이다. 하지만 왜? 어떻게?

호박. 호박이 사라졌다. 남편은 어디 있을까? 젠은 생각을 제대로 할 수가 없었다. 몸속에서 스멀스멀 공포가 올라오고, 몸을 내리누르는 듯한 극심한 압박감이 떠나질 않는다. 다시 토할 것 같은 기분이다. 젠은 차가운 체커판 무늬 타일 위에 주저앉았다. 그리고 주머니에서 휴대폰을 꺼내 달력을 열었다. 오늘은 10월 28일 금요일이다. 서머타임과 함께 시계가 거꾸로 돌아가는 건 토드 말대로 내일이다. 월요일은 핼러윈이다. 젠은 날짜를 보고 또 보았다. 어떻게 이럴 수가 있지? 내가 미쳐가는 게 틀림없어. 젠은 일어나서 일없이 서성거렸다. 온몸이 개미로 뒤덮인 것 같았다. 여기에서 빠져나가야 한다. 하지만 여기가 어딜까? 여기서 나간다는 건 어제에서 벗어나는 것일까? 젠은 켈리에게 가장 최근에 받은 문자메시지를 찾아내 통화 버튼을 눌렀다. 켈리가 바로 받았다.

"내 말 좀 들어봐."

젠은 다급하게 말했다.

"응, 뭔데."

기운 없는 목소리였지만 켈리는 젠의 전화를 받으면 항상 기분이 좋아지는 사람이었다. 전화기 너머로 문 닫는 소리가 들렸다.

"지금 어디야?"

젠은 너무 당연한 질문이라 이상하게 들릴 것 같다고 생각했다. 하지만 지금은 어쩔 수 없다. 잠시 침묵이 흘렀다.

"난 지구에 있지. 근데 자기는 아닌 것처럼 들리네."

"진지하게 묻는 거야."

"당연히 일하는 중이지! **자긴** 어딘데?"

"토드가 어젯밤에 체포됐어?"

"뭐?"

켈리가 바닥에 무거운 걸 내려놓았는지 쿵 하고 울리는 소리가 들렸다.

"무슨 일로?"

"아니, 물어보는 거야. **체포됐었어?**"

"아닌데?"

켈리는 완전히 당황한 기색이다. 젠은 믿을 수가 없다. 가슴 사이로 땀이 흘러내린다. 그녀는 팔을 문질렀다.

"하지만 우리 같이 경찰서에 앉아 있었잖아. 자기가 경찰한테 소리 질렀고. 그 직전에 서머타임이 끝났었어. 난……, 호박을 다 만들었었는데."

"자기, 괜찮은 거야? 나 지금 메릴록스가 일을 끝내야 돼."

켈리가 말했다. 젠은 흡, 하고 숨을 들이마셨다. 켈리는 그 일이 어제 끝났다고 말했었다. 아닌가? 맞다. 그는 확실히 그렇게 말했다. 켈리는 우리 집의 층계참 꼭대기에서 알몸으로 타투와 미소만을 걸치고 있었다. 젠은 분명히 기억한다. 그녀는 세상을 차단하겠다는 듯, 한 손으로 눈을 가렸다.

"도대체 무슨 일이 일어나고 있는 건지 모르겠어."

젠은 눈물을 흘리기 시작했다. 그러고는 울음 섞인 목소리로 말했다.

"우리가 어젯밤에 뭘 했지?"

젠은 벽에 머리를 기댔다.

"내가 호박등을 만들었나?"

"자기 지금……."

"무슨 일이 있었던 것 같아."

젠은 속삭이듯 작게 말했다. 그리고 바지를 무릎 위로 말아 올려 피부를 관찰했다. 자갈 위에 무릎을 꿇은 흔적이 없다. 흙 한 톨도 묻어 있지 않다. 손톱 밑에 묻어 있던 피도 사라졌다. 팔에 소름이 돋아 타임랩스 영상처럼 빠르게 번졌다.

"내가 호박을 파냈던가?"

젠은 다시 물었으나, 말하면서도 어떤 깊은 깨달음이 분명하게 그녀를 감쌌다. 만약 그 일이 일어나지 않은 거라면, 내 정신이 이상해진 걸 수도 있지만 우리 아들은 살인자가 아닌 거야. 젠은 안도하며 긴장했던 어깨에서 힘을 뺐다.

"아니, 안 했어. 그거 만들 기분이 아니라고 말했었잖아."

켈리는 살짝 웃으며 말했다.

"맞아."

젠은 결국 호박이 어떻게 완성됐었는지 떠올리며 들릴 듯 말 듯 한 목소리로 대답했다. 그녀는 선 채로 거울 속에 비친 자신을 보았다. 그리고 자기 눈과 시선을 마주했다. 공포에 질린 여자의 초상화가 거기에 있었다. 검은 머리카락, 창백한 안색, 쫓기는 듯한 눈.

"나 이제 가봐야겠어. 꿈을 꿨나 봐."

젠은 이렇게 말하면서도, 어떻게 이런 일이 생길 수 있는지 이해가 가지 않았다.

"그래."

켈리는 천천히 말했다. 무슨 말인가 하려다가 그만두기로 한 것 같았다. 그는 다시 "그래"라고만 말하고는 이렇게 덧붙였다.

"일찍 들어갈게."

젠은 켈리가 가정적인 남자여서 다행이라고 생각했다. 펍에 가서 한잔하거나 친구들과 운동하러 가지 않는 남자, 그녀가 독차지하는 켈리. 젠은 화장실에서 나와 부엌으로 내려갔다. 테라스 너머 정원을 뒤덮은 물안개가 나무들의 꼭대기 부분을 가리고 있었다. 켈리가 몇 년 전에 이 주방을 직접 만들었다. 젠이 술에 취해서 "행복한 클라이언트, 행복한 아이 그리고 벨파스트 싱크대*를 모두 가진 여자"가 되고 싶다고 말한 뒤였다. 켈리는 어느 날 밤에 이 주방을 공개했다.

"이제 곧 다 가진 여자가 될 거야, 젠. 일단 꿈의 싱크대는 가졌으니까."

그날의 기억이 이제 가물가물하다. 젠은 스트레스에 시달리는 수습사원들에게 열 번 심호흡하고 커피를 한 잔 마시라고 항상 조언한다. 지금 그녀는 자신의 조언을 실천할 생각이다. 이 방식에 익숙해져 있기 때문이다. 스트레스가 심한 일을 20년째 하다 보면 자

✣   북아일랜드의 수도 벨파스트에서 처음 만들었다고 알려진, 직사각형 모양의 부엌 싱크대.

기만의 기술을 갖게 된다.

하지만 대리석 주방 조리대로 다가가는 동안 젠의 발걸음이 점점 느려졌다. 파내지 않은 호박이 통째로 한쪽에 놓여 있었던 것이다. 젠은 우뚝 멈춰 섰다. 이건 유령일지도 모른다. 속이 다시 울렁거릴 듯한 기분이다.

"오, 세상에."

홀로 내뱉은 이 짧은 한마디는 무언가를 이해하는 거대한 음절이기도 하다. 아직 터지지 않은 폭탄이라도 되는 양 젠은 가까이 다가가서 호박을 조심스럽게 돌려보았다. 젠의 손가락 아래에 놓인 이 호박은 단단하고 손을 댄 흔적 없이 온전하다. 오, 하나님. 어젯밤 일은 일어나지 않았군요. 망할 그 일은 일어나지 않았어요. 안도감이 그녀를 덮쳤다. 토드는 그 일을 하지 않았어. 아무 일도 없었던 거야. 젠은 토드의 방에서 나는 소리에 귀 기울였다. 서랍을 여닫는 소리, 이쪽저쪽으로 걸어 다니는 소리, 지퍼를 채우는 소리.

"진짜 세상에 다시 돌아왔어요?"

계단 아래 복도에 토드가 나타나서 말했다. 재미있다는 듯한 토드의 목소리에 젠은 깜짝 놀랐다. 그리고 토드의 몸을 주의 깊게 살폈다. 몇 주 전보다 살이 빠졌다. 그렇지 않은가?

"응, 거의 다 왔지."

젠은 반사적으로 말하고 두 번 침을 삼켰다. 몸이 아픈 것처럼 등이 부르르 떨렸다. 아드레날린이 솟구치면서 공포감이 뜨겁게 타올랐다.

"다행이네요."

"끔찍한 꿈을 꾼 것 같아."

"오, 겨우 꿈이었다니 실망인데요."

젠의 혼란이 너무 쉽게 설명됐다는 듯 토드가 짧게 말했다.

"그래. 그런데 꿈속에서 네가 누굴 죽였어."

"와우."

토드가 말할 때 얼굴 바로 밑에서 무언가가 잽싸게 움직이는 것 같았다. 자신이 만든 물결에서 멀어져 보이지 않는 깊은 바닷속으로 헤엄치는 물고기처럼.

"누구를요?"

토드가 물었다. 첫 질문치곤 이상하다고 젠은 생각했다. 그녀는 모든 진실을 말하지 않는 고객을 수도 없이 봐왔다. 지금 토드도 그런 모습이었다. 토드는 이마에 흘러내린 검은 머리카락을 뒤로 쓸어 넘겼다. 티셔츠가 말려 올라가 토드의 허리가 드러났다. 이 아이가 작고 꼬물거리는 아기였을 때 그리고 앉는 법, 통통 뛰는 법, 걷는 법을 배울 때 젠이 항상 잡아주었던 그 허리. 그 당시에 젠은 육아란 너무나 지루하고 아무런 보상도 없으며, 아이의 온갖 요구 속에서 반복되는 일들에 수많은 시간을 바치는 일이라고 생각했다. 하지만 그렇지 않다는 걸 이제는 안다. 육아가 지루하다는 말은 숨쉬기가 지루하다는 말과 다름없다.

"다 큰 남자. 마흔 살쯤 된."

"이렇게 연약한 팔로요?"

토드는 늘씬한 자신의 팔을 과장되게 들어 올리며 말했다.

켈리는 어느 날 늦은 밤, 이렇게 말한 적이 있다.

"어떻게 **우리가** 저렇게 자신감이 과도한 괴짜 녀석을 키우게 됐지?"

그리고 두 사람은 소리 죽여 킥킥 웃었다. 켈리의 건조한 유머는 그의 여러 가지 특성 중 젠이 가장 사랑하는 부분이다. 토드가 아빠의 그런 면을 똑 닮아서 젠은 기뻤다.

"그래, 그 팔로."

젠은 말하면서 이렇게 생각했다. **'넌 근육이 필요 없었어. 무기가 있었으니까.'**

토드는 맨발을 운동화에 구겨 넣었다. 젠은 금요일 아침에 토드가 정확히 이렇게 행동했던 것이 기억났다. 이 아이는 어떻게 10월의 냉기를 느끼지 않을 수 있는지 놀라는 한편, 학교에서 토드의 발목이 추울까 봐 걱정했었다. 이와 동시에 부끄럽지만 아들을 맨발로 내보내는 나쁜 엄마 취급을 받을까 봐 걱정하기도 했다. 나쁜 엄마가 아니라면 그녀는 정확히 뭘까? 양말 반대파? 젠은 항상 이런 일에 스트레스를 받는다.

이렇게 신경이 쓰였었다는 것을 그녀는 기억한다. 전율이 젠의 어깨를 훑고 지나갔다. 토드가 문손잡이를 잡는 것을 보고 젠은 어디에서 본 듯한 기시감을 느꼈다. 아니야, 난 괜찮아. 괜찮아. 걱정하지 말고 잊어버리자. 그 일이 일어났다는 증거는 없다. 적어도 지금까지는.

"학교 끝나고 클리오 집에 바로 갈게요. 클리오가 오라고 하면요. 거기서 저녁 먹을게요."

토드는 짧게 말했다. 최근에 항상 그랬듯이 그는 젠에게 묻는 것이 아니라 일방적으로 통보했다. 그리고 바로 그때, 그 일이 일어났다. 어제 토드에게 말했던 정확히 똑같은 문장이, 땅에서 샘물이 흘러나오듯 자연스럽게 젠의 입에서 나왔다.

"굴이 더 있어?"

토드가 클리오의 집에 처음 저녁을 먹으러 갔을 때 둘은 실제로 굴을 먹었었다. 토드는 껍질을 연 굴을 손가락 끝에 올려 균형을 잡은 사진을 젠에게 보냈다. 다음과 같은 문구와 함께. **'저한테 마음을 더 열어야 한다고 하셨었나요?'**

젠은 자신의 질문에 토드가 어떤 대답을 할지 기다렸다. 젠의 기억대로라면 토드는 조촐하게 푸아그라 같은 걸 먹을 것 같다고 대답한다. 토드는 젠에게 슬쩍 미소를 내비쳤고 그 순간 팽팽하던 긴장이 살짝 누그러졌다.

"조촐하게 먹을 것 같아요. 푸아그라 같은 거요."

난 못 해. 더는 못 하겠어. 이건 미쳤어. 젠의 심장이 어딘가에 부딪혀 멎어버리는 것 같았다.

토드가 가방을 집어 들었다. 가방이 어깨에 쿵 하고 부딪히는 모습을 보고 젠은 더 불안해졌다. 가방이 무거워 보였다. 바로 그때, 어떤 생각이 온전히 완성되어 그녀의 머릿속에 떠올랐다. **저 가방 안에 흉기가 있으면 어쩌지?** 이제 범죄가 **일어나려는** 것이라면? 그 일이 꿈이 아니라 어떤 예감이라면?

젠의 몸이 확 달아올랐다가 바로 차갑게 식었다.

"지금 저게 네 컴퓨터 소리니?"

젠은 천장을 올려다보며 토드에게 물었다.

"무슨 소음이 들리는데."

10대 청소년이 자신의 전자기기를 확인하도록 만드는 일은 어이없을 정도로 쉽다. 토드가 양쪽 발이 꼬일 정도로 서두르며 자기 방으로 달려가는 모습을 보면서 젠은 비애 섞인 죄책감을 느꼈다. 그녀는 항상 습관적으로 토드에게 약간의 연민을 느꼈다. 토드가 친구들에게 따돌림당했을 때 젠은 학교에서 일어나는 일에 매우 깊이 관여한 적이 있다. 하지만 오늘은 토드를 향한 연민의 감정을 접어두어야 한다. 젠은 토드가 살인하는 장면을 보았다. 그리고 지금 젠이 느끼는 감정이 무엇이든, 아들의 가방을 뒤지는 것을 막기에는 역부족이다. 앞주머니와 옆 주머니 수색 완료. 행동하는 건 때로 머리를 식히는 데 도움이 된다. 토드가 위층에서 콧노래를 흥얼거리는 소리가 들렸다. 무언가 안달이 날 때 나오는 토드의 습관이다.

"뭐야, 대체."

토드가 신경질적으로 중얼거렸다.

화학 교과서 두 권, 헐거워진 펜 세 개. 젠은 이 물건들을 복도 바닥에 내려놓고 계속 가방을 수색했다.

"아무 이상 없어요!"

토드가 짜증 섞인 목소리로 외쳤다. 최근 들어 젠은 자신이 토드에게 성가신 사람이 된 듯했다.

"미안."

젠은 대답하며 생각했다. **제발 1분만 더, 1분만 더 시간을 줘. 망할.**

"잘못 들었나 봐."

가방 밑바닥에는 샌드위치에서 떨어진 부스러기가 가득했다. 그런데 이건 뭐지? 가방 뒤쪽에 가죽으로 만들어진 칼집이 있다. 차갑고 대퇴골처럼 단단한 것이 아들의 배낭 뒤쪽에 자리 잡고 있다. 젠은 꺼내기도 전에 그것이 무엇인지 알아차렸다. 길쭉한 가죽 주머니. 젠은 숨을 내쉬었다. 위쪽의 단추를 연 다음 손잡이를 잡고 빼냈다. 그것은……, 칼이다. 바로 그 칼이다.

젠은 그 자리에 서서 손안에 든 배신의 상징물을 멍하니 바라보았다. 가방 안에서 뭔가를 발견할 경우 어떻게 할지 미처 생각하지 못했다. 뭔가가 나올 거라고 생각하지도 않았다. 하지만 지금 젠은 불길함을 풍기는, 길고 검은 손잡이를 잡고 있다. 공포가 다시 시작됐다. 불안함의 파도가 쓸려나갔다 되돌아왔다.

젠은 계단 아래 벽장을 확 잡아당겨 열었다. 신발, 스포츠용품, 주방에 다 넣지 못한 통조림 등으로 가득 찬 벽장 안을 더듬어 뒤쪽에 칼을 숨겼다. 그때 층계참에서 토드의 발소리가 들렸다. 젠은 벽장 제일 안쪽 벽에 칼을 기대놓고 서둘러 밖으로 나온 다음 토드의 가방에서 꺼낸 물건들을 다시 정리해 넣었다.

토드는 젊은 시절 켈리가 자주 짓던 억지 미소를 띤 채 다가와 가방을 집어 들었다. 가방의 무게가 조금 가벼워졌다는 걸 알아차리지 못한 듯했다. 젠은 현관문을 여는 토드를 빤히 바라보았다. 흉기를 가진 걸 보니 의도를 갖고 무언가를 계획하고 있다. 그녀의 아들은 다른 사람의 몸에 칼을 찔러 넣어 세 곳에 상처를 남길 것이다. 갑자기 토드가 뭔가 수상쩍은 눈길로 뒤를 돌아보았다. 젠은 순간 자신이 가방을 뒤졌다는 걸 토드가 알아차렸을지도 모른다고 생각했다.

하지만 토드는 말없이 집을 나섰다. 젠은 계단을 올라가 전망창 밖으로 아이의 차를 지켜보았다. 차를 출발시키면서 토드가 백미러를 힐끗 보았고, 찰나의 순간 자신과 눈이 마주쳤다고 젠은 확신했다. 보는 사람이 미처 알아차리기도 전에 나비가 어딘가에 앉았다가 날개를 딱 한 번 펄럭이며 다시 날아오르는 것처럼. 순간적으로 지나간 일이었다.

"토드 가방에서 칼을 찾았어."

젠은 켈리가 집에 도착하자마자 말했다. 나머지 일에 대해서는 아직 설명하지 않았다. 젠은 공포와 합리화 사이를 왔다 갔다 하며 하루를 보냈다. 아무것도 아니야, 그냥 꿈이었어. 아니, 이건 중요한 문제야, 살아 있는 악몽이야. 난 미쳤어, 미쳤어, 미쳤어.

젠의 예상대로 켈리의 얼굴에서 즉각 표정이 사라졌다. 그는 가까이 다가와 칼을 집어 들고, 무슨 고고학 유물이라도 되는 양 조심스럽게 손바닥 위에 올렸다. 그의 눈동자가 커졌다.

"토드가 뭐라고 해? 이건 언제 찾았어?"

켈리의 목소리가 싸늘했다.

"갠 아직 몰라."

켈리가 고개를 끄덕이더니 아무 말 없이 길고 날카로운 칼날을 내려다보았다. 젠은 어젯밤 분노로 가득 차 있던 그의 행동을 떠올렸고, 지금의 그는 어제와 달리 내성적인 사람처럼 보인다고 생각했다.

"완전 새 칼인데."

켈리는 이렇게 말하며 젠에게로 시선을 휙 돌렸다.

"망할 녀석, 가만 안 둬."

"그래, 알아."

"한 번도 안 쓴 칼이야."

젠이 웃음을 터뜨렸다. 딱딱하고 억지스러운 웃음이다.

"맞아."

"왜 웃어?"

"그냥, 사실……. 어젯밤에 난 토드가 그걸로 사람을 찌르는 걸 봤어."

"그게 무슨 소리야……."

억양이 올라가지 않는 켈리의 이 말은 질문이 아니라 불신의 표현이다.

"어제 내가 안 자고 토드를 기다리고 있었는데 걔가 길거리에서 누군가를 찔렀어. 당신도 거기 있었고."

"하지만……."

켈리가 손으로 턱을 문질렀다.

"난 거기 없었어. 자기도 마찬가지고. 자기가 꿈이라고 했잖아."

켈리는 스치듯 미소를 지어 보였다.

"자기, 혹시 광란의 도시로 간 거야?"

'광란의 도시'란 젠과 켈리가 신경증에 붙인 별명이다. 젠은 켈리에게서 등을 돌렸다. 창밖에서 이웃이 개를 산책시키고 있었다. 젠은 어제 똑같은 장면을 보았기 때문에 저 남자의 휴대폰이 곧 울릴 거라는 사실을 알았다. 하지만 그 말을 켈리에게 하기도 전에 남자의 휴대폰이 울렸다. 켈리에게 이 상황을 증명하려면 곧 일어날 일을 말해주어야 한다. 그런데 아무 생각도 나지 않았다. 젠은 이 무서운, 또 다른 우주에서 깨어났다는 것 말고는 아무 생각도 떠오르지 않았다.

"꿈이 아니야. 난 깨어 있었어."

젠은 통화 중인 창밖의 이웃에게서 시선을 거두고 말했다. 그리고 어제라는 과거가 일어나지 않았다는 정황 증거가 될 만한 것들을 전부 떠올려 보았다. 건드리지 않은 매끄러운 호박, 자기 방에 있었던 토드, 사라진 피의 흔적과 폴리스라인. 그런데 갑자기 칼이 생각났다. 이 칼은 손에 잡히는 유일한 증거다.

"저기, 난 어젯밤에 아무것도 못 봤어. 토드가 돌아오면 걔한테 물어보자고."

켈리가 말했다.

"그리고 칼을 쓰는 건 범죄행위라고 정확히 말해줘야지."

젠은 아무 말 없이 고개를 끄덕였다. 무슨 말을 할 수 있겠는가?

"내 발밑에서 나와."

그들이 키우는 고양이 '헨리 8세'에게 켈리가 말했다. 구조해서 처음 데려왔을 때부터 살이 쪄 있던 고양이라 그런 이름을 붙였다. 그때 주방에 놓인 소파에 느긋하게 앉아 있던 젠은 움찔 놀랐다. 금요일 밤에 켈리가 정확히 똑같은 말을 했던 것이다. 그때 켈리는 이내 항복하고 고양이에게 먹이를 주며 이렇게 말했었다.

"좋아, 하지만 내가 널 예의주시하고 있다는 걸 알아둬."

젠은 소파에서 일어나 천천히 켈리를 지나쳤다. 한 번 살았던 시간이 눈앞에서 재연되는 것을 더는 가만히 앉아서 볼 수가 없었다.

"어디 가는 거야?"

켈리가 기분 좋게 말했다.

"당신 지금 너무 스트레스받는 것 같네. 내 앞을 지나갈 때 진짜로 바람 일으켰어."

그러고는 야옹거리는 고양이에게 말했다.

"좋아, 하지만 내가 널 예의주시하고 있다는 걸 알아둬."

켈리가 고양이 사료 통을 열었다. 뜨거운 열기가 젠의 가슴으로 훅 올라왔다. 충격이 만들어낸 홍조가 목과 뺨으로 올라오는 것이 느껴졌다.

"이 상황이 그대로 일어났었어. 이미 일어났던 일들이라고. 어떻게 된 거지?"

젠은 자신의 몸에서 탈출하겠다는 듯, 불가능한 일을 표현해 보겠다는 듯 자기 옷을 잡아당겨 보았지만 아무 소용이 없었다. 이미 미쳐버린 게 아니라도 지금은 정말 미친 사람처럼 보일 게 분명했다.

"칼 말이야?"

"칼은 아니야. 그건 오늘 찾아냈어."

젠은 자신을 제외한 그 누가 들어도 말이 안 되는 이야기라는 걸 알았다.

"그것 말고 다. 지금 벌어지고 있는 일들은 전부 다 이미 일어났어. 난 오늘을 두 번째 살고 있어."

헨리에게 먹이를 다 주고 냉동실 문을 열면서 켈리는 한숨을 쉬었다.

"당신한테도 이건 너무 위험한 일이야."

켈리가 냉소적으로 말했다. 젠은 고개를 갸우뚱하며 소파에 앉아 켈리를 올려다보았다. 아, 이제 생각났다. 처음 이날 밤을 보낼 때 그들은 휴가에 대해 언쟁을 했다. 젠은 항상 비행기를 타고 싶어 했고 켈리는 거부했다. 둘이 막 사귀기 시작했을 때 켈리는 비행기를 탔다가 난기류를 만나 1500미터나 급강하한 뒤로는 비행기를 타지 않는다고 말했다.

"당신은 약간 불안해하는 정도가 아니야."

그날 밤 젠은 이렇게 말했다. 켈리는 "뭐, 난 이런 사람이야"라고 말한 뒤 냉장고에서 매그넘 와인*을 꺼냈다.

"이제 매그넘 와인 마시려는 거 알아."

젠이 이렇게 말할 때 켈리의 손은 이미 냉장고에 가 있었다.

"어떻게 알았지?"

✤   1.5리터짜리 병에 든 와인.

켈리는 이번에는 고양이에게 말했다.

"젠은 초능력자야."

켈리는 주방에서 나갔다. 그가 위층에 올라가 샤워한다는 걸 젠은 알고 있다. 켈리는 젠의 옆을 지나가면서 등 위쪽을 손가락으로 가볍게 훑었다. 젠은 몸을 떨었다. 눈이 마주치자 켈리가 말했다.

"당신은 괜찮아. 걱정 마."

젠은 수천 번 그랬던 것처럼 팔을 뻗어 주방에서 나가는 켈리의 손을 잡았다. 그 손은 망망대해에 홀로 버려진 그녀에게 닻처럼 느껴졌다. 하지만 켈리는 곧 가버렸다. 그는 칼이나 오늘이 반복되고 있다는 젠의 말이 걱정된다 하더라도 아무 말 하지 않을 것이다. 말로 떠드는 건 그의 스타일이 아니다.

젠은 긴장을 풀고 쉬고 싶었다. 그녀는 〈그레이 아나토미〉를 틀고 혼자 소파에 기대앉았다. 젠과 켈리가 만난 것은 20년 전이다. 켈리가 젠의 아버지가 경영하는 로펌에 들어와 실내장식이 필요 없는지 물었다. 청바지를 허리에 느슨하게 걸친 켈리의 시선이 젠에게 닿았을 때 그는 천천히 근사한 미소를 지어 보였다. 젠의 아버지는 켈리의 제안을 거절했지만 젠은 우연히 그와 함께 점심을 먹게 되었다. 켈리와 젠은 함께 사무실 밖으로 나갔다. 그들은 비에 젖은 맞은편 펍에서 원 플러스 원 메뉴를 팔고 있는 것을 보았다. 점심을 먹고 나서 후식으로 커피와 함께 푸딩을 먹을 때까지 젠은 계속 사무실로 돌아가야 한다고 말했지만 둘은 서로 할 얘기가 너무 많았다. 켈리는 젠에게 끊임없이 흥미로운 질문을 던졌다. 그는 젠이 아는 최고의 경청자였다.

젠은 그날 데이트의 거의 모든 순간을 기억한다. 3월 말이었고 날씨는 터무니없이 차갑고 축축했다. 젠과 켈리가 펍의 구석진 곳 작은 테이블에 앉아 있을 때, 빽빽한 구름 뒤로 해가 나와서 1, 2분 동안 잠시 그들을 비추었다. 그리고 그 순간 갑자기 봄이 온 것처럼 느껴졌다. 비록 몇 분 후 다시 비가 내리기 시작했지만.

두 사람은 우산 하나를 함께 쓰고 사무실로 돌아왔다. 젠은 켈리에게 우산을 가져가라고 말했는데 다분히 의도적인 행동이었다. 그다음 월요일에 켈리가 우산을 가지고 돌아왔을 때 이번에는 그가 젠의 책상 위에 열쇠를 두고 갔다. 그날의 데이트는 시간에 대한 젠의 감각을 새롭게 정의했다. 매년 3월이면 그녀는 특별함을 느꼈다. 수선화 향기, 해가 기울어지는 방식, 모든 것이 파릇파릇하고 신선한 계절. 창문을 열면 젠은 두 명의 행복한 인어처럼 다리가 엉킨 채 함께 침대에 누워 있던 시간이 떠올랐다. 봄만 되면 젠은 켈리와 함께했던 비 오는 3월의 그날로 돌아갔다.

젠은 이제 늘 그렇듯 〈그레이 아나토미〉를 보면서, 브래지어를 벗고 편안한 마음으로 시애틀 그레이스 병원의 흉부외과 병동✤에서 벌어지는 이야기를 즐기고 싶었다. 하지만 TV에 집중하지 못한 채로 그녀는 모든 게 자기 잘못일지도 모른다고 생각했다. 젠은 항상 육아를 너무 힘들어했다. 엄마가 된 삶은 충격적이었다. 갑자기 자신에게 허용된 시간이 엄청나게 줄어들었다. 젠은 일도 육아도 둘 다 잘 해내지 못했다. 그녀는 거의 10년 동안 이어진 듯한 양쪽

✤　〈그레이 아나토미〉의 배경.

의 화재를 진압하느라 허덕인 끝에 간신히 불길을 잡았다. 하지만 상흔은 지워지지 않고 남았다.

이건 꿈이야, 그게 전부야. 젠은 스스로에게 말했다. 가슴속에서 강한 확신이 타올랐다. 당연히 이건 꿈이다. 〈그레이 아나토미〉를 끄자 뉴스 화면이 흘러나왔다. 젠은 페이스북 개인정보 설정을 검토하고 있다는 이 뉴스를 본 기억이 났다. 다음 소식은 간질병 약을 실험실 쥐에게 투여한다는 내용일 것이다. 시간여행의 증거가 되긴 어렵지만 어쨌든 젠의 머릿속에 이런 것들이 떠올랐다.

"새로운 약이 시험 중이라는 소식이……."

여기까지 듣고 젠은 TV를 껐다. 그리고 주방을 떠나 복도로 갔다. 그녀가 예상한 대로 위층에서 샤워 소리가 들렸다. 이런 예언들을 활용해 누군가를 설득할 수 있겠다는 생각이 들었다. 틀림없다. 젠은 아래층 벽장에서 칼을 꺼낸 다음 자세히 살펴보았다. 켈리 말대로 사용한 적 없는 새것이다. 젠은 계단 맨 아래 칸에 앉아서 칼을 무릎 위에 올린 채 토드를 기다렸다. 다시 한번 아들을 기다리는 것이다. 하지만 이번에는 설명을 기다린다. 진실을 기다린다.

"이걸 찾았어."

젠이 토드에게 말했다. 그녀의 마음속에 자리 잡은 작고 악의적인 무언가가 과거를 반복하지 않고 새로운 대화를 하게 된 것을 기뻐했다. 젠은 토드에게 칼을 내밀었다. 토드는 칼을 받지 않았다. 하지만 수많은 몸짓이 토드의 상태를 대신 말해주었다. 그는 이마를 아래로 떨구고 입술을 핥았다. 한쪽으로 삐딱하게 서 있다. 아무 말도 하지 않지만 전부 말하고 있는 것과 다름없다.

"친구 거예요."

마침내 토드가 말했다.

"너무 식상한 거짓말이야. 변호사가 그 말을 얼마나 많이 듣는지 아니?"

젠은 치밀어 오르는 위산을 다시 삼켰다. 뭔가 숨기는 듯한 토드의 행동이 젠에게 확신을 주었다. 그 일은 일어난다. 그 일이 내일 일어날 것이다.

"침만 삼키고 뭐 하세요?"

토드는 태평하게 어깨를 으쓱하며 말했다. 맞아, 토드는 최근에 이런 식이었지. 젠은 다시 토하지 않으려고 애쓰면서 바닥을 쳐다보며 이렇게 생각했다. 비밀이 가득한 소년. 오늘 밤 그의 몸짓에는 불길함이 담겨 있다.

"내가 얘기해 볼게."

계단 위에서 켈리가 말했다. 젠은 토드의 사춘기가 10대 특유의 말썽 없이 조용히 지나간 줄 알았다. 토드는 키우기 수월한 아기였고 행복한 어린이였다. 유일한 말썽이 지난여름에 있었는데, 젬마라는 여자아이가 '**너무 괴짜 같다**'는 이유로 토드를 차버린 일이었다. 마음에 상처를 입고 집에 돌아온 토드는 24시간 내내 아무 말도 하지 않아서, 젠과 켈리가 온갖 추측을 하게 만들었다. 다음 날 저녁 켈리가 집에 없을 때 토드는 젠의 침대에 다리를 꼬고 앉아 무슨 일이 있었는지 털어놓았다. 그리고 정말 자기가 괴짜 같냐고 물었다.

"당연히 아니지."

젠은 이렇게 말했지만 마음 한편에서는 약간의 죄책감을 느끼며, 어쩌면 맞을 수도 있다는 사실을 말해줄 방법이 없을까 고민했다. 토드는 너무 괴짜 같지는 않지만 특이한 건 분명하다. 토드는 자기가 보낸 문자메시지들을 젠에게 보여주었다. 강렬하다는 수식어가 딱 어울렸다. 기나긴 편지, 과학에 관한 밈, 시, 답장도 없는 문자 뒤에 또 문자, 문자. **"그래 고마워, 내일 얘기해, 아니 오늘은 바빠"** 등 젬마가 회신한 문자를 보니 토드를 달래려고 보낸 게 분명했다. 젠은 자신의 아들에게 놀라고 말았다. 하지만 칼, 살인, 체포라니, 이건 또 다른 문제다.

켈리는 조용히 아들을 살펴보았다. 켈리의 머리는 살짝 뒤로 기울어져 있다. 젠은 그가 화를 내고 큰 소리로 아이를 혼내길 기대했지만 보아하니 켈리는 그러지 않기로 마음먹은 것 같았다. 이번에는 갑자기 토드가 화가 나 보였다. 어이없다는 듯 입을 벌리고 있다. 두 손을 위로 올린 채 아무 말도 하지 않는다.

"네 은행 계좌를 확인해 보면 네가 칼을 안 샀다는 증거가 될까? 계좌 내역에 없으니까?"

켈리가 물었다. 토드는 진짜로 확인해 보라는 듯 허세를 부리며 계단 위쪽을 쳐다보았다. 몇 초 후 그는 아버지의 눈에서 시선을 떼고 어깨를 움츠려 코트를 벗었다. 운동화를 벗어 던지고 맨발로 바닥에 섰다.

"맞아요."

토드는 젠을 등지고 코트를 걸어놓았다. 평소에는 절대 하지 않는 행동이었다.

"아빠랑 엄마는 이해해. 스스로 보호하고 싶은 거잖아……. 이리 와. 같이 좀 걸을까?"

켈리가 말했다.

"우리가 뭘 이해한다고?"

젠은 놀란 얼굴로 켈리를 올려다보았다. 토드는 난폭하게 몸을 돌려 계단을 뛰어 올라가면서 켈리를 밀치고 지나갔다.

"제가 그 칼로 뭘 할 거 같아요? 엄마를 죽이기라도 할까 봐 그러세요?"

토드의 목소리가 너무 작아서 젠은 잘못 들은 줄 알았다. 온몸이 뒤틀리는 것 같았다.

"칼을 어디서, 왜 샀는지 말할 때까지 넌 아무 데도 못 가. 낮에도, 학교도 포함이야."

젠이 말하자 토드가 소리쳤다.

"마음대로 하세요!"

토드는 자기 방으로 들어가 문을 쾅 닫았다. 너무 세게 닫아서 온 집이 흔들렸다. 젠은 철썩 맞은 듯한 기분으로 켈리를 보았다. 켈리는 손가락으로 머리를 훑으며 욕설을 내뱉었다.

"빌어먹을."

그리고 젠에게 말했다.

"엉망진창이군."

켈리가 갑자기 계단 꼭대기에 놓인 캐비닛을 후려쳤다. 종이 한 장이 캐비닛에서 떨어졌다. 켈리는 이마를 문지르며 그것을 집어

들었다. 그 종이는 상당히 조건이 좋은 일자리를 제안하는 제안서였다. 하지만 자영업 형태가 아닌 급여를 받는 일이었기 때문에 켈리는 그 제안을 거절했다. 그는 급여 받는 일은 절대 하지 않겠다고 말했다.

"도대체 재한테 무슨 일이 있는 거지?"

젠의 말에 켈리가 톡 쏘듯 말했다.

"나도 모르겠어."

켈리가 고개를 절레절레 흔들었다.

"일단 놔두자. 젠장."

젠은 켈리가 그녀에게 화를 내는 게 아니라는 걸 알았다. 켈리의 성질은 갑작스럽고 예측불허일 때가 있다. 한번은 바에서 젠의 엉덩이를 건드린 남자에게 갑자기 몹시 화를 낸 적이 있었다. 켈리는 그 남자에게 밖으로 나오라고 말했고 젠은 그 상황을 두 눈으로 보면서도 믿을 수가 없었다.

지금 젠은 켈리의 말에 고개를 끄덕였다. 그녀는 숨이 막혀서 아무 말도 할 수가 없었다. 앞으로 일어날 일에 대한 두려움으로 극심한 공포를 느꼈다.

"내일 **다** 해결할 수 있을 거야."

켈리는 손을 흔들었다. 이끌어 주는 사람이 있어서 다행이라고 느끼며 젠은 고개를 끄덕였다. 그리고 칼을 가지고 위층으로 올라가 부부 침대 밑에 두었다. 그날 저녁 젠과 토드는 집 안에서 몇 번 마주쳤다. 젠이 자러 올라가려 할 때 토드가 물을 마시러 내려왔다. 보통 때는 빨래 같은 지루한 집안일들을 하느라 정신없을 시간이지만 오늘은 안 하기로 했다. 젠은 숨 가쁜 일상생활을 제쳐둔 채 주방 건너편에서 토드를 관찰했다. 토드는 컵에 물을 받아 단숨에 마시고는 다시 물을 받았다. 그리고 물을 홀짝이며 휴대폰을 꺼내 들여다봤다. 스크롤을 내리며 이따금 미소를 짓다가 다시 휴대폰을 주머니에 넣었다.

젠은 바쁘게 일하는 척했다. 토드는 물컵을 들고 성큼성큼 걸어 젠의 앞을 지나갔다. 그러더니 위층으로 올라가기 전에 현관문이 잘 잠겼는지 확인하고는 계단을 한 칸 올라가다 말고 돌아서서 다시 한번 문을 확인했다. 확실히 해두고 싶은 마음. 토드는 무언가를 두려워하는 것 같았다. 그 모습을 지켜보는 젠은 피부가 차갑게 식는 기분이었다.

자려고 누웠을 때 젠은 토드가 이 집 안에 안전하게 머물고 있음을 떠올렸다. 칼도 젠이 갖고 있다. 그 일이 무엇이든 아마 중단되었을 것이다. 눈을 뜨면 내일일 것이다. 그 일이 일어난 바로 다음 날일 것이다. 오늘이 다시 반복되지만 않으면 된다.

젠은 땀을 흘리며 깨어났다. 침대맡 테이블에 휴대폰이 있었지만 젠은 확인하지 않았다. 희망을 그대로 간직하고 싶은 삐딱한 충동이 마음속에 있었다. 그녀는 샤워의 흔적으로 아직 곳곳이 젖어 있는 켈리의 실내용 가운을 꿰입고 아래층으로 내려갔다. 나무로 된 바닥이 햇빛을 받아 반들반들 빛났다. 꿀처럼 달콤한 햇살이 앞으로 나아가는 젠의 발가락과 발을 따뜻하게 데워주었다.

제발 다시 금요일이 아니기를. 그것만 아니면 된다. 젠은 켈리가 있기를 바라며 부엌을 들여다보았다. 하지만 부엌은 텅 빈 채 깔끔하게 정돈되어 있었다. 주방 조리대 위가 깨끗하다. 젠은 눈을 깜박였다. 호박이 없다. 젠은 부엌으로 들어가 이리저리 돌아다니며 찾아보았다. 하지만 호박은 보이지 않았다. 아마도 일요일인가 보다. 모든 게 끝났을지도 모른다.

젠은 실내용 가운 주머니에서 휴대폰을 꺼내 숨을 멈추고 화면을 확인했다. 10월 27일. 사고 당일에서 이틀 전이다. 뜨겁고 팽팽하게 당겨진 이마에 피가 고동쳤다. 누군가 히터를 튼 것만 같다. 내가 미쳤나 봐, 미친 게 틀림없어. 호박이 없는 이유는 아직 사 오지도 않았기 때문이다. 명백히 지금은 목요일 아침 8시 30분이다. 토드는 곧 학교에 갈 것이다. 켈리는 메릴록스가에서 일하고 있다. 그리고 젠은……, 사무실에 출근해야 한다.

정원을 내다보니 이른 아침 햇살에 잔디가 환하게 빛나고 있다. 커피를 내려 벌컥 마셨으나 신경만 더 곤두설 뿐이다. 젠의 추측이 맞는다면 내일은 수요일이 될 것이다. 다음 날은 화요일. 그다음은? 영원히 거꾸로 갈까? 젠은 다시 욕지기를 느껴 싱크대에 달콤하고 검은 커피를 토해냈다. 극심한 공포와 도저히 이해가 안 되는 혼란도 함께. 그다음에 젠은 싱크대 모서리에 머리를 살짝 기댄 채 결정을 내렸다. 나를 이해해 주는 누군가에게 말해봐야겠다. 가장 오래된 친구이자 동료인 라케시에게.

젠이 일하는 사무실 밖 거리는 리버풀 도심의 빌딩들 사이로 종종 거센 바람이 분다. 몰아치는 10월의 공기가 마치 외설적인 댄서처럼 젠의 코트를 걷어내고 허벅지를 감쌌다. 조금 있으면 비가 내릴 것이다. 큼직한 빗방울이 떨어져 공기를 차갑게 만들 것이다.

젠은 시내에서 좀 더 가까운 곳에 살고 싶었지만 켈리에게 마지노선은 크로스비였다. 켈리는 도시의 소음과 지저분함, 북적임을 싫어한다. 그는 농담처럼 젠을 제외한 다른 리버풀 시민들도 싫다고 말한 적이 있다.

켈리는 젠을 만난 뒤 고향을 떠났다. 부모님은 돌아가셨고 학교 친구들은 전부 한심한 애들이라며 고향을 거의 찾지 않았다. 고향과의 유일한 접점은 1년에 한 번 성령강림절* 주말에 옛 친구들과 함께 가는 캠핑 여행이 전부였다. 켈리는 외딴 황무지에서 살고 싶다고 말했지만 젠의 설득으로 겨우 크로스비에 오게 되었다.

"교외엔 사람이 너무 많아."

켈리는 냉소와 어두운 유머를 섞어 반어적으로 종종 이렇게 말했다.

젠은 따뜻하게 데워진 유리문을 밀고 햇빛이 환한 로비 안으로 들어갔다. 그리고 라케시의 사무실로 통하는 복도를 걸었다. 젠을 지지해 주는 최고의 친구이자 그녀와 오래 우정을 쌓은 라케시 카푸어는 변호사가 되기 전에 의사로 일했다. 터무니없이 넘치는 고스펙을 가졌고 지나칠 정도로 논리적인 사람이다. 젠은 토드가 크면 이런 부류의 사람이 될지도 모른다고 생각했다. 그러자 문득 슬픔이 몰려왔다.

젠은 주방에서 차에 설탕을 넣고 있는 라케시를 발견했다. 사무실 주방은 좁고 삭막하고 어두운 보라색 공간이다. 벽에는 노을을 그린 그림이 걸려 있다. 젠은 아버지가 직접 벽에 칠할 페인트로 버건디색을 고른 것이 생각났다. 3년 전 이 사무실의 임대차 계약

---

* 기독교에서 부활절 후 50일째 되는 날, 즉 일곱 번째 일요일에 성령이 강림한 것을 기념하는 축절.

을 맺을 때였고, 아버지가 돌아가시기 18개월 전이었다. 이 페인트 색깔의 이름은 '신 포도'였다.

"로펌 로비에 딱 맞는 색깔이에요."

젠은 이렇게 말했다. 평소에 늘 진지하던 아버지는 갑자기 유쾌한 웃음을 터뜨렸다.

라케시는 검은 눈썹을 으쓱하고 차가 가득 든 머그잔을 들어 올리며 젠을 맞아주었다. 그는 젠과 마찬가지로 아침형 인간이 아니다.

"잠깐 얘기 좀 할까?"

젠의 목소리가 두려움으로 떨렸다. 라케시는 절대 젠의 말을 믿지 않을 것이다. 그는 아마 젠을 어딘가로 보내 정신과 치료를 받게 할 것이다. 하지만 그에게 이야기하는 것 말고 젠이 할 수 있는 일이 뭘까?

"물론이지."

라케시가 대답하자 젠은 그를 데리고 자신의 사무실로 가 지저분한 책상 귀퉁이에 걸터앉았다. 라케시는 문간에서 서성이다가 젠이 망설이는 것을 보고 문을 닫았다. 환자를 대하는 그의 태도는 아주 훌륭하다. 친절하지만 의욕이 별로 없다. 라케시는 스웨터 조끼와 몸에 잘 맞지 않는 슈트를 즐겨 입는다. 그가 의료계를 떠난 이유는 압박감이 싫어서였다. 막상 와보니 법조계는 더 싫었지만 두 번째 커리어를 포기하고 싶지 않아 계속 남아 있는 거라고 말했다. 면접에서 라케시가 프로 직업인으로서 자신의 가장 큰 약점이 사무실에서 먹는 도넛이라고 말했을 때 젠은 그를 채용하기로 결심했다. 그리고 그날부터 두 사람은 친구가 되었다.

동향인 젠의 사무실은 아침 햇살로 환하게 빛났다. 끄트머리가 햇빛에 바랜 분홍색, 파란색, 초록색 파일들이 한쪽 벽면에 무질서하게 빼곡히 꽂혀 있다. 보관소에 정리해 넣어야 한다는 명백한 증거지만, 정리는 젠이 고객을 만나는 것보다 훨씬 싫어하는 일이다.

"의학적인 조언을 좀 해줄 수 있을까?"

젠이 작게 웃으며 이렇게 묻고 나서 깊은 한숨을 쉬었다.

"난 자격이 없을 텐데?"

라케시는 항상 그렇듯 빠르고 가볍게 말했다.

"기권한 사실은 비밀로 해줄게."

라케시는 슈트 재킷을 벗어 사무실 구석에 놓인 어두운 녹색 팔걸이의자에 걸쳐두었다. 그가 늘상 하는 행동이지만 이 상황에 어울렸다. 젠과 라케시는 지난 10년 동안 평일 점심을 거의 매일 함께 먹었다. 둘은 '미스터 포테이토 헤드'라는 푸드트럭에서 구운 감자를 즐겨 사 먹었다. 라케시는 감자 모양을 한 쿠폰 도장을 1년 내내 모은 끝에 크리스마스에 공짜 감자를 엄청나게 많이 받았다. 달력을 가득 채운 '크리스마스 스퍼딩'✤ 도장으로 그들의 일정표가 가려질 지경이었다.

"만약 시간여행을 한다면 어떤 병에 걸릴 것 같아? 〈사랑의 블랙홀〉✤✤에서 빌 머리는 어디가 아팠었지?"

✤ 영국에서 크리스마스에 즐겨 먹는 푸딩pudding을 '감자spudding'라는 말로 바꾼 말장난.

✤✤ 하루가 무한 반복되는 타임루프에 갇힌 무뚝뚝한 남자가 사랑을 얻기 위해 변해가는 과정을 그린 빌 머리 주연의 1993년작 영화.

젠은 그 영화를 본 지 꽤 오래됐다고 생각하면서 라케시에게 물었다.

"정신적인 면에서 말이야."

라케시는 아무 말 없이 젠을 쳐다보기만 했다. 젠은 수치심과 두려움으로 얼굴이 빨개지는 것을 느꼈다.

"나라면……. 스트레스를 받을 것 같은데."

양쪽 손가락을 조심스럽게 마주 대면서 마침내 그는 이렇게 대답했다.

"아니면 뇌종양. 음……, 측두엽 간질. 역행성 건망증. 두부 외상 등등."

"좋은 게 없네."

라케시는 이번에도 아무 말 하지 않고 마치 의사처럼 사무실 건너편에 앉은 젠에게 잠시 시간을 주었다. 젠은 망설이다 입을 열었다. 만약 내일 또 어제로 돌아간다면 지금 어떤 말을 하든 무슨 문제가 되겠는가?

"이건 거의 확실한데……."

젠은 라케시를 똑바로 보지 않은 채 조심스럽게 말했다.

"일어날 때마다 날짜가 거꾸로 가고 있어. 처음엔 10월 29일이었고, 다음 날은 28일이었고, 이제 27일이 됐어."

"새 다이어리가 필요하겠네."

라케시가 가볍게 말했다.

"근데 29일에 어떤 일이 일어났어. 토드가……, 범죄를 저질렀어. 이틀 뒤에 말이야."

"미래에 가봤다는 거야?"

젠의 두려움은 타오르는 약한 공포 수준으로 진정됐다. 갑자기 힘이 쭉 빠졌다.

"내가 미쳤다고 생각해?"

"아니."

라케시가 침착하게 말했다.

"미쳤다면 이렇게 묻지도 않았겠지."

"그럼 물어보길 잘한 거네."

젠은 안도의 한숨을 내쉬었다.

"정확히 어떻게 된 건지 말해봐."

라케시는 사무실을 가로질러 시내 중심가가 내려다보이는 창가에 선 젠에게 가까이 다가왔다. 젠은 이 구식 창문을 사랑한다. 이 방을 선택할 때 그녀는 창문을 열 수 있어야 한다고 주장했다. 여름에는 이 창문을 통해 더운 바람과 함께 길거리 음악가들의 공연 소리가 들려온다. 겨울이면 찬 바람이 불어와 꽤 춥다. 하지만 젠은 18도의 삭막한 사무실에 갇혀 있기보단 날씨를 느끼는 것이 더 좋았다.

라케시가 팔짱을 끼자 그의 결혼반지가 햇빛에 반짝 빛났다. 라케시는 젠을 가까이에서 관찰하며 그녀의 얼굴을 자세히 훑어보았다. 라케시의 시선 속에서 젠은 퍼뜩 정신을 차렸다. 그가 끔찍하고 치명적인 사실을 발견해 낼 것만 같았다.

"처음부터 다시 말해줘."

"시작은 이번 토요일이었어."

라케시는 잠시 멈추더니 말했다.

"좋아. 그다음엔?"

라케시가 좋다는 뜻으로 두 손을 펼치자 그의 얼굴에 낮은 그늘이 드리워졌다. 젠이 마침내 모든 것을 털어놓았다. 라케시는 1분 넘게 침묵했다. 젠은 사소하고 이상한 것들까지 모두 상세히 설명했다. 호박, 알몸의 남편 등. 너무나 걱정이 컸기 때문에 젠은 자존심을 다 버리고 라케시가 자신을 어떻게 생각할지 신경도 쓰지 않은 채 모든 것을 털어놓았다.

"그러니까 오늘이 이미 지나갔는데 다시 반복되고 있다는 거지? 거의 같은 방식으로?"

라케시는 젠이 처한 상황을 논리적이든 혹은 어떤 방식으로든 완전히 이해하고 명쾌하게 정리했다.

"맞아."

"그래서, 우리가 뭐 했어? 오늘을 처음 보낼 때, **첫 번째** 27일에 말이야."

젠은 의자에 기대앉았다. 정말 똑똑한 질문이다. 젠은 라케시의 얼굴을 몇 초 동안 잠시 쳐다보았다. 이 문제를 해결하려면 마음을 편안히 가져야 한다. 젠은 깊은 숨을 내쉬고 잠시 눈을 감았다. 뇌의 뒤쪽에서 앞쪽까지 무언가가 이동하며 다가왔다.

"혹시 이상한 양말 있어? 감자 사 먹으러 갔을 때 당신 양말을 보고 우리가 웃었어. 분홍색."

라케시는 눈을 깜박이더니 바지를 걷어 올렸다.

"있어. 진짜로."

그는 웃으면서 '**어서**'라고 쓰여 있는 연분홍색 양말을 젠에게 보여주었다. 맞다. 그는 지난 주말에 참석한 한 결혼식에서 답례품으로 이 양말을 받았다.

"어때, 이런 건 누구나 할 수 있는 게 아니잖아?"

젠이 자신 있게 말했다.

"잘 들어봐. 어쩌면 스트레스 때문일지도 몰라."

라케시는 빠르게 말했다.

"당신 말은 논리적이야. 날짜도 **정확히 알고** 있고. 나도 수긍하는 면이 있어. 근데 사실 모르겠어. 불안 때문일 수도 있고. 어쨌든 충분히 이런 문제가 생길 만큼 바쁘게 살잖아, 안 그래? 아니면 우울감 때문에 매일이 똑같이 느껴질 수도 있어. 내가 어디 있는지 잘 모르겠고……, 그런 거. 이건 정신병이 아니야."

"고마워. 나도 아니었으면 좋겠어."

"내 말은……. 이게 어떻게 된 건지 나도 쥐뿔도 모르겠다는 거야."

라케시는 농담을 섞어 말했다.

"나도 마찬가지야."

어쨌든 누군가에게 이야기하고 나니 기분이 조금 가벼워졌다.

"아마 뭔가 혼동을 일으킨 걸 거야. 나도 항상 조금씩 그래. 지난번엔 내가 운전을 한 게 기억이 안 나더라니까. 어느 길로 갔는지 도저히 생각이 안 나. 그렇다고 이게 해리＊는 아니잖아. 살다 보면

＊　무의식적인 방어기제의 하나로 스트레스나 큰 충격을 받았을 때 주로 보이는 정신 이상 징후. 의식이나 기억, 정체성 등에서 급격하고 일시적인 변화가 일어나 전혀 다른 사람처럼 보인다.

생기는 일이야. 잠을 푹 자고 채소를 많이 먹으면 도움이 될 거야."

"그래."

젠은 라케시에게서 시선을 떼고 여닫이창을 위로 밀어 열었다. 그런 게 아니다. 그건 건망증이지만, 이건 그런 게 아니다. 당연히 **스트레스** 때문도 아니다. 젠은 창문 아래 리버풀 거리를 내려다보았다. 그녀는 여기 있다. 지금 여기에. 가을의 장작 연기가 흘러 들어온다. 햇볕이 젠의 손등을 따뜻하게 데워준다.

"내 친구 한 명이 시간여행 연구로 박사학위를 받았어."

라케시가 정적을 깨며 말했다.

"정말?"

"응. 타임슬립 안에 갇히는 게 가능한지 연구했지. 내가 그 논문 교정을 봤어. 그……, 뭐더라?"

라케시는 벽에 기댄 채 팔짱을 꼈다. 셔츠의 어깨 부분이 구겨졌다.

"나랑 같이 리버풀 대학에서 이론물리학이랑 응용수학을 공부한 친구야. 그다음엔 진짜 괴상망측한 걸 연구했지. 걘 지금 존 무어 대학에 있어."

"그 친구분 이름이 뭐야?"

"앤디 베티스."

라케시는 슈트 바지 주머니에 손을 넣더니 이미 뜯은 담뱃갑을 꺼냈다.

"어쨌든 난 이 일에서 빼줘. 내 자리로 돌아갈게."

"당신은 의사 자격이 있어."

젠은 담뱃갑을 향해 손을 내밀며 가볍게 말했다. 라케시가 사무실을 떠나려 할 때 젠은 미소를 지어 보였다. 하지만 마음속으로는 어떻게 목요일로 돌아오게 된 건지 계속 생각했다. 신뢰하는 누군가와 이 문제에 대해 이야기한 덕분에 젠은 마음이 좀 더 안정되었고, 사태를 좀 더 객관적으로 판단할 수 있게 되었다. 그래서, 어떻게 이런 일이 일어난 걸까? 내가 어떻게 한 거지? 잘 때 일어나는 일인가? 여기서 빠져나가려면 어떻게 해야 할까? 젠은 낡은 담뱃갑에 시선을 주었다. 내가 뭔가를 바꿔야 하는 것이 틀림없다. 그 사건을 막기 위해서. 토드를 구하고 여기서 빠져나가기 위해서.

"만약 기억나면 다음에 만날 땐 다른 양말을 신을게."

라케시는 한 손을 문틀에 올린 채 수수께끼 같은 미소를 지었다. 그가 사무실에서 나가자 젠은 잠시 후 복도를 향해 외쳤다.

"담배 끊어!"

뭐라도 더 좋은 방향으로 바꿔보고 싶은 마음에서다.

"건강에 안 좋아!"

"알아."

젠을 등진 라케시가 돌아보지 않은 채 대답했다. 곧바로 젠은 컴퓨터를 켜고 구글 화면을 띄웠다. 이 주제에 관해 조사하는 게 좋지 않을까? 유능한 변호사라면 응당 하는 일이다. 젠은 제임스 워드, 올리버 존슨이라는 두 과학자가 쓴 다음과 같은 논문을 발견했다. 〈**부트스트랩 패러독스**[✤]: **과거로 돌아가 어떤 사건을 목격하는데**

✤ 과거 사건 A가 미래 사건 B의 원인이 되고, 시간여행으로 B가 A의 원인이 된다는 역설.

알고 보니 본인이 이를 초래한 것〉. 젠은 이 논문 제목을 받아 적었다. 논문에 따르면, 타임슬립에 들어가려면 **닫힌 시간 곡선**을 만들어야만 한다. 물리학 공식이 등장하는데 친절하게도 자세히 설명되어 있었다. 신체에 엄청난 힘이 가해질 때 시간여행이 일어나는데, 워드와 존슨은 타임슬립을 하려면 그 힘이 중력보다 강해야 한다고 주장했다.

젠은 스크롤을 내렸다. 타임슬립을 가능하게 하는 힘은 자기 몸무게의 천 배는 되어야 한다. 젠은 두 손으로 머리를 받쳤다. 한 마디도 이해할 수가 없다. 내 몸무게의 천 배라면……. 엄청난 무게다. 쓴웃음이 절로 나온다. 생각해 볼 가치도 없는 숫자다.

젠은 다시 구글로 돌아가서 〈타임슬립에서 탈출하는 다섯 가지 쉬운 방법〉이라는 기사를 절박한 심정으로 클릭했다. 정말 맞는 얘기일까? 인터넷에는 진짜 없는 정보가 없다. 여기서 말하는 다섯 가지 방법에는 여러 가지가 뒤섞여 있다. 원인을 찾아라, 친구에게 말하고 그들을 타임슬립 안으로 데려가라(물론 함께), 모든 것을 기록하라, 실험하라 그리고……, 죽지 않도록 노력하라.

마지막 항목을 보니 불안감이 엄습했다. 젠은 그런 가능성은 전혀 고려해 보지 않았다. 죽음을 생각하고 있다 보니 뭔가 으스스한 것이 방 안에 스멀스멀 들어오는 기분이다. 죽지 않도록 노력하라니. 이 시간여행의 결말이 결국 그런 것이라면? 첫날 밤보다 더 암울한 장소, 엄마로서의 희생, 신과의 흥정.

젠은 모니터를 껐다. 켈리에게 이 상황을 믿게 만들 방법이 분명히 있을 것이다. 나를 가장 지지해 주는 사람, 애인이자 친구, 바보

같고 가식 없는 모습을 보여줄 수 있는 남자. 그에게 내 상황을 꼭 증명해 보일 것이다. 그러면 켈리가 나를 도와줄 수 있겠지.

수습사원 나탈리아가 레버아치 파일＊을 실은 수레를 밀고 젠의 사무실 앞을 지나갔다. 젠은 지난번에도 이 장면을 보았다. 나탈리아는 실수로 닫힌 엘리베이터 문에 수레를 박았었다. 젠은 쿵, 소리를 두 번째로 들으며 눈을 질끈 감았다. 여기서 나가야겠다.

10분 후 젠은 건물 뒤편에서 라케시가 두고 간 담배를 네 대 연달아 피웠다. 건강 따위 저리 가라지. 명확히 지칭할 수 없는 마음 깊은 곳에서 젠은 자신이 해야 할 일이 무엇인지 알고 있었다. 그건 너무도 명확했다. 살인을 막는 것. 왜 그런 일이 벌어졌는지 알아내고 방지하는 것. 전 우주가 젠의 생각에 동의하기라도 하듯, 다섯 번째 담배를 다 피우자마자 비가 내리기 시작했다. 공기를 차갑게 식히는 큼직하고 굵은 빗방울이었다.

젠은 집에 돌아와 부엌에 놓인 파란색 소파에 다시 풀썩 앉았다. 그녀는 일찍 퇴근했다. 칼을 숨겼으니 살인을 막았고 그러면 시간 여행도 끝나야 하는 것 아닐까? 이곳 말고 또 다른 현실에서는 여전히 그 일이 일어날까? 과거로 가지 않은 또 다른 젠이 계속 앞으로 나아가고 있을까?

토드는 외출 중이다. 지난번과 똑같이 **"친구들이랑요"**라고 말했다. 요즘 토드의 말은 점점 짧아지고 횟수도 줄어들었다. 젠은 앤디

＊   금속 고리에 문서를 끼워 보관할 수 있게 만든 두툼한 사무용 파일.

베티스를 검색해 보았다. 정말로 그는 리버풀에 있는 존 무어 대학의 물리학 교수다. 그에 관한 정보는 아주 찾기 쉬웠다. 링크트인✣, 대학 홈페이지에도 정보가 떠 있다. 더구나 그는 '@AndysWorld'라는 트위터 계정도 운영하고 있었는데 자기소개 페이지에 이메일 주소가 공개되어 있었다. 그때 현관문 소리가 들렸다. 젠은 자세를 고쳐 앉았다.

"바로 나가야 돼요."

토드가 외치면서 부엌에 들이닥쳤다. 찬 공기의 흔적, 10대 특유의 몸짓과 함께. 앤디에게 메시지를 보낼까 말까 망설이던 젠은 집중력이 흐트러짐을 느꼈다.

"그래."

지난번과 달리 젠은 이렇게 말했다. 첫 번째 오늘, 젠은 집에 있기 싫은 이유가 있는 거냐고 따져 물었었다. 그리고 젠은 좀 더 부드러운 접근이 토드에게 먹힌다는 사실을 깨달았다.

"방금 전엔 코너 집에 있었고 이제 클리오 집에 가야 돼요."

토드는 젠과 눈을 맞추며 말했다. 휴대폰 충전기를 챙기는 토드의 발걸음은 통통 튀듯 가볍다. 인생이 이제 막 시작되었다는 듯한 활기와 낙천주의로 가득한 모습이다. 살인자에게 어울리는 행동은 아니라고 젠은 생각했다.

코너. 폴린의 첫째 아들. 그에게는 젠이 확신하지 못하는, 뭔가 위태로운 구석이 있다. 그 아이는 담배를 피우고 욕설을 한다. 물론

✣ 비즈니스 전문 소셜미디어로 인맥 관리와 취업에 활용된다.

젠도 때때로 하는 것들이다. 하지만 어쨌든 냉정한 엄마의 시선으로 볼 때는 두 가지 다 상당히 거슬린다.

젠은 식탁에 팔꿈치를 대고 턱을 괸 채 토드를 바라보았다. 지난번 이날, 토드가 집에 왔을 땐 그 애를 보지 못했다. 젠이 사무실에 있었기 때문이다. 지난 몇 주 동안 젠은 한 소송 건에 매달리느라 평소보다 가정에 신경 쓰지 못했다. 큰 이혼소송 건이 재판을 앞두고 있을 때면 이런 경우가 많았다. 안 그래도 보잘것없는 젠의 생활 반경을 고객의 급박한 사정과 슬픔이 잠식하는 바람에, 그녀는 끊임없이 전화 통화를 하고 거의 사무실에서 잠을 자다시피 해야 했다.

지나 데이비스는 10월 동안 젠을 바쁘게 한 고객으로 흔치 않은 사연을 갖고 있었다. 지나를 처음 만난 건 지난여름이었다. 지나는 바로 전 주에 떠난 남편에게서 받은 이혼신청서를 가지고 젠의 사무실로 들어왔다.

"남편이 다시는 애들을 못 만나게 하고 싶어요."

지나는 이렇게 말했다. 그녀는 섬세하게 컬을 넣은 금발에 티 하나 없이 말끔한 치마 정장을 입고 있었다.

"왜죠? 특별히 우려되는 점이 있나요?"

젠이 물었다.

"아뇨. 그 사람은 좋은 아빠예요."

"그런데 왜……?"

"벌을 주려고요."

서른일곱 살의 지나는 마음에 상처를 입고 화가 나 있었다. 젠은 그녀에게 곧바로 연대감을 느꼈다. 감정을 숨기지 못하는 여자, 금 기시되는 것을 서슴없이 말하는 여자.

"단지 그 사람에게 상처를 주고 싶어서 그래요."

지나는 젠에게 말했다.

"이 건으로 비용을 받진 못하겠네요."

젠이 말했다. 그녀가 생각하기에 이 건을 가지고 부당 이득을 취하는 건 옳지 않았다. 아마 곧 지나는 이성을 되찾고 자신의 주장을 철회할 것이다.

"그럼 공짜로 해주세요."

지나는 말했고 젠은 그렇게 했다. 돌아가신 아버지가 세운 이 로펌에 돈이 필요하지 않아서가 아니었다. 결국 지나가 이 행동을 그만두고 이혼 가판결과 주거 분리를 받아들인 다음 상처를 극복할 것임을 젠은 알고 있었기 때문이다. 하지만 지난여름부터 지나를 설득하고, 여러 번 미팅을 진행하며 생각을 바꾸도록 권유했음에도 그런 일은 아직 일어나지 않았다. 지나와 젠은 온갖 주제에 대해 수다를 떨었다. 각자의 아이들부터 여러 가지 뉴스, 예능 프로그램 〈러브 아일랜드〉*에 이르기까지 주제는 다양했다.

"그 프로그램은 역겨운데 자꾸 보게 돼요."

지나는 이렇게 말했고 젠은 웃으며 고개를 끄덕였다.

지금 젠은 토드를 보다가 불현듯 그 애가 사랑에 빠져 있을지

✤　영국 ITV에서 방영하여 인기를 끈 수위 높은 예능 프로그램. 남녀 출연자들이 수영장 딸린 별장에서 지내며 러브 서바이벌 게임을 즐긴다.

궁금해졌다. 클리오라는 여자아이가 토드에게 어떤 존재인지, 어떤 의미를 갖는지 알고 싶었다. 지난 이틀간 토드의 행동을 봤을 때 첫사랑의 광기를 결코 가볍게 여겨서는 안 된다. 젠은 클리오를 만난 적이 없다. 지난여름 젬마에게 차인 뒤로 토드는 자연스럽게 연애에 관해 숨기게 되었다. 여자친구와 오래 만나지 못하고 끝난 것이 창피해서인 것 같다고 젠은 생각했다. 답장 받지 못한 문자들을 엄마에게 다 보여주었다는 사실이 창피하기도 했을 것이다.

다시 나갈 채비를 마치자마자 토드는 현관문을 한번 힐끗 쳐다보았다. 무언가가 궁금해서 쳐다본 게 아니다. 그것과는 달랐다. 누군가가 찾아올까 봐 경계하는 듯 불안한 눈빛이었다. 젠이 세심히 관찰하지 않았다면 분명 이 낌새를 알아차리지 못했을 것이다. 즉시 사라져 버린 찰나의 표정이었다.

"그건 뭐예요?"

토드가 뒤돌아보더니 젠이 보고 있는 모니터 화면을 가리키며 물었다.

"응, 재밌는 걸 읽고 있었어. 타임슬립이라고, 알아?"

"진짜 좋아해요."

토드가 말했다. 그는 복고풍의 스누커* 셔츠를 입고 젤을 발라 세운 머리를 이마에 살짝 늘어뜨렸다. 토드는 샷을 친 공들을 수학적으로 계산하는 게 재미있다며 최근 스누커에 빠져 있다. 젠은 아

✝ 포켓 6개와 공 22개를 이용하는 당구 경기.

쩔할 정도로 잘생긴 아들을 바라보았다.

"만약 타임슬립에 갇히면 어떻게 할 거야?"

젠이 묻자 토드가 무심히 말했다.

"음, 그런 경우 대부분 사소한 게 중요하더라고요."

"무슨 뜻이야?"

"나비효과 있잖아요. 아주 작은 것이 미래를 바꾸는 거죠."

토드는 몸을 숙여 고양이를 쓰다듬었다. 잠깐 다시 어린애가 된 것 같았다. 아무런 의심 없이 타임슬립을 믿는 그녀의 아들. 젠은 토드에게 이 상황을 말해줄 것이다. 토드가 뭐라고 할지 궁금하다. 하지만 지금 당장은 아니다. 이 일이 진짜 현실이라면 살인을 막는 것이 젠의 임무다. 살인을 초래한 원인이 무엇인지 찾아내어 개입해야 한다. 언젠가 이 일을 해결하면 아침에 깨어났을 때 더는 어제가 아니게 될 것이다. 그래서 지금 젠은 토드에게 아무것도 말해주지 않는다. 토드가 집에서 나갔다. 젠은 아무도 그 애를 기다리거나 따라가고 있지 **않음을** 확인했다. 그리고 자신이 직접 토드를 미행하기 시작했다.

젠은 자동차 두 대를 사이에 두고 토드의 차를 따라갔다. 토드가 운전을 잘 못한다는 것을 알게 되자 이상하게 마음이 놓였다. 젠이 관찰한 바에 따르면 토드는 아직 한 번도 백미러를 보지 않았고, 그녀를 발견하지도 못했다. 토드는 '에시 로드 노스'라는 길에 이르러 속도를 줄였다. 부동산 중개인이라면 마치 주택가에는 원래 식물이 없는 게 당연하다는 듯 이 동네를 '**녹음이 우거진 곳**'이라고 묘사할 것이다. 집 앞 계단 곳곳에 일찍 단장을 마친 호박등이 불을 밝힌 채 앞으로 벌어질 모든 일을 기괴한 분위기로 일깨워 주고 있었다.

토드는 조심스럽게 주차했고 젠은 몇 집 아래의 샛길로 들어갔다. 토드에게 보이지 않기를 바라며 불이 꺼진 집 앞에 차를 세웠다. 차에서 내린 젠은 트렌치코트로 몸을 감쌌다. 밤공기는 초가을의 으스스한 기운을 품고 있었다. 축축한 거미줄이 보이고, 미처 출발할 준비를 마치기도 전에 무언가가 끝나버릴 것 같은 기분이었다. 토드는 하얀 운동화로 낙엽을 차면서 목적지로 걸어갔다. 이 장면을 보고 있노라니 젠은 기분이 이상했다. 자신이 변호사 업무를 하는 동안 그리고 일에 지나치게 신경 쓰느라 가정에 충분히 관심을 기울이지 못한 시간 동안 벌어진 장면이기 때문이다.

젠이 샛길과 에시 로드 노스가 만나는 교차로에 서 있을 때 토드가 갑자기 어떤 집 안으로 사라졌다. 길가에서 안쪽으로 조금 들어간 곳에 자리 잡은 그 집은 꽤 크고 넓은 현관과 개조한 다락방을 갖추고 있었다. 이런 집을 보면 젠은 지금도 위축된다. 그녀는 비슷한 집들이 다닥다닥 붙어 있는 동네의 방 두 개짜리 집에서 자랐는데 창문이 금방이라도 부서질 듯 망가져 있어서 저녁이면 바람이 들어와 머리가 제멋대로 휘날렸다. 부인과 사별한 홀아비였던 젠의 아버지는 찬 바람이 들이친다는 것을 몰랐다. 만약 알았다 해도 법률지원 업무에 파묻혀 있어서 창문을 고칠 만한 시간을 내기가 어려웠을 것이다.

차가운 바람이 불어와 젠은 어깨를 웅크렸다. 비 오는 거리에서 그녀는 너무 얇은 코트를 걸치고 있었다. 젠은 오렌지색으로 물든 10월의 나무들을 바라보며 생각에 잠겼다. 토드와 아버지에 대해 그리고 오늘과 내일, 어제에 대해 이런저런 생각을 하며 젠은 거리를 따라 걸었다. 토드는 32번지의 집에 들어갔다. 젠은 토드를 기다리는 동안 그 집 주소를 검색해 보았다. 손가락이 너무 차가워서 휴대폰 자판을 누르기가 힘들었다. 찾아보니 이 주소는 에즈라 마이클스와 조셉 존스가 소유한 '커팅 앤 소잉 유한회사Cutting & Sewing ltd'의 사무실로 등록되어 있었다. 최근에 세워진 회사이고 회계장부를 제출한 기록도 없다.

토드가 집으로 들어간 뒤 누군가가 밖으로 나왔다. 젠은 집 바로 앞에 서 있었다. 방금 젠이 지나친 정원 문을 그 사람이 통과할 때 젠은 죽은 남자와 얼굴을 마주쳤다. 아니, 이틀 후에 죽는 남자다. 그 피해자.

그 남자는 지금 살아서 눈을 빛내고 있다. 뺨에는 혈색이 돈다. 젠은 어디서든 그를 알아봤을 것이다. 너무나 생생히 살아 있는, 하지만 살날이 며칠 남지 않은 이 사람은 40대 중반이거나 그보다 더 나이가 많아 보였다. 한때 꽤 매력적이었을 얼굴이다. 짙은 턱수염이 가득하고 끝부분이 쫑긋한 귀가 요정 같다.

"안녕하세요."

젠은 즉흥적으로 그에게 인사했다.

"안녕하세요."

그는 경계하는 기색이었다. 젠의 얼굴을 살피는 검은 눈동자를 제외하고 온몸이 미동도 없이 멈추었다. 젠은 머리를 굴려보았다. 최대한 많은 정보가 필요하다. 그런데 최선의 방책은 솔직함 아니겠는가? 고객에게도, 업무 관계자들에게도, 아들의 적에게도.

"토드가 제 아들이에요. 저는 젠이라고 해요."

그녀는 단순하게 말했다.

"아, 당신이 **젠**이군요. 젠 브라더후드. 저는 조셉이라고 합니다."

조셉의 목소리는 걸걸했고 말투는 마치 정치인처럼 권위가 있었다. 조셉 존스. 그가 분명하다. 이곳에 등록된 회사의 소유주. 그는 이어서 말했다.

"착한 애죠, 토드. 에즈라의 조카딸과 사귀는 사이잖아요. 아시죠?"

"에즈라는……."

"제 친구입니다. 비즈니스 파트너이기도 하죠."

젠은 이 정보를 소화하려고 애쓰며 침을 꿀꺽 삼켰다.

"저기, 그냥 궁금해서요. 토드가 좀 걱정돼서 왔어요. 이렇게 찾아와서 죄송해요."

그녀는 설득력 없는 말을 늘어놓았다.

"걱정되신다고요?"

조셉이 머리를 곤추세웠다.

"네. 무슨 나쁜 일이 있는 건 아닌지 걱정돼서……."

"토드는 안전합니다. 아무 문제 없어요."

그는 프로처럼 즉각 젠의 말을 일축했다. 그리고 '**어느 방향으로 가세요?**'라고 묻는 듯한 손짓을 했다. 두말할 것도 없이 이런 뜻이다. '**선택하세요. 좋든 싫든 어디론가 가실 거잖아요.**'

젠이 가만히 있자 조셉은 그녀를 스치고 지나갔다. 안개 속에 홀로 서서 젠은 대체 무슨 일이 벌어지고 있는지 생각해 보았다. 자신이 없어진 상태로 미래가 계속 진행되고 있는지도 궁금했다. 어딘가에서 또 다른 젠이 자고 있거나 정상적인 생활을 할 수 없을 정도로 충격을 받은 상태일까? 토드가 구금되고, 체포되고, 기소되고, 유죄 판결을 받을 그 세계에서. 홀로.

젠은 초인종을 눌러보기로 결심했다. 내일이 없다는 우울한 사실 때문에 운명에 맡기자는 과감함이 생겼다. 그리고 경찰서 유치장에 갇힌 토드를 떠올리자 절박한 심정이 되었다.

"토드가 괜찮은지 알고 싶어서 왔어요."

젠은 문을 열어준 낯선 남자에게 말했다. 이 사람이 분명 에즈라일 것이다. 조셉보다 약간 젊어 보인다. 딱 벌어진 몸집에 콧대가 구부러져 있다.

"엄마?"

집 안 깊숙한 곳 어딘가에서 토드의 목소리가 들렸다. 그리고 곧 토드가 어두운 복도로 모습을 드러냈다. 토드는 창백하고 지쳐 보였다. 이 집은 한때 괜찮았을 테지만 지금은 섀비 시크[✤] 스타일의 '섀비' 쪽에 가깝다. 빅토리아 스타일의 무광택 돌로 된 타일은 낡아 빠졌고, 복도에는 자투리 카펫들이 오래된 종이처럼 포개어져 있다.

"무슨 일이에요?"

토드는 이 낡은 것들 사이로 걸어왔다. 긴장한 듯한 그의 미소

✤ 낡은(섀비shabby) 물건들을 통해 세련된(시크chic) 스타일을 연출하는 인테리어 용어.

속에는 어리둥절함이 담겨 있다. 그때 젊고 예쁜 여자가 복도 끝 응접실에서 엉덩이로 문을 밀고 나왔다. 클리오가 틀림없다. 여자가 토드에게 다가가는 몸짓을 보고 젠은 두 사람이 커플임을 알아챘다. 클리오는 끝이 살짝 휜 매부리코에 아주 짧게 자른 앞머리를 하고 있었다. 물 빠진 청바지는 무릎 부분이 찢어져 있고 피부는 태닝을 했다. 양말은 신지 않았다. 어깨 부분을 잘라낸 분홍색 티셔츠를 입고 있는데, 어깨마저도 매력적이었다. 드러난 어깨가 두 개의 복숭아 같다. 그리고 키가 거의 토드와 비슷하다. 젠은 마치 백 살 먹은 바보가 된 느낌이었다.

"왜 그래요? 무슨 일 있어요?"

엄마를 내려다보는 토드의 목소리에는 짜증이 가득했다. 젠은 그동안 어떻게 이런 상황을 눈치채지 못했을까?

"아무것도 아니야."

젠은 자신 없는 태도로 말했다.

"난 그냥……, 너한테서 문자가 와서. 네가 어디 있는지 위치를 알려줬잖아?"

젠은 거짓말을 하며 토드 뒤로 시선을 던졌다. 그리고 빠르게 집의 나머지 부분을 관찰했다. 클리오와 토드의 건강하게 탄 피부와 밝은 미소는 회반죽이 드러난 벽, 손잡이가 헐거워진 지저분한 응접실 문과 어울리지 않았다. 젠은 얼굴을 찡그렸다. 토드는 주머니에서 휴대폰을 꺼내고는 말했다.

"그런 적 없는데요?"

"아, 미안. 나보고 여기로 오라는 줄 알았어."

토드는 눈을 가늘게 뜨고 엄마를 바라보면서 휴대폰을 흔들었다.

"안 보냈어요. 아무것도 안 보냈다고요. 오기 전에 왜 전화 안 했어요?"

토드가 팔을 움직이는 모습을 보자 젠은 그가 남자를 찌르던 모습이 떠올랐다. 강력하고 깔끔하고 의도적인 그 동작. 그녀는 몸서리를 쳤다.

"당신이 젠이군요."

그때 에즈라가 다가오며 말했다. 젠은 눈을 깜박였다. 그녀를 알아보고 이름을 말하는 방식이 조셉과 똑같다. 토드가 젠에 대해 말한 적이 있나 보다.

"네, 맞아요. 죄송해요. 이렇게 갑자기 찾아오는 일은 다시는 없을 거예요."

토드가 당장 자신을 내보낼 것 같아서 젠은 이 짧은 순간 최대한 많은 정보를 모으려고 기를 썼다. 증거를 찾아 이곳저곳을 힐끔거렸다. 사실 뭘 찾고 있는지 자신도 알지 못했다. 그것을 찾을 때까지는 아마 계속 모를 것이다. 에즈라는 벽장에 등을 기대고 서 있었다.

"엄마?"

토드가 미소를 지었지만 그의 눈은 당장 가라는 메시지를 담고 있었다. 그런데 이 집은 누군가가 사는 집 같지가 않다. 그래, 바로 그거다. 요리하는 냄새도, 빨래도, 아무것도 없다.

"죄송한데 가기 전에 화장실 좀 잠깐 써도 될까요?"

젠이 말했다. 집 안에 **들어가야겠다는** 생각뿐이었다. 집을 한번 둘러보고 어떤 비밀이 숨겨져 있는지 찾아야 한다.

"아니 뭐예요, 엄마."

토드는 온몸으로 10대 특유의 짜증을 뿜어냈다. 젠은 두 손을 들어 올렸다.

"알아, 알아. 미안해. 잠깐이면 돼."

젠은 에즈라에게 과장된 미소를 지어 보이며 물었다.

"화장실이 어디죠?"

"집에서 겨우 5분 거리잖아요."

"엄마가 중년이라서 그래, 토드."

토드는 그 자리에서 죽는 시늉을 했다. 에즈라는 말없이 응접실 문을 가리켰다. **그래, 바로 이거야.** 그녀는 집 안으로 진입하는 데 성공했다. 젠은 토드와 클리오 옆을 비집고 들어가 집 가장 뒤쪽에 있는 주방 겸 라운지로 향했다. 사각형 공간인 그곳에는 오른쪽에 문이 하나 더 있었다. 아무것도 걸려 있지 않은 벽은 역시나 회반죽이 드러나 있고, 해와 달이 수놓아진 큼직한 천이 한쪽 벽에 걸려 있다. 젠은 천 뒤를 살펴보았다. 숨겨진 벽장이라도 있나? 물론 그런 건 없다.

젠은 계단 아래 화장실 문을 열고 수도꼭지를 튼 다음 주방을 한 바퀴 둘러보았다. 거의 텅 비어 있고 바닥 타일은 낡았다. 주방 조리대 위에 부스러기가 있다. 오래된 빈집에서 나는 퀴퀴한 냄새가 난다. 과일 바구니에는 과일이 없고 냉장고에는 아무런 메모도 붙어 있지 않다. 만약 에즈라가 여기 산다 해도 집에 잘 들어오지 않는 게 분명하다.

왼쪽 벽에는 대형 TV가 걸려 있고 그 밑에는 엑스박스 게임기가 있다. 게임기 콘솔 위에 놓인 아이폰이 눈에 들어왔다. 전원이 켜져 있고 운 좋게도 잠겨 있지 않았다. 젠은 휴대폰을 집어 들고 곧바로 문자메시지를 찾아보았다. 그곳에는 클리오에게 토드가 보낸 듯한 문자가 있었다.

토드　그거 알아? 공유결합*된 것처럼 너한테 끌려.

클리오　네 덕분에 웃네. 넌 괴짜 천재야.

토드　난 너의 괴짜 천재지?

클리오　넌 영원히 내 거야. XX**

젠은 문자를 읽어나가며 스크롤을 내렸다. 죄책감이 느껴졌지만 이 행동을 멈출 만큼은 아니었다.

클리오　아침 보고할게. 커피 한 잔, 크루아상 두 개, 네 생각 천 번.

토드　겨우 천 번?

클리오　이제 한 번 더해서 천 하고 한 번.

토드　난 크루아상 천 개랑 생각 몇 번.

✤　화학결합의 하나로 두 개의 원자가 서로 전자를 방출하여 전자쌍을 형성하고, 이를 공유함으로써 생기는 결합.

✤✤　영국에서 편지나 문자 말미에 쓰는 'X'는 키스를 의미하는 친밀한 표현이다. X의 개수가 늘어날수록 높은 친밀도를 나타낸다.

클리오 완벽한 것 같네, 솔직히.

토드 진지한 얘기 해도 돼?

클리오 잠깐, 지금까진 진지한 게 아니었어? 혹시 크루아상 2천 개 먹은 거야?

토드 난 널 위해서라면 뭐든지 다 할 수 있어.

클리오 나도.

뭐든지. 젠은 그 단어가 마음에 들지 않았다. 이 말은 모든 것을 암시한다. 범죄도 살인도 포함된다. 젠은 더 읽고 싶었지만 발소리가 들려 멈추었다. 콘솔 위에 휴대폰을 다시 올려놓았다. 클리오는 정말 토드를 좋아한다. 사랑하는지도 모른다. 젠은 한숨을 내쉬고 방을 찬찬히 훑어보았다. 더는 관심을 끌 만한 게 없었다. 그녀는 변기 물을 내리고 수도꼭지를 잠근 뒤 그곳을 나왔다.

젠은 차 안에서 앤디 베티스에 관한 자세한 정보를 찾아보았다. 그녀에겐 도움이 필요하다. 젠은 창피해하는 아들에게 내쫓긴 심정으로 그에게 이메일을 썼다.

친애하는 앤디

당신은 저를 모르시겠지만 저는 라케시 카푸어의 동료입니다. 제가 지금 겪고 있는 일을 말씀드리고 싶어요. 당신이 이 분야를 연구하셨다고 들었거든요. 미친 사람처럼 보일까 봐 더 이상은 얘기 못 하겠지만, 부디 제 메일에 답장을 보내주세요.

젠 드림

"일은 잘 돼가?"

젠이 문을 열고 집 안으로 들어가자 켈리가 물었다. 켈리는 복구 중인 벤치를 사포로 갈고 있다. 이것도 켈리가 즐기는 '혼자 하는 활동' 중 하나다. 완성했을 때 어떤 모습이 될지 젠은 이미 알고 있다. 이틀 안에 켈리는 세이지 그린 색으로 벤치를 칠할 것이다.

"아니."

젠은 반쯤 솔직하게 말했다. 켈리에게 다시 한번 시간여행에 대해 말해봐야겠다. 켈리는 천천히 다가오더니 무심하게 젠의 코트를 벗겨주었다. 젠은 그의 이런 행동이 너무 좋았다. 켈리가 결혼 선물로 가져온 단순한 보살핌과 관심이었다. 켈리는 젠에게 키스했다. 그에게서 민트 추잉 껌 향이 난다. 둘의 엉덩이가 닿고 다리가 교차된다. 이 모든 동작이 매끄럽게 이어진다. 젠은 자동적으로 호흡이 느려짐을 느꼈다. 그녀의 남편은 항상 이런 효과를 가져다준다.

"당신 고객들은 미친 사람들이야."

그는 무표정하게 농담을 했다. 그의 입이 아직 젠의 입술 바로 옆에 있다.

"난 토드가 걱정돼."

젠이 말하자 켈리가 물러났다. 그녀가 말을 이었다.

"걘 지금 정상적인 상태가 아니야."

"왜?"

히터를 켜자 부드러운 불꽃이 점화되었다.

"나쁜 패거리와 어울리는 것 같아서 걱정이야."

"토드가? 나쁜 패거리라니, 워해머Warhammer✣ 게임 속 애인들?"

젠은 이 말에 웃지 않을 수가 없었다. 켈리가 이런 면을 다른 사람들에게도 보여주면 좋겠다.

"그런 걱정을 하기에 인생은 너무 길어."

그는 덧붙였다. 10여 년 동안 공유해 온 그들만의 명언이다. 젠은 켈리가 처음 이 말을 했다고 확신하고, 켈리는 그 반대로 생각한다.

"클리오라는 애. 잘 모르겠어."

젠이 말하자 켈리가 물었다.

"토드가 클리오랑 아직 사귄대?"

"무슨 말이야?"

"걔가 아니라고 했던 것 같아서. 어쨌든 당신한테 줄 게 있어."

"나한테 돈 쓰지 마."

젠은 부드럽게 말했다. 켈리는 항상 현금을 가지고 다니며 물건을 계산하고 종종 젠에게 줄 선물을 사 온다.

"난 쓰고 싶은데. 호박 사 왔어."

이 말에 젠은 깜짝 놀랐다.

✣ 판타지 전쟁을 소재로 한 온라인 게임.

"뭐라고?"

"하나 필요하다고 했잖아."

"내일 내가 사려고 했어."

젠이 작은 목소리로 말했다.

"그래? 여기 사 왔는데."

젠은 켈리 뒤로 시선을 돌려 주방 안쪽을 쳐다보았다. 당연히 호박이 거기에 있었다. 하지만 같은 호박이 아니다. 이 호박은 거대하고 회색이다. 갑자기 젠의 피부가 차갑게 식었다. 내가 너무 많이 바꿔버리면 어쩌지? 살인과 관련 없는 일들을 바꾼다면? 이런 게 항상 영화 속에서 일어나는 일 아닌가? 주인공이 너무 많은 것을 바꾸고, 걷잡을 수 없이 탐욕스러워지고, 도박을 하고, 히틀러를 죽이고.

"내가 호박을 사야 해."

"뭐라고?"

"켈리, 어제 내가 시간을 거꾸로 살고 있다고 말했잖아."

해가 떠오르듯 켈리의 얼굴에 놀라움이 스쳐 지나갔다.

"무슨 소리야?"

젠은 라케시에게 설명한 대로 그리고 이미 켈리에게 설명한 대로 똑같이 반복했다. 첫날 밤 토드가 지니고 있었던 칼을 포함해 모든 것을 자세히 말해주었다. 그러자 켈리가 물었다.

"칼은 지금 어디 있지?"

"몰라. 아마 토드 가방에 있겠지."

그들이 이미 나누었던 대화가 똑같이 반복되지 않기를 바라며 젠이 초조하게 말했다.

"저기, 이건 말도 안 되는 얘기야."

젠은 켈리가 보이는 이런 반응이 놀랍지 않았다.

"혹시……. 의사랑 상담해 보는 건 어때?"

"그래도 되겠지. 하지만 이건 진짜야. 내가 말하는 건 전부 진짜라고."

켈리는 젠을 빤히 바라보다가 호박으로, 다시 젠에게로 시선을 옮겼다. 그러고는 복도를 걸어가 토드의 학교 가방을 찾아냈다. 켈리는 가방을 거꾸로 들고 복도 바닥을 향해 힘껏 흔들었다. 하지만 칼은 나오지 않았다. 젠은 한숨을 쉬었다. 아마 토드는 아직 칼을 사지 않았을 것이다.

"잊어버려. 만약 나를 못 믿겠으면."

젠은 이렇게 말하고 자리를 떠났다. 켈리가 옆에 있어도 아무 의미가 없다. 계단을 오르며 젠은 만약 입장이 바뀌었다면 자신도 켈리를 믿지 않았을 거라고 인정할 수밖에 없었다. 대체 누가 이 말을 믿겠는가?

"난 그게 아니라……."

계단 아래에서 켈리의 목소리가 들렸다. 하지만 이내 그는 말을 멈추었다. 젠은 그가 말을 중간에 멈췄다는 사실에 가장 실망했다. 켈리는 가끔 너무 쉽게만 살려고 한다. 지금도 분명히 그런 태도였다. 젠은 분노에 차 샤워를 했다. 좋아, 자는 동안 하루 전으로 돌아간다면 그냥 안 자면 되지 않을까? 그것이 그녀의 다음 전략이다.

켈리는 언제나 그렇듯 금방 잠들었지만 젠은 깨어 있었다. 그녀는 시계가 11시가 되고, 11시 30분이 되는 것을 지켜보았다. 그때 토드가 집에 돌아왔다. 자정이 가까워지자 젠은 휴대폰을 뚫어지게 쳐다보며 0시가 0시 1분으로 넘어가는 것을 확인했다. 당연하게도 날짜는 27일에서 28일로 넘어갔다.

젠은 아래층으로 내려가 BBC 뉴스를 틀었다. 지역 소식으로 막 넘어갔을 때, 어젯밤 11시경 두 길이 만나는 교차로에서 일어난 교통사고 뉴스가 나왔다. 자동차가 한 바퀴 굴렀지만 운전자는 부상 없이 빠져나왔다고 한다. 그 뒤로 1시, 2시, 3시가 되자 젠의 눈이 뻑뻑해졌다. 솟아나는 아드레날린과 켈리에 대한 짜증은 어느새 사라졌다. 젠은 거실을 계속 돌았다. 커피를 두 잔째 마시고 그녀는 잠깐 소파에 앉았다. 뉴스가 계속 흘러나왔다. 사고, 날씨, 미리 보는 내일 신문 등등. 젠은 잠시만 눈을 감기로 했다. 아주 잠시만, 그리고…….

라이언

라이언 하일스는 스물세 살이고 세상을 바꾸려 한다. 오늘은 그가 순경✤으로 일하는 첫날이다. 그는 지원서를 내고 면접에 합격하기까지 그 모든 절차를 하나하나 힘겹게 넘어왔다. 그리고 삭막한 맨체스터에서 12주 동안 경찰 지역 훈련 센터 일정을 견뎌냈다. 그는 다른 경찰들과 함께 왁스 칠을 하고 광을 낸 헤링본 무늬 바닥 위에 줄을 서서 투명 비닐에 담긴 유니폼을 받았다. 하얀 셔츠와 검은 조끼. 어깨에는 그의 경찰 번호 2648이 새겨져 있었다.

그리고 마침내 라이언은 이곳 로비에 와 있다. 끊임없이 내린 비로 머리는 젖어 있지만 그 외에는 모든 준비가 끝났다. 그는 어젯

✤ 영국에서는 경찰관이 되면 순경Constable으로 시작하여 경사Sergent, 경위Inspector, 경감Chief Inspector 등의 계급을 거친다.

밤 욕실에서 유니폼을 입어보았다. 오랫동안 간절히 기다려 온 일이었다. 라이언은 몸을 거울에 비춰보려고 변기 위에 올라섰다. 거울 속의 자신은 진짜 경찰이었다. 물론 변기 위였지만 누가 뭐래도 경찰이다. 유니폼 외에도 라이언은 자신이 항상 원하던 것을 갖게 되었다. 바로 능력. 구체적으로 말하면 변화를 만들 수 있는 능력이다. 그리고 지금 이 순간, 그는 경찰서에서 자신을 지도해 줄 상관을 기다리는 중이다.

"루크 브래드퍼드에게 배정되셨네요."

안내데스크에 앉은 조사관은 따분한 목소리로 말했다. 50대 중반 정도 돼 보이는 나이 든 여성이다. 하지만 라이언은 나이를 맞히는 데 소질이 없으므로 확실하지 않다. 그녀의 머리는 청회색이다. 조사관은 한 줄로 이어진 연푸른빛 의자들을 가리켰다. 라이언은 어떤 남자 옆에 앉았다. 범죄자 아니면 목격자일 듯한 이 젊은 청년은 머리를 하나로 묶고 자기 손을 빤히 쳐다보고 있다.

가을비가 경찰서 건물을 두드린다. 창턱에 흘러넘치는 빗소리가 들린다. 비가 너무 많이 와서 뉴스에 보도될 정도였다. 역대 가장 비가 많이 오는 10월이라고 했다. 기차는 운행을 멈추었고, 공원과 주택의 정원에는 흠뻑 젖은 나뭇잎과 물이 가득했다.

20분 뒤 루크 브래드퍼드 순경이 나타났다. 그가 다가오자 라이언은 세 번 심호흡했다. 바로 이거다. 이제 시작이다. 브래드퍼드는 라이언의 손을 으스러지게 잡으며 악수했다. 그는 라이언보다 다섯 살 정도 많아 보인다. 아직 순경인 것을 보니 나이가 많지 않은 게 틀림없다. 그런데도 혈색이 누렇게 뜨고 눈 밑에는 다크서클

이 내려와 있으며 커피 향기를 풍긴다. 머리는 검은색이지만 관자놀이와 귀 윗부분이 희끗희끗하다. 몸이 탄탄한 편인 라이언은 바지 위로 불룩 튀어나온 브래드퍼드의 배를 바라보며 침을 꿀꺽 삼켰다.

"만나서 반갑네. 환영해. 제길, 아직도 비가 와?"

브래드퍼드는 주차장 쪽을 힐끗 내다보았다.

"우선 열병식을 하지. 그다음엔 긴급출동 업무가 기다리고 있어."

그는 돌아서더니 라이언이 일하게 될 건물 가장 깊숙한 곳으로 데려갔다. 브리핑 회의를 열병식이라고 말하다니. 브래드퍼드는 케케묵은 단어를 썼다. 그래도 이것은 라이언이 참석하는 첫 번째 브리핑이다. 그는 배 속에 핀과 바늘이 들어간 듯 짜릿한 전율을 느꼈다.

"주전자에 물 올려."

브래드퍼드가 말했다.

"네, 문제없죠."

라이언은 기꺼이 하겠다는 태도를 보이며 말했다.

"차 준비는 신참이 한다."

브래드퍼드는 브리핑 룸을 가리켰다.

"각자 차 마시는 스타일을 알아 와."

그는 라이언의 어깨를 툭 치고 자리를 떴다.

"네, 알겠습니다."

괜찮아, 라이언은 스스로에게 말했다. 난 차를 준비할 수 있어. 하지만 곧 이 업무가 아주 복잡하다는 사실이 밝혀졌다. 차의 진하기와 달콤함 정도, 심지어 우유를 넣느냐 마느냐까지 15명이 제각각 다른 것을 원한다. 칸데렐✢이나 설탕의 양, 섞는 방식이 각양각색이다. 마지막 머그잔 몇 개를 나르고 나자 라이언은 손이 덜덜 떨리고 손가락 마디에 불이 난 것 같았다. 열병식 시작에 맞춰 브리핑 룸에 도착하고 나서야 그는 자신이 마실 차는 준비하지 못했음을 깨달았다.

40대 후반의 조앤 자모 경사는 온 얼굴을 가득 채우는 미소를 가졌다. 그녀가 진행 중인 업무를 브리핑하기 시작했다. 라이언은 아무것도 알아들을 수가 없었다. 이곳에 새로 온 순경은 라이언이 유일하고, 나머지는 북쪽으로 흩어져 일하는 중이었다. 라이언이 브리핑 룸을 둘러보니 15명의 경찰관copper과 15개의 찻잔cuppa이 있다.✢✢ 그는 이곳에서 자기와 나이가 비슷한 동료를 만나고 싶다고 생각했다.

라이언은 열여덟 살 때 학교를 떠났고 지난 몇 년 동안 친구들과 함께 일했다. 그는 회사에서 사무용품을 주문하는 일을 담당했는데, 아무도 그가 생산적인 일을 할 거라고 기대하지 않음에도 계속 급여를 받는, 상당히 괜찮은 일이었다. 라이언은 한동안 이 일이 아주 좋다고 생각했다. 하지만 자와 줄 쳐진 A4 용지를 주문하는 일로는 만족을 느낄 수 없게 되었다. 그러다가 6개월 전 어느 월요일 아침, 잠에서 깬 라이언은 생각했다. **이게 정말 내가 원하는 일일**

✢   달콤한 맛을 내는 감미료 브랜드.

✢✢ 'copper'와 'cuppa'의 발음이 비슷하다는 점을 이용한 작가의 언어유희.

까? 그리고 그는 경찰에 지원했다.

자모는 긴급출동 업무 리스트를 나누어주었다.

"좋아요. 새로 들어온 신입 직원은 누구죠? 그쪽이요."

그녀의 갈색 눈이 라이언을 향했다.

"담당 상관이 브래드퍼드인가요?"

라이언이 입을 열기도 전에 브래드퍼드가 대답했다.

"맞습니다."

그러자 자모 경사가 라이언을 똑바로 보고 말했다.

"좋아요. 당신은 에코 그리고 마이크입니다."

"마이크요? 죄송한데 저는 라이언입니다. 라이언 하일스."

브래드퍼드의 속눈썹이 살짝 흔들렸다. 라이언이 이해하지 못하는 떨림이다. 잠시 브리핑 룸이 조용해지더니 웃음소리가 터져나왔다.

"에코 마이크."

브래드퍼드는 이것이 결정적인 구절이라도 되는 양 깔깔 웃으며 말했다. 그는 한 손으로 문틀을, 나머지 한 손으로는 자기 배를 잡았다.

"맨체스터 아카데미에서 표음식 알파벳* 안 배웠어? 요즘엔 이런 거 안 가르치나?"

"아 네, 알아요."

✤ 무선통신을 할 때 정확한 정보 전달을 위해 알파벳 글자마다 쉬운 단어로 별명을 붙인 것. 예를 들어 A는 알파Alpha로, C는 찰리Charlie로, E는 에코Echo로 표현할 수 있다. '알파, 찰리, 에코'라고 말하면 'ACE'라는 단어를 뜻한다.

라이언의 뺨이 뜨겁게 달아올랐다.

"배운 거 맞습니다. 죄송합니다. 마이크라는 이름 때문에 잠시 혼동했어요."

"괜찮아요."

자모 경사가 말했다. 그녀는 마구 웃어대는 경찰들이 마음에 들지 않는 게 분명했다. 웃음이 멈추는가 싶더니 다시 시작됐다. 영국 경찰청 범죄수사과에 웃음의 파도가 넘쳐흘렀다. 대단한 구경거리라도 생긴 양.

"에코 마이크 245."

분위기를 전환하겠다는 듯 브래드퍼드가 말했다. 그는 라이언에게 다가왔다.

"긴급출동 업무 중에는 내가 첫 번째 응답을 할 테니까 두 번째는 네가 받아."

그는 브리핑 룸에서 경찰들을 서둘러 밖으로 내보냈다. 라이언은 그게 무슨 뜻인지 감히 묻지 못했다. 두 사람은 초록색 카펫이 깔린 복도를 따라 걸어갔다. 그리고 로커에 도착하자 브래드퍼드가 라이언에게 라디오 수신기를 건넸다.

"좋아, 이게 네 거야. 호출은 이런 식으로 와. 에코 마이크, 네 차량 번호. 그럼 네 옷깃 번호로 응답하면 돼. 어깨에 있는 2648이 네 번호야. 알겠지?"

"네, 알겠습니다."

라이언이 대답했다.

모든 경찰은 첫 2년을 긴급출동 부서에서 보낸다. 절도, 살인 등 어떤 일도 벌어질 수 있다.

"그래, 좋아. 이제 가지."

브래드퍼드가 말했다. 그는 '이쪽이야', '네가 망할 바보 멍청이가 아니길 빈다'라는 두 가지 뜻을 모두 품은 손짓을 했다. 라이언은 로비를 지나 비 오는 밖으로 나갔다.

"이 차 번호는 EM245야, 자모 경사가 말한 것처럼."

브래드퍼드는 경찰차를 가리키며 말했다. 라이언은 경찰차 특유의 줄무늬와 라이트에서 눈을 뗄 수가 없었다.

"알겠습니다."

라이언은 조수석 문을 열고 차에 올라탔다. 오래된 담배 냄새가 났다.

"에코 마이크 245. 응답하라."

라디오 수신기에서 목소리가 흘러나왔다.

"에코 마이크 245, 듣고 있다."

브래드퍼드는 높낮이 없는 단조로운 목소리로 응답했다. 그는 아직 시동을 걸지 않은 채 기어 손잡이를 퉁기고 있다. 라이트가 제대로 작동하는지 확인하고 계기판의 커다란 버튼을 툭 쳐서 파란색 라이트를 켰다. 라이언은 발목을 꼬고 앉아 수신기에 귀 기울였다.

"고맙다. 술에 취한 것처럼 보이는 남성 노인이 행인들에게 시비를 걸고 있다는 보고가 들어왔다."

라이언은 시계를 확인했다. 아침 8시 5분이다.

"에코 마이크 245, 접수됐다. 이제 출발한다."

브래드퍼드는 드디어 시동을 걸고 기어를 넣었다.

"아마 올드 샌디일 거야."

그가 말했다. 라이언은 이 문장에도 경찰들이 쓰는 알파벳 이니셜이 숨겨져 있을까 봐 두려워서 아무 말도 하지 않았다.

"노숙자인데 착한 사람이지."

브래드퍼드는 출발하면서 백미러를 확인했다.

"경고 한 번만 주면 될 거야. 상태가 나쁘면 구급차 부르고. 그 사람은 항상 보드카야. 엄청나게 마시지. 진짜 건강 체질이라니까."

신호에 걸려 대기하면서 라이언은 엄청난 교통량을 보았다. 자신의 차를 운전할 때와는 완전히 다른 경험이다. 경찰차가 옆에 있어서 그런지 주변 차량의 운전자들이 전부 모범생 같다. 마치 〈트루먼 쇼〉에 출연하는 연기자처럼 모두가 10시와 2시 방향으로 운전대를 바르게 잡고 앞을 똑바로 보고 있다.

"모두가 이렇게 모범적으로 행동하다니 놀라워요."

라이언의 말에도 브래드퍼드는 아무 반응이 없었다. 라이언은 계속 올드 샌디와 보드카를 생각했다. 그리고 물론 자신의 형에 대해서도.

"올드 샌디는 어떻게 노숙자가 됐을까요?"

"전혀 몰라."

"그에게 물어봐도 될지 궁금하네요."

"나 원 참."

브래드퍼드는 앞을 똑바로 보고 말했다.

"맞아, 모든 사람에게 그렇게 한다면 우린 빌어먹을 영웅이 되겠지, 안 그래?"

"그렇죠."

라이언은 부드럽게 말했다. 비 때문에 차량 행렬이 흐릿해 보였고, 거리에 고인 물은 브레이크 등과 하얀 하늘을 반사하고 있었다.

"이 일의 첫 번째 규칙. 긴급출동 업무는 대부분 지루하거나 바보들이 엮여 있다. 둘 다 해당되는 경우가 많지."

브래드퍼드가 단호하게 말했다.

"바보들을 구해줄 순 없어."

"네, 그렇겠죠."

"두 번째 규칙. 신참들은 항상 너무 말랑말랑하다."

해변에 도착한 뒤 브래드퍼드는 깔끔하게 주차했다. 라이언은 그의 말에 힘을 실어주는 대답을 하지 않았다.

"그럼 가볼까, 마이크."

브래드퍼드가 차에서 내리며 말했다. 라이언은 다시 얼굴이 달아올랐다. 이 별명이 자신에게 딱 붙어 떨어지지 않을 거라는 예감이 들었다. 사람 일이란 원래 이런 것이다. 언젠가 라이언은 총각파티에 간 적이 있는데, 참석자 중 한 명이 주말 내내 '1층 새끼'로 불렸다. 단지 그의 호텔 방이 나머지 사람들과 달랐다는 게 이유였다. 라이언은 끝내 그의 진짜 이름을 알지 못했다.

직접 보니 올드 샌디는 그렇게 늙지 않았다. 그의 얼굴은 전형적인 알코올중독자처럼 불그스름하고 상처투성이였지만 몸은 유연했다. 경찰이 다가가자 그는 큰 소리로 신에 대한 불평을 늘어놓았다. 바로 옆에서 소용돌이치는 바다가 종말이라도 온 듯한 분위기를 만들었고, 비수기의 해안은 을씨년스러웠다.

"안녕하세요, 올드 샌디."

브래드퍼드가 말을 걸자 샌디는 그를 알아본 듯 움직임을 멈췄다. 그러고는 이마에 흘러내린 거친 머리카락을 뒤로 넘겼다.

"자네군. 자네였음 했어."

그는 진심으로 말했다. 알고 보니 그의 이름은 샌디가 아니라 대니얼이었다. 해변에서 잠을 자기 때문에 경찰이 그에게 샌디＊라는 별명을 붙인 것이다. 다음 호출지로 이동하면서 라이언은 비 내리는 하늘을 올려다보고 한숨을 쉬었다.

그 뒤로 여섯 건의 호출이 이어졌다. 그중 하나는 가정폭력 사건이었는데 벌써 열네 번째 경찰을 호출한 아내는 아직도 남편을 고소하지 못하고 있었다. 이것은 가장 우울하면서 부적절하게도 가장 흥미로운 사건이었다. 나머지는 그렇고 그런 사건들이었다. 장례식장 우편함에 소변 본 남자, 쓰레기 문제로 시비가 붙은 두 명의 견주, 10파운드짜리 지폐를 먹어버린 현금인출기. 흔하디흔하다는 표현이 딱 어울리는 사건이다.

라이언이 브래드퍼드와 함께 경찰서로 돌아오니 저녁 6시였다. 경찰복은 땀에 절어 있고 그는 한숨도 못 잔 사람처럼 지쳤다.

"아침에 봐, 마이크."

경찰서 안으로 들어갈 때 브래드퍼드가 키득대며 말했다. 하지

＊　샌디sandy는 '모래로 덮인, 모래 색깔의'라는 뜻이다.

만 라이언은 지금 당장 퇴근할 수 없다. 집에 가기 전에 각 호출 건에 대한 신입 경찰 훈련 기록을 작성해야 한다. 사실 그는 작은 회의실에 혼자 앉아 조용히 하루를 돌아보고 생각을 정리할 시간을 기대하고 있었다. 그리고 아침에 못 마신 망할 차도 한 잔 마실 것이다. 그의 뇌는 마구 흔들린 스노볼 같았다. 경찰 일은 그가 기대했던 것과는 달랐다.

라이언은 로비로 들어가 조사관 앞을 지나갔다. 아침과 다른 사람이지만 똑같이 지루한 표정을 하고 있었다. 라이언은 벽을 따라 비상호출선이 설치된 조용한 복도를 통과했다. 심문 중인 용의자나 유치장, 그 어떤 것이라도 잠깐이나마 실제로 보고 싶었다. 긴급 출동과 관계없는 것이라면 무엇이든 좋았다. 하루에 여섯 건의 호출, 4일 출근에 3일 휴식, 1년에 48주. 이렇게 2년간 일해야 한다. 라이언은 그 시간 동안 받게 될 호출이 몇 건일지 계산하고 싶지 않았다. 분명히 엄청난 숫자일 것이다. 어쩌면 오늘이 이례적으로 운이 나쁜 날이었을지 모른다. 브래드퍼드는 단지 지쳤을 뿐이었는지도 모른다. 어쩌면 내일은 재밌을 수도 있다. 어쩌면, 어쩌면.

라이언은 빈 회의실 문을 밀었다. 방음을 위해 문이 두 개 설치돼 있다. 그는 의자를 끌어다 마을 회관에나 있을 법한 싸구려 금속 테이블 앞에 놓았다. 조끼 주머니에서 수첩을 꺼내고 테이블 한쪽에 놓인 빨간 플라스틱 통에서 펜을 하나 집어 들었다. 그런 다음 수첩 맨 위에 날짜를 휘갈겨 썼다. 원래는 업무 중에 그때그때 기록했어야 하지만 브래드퍼드는 그런 규칙은 경찰 훈련 학교에서나 떠들어대는 멍청한 짓이라고 했다.

라이언은 샌디에 관해 쓰다가 잠시 멈추고 생각에 잠겼다. 이 일로 어떻게 변화를 만들 수 있을지 알고 싶다. 문득 과거의 일이 떠올랐다. 라이언의 형은 10대 후반에 엄마의 표현대로라면 엇나가기 시작했다. 자동차 절도에서 시작해 마약을 하고 급기야 마약 거래에까지 손을 댔다. 담배를 피우다 마약으로 넘어가는 과정은 0에서 60까지 숫자를 세듯 빠르게 진행되었다. 브래드퍼드라면 뭐라고 했을까? 경찰의 시간을 낭비하는 주범 중 하나라고 말했을 것이다. 형에게는 남성 롤모델도, 미래에 대한 희망도 없었으므로 그것은 어쩌면 충분히 예상 가능한 일이었을지 모른다. 엄마는 최선을 다했지만 두 가지 일을 동시에 하고 있었기 때문에 항상 아이들 곁에 있어 주지 못했다. 라이언의 형은 웃긴 방식이지만 가정 경제에 보탬이 되고 싶어 했다. 그게 전부였다. 그리고 한동안 실제로 보탬이 되었다. 형은 돈을 가져왔으나 어디에서 나온 돈인지 가족은 아무도 몰랐다.

라이언은 수첩으로 펜을 가져갔다. 어쩌면 그는 형 같은 사람들에게 변화를 만들어주고 **있는지도** 모른다. 올드 샌디는 그들을 보고 반가워했고 브래드퍼드를 잘 아는 듯 보였다. 라이언이 기대한 방식은 아니지만 어쩌면 그들은 올드 샌디에게 도움을 주고 있는지 모른다. 빌어먹을. 라이언은 생각했다. 나머지 기록은 내일 적을 것이다. 지금은 도무지 쓸 기분이 아니다. 그는 회의실 문을 열었다. 슈트를 입은 키 큰 남자가 지나갔다. 범죄수사과 경찰일 것이다. 라이언은 가슴에 뭔가 긍정적인 기운이 피어나는 것을 느꼈다. 그래, 그래, 그래. 아직 기회는 아주 많아. 재미있는 일을 하면서 변화를 만들 기회. 라이언이 원하는 건 그게 전부다. 누구나 그걸 원하지 않을까?

"안녕하세요."

라이언이 남자에게 말을 걸었다. 그는 180센티미터가 훌쩍 넘는 키에 다부진 체격을 가졌고 컴퓨터 게임에 등장하는 악당을 연상시켰다.

"첫날인가요?"

라이언은 고개를 끄덕이며 말했다.

"네, 긴급출동 업무를 하고 왔죠."

"아주 재밌는 일을 했네요."

남자가 웃더니 따뜻한 손을 내밀었다.

"피트라고 합니다. 하지만 모두 절 근육이라 부르죠."

"만나서 반가워요. 혹시 범죄수사과인가요?"

"지은 죄가 많아서요."

근육은 목련이 그려진 벽에 몸을 기댔다. 껌을 꺼내더니 라이언에게도 하나 주었다. 라이언의 입속에 민트 향이 확 퍼졌다.

"오늘 즐거운 업무 했나요? 상관이 누굽니까?"

"브래드퍼드요."

"오, 이런."

"알아요, 괜찮은 호출 건이 없었어요."

"당연히 그랬을 테죠. 그런데 이 지역 분이 아닌가 봐요? 억양이……."

"맞아요. 여기 출신 아니에요. 맨체스터에서 출퇴근합니다."

"그래요? 어떻게 여기까지 오게 된 거죠? 끝도 없는 긴급출동 업무의 매력에 끌렸습니까?"

"비슷한 거죠. 그리고 **변화를 만들고 싶어서요.**"

라이언은 '변화'를 강조하며 양손으로 따옴표 표시를 했다.

"곧 후회할 거예요."

근육은 벽에서 몸을 떼고 어슬렁거리며 복도를 따라 걸어갔다. 라이언은 그를 따라갔다. 수사 사무실 문 앞에 다다르자 근육이 뒤돌아서며 말했다.

"여기 용어를 모르는 게 좋을 수도 있어요. 왜 그런지 곧 알게 될 겁니다."

"마이크 사건을 들으셨군요."

라이언이 말했다.

"맞아요."

근육은 웃음을 숨기지 않았다.

"네, 아직은 용어를 잘 모르는데, 곧 알게 되겠죠."

"너무 잘 알 필요 없어요, 라이언."

근육은 수수께끼 같은 말을 남기고 문 안으로 사라졌다. 라이언은 몇 초 동안 껌을 더 씹다가 문을 바라보며 생각했다.

'유능한 경찰이 다 저렇게 말하는 건 아니겠지.'

젠은 침대에서 눈을 떴다. 26일, 사건 당일로부터 3일 전이다. 젠은 전망창 밖을 내다보았다. 비가 오고 있다. 거꾸로 가는 이 시간여행은 어디서 끝이 날까? 설마 영원히? 그녀의 존재가 사라질 때까지? 젠은 규칙을 알아야만 한다. 그것이 변호사가 해야 할 일이다. 규정과 체계를 이해하면 비로소 게임을 할 수 있게 된다. 지금까지 젠이 알아낸 건 '아무것도 소용이 없었다'는 사실뿐이다. 젠은 아직 범죄를 막아내지 못한 채 거꾸로 가는 시간여행 속에 갇혀 있지만 이 안에서만 원인을 찾아낼 수 있다. 범죄를 막고 타임슬립을 멈추는 것. 그것이 그녀의 목표다.

젠은 앤디 베티스에게서 온 답장이 없는지 다급하게 이메일을 확인해 보았지만 아무 소식이 없었다. 그리고 아래층으로 내려가니 토드가 뭔가를 찾고 있었다.

"TV 세트 위에 있어."

젠이 말했다. 그녀는 토드가 물리학 파일을 찾으려 한다는 것을 알고 있다. 엄마이기 때문이기도 하지만 이 상황을 이미 겪어봤기 때문이기도 하다.

"아, 고마워요."

토드는 의식적인 미소를 지었다.

"오늘은 양자量子 수업이에요."

세상에, 아들은 이제 엄마보다 훨씬 크다. 한때 토드는 엄마보다 훨씬 작았고, 등하굣길에 손을 위로 뻗어 엄마 손을 찾곤 했다. 토드의 따뜻한 손은 항상 엄마 손을 찾았다. 젠이 핸드백에서 무언가를 꺼내거나 신호등 버튼을 누르느라 손을 잡아주지 못하면 토드는 실망했고, 그럴 때마다 젠은 매번 죄책감을 느꼈다. 엄마들은 어이없는 이유로도 죄책감을 느낀다.

그랬던 녀석이 이제는 엄마보다 훌쩍 커져서 엄마의 눈길을 거부하고 있다. 아마 자신이 죄책감을 느끼는 것이 옳았는지도 모른다고, 젠은 좌절하며 생각했다. 어쩌면 아이의 손을 잡아주는 것 외에는 아무것도 하지 말았어야 했는지 모른다. 젠은 엄마로서 저지른 수많은 죄를 떠올렸다. TV를 너무 많이 보게 한 것, 수면 교육을 시킨 것, 그 외에도 엄청나게 많은 죄를 지었다는 생각이 들어 마음이 아팠다.

"조셉 존스라는 사람 알아?"

젠은 조심스럽게 아들을 관찰하며 조용히 물었다. 토드가 엄마에게 진실을 말할지 알고 싶어서가 아니라 거짓말을 할지 알고 싶어서였다. 젠은 토드가 거짓말을 할 거라고 생각했다. 엄마의 본능은 어떤 변호사보다 낫다. 토드는 볼에 바람을 넣어 부풀리고는 부엌 조리대 위에 놓인 충전기에 휴대폰을 꽂았다.

"아뇨."

토드는 다분히 의도적으로 얼굴을 찡그렸다. 그는 학교 가기 전에 부엌에서 휴대폰을 충전한 적이 없다. 항상 밤사이에 충전한다.

"근데 왜요?"

젠은 토드를 자세히 살펴보았다. 흥미롭다. 토드는 '조셉은 클리오 삼촌의 친구분이에요'라고 쉽게 말할 수도 있었다. 하지만 말하지 않기로 결정한 것이다. 젠이 예상한 대로다. 젠은 무언가를 원해서가 아니라 계획하기 위해서 잠시 망설이다 말했다.

"아무것도 아니야. 신경 쓰지 마."

"알았어요, 신비한 엄마. 뭘 숨겨두고 있는지는 모르지만요. 샤워하러 갈게요."

토드는 휴대폰을 충전 중인 채로 두고 갔다. 젠은 아무런 이론도 희망도 없이 부엌에 서 있었다. 그녀에게 도움을 줄 수 있는 유일한 사람이 거짓말을 하고 있다. 젠은 계단 쪽을 힐끔 보았다. 지금 그녀에게 허락된 시간은 5분에서 20분 사이다. 토드는 어쩔 땐 샤워를 명상하듯 오래 하고, 어쩔 땐 빨리 마치고 채 마르지 않은 몸 위에 서둘러 옷을 입기도 한다.

젠은 토드의 휴대폰을 열어보려 했지만 비밀번호 입력에 두 번 실패했다. 토드의 방이라도 수색해 보기로 계획을 변경하고 위층으로 서둘러 올라갔다. 무언가 도움이 되는 정보를 찾아야만 했다.

토드의 방은 진녹색 페인트를 칠한 어두운 동굴 같다. 커튼은 닫혀 있다. 창문 아래 놓인 더블침대에는 타탄체크무늬 커버가 씌워져 있다. 침대 맞은편에는 TV가, 젠과 켈리의 방으로 올라가는 계단 아래 한쪽 구석에는 책상이 놓여 있다. 방은 깔끔하지만 남자들의 공간이 그렇듯 아늑한 느낌은 없다. 책상 위에는 검은색 스탠드와 맥북만 올려져 있고, 실내 자전거가 한쪽 벽에 기대어져 있다. 젠은 노트북을 열고 비밀번호를 입력해 봤으나 또다시 로그인에 두 번 실패했다.

젠은 어떻게 이 시간을 최대한 활용할 수 있을지 초조해하며 방 안을 둘러보았다. 그러다 토드의 책상 서랍과 침대 옆 탁자 서랍, 침대 밑을 미친 듯이 뒤졌다. 이불을 걷어내고 옷장 바닥을 더듬어 보았다. 젠은 무언가 발견할 거라는 걸 알았다. 분명히 느낄 수 있다. 토드의 죄를 입증할 만한, 그녀가 절대 잊지 못할 어떤 것. 젠은 방을 완전히 뒤집어 놓았다. 다시 되돌려 놓을 수 없겠지만 상관없었다. 이미 6분을 낭비했다. 법적인 시간의 한 단위이자 한 시간의 10분의 1이다.

그때 젠의 시선이 엑스박스에 닿았다. 토드가 항상 하는 게임이다. 게임을 하면서 분명 누군가와 대화한 적이 있을 것이다. 찾아볼 만한 가치가 있다. 젠은 토드가 샤워하는 소리를 들으며 엑스박스 게임기 전원을 켜고 메신저를 찾았다. 그곳은 어두운 세계다. 무서운 게임, 전투 게임 등에 관해 처음 만난 사람들과 주고받은 메시지가 가득했다. 다른 플레이어를 찌를 칼을 살 수 있을 만큼 충분한 포인트를 벌기도 할 것이다. 젠은 최근 기록에서 두 개의 메시지를 발견했다. 하나는 '유저 78630'에게, 하나는 '코너 18'에게 보낸 메시지다. 첫 번째는 **'오케이'**, 코너에겐 **'11시에 갖다줄까?'**라는 내용이었다.

젠은 폴린에게 코너에 관해 물어볼 작정이다. 코너가 무슨 일을 했는지 확인해야 한다. 우연이라기엔 토드가 삐딱선을 타기 시작한 시점과 코너와 친해진 시점이 너무 딱 맞는다. 더구나 11시에 갖다준다는 말은 뭔가 수상하다. 젠은 게임 콘솔을 끄고 토드의 방에서 나왔다. 그 직후 토드가 욕실 문을 열었다. 젠과 토드는 층계참에서 마주쳤다. 토드는 허리에 수건만 두르고 있었다. 젠은 토드에게 눈을 맞추었지만 토드는 시선을 피했다. 젠은 그의 기분을 추측할 수가 없었다. 살인이 일어났던 날 밤 토드의 표정을 떠올려 보았다. 자책감이라곤 전혀 찾아볼 수 없었던 표정이 기억났다.

내일 아침 눈을 떴는데 전날로 돌아가 있다면 사무실에 나가는 것이 무슨 소용일까? 젠은 어른이 된 후 처음으로 일에서 아무 의미도 찾을 수 없었다. 그녀는 헨리 8세에게 밥을 주면서 이에 관해 곰곰이 생각했다. 앤디 베티스의 연락처로 전화를 걸어보았지만 응답이 없었다. 구글에서 다시 그에 관해 검색해 보니 앤디는 블랙홀에 관한 논문으로 어제 어떤 상을 받았다. 젠은 시간여행에 관해 논문을 쓴 사람을 두 명 더 찾아 이메일을 보냈다.

그녀는 이 상황을 남편에게 어떻게 납득시킬지 생각해 보았다. 젠은 한숨을 쉬었고, 그제야 지금 맡고 있는 사건에 관한 메모가 가득 적힌 노트를 꺼냈다. 하지만 지금 그 사건은 젠에게 그다지 중요하게 느껴지지 않았다. 난방기가 내는 부드러운 소음만이 들린다. 노트에 젠은 **'3일 전'**이라 쓰고 그 밑에 **'내가 아는 것'**이라고 적었다.

조셉 존스의 이름, 정확한 주소.
클리오가 연락이 있을 것임.
코너에게 갖다준다?

지금은 아는 것이 많지 않다.

그날 오후 젠은 몇 년 만에 처음으로 하굣길에 토드의 마중을 나갔다. 초록색 학교 정문 앞은 부모들로 북적였다. 삼삼오오 모여 있는 사람들, 혼자 기다리는 사람들, 차려입은 사람들과 대충 입은 사람들이 모두 섞여 인파를 이루고 있었다. 평소라면 젠은 이곳에 모인 모든 사람이 자신에 대해 수군거린다는 피해망상에 시달렸겠지만, 오늘은 좀 더 자주 마중을 나올 걸 그랬다는 생각이 들었다. 초보자에게는 아주 흥미로운 경험이었다.

젠은 즉시 폴린을 발견했다. 폴린은 홀로 서 있었다. 최근 그녀는 코너가 학교에 잘 있었는지 확인하기 위해 이렇게 마중을 나온다. 얼마 전 코너가 학교를 땡땡이쳐서 혼난 적이 있었기 때문이다. 그리고 그다음에 막내 테오를 데리러 간다. 폴린은 데님 재킷에 커다란 스카프를 두르고 발목을 꼰 채 휴대폰을 들여다보고 있었다.

"하굣길 마중 나오기를 한번 해보고 싶어서 왔어."

젠이 말하자 폴린이 웃으며 대답했다.

"진짜로 영광이네. 여기 있는 사람들은 다 멍청이야. 애들 데리러 오는데, 마리오 엄마는 멀버리 백을 가져왔어. 솔직히 말이 돼?"

폴린은 젠이 편하게 지내는 친구 중 하나다. 젠은 3년 전에 폴린의 이혼소송을 맡았고, 그녀가 바람둥이 남편 에릭과 깔끔히 헤어지도록 도와주었다. 폴린은 당시 에릭의 외도 증거를 캡처한 사진을 가지고 젠의 로펌에 나타나 상담을 시작했다. 젠은 학교에서 폴린을 본 적은 있었으나 이야기를 나눠보진 않았다. 그녀는 폴린에게 차를 한 잔 가져다주고 에릭이 애인에게 보낸 메시지, 즉 유죄를 입증할 메시지를 전문가의 솜씨로 확인한 뒤 폴린의 이혼소송을 맡겠다고 말했다.

"이런 걸 보여드려서 유감이네요."

폴린은 휴대폰을 주머니에 넣고 차를 홀짝이며 이렇게 말했다.

"네, 그래도……. 증거를 가졌다는 건 좋은 거예요."

젠은 딱딱한 정장을 입고 회사에 앉아 있는 입장이었음에도 자신의 표정이 흔들리는 것을 느꼈다.

"솔직히……, 노골적이긴 하네요."

폴린과 젠의 눈이 잠시 마주쳤다.

"혹시 이 거지 같은 메시지들을 법정 탄원서에 첨부하시나요?"

폴린은 물었고, 젠의 사무실에서 두 사람은 갑자기 웃음을 터뜨렸다.

"그 메시지를 발견한 이후 처음으로 웃은 날이었어요."

나중에 폴린은 진심으로 이렇게 말했다. 그렇게 비극과 유머 사이에서 우정이 탄생했다. 그런 일은 종종 일어나는 법이다. 코너와 토드가 친구가 되었을 때 젠은 기뻤다. 지금까지는.

"씻지도 않고 온 사람 여기 있어."

젠이 말하자 폴린은 웃으며 컨버스 운동화를 바닥에 비볐다.

"오늘 일 안 하나 봐?"

멀찌감치 토드가 나타났다. 토드는 코너와 함께 천천히 달려오는 중이다. 코너는 학교에서 몇 안 되는, 토드보다 키가 큰 학생이다. 그 나이치고 체격이 건장했다.

"응, 안 해."

"요즘 잘 지내? 수수께끼의 남편분도?"

"저기, 할 얘기가 있어."

젠은 가벼운 대화를 건너뛰고 진지하게 말했다.

"변호사가 **할 얘기 있다고** 하는 거 싫은데."

"걱정할 건 없어."

젠은 가볍게 말한 다음 본론으로 들어갔다.

"내 생각에 토드가 어떤 일에 휘말린 것 같아."

"무슨 일?"

폴린은 갑자기 심각해졌다. 그녀는 유머러스하지만 중요한 문제에는 엄격한 엄마다. 젠의 생각에 폴린은 담배와 욕설까지는 참아주지만 그 이상은 용납하지 않을 것이다. 코너를 감시하려고 이렇게 학교에 오는 것만 봐도 알 수 있다.

"모르겠어. 단지……, 토드의 행동이 요즘 이상해. 혹시 코너는 안 그래?"

폴린은 살짝 고개를 뒤로 갸우뚱했다.

"무슨 말인지 알겠어."

"바로 그거야."

그들 주위로 더 많은 부모가 모여들기 시작했다. 열한 살, 열다섯 살 아이들이 부모를 반갑게 맞았다. 젠은 토드에게 이런 걸 고작 몇 번밖에 해준 적 없다는 사실이 새삼스럽게 떠올랐다. 그 대신 그녀는 사무실에서 소송 관련 자료를 상세히 살펴보고, 수습사원들을 평가하고, 서류 뭉치를 만들고, 돈을 버는 일을 선택했다. 지금 젠은 그 모든 게 무슨 소용이었는지 모르겠다는 생각이 들었다.

"코너는 괜찮은 것 같은데……."

폴린이 천천히 말했다. 젠은 자신의 숨은 뜻을 이해하고 화를 내지 않는 친구에게 갑자기 고맙다는 생각이 들었다.

"그래도 한번 파헤쳐 볼게."

코너와 토드가 도착하기 직전에 폴린은 이렇게 덧붙였다.

"안녕하세요."

코너가 젠에게 인사했다. 코너는 목걸이처럼 보이는 타투를 새겼다. 묵주 구슬을 나타낸 듯한 타투는 목에서 티셔츠 안쪽으로 이어져 있었다. 타투는 개인적인 선택일 뿐이야. 젠은 스스로에게 잔소리했다. 고상한 척하지 마. 코너는 주머니에서 담배를 꺼냈다. 폴린이 얼굴을 찡그리는 모습을 보고 젠은 안심했다. 코너는 젠을 계속 쳐다보며 라이터를 켰다. 아주 잠깐 동안 불꽃이 그의 얼굴을 비추었다. 지켜보고 있지 않다면 놓쳤을 정도로 코너는 젠에게 스치듯 윙크했다.

힘든 저녁이었다. 토드는 집에 오자마자 다시 나갔다.

"클리오 집에 갈게요."

토드는 젠이 학교에 데리러 온 것에 짜증을 냈고, 켈리에게도 신경질적으로 굴었다.

"두 분 중 한 분이라도 취미 없으세요?"

오후 4시에 온 가족이 집에 있는 걸 보더니 토드는 이렇게 말했다. 토드가 나간 후 젠은 페이스북에서 클리오를 찾아보았다. 그 애는 토드보다 몇 살 많지만 아직 학생이었고 근처의 예술대학에 다니고 있었다. 클리오의 페이스북 페이지는 세심하게 꾸며져 있었다. 모델처럼 찍은 자신의 사진, 이상할 정도로 많은 정치적인 밈, 엄청나게 많은 꽃 사진들. 악의 없는 10대다운 것들이다. 젠은 조만간 클리오를 만나서 이야기해 보기로 결심했다.

젠은 폴린이 무엇을 발견할지 궁금해하며 주변을 정리했다. 주방 조리대 위를 닦고 식기세척기에 그릇을 채워 넣으면서 그녀는 이렇게 치우는 게 다 무슨 소용인가 의문이 들었다. 아침에 잠에서 깨면 어제가 되어 있을 것이고 지금 한 일은 없던 일이 될 테니까. 하지만 집안일이라는 게 원래 그렇지 않은가?

20분 뒤 폴린에게서 전화가 왔다.

"코너한테 얘기해 봤어."

폴린은 항상 뜸 들이는 일 없이 곧장 본론부터 이야기한다.

"그리고 좀 찾아봤지."

"말해봐."

파티오 문 쪽에 쳐진 커튼을 열며 젠은 팔이 오싹해짐을 느꼈다.

"코너 폰을 확인해 봤는데 의심스러운 건 없었어. 유감스러운 사진들만 몇 장 있었지. 제 아빠 닮았나 봐."

"오, 이런."

"토드는 무슨 일 있어?"

"나이 든 남자들을 알고 지내는 것 같아. 새 여자친구의 삼촌과 그 친군데, 그 사람들 집이 좀 이상해. 남자들이 '커팅 앤 소잉'이란 회사를 소유하고 있어. 새로 만든 회사고 매출도 회계장부도 없어. 유령회사인 것 같아. 남자 둘이 바느질 회사를 세웠다는 것도 상당히 특이하지 않아?"

"그러네. 그게……, 다야?"

젠은 한숨을 쉬었다. 물론 그게 전부는 아니지만, 나머지는 믿을 수 없는 이야기들이다. 젠이 알아내야만 하는, 살인 사건 속에 숨어 있는 어두운 지하세계의 수수께끼다. 젠은 두려워져서 파티오 문에서 몸을 돌렸다. 그때 갑자기 어떤 생각이 떠올랐다. 어제 뉴스에서 본 교통사고 소식. 그 사고는 오늘 밤 일어나고 내일 뉴스에 나온다. 이걸 이용하면 되겠다. 젠이 가장 속내를 털어놓고 지내야 할 사람을 설득하는 데 이 사고를 이용할 수 있겠다. 켈리를 납득시키면 타임슬립이 깨져서 정상적으로 내일 아침에 눈을 뜰 수 있을지 모른다.

"다시 연락할게. 걱정하지 마. 아마 별거 아닐 거야."

젠은 폴린에게 이렇게 답하면서 왜 항상 이런 식으로 말해야 한다는 의무감을 갖는지 모르겠다고 생각했다. 원만하게 지내고, 사람들을 걱정시키지 않고, **착한 사람이** 되려고?

"그러면 좋겠다."

폴린이 말했다.

한참 후 밤 10시가 넘은 시각, 켈리가 주방으로 어슬렁거리며 들어왔다.

"무슨 일이야?"

켈리는 젠의 표정을 살피며 호기심 어린 목소리로 물었다.

"나랑 어디 좀 갈래?"

젠이 말했다.

"지금?"

켈리는 잠시 그녀를 바라보았다.

"광란의 도시에 다녀와서 힘든 거야?"

그는 비꼬는 듯한 미소를 지었다. 두 사람은 만난 지 얼마 지나지 않아 작은 캠퍼밴을 타고 영국 곳곳을 여행했다. 그리고 랭커셔의 전원 속에서 토드와 함께 셋이 몇 년 동안 살았다. 그들이 살았던 작고 하얀 집은 회색 슬레이트 지붕이 얹혀 있었고 겨울이 되면 솜사탕 같은 안개가 가득 끼는 계곡 아래에 자리 잡고 있었다. 젠이 지금까지도 가장 좋아하는 집이다. 그 당시에 젠은 퇴근해서 그날 하루 있었던 일을 켈리에게 모두 쏟아놓곤 했다. 그때 켈리가 신경증을 유발하는 도시 생활을 의미하는 '광란의 도시'란 표현을 만들어냈다. 그 당시 젠은 다른 누구도 필요 없었고 켈리만 있으면 족했다.

"완전 그래."

젠이 답하자 켈리가 말했다.

"그럼 이리 와. 좀 걷자."

두 사람의 눈이 마주쳤다. 젠은 자신이 어떤 변화를 만들지, 그리고 그로 인해 미래가 달라질지 알고 싶었다. 두 사람이 함께 상황을 악화시킬 수도 있는지, 자신이 주방에 이렇게 꼼짝 않고 서 있는 동안 토드가 살해당하거나 도망가거나 한 명 이상을 공격하는 또 다른 미래가 펼쳐지고 있는지 궁금했다. 젠은 현관문을 열었다. 켈리에게 분명히 실재하는 진짜 증거를 보여줄 생각을 하니 짜릿했다. 사건이 일어난 그날 밤처럼 밤공기는 차갑고 축축했다. 가을의 흰곰팡이 냄새가 났다.

"할 말이 있는데, 당신이 어떤 반응을 보일지 알아. 왜냐하면 이미 말해봤으니까."

젠의 손을 잡은 켈리의 손이 따뜻했다. 비가 와서 길이 젖어 있었다. 젠이 상황을 설명하는 능력은 점점 발전하고 있다.

"일에 대한 거야?"

켈리는 이런 대화에 익숙하다. 젠은 일에 관해 그에게 질문하며 스스로 이론을 세우곤 했다. 켈리가 하는 일은 거의 들어주는 것뿐이었다. 지난주에 젠은 켈리에게 머호니 씨를 어떻게 생각하는지 물어보았다. 머호니 씨는 단지 다툼을 피하려고 전처에게 연금을 전부 다 주고 싶어 했다. 켈리는 어깨를 으쓱했고 고통을 피하는 걸 아주 중요하게 생각하는 사람들도 있다고 말했다.

"일 얘기는 아니야."

어둠 속에서 젠은 모든 일을 다시 세세히 설명했다. 첫날 그리고 하루 전날 또 하루 전날로 이어진 모든 이야기를 그에게 해주었다.

켈리는 항상 그렇듯 젠에게서 시선을 떼지 않고 침착하게 이야기를 들었다. 그리고 그녀의 말이 끝나자 잠시 동안 아무 말도 하지 않았다. 켈리는 도로 표지판에 기대어 뭔가를 골똘히 생각했다. 그리고 마침내 결론을 낸 듯 이렇게 말했다.

"만약 내가 똑같이 말했다면 당신은 믿었을 것 같아?"

"아니."

켈리는 웃음을 터뜨렸다.

"그렇겠지."

"하지만 우리의 모든 것을 걸고, 우리의 모든 역사를 걸고, 내 말이 사실이라고 장담할 수 있어. 토드는 이번 토요일 밤에 누군가를 죽여. 그리고 난 그걸 막기 위해 시간을 거슬러 가고 있고."

켈리는 잠깐 침묵했다. 비가 다시 내리기 시작했다. 그는 비에 젖은 앞머리를 이마 뒤로 쓸어 넘겼다.

"근데 우리 여기 왜 온 거야?"

"자기한테 증거를 보여주러 왔어. 곧 여기로 차가 올 거야."

젠이 어둡고 조용한 길을 가리키며 말했다.

"그 차는 중심을 잃고 옆으로 뒤집힐 거야. 어젯밤 뉴스에 나왔어. 정확히 말하면 내일이지. 차 주인은 하나도 안 다치고 탈출해. 검은색 아우디야. 저쪽에서 뒤집히니까 우리 쪽으로는 안 와."

켈리는 손으로 턱을 문질렀다.

"그래."

약간 무시하는 듯하면서도 혼란스러운 목소리다. 두 사람은 도로 표지판에 나란히 기대서 있었다. 차가 오지 않을까 봐 슬슬 걱정되기 시작했을 때 정말로 검은 자동차가 나타났다. 젠이 먼저 소리를 감지했다. 멀리서 속도를 내며 우르릉거리는 소리가 들려왔다.

"이제 온다."

켈리가 젠을 쳐다보았다. 빗줄기가 강해져 켈리의 머리에서 물이 뚝뚝 떨어졌다. 차 한 대가 모퉁이를 돌아 다가왔다. 통제를 잃고 빠르게 달리는 검은색 아우디였다. 운전자는 술에 취해 난폭운전을 하는 게 분명했다. 그들 앞을 지나갈 때 차에서 총성 같은 엔진 소리가 났다. 켈리는 눈을 떼지 않고 그 장면을 지켜보았다. 그의 표정은 헤아리기 어려웠다.

차가 뒤집힌 순간, 튀어 오른 물을 막으려고 켈리는 옷에 달린 모자를 잡아당겨 머리에 썼다. 부서지고 미끄러지는 금속성 소리가 난 다음 경적이 울렸다. 그리고 갑자기 세상이 고요해졌다. 차에서 연기가 피어오르는 동안 침묵이 흐르다 이내 운전자가 휘둥그레진 눈으로 자동차를 빠져나왔다. 50세쯤 되어 보이는 남자가 젠과 켈리 쪽으로 천천히 길을 건너 다가왔다.

"저기서 나오시다니 운이 좋네요."

젠이 남자에게 말했다. 켈리가 다시 젠을 쳐다보았다. 못 믿겠다는 표정이었으나 그의 얼굴에선 이상한 공포가 뿜어져 나왔다.

"그러게요."

남자가 말했다. 자신이 진짜로 괜찮다는 것이 믿기지 않는다는 듯 그는 다리를 툭툭 쳐보았다. 켈리가 고개를 흔들었다.

"난 이해 못 하겠어."

"곧 이웃 사람이 나와서 도와줄 거야."

젠이 해설하듯 말했다. 켈리는 도로 표지판 기둥에 한 발을 기대고 팔짱을 낀 채 아무 말 없이 기다렸다. 잠시 후 어딘가에서 쾅 하고 문이 열렸다.

"구급차 불렀어요."

몇 집 건너 한 곳에서 이렇게 말하는 소리가 들렸다.

"이제 믿을 수 있겠어?"

젠이 켈리에게 말했다.

"다른 설명은 생각해 낼 수가 없네. 근데 이건……, 이건 **미쳤어**."

"알아. 당연히 나도 알지."

젠은 몸을 꼿꼿이 펴고 켈리의 눈을 똑바로 들여다보았다.

"하지만 장담해. 진짜, 진짜 장담할 수 있어. **이건 정말** 사실이야."

켈리는 모르겠다는 손짓을 했다. 두 사람은 다시 같이 걷기 시작했다. 하지만 집으로 가는 방향은 아니었다. 그들은 빗속에서 목적지도 없이 발길을 옮겼다. 젠은 켈리가 자신을 믿을 거라고 생각했다. 정말로. 토드의 부모 중 나머지 한 명도 이 일을 믿으면 분명히 어떤 효과가 있지 않을까? 어쩌면 켈리가 젠과 함께 하루 전으로 돌아가 아침에 깨어날 수도 있다. 가능성 없는 일일지 몰라도 젠은 시도해 봐야 했다.

"이건 진짜 말도 안 돼."

머리 위의 불빛이 켈리의 눈을 비추었다.

"저 차에 대해 당신이 알 수 있는 방법은 없었어. 그렇지?"

젠은 켈리가 상황을 이해해 보려 애쓰고 있음을 알았다.

"그래. 이론적으로는 말이 안 되지."

"어떻게 이렇게……."

켈리가 숨을 쉬자 김이 뿜어져 나왔다.

"난 도대체……."

"이해해."

두 사람은 왼쪽 길로 꺾어 골목을 따라 걸어가면서 그들이 가장 좋아하는 인도 음식점을 지나갔다. 그리고 집으로 이어지는 곡선 길을 천천히 걸었다. 마침내 켈리가 젠의 손을 잡았다.

"만약 사실이라면, 정말 끔찍한 일이야."

'만약'이라는 말이 젠은 정말 마음에 들었다. 작은 변화지만 켈리가 그녀의 말을 인정하면서 한 발짝 물러난 것이다.

"맞아. 정말 끔찍해."

젠은 잠긴 목소리로 말했다. 충격과 광기 속에서 보낸 지난 며칠을 생각하니 그녀의 눈에 눈물이 맺혀 뺨 위로 흘러내렸다. 켈리와 함께 완벽히 하나가 되어 거리를 걸으면서 젠은 그들의 발을 내려다보았다. 켈리가 걸음을 멈추고 엄지손가락으로 젠의 눈물을 닦아주었다. 그는 그녀를 지켜보고 있었음이 틀림없다.

"노력할게."

그는 단순하고 부드럽게 말했다.

"당신을 믿도록 노력해 볼게."

집에 돌아온 후 켈리는 아침을 먹는 바 테이블에서 등받이 없는 의자를 꺼냈다. 무릎을 벌리고 그곳에 앉아 팔꿈치를 주방 조리대 위에 얹고 젠을 향해 눈썹을 으쓱했다.

"그 조셉이라는 사람에 대해서 아는 거 있어?"

켈리가 물었다. 헨리 8세가 조리대 위로 점프해 올라오자 젠은 고양이를 끌어당겼다. 털이 부드럽고 몸은 뚱뚱하고 유연했다. 젠은 두 손으로 우묵한 그릇을 감싸 쥐듯 고양이를 안았다. 그녀는 켈리와 함께 이곳에 있어서 기뻤다. 이 우주에서 같은 장소를 공유하며 그에게 모든 것을 털어놓을 수 있어서 행복했다.

"아니, 사실 나도 몰라. 하지만 토드가 그 사람을 찌른 날 밤에 조셉을 보자마자 겁에 질린 것 같았어. 그리고 그 일을 저지른 거야."

"토드가 그 사람을 무서워하는군."

"맞아. 바로 그거야."

젠은 남편을 바라보며 물었다.

"이제 날 믿어?"

"당신 기분을 맞춰주는 중이겠지."

켈리는 느릿한 말투로 말했지만, 젠은 그렇게 생각하지 않았다.

"봐봐. 내가 메모한 거야."

젠은 점프하듯 일어나서 노트를 집어 들었다. 켈리는 주방 소파에 앉은 젠에게 다가가 옆에 자리를 잡았다.

"적어놓은 게 사실 얼마 안 되긴 해."

켈리는 메모를 보더니 웃음을 터뜨렸다. 그리고 딱하다는 듯 한숨을 내쉬었다.

"오, 이런, 이런. **너무** 적잖아."

"그만해. 안 그럼 복권 당첨 번호 안 가르쳐 준다."

젠은 이 일을 가지고 농담할 수 있어서 너무나 기뻤다. 둘 사이가 이전의 편안한 관계로 다시 돌아와서 정말 좋았다.

"그래, 알았어. 이제 토드가 그런 행동을 하게 만든, 가능성 있는 이유들을 적어보자. 말도 안 되는 거라도 전부."

"자기방어, 통제 상실, 음모. 아니면……, 혹시 청부살인자 노릇일까?"

젠이 말하자 켈리가 제동을 걸었다.

"이건 제임스 본드 영화가 아니야."

"그래. 그건 지우자."

켈리는 '**청부살인자**'라고 적은 글자 위에 선을 죽 그으며 웃었다.

"혹시 외계인?"

"그만해."

젠은 웃음을 터뜨렸다.

밤이 깊어가는 동안 두 사람은 목록을 쓰고, 쓰고, 계속 추가했다. 토드의 모든 친구, 젠이 알고 있는 토드의 모든 지인을 다 떠올려 보았다. 그러다 불빛이 어둑한 소파 위에서 젠은 몸을 축 늘어뜨렸다. 그녀는 켈리에게 기댔고, 켈리는 곧바로 젠을 팔로 감싸 안았다.

"당신은 언제……. 그러니까, 시간을 거슬러 가?"

"잘 때."

"그럼 잠들지 말고 버티자."

"이미 해봤어."

젠은 켈리가 천천히 숨 쉬는 소리를 들었다. 자신의 호흡도 느려지고 있었다. 하지만 오늘은 기분 좋게 떠날 수 있다. 오늘 켈리와 함께해서 행복했다.

"당신이라면 어떻게 할 거야?"

젠은 고개를 돌려 켈리를 바라보며 물었다. 켈리는 입술을 오므렸다. 젠은 그의 표정에 담긴 뜻을 읽을 수 없었다.

"정말 알고 싶어?"

"당연하지."

젠은 이렇게 말했지만, 아주 잠깐 정말 알고 싶은지 생각해 보았다. 켈리의 유머 감각은 블랙 유머에 가까워서 어떨 땐 그의 본질적인 자아까지도 어두워 보일 때가 있다. 젠은 이렇게 설명할 수 있을 것 같았다. 젠이 사람들에게서 가장 좋은 점을 기대한다면 켈리는 가장 나쁜 점을 기대한다.

"나라면 그 남자를 죽일 거야."

켈리는 조용히 말했다.

"조셉을?"

젠의 입이 딱 벌어졌다.

"그래."

켈리는 보고 있던 무언가에서 시선을 돌려 젠과 눈을 마주쳤다.

"난 직접 이 조셉이란 자를 죽일 거야. 만약 말끔하게 해치울 수 있다면."

"그럼 토드가 죽일 수 없게 되는 거네."

젠은 속삭이듯 말했다.

"바로 그거야."

젠은 이 날카로운 아이디어에 완전히 오싹해져서 몸서리를 쳤다. 그녀의 남편은 가끔 이런 예리함을 보여준다.

"하지만 할 수 있겠어?"

켈리는 어두운 정원을 내다보며 어깨를 으쓱했다. 보아하니 그는 이 질문에 대답할 생각이 없다.

"그럼 내일은……,"

켈리는 작게 중얼거리며 젠을 가까이 끌어당겼다.

"당신한테는 어제가 되고 나한테는 내일이 되나?"

"맞아."

젠은 슬프게 말했다. 하지만 마음속으로는 그렇지 않을 수도 있다고, 그에게 시간여행에 대해 말했기 때문에 이 숙명이 어떻게든 비껴갈 수도 있다고 은밀히 생각했다. 켈리는 조용했다. 잠으로 빠져드는 중일 것이다. 젠은 점점 더 천천히 눈을 깜박였다. 두 사람은 각자 반대 방향으로 가는 기차에 탄 두 명의 승객처럼 내일 다시 헤어질 수 있지만, 오늘 밤은 이곳에 함께 있었다.

4일 전,
9시

4일 전이다. 더 나쁜 건 메모해 둔 노트가 비어 있다는 사실이다. 젠은 부엌에서 절망에 찬 비명을 질렀다. 당연한 일이다. 욕이 나오지만 당연하다. 젠이 아직 그것을 쓰지 않았기 때문이다. 그녀가 과거로 왔기 때문이다. 켈리가 사과를 베어 물면서 주방에 들어왔다.

"와, 진짜. 완전 톡 쏘네. 이거 먹어봐. 레몬 먹는 기분이야!"

켈리가 인상을 쓰며 말하더니 팔을 쭉 뻗어 사과를 젠에게 내밀었다. 그의 눈은 찡그리고 있지만 행복해 보였다.

"어젯밤에 우리 산책한 거 기억나?"

젠은 절박하게 물었다.

"응? 뭐라고?"

켈리는 입안 가득 사과를 문 채 말했다. 기억하지 못하는 게 분명하다. 그에게 시간여행에 관해 이야기한 것은 결국 아무 변화도 만들지 못했다. 불과 12시간 전에 두 사람은 이곳에 함께 앉아 계획을 세웠다. 자동차 사고, 젠의 얼굴을 돌아볼 때 그의 얼굴에 나타났던 확신. 모든 것이 가버렸다. 과거가 아닌 미래로.

"아무것도 아니야."

"괜찮아? 몰골이 말이 아닌데."

"아, 결혼생활이란. 어찌나 낭만적인지."

하지만 젠의 마음은 조급했다. 노트가 비어 있다면 당연히 앤디 베티스에게 전화도 이메일도 아직 하지 않은 것이 된다. 보낸 메일함을 열어보니 아무것도 없다. 당연한 일이다. 그에게서 답장이 없는 것이 당연하다. 거꾸로 가는 삶에 익숙해지는 건 너무나 어렵다. 이제 이해하게 되었다고 생각했지만 사실은 아닌 것이다. 젠은 자꾸만 걸려 넘어지고 있었다.

젠은 이 자리를 떠나야겠다고 생각했다. 내일, 그다음 날 그리고 그 뒤로 이어지는 모든 것을 전혀 모르는 켈리에게서 멀어지고 싶었다. 사라지는 메모와 토드의 가방 속에 있던 칼, 조용히 기다리고 있는 범죄 장면으로부터 도망치고 싶었다. 젠은 일하러 가야겠다고 생각했다. 라케시 그리고 앤디 베티스에게로 다시 돌아가야겠다.

아침 10시다. 젠의 책상 위에는 달콤한 블랙커피가, 그리고 그 앞에는 라케시가 있다. 라케시는 지난 몇 년 동안 그곳에 수도 없이 서 있었다. 이른 시간에 젠의 사무실에 잠깐 들러 일하기 싫다고 엄살을 부린 적이 셀 수 없이 많다. 이런 징징거림을 공유하며 두 사람은 우정을 쌓아왔다.

"앤디한테 나 대신 연락해 줄 수 있어?"

젠은 라케시에게 물었다. 그녀는 방금 라케시에게 자신에게 일어나고 있는 일을 다시 설명했다. 너무 급하게 몰아서 이야기하는 바람에 진짜가 아닌 일을 닥치는 대로 늘어놓는 것처럼 보였다. 사실 젠은 이미 그 이야기를 너무 많이 해서 이 일이 가진 비극성에 무뎌져 있었다. 마치 죽음과 파멸을 너무 많이 목격한 나머지 무감각해진 사람처럼. 라케시는 지난번처럼 젠의 말을 믿는 것 같았다. 그는 신중하고 진지하게, 어쩌면 마음속으로 젠의 증상을 진단하고 있는 듯했지만 그것이 무엇인지는 말하지 않았다.

"앤디 베티스에게 연락이 안 되는데, 난 그분을 꼭 만나야 해."

젠은 진심으로, 다급하게 말했다. 그녀는 꼭 오늘 앤디와 이야기를 나눠야 한다. 지금은 그것이 유일한 희망이다. 라케시는 늘 하던 대로 열 손가락을 맞댔다.

"당신한테 앤디 얘기를 한 적이 없는 게 확실한데."

그는 희미하게 미소를 지으며 말했다.

"며칠 뒤에 나한테 얘기해."

"그렇군."

라케시의 갈색 눈동자가 젠의 눈을 똑바로 바라보았다. 그는 보라색 스웨터 조끼를 입고 커피를 들고 있다. 그의 바지 주머니에 든 담배 상자의 직사각형 윤곽이 보인다. 어떤 것들은 변하지 않는다. 젠은 그에게 미소로 화답하지 않을 수 없었다.

"부탁인데 그분한테 전화 좀 해줘. 존 무어 대학이 이 근처잖아?

내가 그분 사무실로 갈 수도 있어."

"그럼 뭐 해줄 건데?"

라케시는 문틀에 몸을 기댔다.

"아, 지금 협상하는 거야?"

"항상 그렇지."

"블레이크모어 비용 정리해 줄게."

"아, 너무 좋지."

그는 즉시 대답했다.

"너무 후하네. 감자만 사줘도 부탁 들어주려고 했는데."

"그리고 당신 담배 가져갈게. 나중에 다시 찾아가."

젠은 그의 주머니를 가리켰다. 라케시는 눈을 깜박이더니 주머니에서 담배를 꺼냈다.

"그래, 알았어."

그는 복도로 나서며 말했다.

"지금 앤디한테 전화해 보고 알려줄게."

그는 작별의 표시로 손을 들어 올렸다.

"고마워, 고마워."

이미 멀어져 가 들을 수 없을 것 같았지만 젠은 말했다. 그리고 지난 20년 동안 일한 자신의 책상 위에 팔꿈치를 올렸다. 전문가를 곧 만날 수 있다는 사실에 잠시 동안이지만 마음이 놓였다. 햇볕이 그녀의 등을 따뜻하게 데워주었다. 젠은 잊고 있었지만, 10월 중에 잠시 여름 같은 날씨가 며칠 동안 이어졌었다.

앤디는 두 시간 뒤 리버풀 시티 센터로 오겠다고 말했다. 쓸데없이 친절한 젠은 라케시의 비용 정리 작업을 해주었다. 젠은 자신이 좋아하는 카페에서 앤디와 만나기로 했다. 그곳은 수수하고 가격이 저렴하며 커피 맛이 좋고 진하다. 차 한 잔이 1파운드도 하지 않고 메뉴에 햄 샌드위치가 있으며 비닐이 찢어진 벤치가 놓여 있다. 젠은 이 카페가 가진 복고적인 분위기에 푹 빠졌다.

젠은 10월의 햇빛을 받으며 카페까지 걸어갔다. 쇼핑객들 사이를 이리저리 빠져나가 음정이 맞지 않는 거리의 음악가들을 지나는 동안 토드를 키우며 잘못했던 일들이 젠의 마음속으로 물밀 듯 밀려들었다. 더 오래 재우려고 분유를 너무 많이 먹였던 일, 눈 맞춤도 없이 지루한 TV 방송을 보며 기계적으로 분유를 먹인 일, 낮잠을 자지 않는다고 소리 질렀던 일. 아버지의 재촉으로 젠은 너무 빨리 직장에 복귀했고, 어린 토드를 너무 빨리 어린이집에 보냈다. 이런 일들이 씨앗이 되어 토드가 잘못 자란 것일까? 나는 나쁜 엄마일까 아니면 평범한 사람일까? 젠은 도무지 알 수 없었다.

카페에 도착하니 앤디가 이미 와서 포마이카 테이블 앞에 앉아 있었다. 링크트인에서 사진을 본 젠은 앤디를 즉시 알아봤다. 라케시와 비슷한 나이에, 검은색과 회색이 섞인 헝클어진 헤어스타일을 하고 있다. 그리고 '프래니 앤 주이Franny and Zooey'라고 쓰인 티셔츠를 입었다. 저건 J. D. 샐린저의 책 제목 아닌가?

"만나주셔서 감사해요."

젠은 맞은편 자리에 앉으며 빠르게 말했다. 앤디는 이미 블랙커피 두 잔을 주문해 놓았다. 그는 말없이 우유가 담긴 자그마한 은 주전자를 가리켰다. 하지만 두 사람 다 우유를 넣지 않는다.

"아닙니다. 저도 반가워요."

앤디가 이렇게 말했지만 진심으로 들리진 않았다. 사실 그는 지루해 보였다. 파티에서 젠이 억지로 공짜 법률 조언을 해줄 때와 비슷한 심정일 것이다. 당연히 그럴 만하다.

"이런 만남은 분명히……. 그러니까 평범한 방식은 아닌 것 같아요."

젠이 커피에 설탕을 넣으며 말했다.

"네, 아마 그렇겠죠."

앤디는 어깨를 살짝 으쓱하면서 의자에 몸을 기댔다. 미국 억양이 약간 묻어난다. 앤디는 깍지 낀 두 손 위에 얼굴을 올린 채 젠을 보고 말했다.

"하지만 라케시는 좋은 친구예요."

"빨리 끝내드릴게요."

젠은 이렇게 말했지만 진심은 아니었다. 사실 그녀는 앤디를 온종일, 가능하면 날짜가 어제로 넘어갈 때까지 붙잡아 두고 싶었다. 앤디는 아무 말 없이 눈썹만 으쓱했다. 그는 커피를 한 모금 마시고 테이블에 잔을 내려두면서 차분한 갈색 눈으로 젠을 응시했다. 말 없는 그의 몸짓은 마치 누군가가 문으로 들어올 수 있게 안내해 주는 사람을 연상시켰다.

"말씀하세요."

그가 경쾌하게 말했다. 젠은 이야기를 시작했다. 모든 것을 속속들이 털어놓았다. 손짓을 해가며 빠른 속도로 젠은 말도 안 되게 사소한 부분까지 전부 얘기했다. 호박, 나체의 남편, 커팅 앤 소잉 유한회사, 칼, 잠들지 않으려던 노력, 자동차 사고, 클리오 등. 웨이트리스가 김이 올라오는 주전자를 가져와 말없이 커피를 더 따라주자 앤디는 눈빛과 작은 미소만으로 감사를 표했다. 그는 한 번도 젠이 말하는 중간에 끼어들지 않았다.

"이게 다인 것 같아요."

젠이 마침내 이야기를 끝내고 말했다. 머리 위의 형광등 주위로 수증기가 떠다녔다. 일주일의 한가운데, 어중간한 아침 시간이라 그런지 카페에는 손님이 거의 없었다. 갑자기 피로해진 젠은 누군가에게 일을 맡기고 이 자리에서 바로 자면 어떨까 생각했다. 정말 그렇게 한다면 어떻게 될지 궁금했다.

"당신이 한 말이 진짜라고 스스로도 믿는지 물어볼 필요는 없을 것 같네요."

앤디는 잠시 생각하는 것 같더니 이렇게 말했다. '스스로도 믿는지'라는 수동적 공격에 젠의 마음이 동요했다. 이런 표현은 의사, 법정에서 만난 상대, 은근한 공격을 가하는 친척들 그리고 슬리밍 월드* 지도자들이 쓰는 말이다.

"저는 정말 믿어요. 그럴 만한 가치가 있으니까요."

젠은 잠시 눈을 비비며 생각해 보려 했다. 그리고 자기 자신에게 말했다. 걱정하지 마, 넌 똑똑한 여자잖아. 이건 그렇게 어려운 게 아니야. 너도 알다시피 그냥 시간이 거꾸로 가는 것일 뿐이야.

✤　영국의 다이어트 전문 기업.

"당신은 이틀 뒤에 상을 받아요."

젠은 앤디에게 답신을 받지 못했을 때 그에 관해 검색하다 찾아낸 정보를 떠올렸다.

"블랙홀에 관한 연구로요."

젠이 감았던 눈을 떴다. 앤디는 커피를 입으로 가져가다 그대로 굳어 있었다. 손에 힘을 줬는지 스티로폼 컵이 살짝 찌그러져 있다. 앤디는 입을 딱 벌리고 젠의 눈을 똑바로 쳐다보았다.

"페니 제임슨 상인가요?"

"그런 것 같아요. 구글에서 당신을 검색하다가 발견했어요."

"제가 상을 받아요?"

젠의 마음속에 작은 승리의 불꽃이 터졌다.

"네, 받아요."

"그 상에 대한 건 대외비예요. 최종후보에 오른 건 저 빼고 아무도 몰라요. 그리고……."

앤디는 휴대폰을 들고 잠시 무언가를 찾더니 다시 테이블 위에 뒤집어서 올려놓았다.

"그 정보는 인터넷에 공개되지 않았어요."

"그렇다면 기쁘네요."

"좋아요, 젠. 제 관심을 끄는 데 성공하셨어요."

"다행이에요."

"정말 흥미롭네요."

앤디는 아랫입술을 깨물었다. 그리고 휴대폰 뒷면을 손가락으로 탁탁 두드렸다.

"이게 과학적으로 가능한 일인가요?"

젠이 물었다. 앤디는 두 팔을 양쪽으로 활짝 펴고는 다시 커피잔을 쥐었다.

"알 수 없어요. 과학은 당신의 생각보다 훨씬 더 예술에 가까워요. 당신이 말한 내용은 아인슈타인의 상대성 이론에 위배되지만 그가 말한 법칙이 우리 삶을 지배한다고 누가 말할 수 있겠어요? 시간여행은 **불가능**하다고 증명되지 않았어요."

앤디는 계속 말했다.

"만약 빛의 속도를 넘어설 수 있다면……."

"맞아요. 제 몸무게의 수천 배에 달하는 중력의 힘, 맞죠?"

"정확해요."

"그런데 그런 건 전혀 못 느꼈어요. 과거로 가는 동시에 원래 방향으로도 계속 갈 수 있을까요?"

"또 다른 당신이 존재한다고 생각하시는 건가요?"

"그럴 것 같아요."

"잠시만요."

그는 옆에 놓인 수저통에서 나이프를 꺼냈다.

"이걸 사용하실 수 있겠어요?"

"사용이요?"

"살짝 베인 상처를 내는 거예요."

앤디는 그 이상은 설명하지 않았다. 젠은 침을 꿀걱 삼켰다.

"무슨 말인지 알겠어요. 해볼게요."

젠은 나이프를 받아 들고 꽤 정직하게, 손가락 옆을 따라 아주

얕은 상처를 냈다.

"더 깊게요."

앤디가 말했다. 젠은 나이프를 상처 안으로 좀 더 깊이 밀어 넣었다. 핏방울이 나왔다.

"됐네요."

휴지로 피를 닦아내며 젠이 말했다.

"이제 됐죠?"

상처를 자세히 보니 길이가 1센티미터 정도 됐다.

"만약 내일 상처가 없어진다면 당신은 매일 어제의 몸으로 깨어난다고 할 수 있어요. 월요일 다음 날은 일요일, 다음 날은 토요일 순서로요."

"같은 몸으로 시간여행을 하는 게 아니라요?"

"그렇죠. 근데 궁금한 게 있어요."

앤디는 몸을 앞으로 내밀었다.

"그 일이 일어날 때 뭔가 압박을 받는다는 느낌 같은 게 있나요? 아니면 기시감뿐인가요?"

"기시감만요."

"정말 신기하네요. 당신이 아들에게 느낀 공포……, 그것 때문에 기시감이 생긴 걸까요?"

"모르겠어요."

젠은 아주 작게, 독백하듯 말했다.

"미쳤어요. 정말 미쳤어요. 이해가 안 돼요. 전 아직 당신한테 전화도 안 했어요. 이번 주말쯤에 전화를 하죠. 메시지를 엄청나게 남겨요."

앤디가 남은 커피를 마시며 말했다.

"제 생각에는, 당신이 어쩔 수 없이 들어가 버린 세계의 규칙을 이미 스스로 이해하고 계신 것 같아요."

"그런 것 같진 않아요."

젠이 말하자 앤디는 분위기를 전환하는 듯한 미소를 지었다.

"어떤 식으로든 당신이 그런 힘을 창조했고 그로 인해 닫힌 시간 곡선 안에 갇혀 있다는 것은 이론적으로 가능합니다."

"이론적으로 가능하다……. 그럼 여기서 어떻게 나가죠?"

"명백한 답은, 당신이 범죄의 시작점에 도달하게 된다는 거예요. 그렇지 않을까요? 토드가 범죄를 저지르도록 만든 그 시작점으로 돌아가는 겁니다."

"그다음에는요? 추측하신다면?"

젠은 모든 걸 받아들이겠다는 의미로 두 손을 들어 올렸다.

"맞고 틀리고를 떠나서 그냥 추측해 보면 어떤 일이 일어날 것 같으세요?"

앤디는 아랫입술을 깨물고 테이블을 빤히 바라보다가 젠에게로 시선을 옮겼다.

"당신이 범죄가 일어나지 않도록 막는 거죠."

"제발, 꼭 그러면 좋겠네요."

젠의 눈에 눈물이 고였다.

"좀 우습게 들릴지 모르지만 하나 여쭤봐도 되겠습니까?"

앤디가 말했다. 그와 젠의 시선이 마주치자 그들 주변의 공기가 조용해지는 것 같았다.

"왜 이런 일이 일어났다고 **생각하세요?**"

젠은 망설였다. 정말로 우습지만 이유를 모르겠고, 그 때문에 앤디에게 만남을 요청한 거라고 막 말하려는 찰나, 무언가가 그녀를 가로막았다. 젠은 타임슬립에 대해, 아주 작은 것을 바꾸는 나비효과에 대해 생각했다.

"저 혼자 살인을 막을 방법을 알아낼 수 있을지 알고 싶었어요. 잠재의식 깊은 곳에서요."

"중요한 건 지식입니다."

앤디는 고개를 끄덕이며 말했다.

"이건 시간여행도 아니고 과학도 수학도 아니에요. 당신에게는 범죄를 막을 수 있는 지식과 사랑이 있어요. 그거면 되지 않을까요?"

젠은 토드의 가방에서 발견한 칼과 에시 로드 노스 주택가를 떠올렸다.

"지금까지 과거로 오는 동안, 그날을 처음 살았을 때와 매번 다르게 행동하면서 새로운 걸 배웠어요. 누군가를 따라가거나 뭔가를 목격하면서요. 사소한 것들에 조금 더 관심을 기울이는 것만으로도 무언가를 알게 됐어요."

앤디는 젠의 뒤쪽 창문에 시선을 둔 채 테이블 위의 빈 잔을 만지작거렸다. 그는 아무 말 없이 생각에 잠겨 있었다.

"그럼, 당신이 도착하는 하루하루가 범죄와 어떤 식으로든 연관된다고 말할 수 있겠네요."

"아마도 그럴 거예요."

"당신은 시간을 거슬러 가면서 하루를 뛰어넘을지도 몰라요. 한 주를 통째로 뛰어넘을 수도 있어요."

"그렇겠죠. 그럼 매번 단서를 찾아야 할까요?"

"네, 아마도요."

앤디는 단순하게 말했다.

"여기서 탈출할 수 있는 작은 단서라도 주시면 좋겠어요. 뭐라도……. 다이너마이트 두 개라든지 암호라든지 뭐 그런 거요."

"다이너마이트라고요?"

앤디는 웃음을 터뜨렸다. 그러더니 일어나서 손을 내밀고 악수를 청했다. 그 모습을 보며 젠은 아주 잠시 눈을 감았다. 이건 진짜다. 그의 손은 진짜다. **나도** 진짜다.

"다음에 다시 만날 때까지 잘 지내세요."

젠은 이렇게 말하며 눈을 떴다.

"네, 그때 뵙죠."

앤디가 말했다. 그가 떠난 뒤 젠도 카페에서 나왔다. 젠은 앤디와 나눈 모든 대화의 의미를 깊이 생각해 보았다. 그리고 토드가 어디 있는지 궁금해 전화를 걸었다. 처음 오늘을 보낼 때 토드의 행동 중에서 놓친 것이 있는지 알고 싶었다. 그렇게 문제를 해결하고 토드를 구해야겠다는 열의가 새롭게 끓어올랐다.

"네?"

토드가 대답했다. 전화기 저편이 조용하다. 빌딩 사이로 부는 바람 터널에 갇힌 젠은 세찬 바람을 피해 몸을 돌렸다.

"그냥 어디 있는지 궁금해서 걸었어."

"인터넷 해요."

토드의 말에 젠은 저절로 미소가 지어졌다. 단지 사랑스러운 아들의 목소리만으로.

"집에서?"

"자유시간이라서요. 그래서 우리 집에서 우리 인터넷망을 쓰고 있죠. 영국 머지사이드주 크로스비에 있는 제 침대에서요."

토드가 익살스럽게 말했다. 젠은 하늘을 올려다보았다. **문제 해결의 실마리를 곧 알게 될 거라고** 생각했다. 그녀는 어쩌면 11월로 넘어가지 못하고 8월로 되돌아갈 수도 있다. 그 시점이 언제든, 이 문제가 시작된 그때로 돌아갈 것이다. 젠과 토드가 각각 어느 시점의 어떤 젠과 토드이건 간에 이른 한낮의 달이 두 사람의 머리 위에 떠 있었다. 젠은 과거에 있고, 토드는 4일이라는 시간 안에 그를 살인행위로 이끄는 어떤 변화를 겪는 중이다.

"곧 집에 갈게."

"**엄마는** 어디세요?"

"우주야."

젠의 말에 토드가 깔깔 웃었다. 그 웃음소리는 젠에게 음악과도 같은, 완벽한 소음이었다.

젠은 클리오를 찾으러 다시 에시 로드 노스에 갔다. 클리오가 삼촌과 같이 사는 것 같지는 않았으나 삼촌에게서 클리오의 주소를 얻을 수는 있을 것이다. 젠은 사건의 열쇠를 클리오가 쥐고 있다고 믿었다. 젠은 토드가 몇 달 전 클리오를 만났다고 알고 있다. 하지만 10대의 비밀스러움을 감안하면 최소한 몇 주는 더 됐을 것이다. 토드가 코너와 친해진 시기와 클리오와 만난 시기가 비슷하다는 것은 우연일 리 없다. **그 뒤로** 분명 형태도 없고 설명하기도 힘든 변화가 있었다. 가끔 토드는 시무룩해지고 말이 없었고 뭔가 숨기는 것 같기도 했다. 얼굴빛이 이상하게 창백할 때도 있었다.

젠은 에시 로드 노스에 도착해 그 집의 문을 두드렸다. 즉시 여성의 형체가 서리 낀 창문 안쪽에 나타났다. 젠의 심장이 쿵쾅거렸다. 문이 열렸고, 젠은 클리오의 아름다움에 감탄했다. 짧고 세련된 앞머리, 간격이 살짝 좁은 두 눈. 머리카락은 정리가 안 된 채 헝클어져 있었는데 그 상태 그대로도 근사해 보였다. 만약 젠이 이런 머리를 했다면 정신 나간 여자로 보였을 것이다.

"안녕."

젠이 인사하자 클리오는 자동적으로 젠의 어깨너머를 힐끗 쳐다보았다. 젠은 그 행동을 놓치지 않고 포착해 무슨 뜻이 있을지 생각했다.

"토드 엄마야."

젠은 잠시 망설이다 자신은 클리오를 만났지만 클리오는 아직 자신을 만난 적이 없다는 사실을 깨닫고 이렇게 말했다.

"아, 네."

클리오의 매력적인 얼굴에 놀라움이 잠시 떠올랐다가 표정이 살짝 풀어졌다.

"왜 왔냐 하면……"

젠은 말하면서 시선을 아래로 향했다. 클리오는 뒤로 조금 물러섰다. 젠을 안으로 들이지 않고 문을 닫으려는 것 같았다. 젠은 클리오를 처음 봤을 때를 떠올렸다. 찢어진 청바지를 입고 지금 이집의 복도 끝에 서 있었던 그녀의 꾸밈없고 호기심 어린 표정을. 토드가 없는 지금 클리오의 얼굴은 완전히 달랐다.

"잠깐 얘기 좀 할 수 있을까 해서."

젠은 클리오에게 손짓하며 말했다.

"너하고는 아무 상관 없는 얘기야, 진짜로. 너희들이 만나는 건 아무 문제 없어. 근데 잠깐……, 들어가도 될까? 여기 사니?"

젠은 사실을 왜곡해서 말했다.

"저기, 안 돼요……."

클리오의 말에 젠은 복도를 둘러보았다. 에즈라가 닫아놓은 복도 벽장 문에 클리오의 코트가 걸쳐져 있다. 코트 위에는 샤넬 가방이 걸려 있는데 젠이 보기엔 진품인 듯했다. 저건 최소 5000파운드는 할 텐데 무슨 돈으로 산 거지? 가짜가 아니고서야?

"나쁜 얘기는 아니야."

젠은 계속 가방을 쳐다보며 말했다. 클리오는 이맛살을 찌푸렸다. 그리고 억지스러운 미소를 짜내며 완곡한 사과를 하기 시작했다.

"죄송한데……."

클리오는 초조한 듯 두 손을 비비고 한 발 더 뒤로 물러섰다.

"정말 죄송해요. 그런데 정말 할 수가 없어서……."

"뭘 할 수가 없는데?"

젠은 완전히 당황했다.

"그 얘기를 할 수가 없어요."

"무슨 얘기?"

두 사람이 깨졌다고 한 켈리의 말이 갑자기 생각났다.

"너희 헤어진 거 아니야?"

딱 꼬집어 말할 수 없는 어떤 표정이 클리오의 얼굴에 스쳤다. 젠은 상황을 조금은 이해하지만 제대로 알진 못했다.

"설명 좀 해줄 수 있어?"

젠은 애처롭게 말했다.

"헤어졌었는데 어제 다시 만나기로 했어요. 좀……, 복잡해요."

"어떻게 된 거야?"

클리오는 젠에게서 물러나 아픈 사람처럼 팔로 배를 끌어안고 몸을 웅크렸다.

"죄송해요."

한 발 더 물러나면서 클리오는 들릴 듯 말 듯한 목소리로 말했다.

"곧 다시 뵐게요, 네?"

클리오가 문을 닫았다. 젠은 혼자 남겨졌다. 문의 걸쇠가 딸칵, 걸리는 소리가 들리고, 클리오가 안으로 사라지는 모습이 보였다. 젠이 뒤돌아 그곳을 떠날 때 경찰차 한 대가 아주 천천히 그 앞을 지나갔다. 젠이 쳐다볼 수밖에 없는 속도였다. 창문은 닫혀 있고 운전자는 앞을 똑바로 보고 있었다. 조수석에 앉은 사람이 젠을 쳐다보았다. 토드를 체포한 잘생긴 경찰이 분명했다. 클리오의 반응에 한 방 먹고 눈앞의 미스터리에 당황한 채 젠이 차로 걸어갈 때 경찰차는 다시 돌아서 반대 방향으로 향했다. 젠은 차를 몰고 떠나면서 앤디가 했던 말을 다시 떠올렸다. 잠재의식, 그녀가 알고 있는 것, 대수롭지 않게 흘려버렸던 것들에 대해 그리고 무엇을 하려고 이곳에 왔는지에 대해 생각했다. 운전을 하며 고민해 보니 지금 할 일은 그것밖에 없었다. 아들에게 물어보는 것.

"너한테 말해줄 게 있어."

젠은 토드와 함께 길모퉁이 가게로 걸어가면서 자연스럽게 대화를 시작했다. 토드는 스니커즈 초코바를 살 것이다. 지난번에 젠은 와인을 한 병 샀는데 오늘 밤은 그럴 기분이 아니다. 두 사람은 이 길을 자주 걷는다. 토드는 10대의 끝없는 식욕 때문에 그리고 뭐, 젠도 사실 같은 이유 때문이다. 이 가게에는 중절모를 쓴 사람이 있을 것이다. 이 중절모가 젠이 가진 비장의 카드다. 예측이 불가능하고 선명하며 진실한 증거. 젠은 이 중절모가 기억나서 다행이라고 생각했다. 딱히 다른 방법이 없다면 젠은 이 중절모를 시간여행의 증거로 삼아 토드를 설득할 수 있다. 그리고 **토드라면** 타임 슬립에 어떻게 대처할지 물어볼 수 있다. 그녀의 똑똑한 아들이라면 과연 어떻게 할지.

"얘기하세요."

토드는 가볍게 말했다. 그들은 골목길을 따라 내려갔다. 밤공기에서는 다른 집에서 흘러나오는 저녁 식사 냄새가 났다. 이럴 때마다 젠은 끝없는 그리움을 느낀다. 어릴 때 부모님과 함께 캠핑장에 휴가를 갔던 때가 생각난다. 캠핑장에 주차한 카라반들이 밝히던 주황색 불빛, 달그락대는 수저 소리, 소용돌이치는 바비큐 연기를 그녀는 언제나 기억할 것이다. 젠은 아버지가 너무나 그리웠다. 어머니도 그립지만 어머니에 대한 기억은 거의 남아 있지 않았다.

"시간여행을 한다면 뭘 하고 싶어? 미래로 갈 거야 아니면 과거로 갈 거야?"

젠이 묻자 토드는 놀란 표정을 지었다.

"그건 왜요?"

늘 그러듯 젠이 대답하기도 전에 토드가 말했다.

"전 과거로 갈 거예요."

토드의 입김이 밤공기 속에 고리 모양으로 떠올랐다.

"왜?"

"과거의 저한테 뭔가를 알려줄 수 있잖아요."

토드가 길가에 서서 은밀한 미소를 지었다. 젠은 쿡쿡 웃었다. Z세대의 마음은 헤아리기 어렵다.

"그다음 저한테 이메일을 쓸 거예요. 과거의 제가 미래의 저한테. 예약발송 기능으로. 그런 거 할 수 있는 사이트가 있어요."

"너한테 이메일을 쓴다고?"

"네. 그런 거 있잖아요. 어떤 주식이 치솟을지 알아낸 다음 과거로 가서 예약발송 메일을 쓰는 거예요. 제가 저한테. 예를 들면 2006년 9월에 애플 주식을 사라, 이렇게요."

자신에게 이메일을 보낸다? 정말 시도해 볼 만하겠다. 예약발송 이메일을 보내서 그 일이 일어나는 날, 즉 10월 30일로 넘어가는 29일 새벽 1시에 받게 하는 것이다. 지시 사항을 담은 메일을 쓰면 된다. 밖으로 나가서 살인을 막아라. 사전에 경고를 받는다면 물리적으로 토드를 막을 수 있지 않을까?

"너 진짜 똑똑하다."

"고마워요."

"내가 왜 이런 걸 물어보는지 궁금하겠지."

"별로요."

토드는 명랑하게 말했다.

젠은 토드에게 자신이 과거로 시간여행 중이라고 설명하기 시작했다. 범죄에 대한 이야기는 생략했다. 그리고 말하는 내내 토드의 반응을 살폈다. 젠은 설득하려고 노력하지 않아도 토드가 믿을 거라고 생각했다. 젠은 토드를 안다. 정말 잘 알고 있다. 아직 여러 가지 면에서 어린애 같은 토드는 아무 의심 없이 타임슬립, 시간여행, 과학을 믿는다. 토드의 어린 마음은 철학, **멋진 수학** 그리고 자신의 삶에 나타나는 신기한 일들을 놀랍다고 생각한다.

토드는 얼굴을 찡그린 채 몇 초 동안 아무 말 없이 자기 운동화를 응시했다. 그리고 눈썹을 으쓱하며 젠에게 물었다.

"정말이에요?"

"완전히, 전적으로 진짜야."

"미래를 보셨다고요?"

"봤어."

"좋아요. 그럼 엄마, 무슨 일이 생겨요?"

목소리가 유쾌한 걸로 보아 토드는 젠이 농담한다고 생각하는 게 분명했다.

"유성, 다음 팬데믹, 이런 거요."

젠은 잠시 말을 멈추고 얼마나 솔직해야 할까 곰곰이 생각했다. 토드는 젠을 바라보며 표정을 골똘히 살폈다.

"설마 진지한 건 아니죠?"

"난 정말 정말 진지해. 너는 스니커즈를 사려고 하잖아. 그리고 그 가게에 중절모 쓴 사람이 있을 거야."

"……알았어요. 타임슬립, 중절모. 믿을게요."

토드는 딱 한 번 고개를 끄덕였다. 토드가 자신이 통제할 수 없는 미래의 명확한 요소이자 다른 사람에게 속한 것, 즉 모자를 분리해 생각했다는 사실에 젠은 놀라지 않았다. 그녀는 아들에게 미소를 지어 보였다. 이것이 바로 젠이 토드에게 기대한 반응이다. 토드는 켈리보다 훨씬 설득하기 쉽다.

"왜 시간여행을 하게 된 거죠?"

"4일 후에 어떤 일이 일어나. 난 그걸 막아야 해."

"무슨 일이요?"

"그게……. 별로 좋은 일이 아니야, 토드. 4일 후에 네가 누군가를 죽여."

이번에는 모닥불에 불을 붙이는 느낌이었다. 작은 불꽃이 곧 크게 번져 활활 타올랐다. 토드는 휙 고개를 들어 젠을 쳐다보았다. 젠은 마치 불 옆에 서 있는 듯 얼굴이 뜨거워졌다. 토드에게 말해서 그 일이 일어나도록 **만드는** 것이라면 어쩌지? 자신이 사람을 죽일 수 있다는 사실을 알면 오히려 해가 되지 않을까? 아니다. 젠은 이 일을 하기로 마음먹었다. 어떻게 될지 끝까지 지켜봐야 한다. 자신의 아들은 이것을 받아들일 수 있을 것이다. 토드는 진실을 좋아한다. 사람들이 자신에게 솔직하기를 바란다.

토드는 1분 넘게 아무 말 없다가 지난번과 똑같은 질문을 했다.

"누구를요?"

"내가 모르는 사람이었어. 너는 아는 사람인 것 같았고."

토드는 반응이 없었다. 두 사람은 테이크아웃 중국 음식점 옆에 자리한 가게에 도착했다. 불을 환하게 밝힌 가게 밖에 섰다. 마침내 둘의 눈이 마주쳤다. 젠은 토드의 눈이 젖어 있는 것을 보고 놀랐다. 아주 살짝 눈물이 묻어 있다. 사실 아무것도 아닐 수도 있었다. 가게의 불빛이 반사된 것일 수도, 찬 바람 때문에 눈물이 나온 것일 수도 있다.

"저기요, 저는 아무도 죽이지 않을 거예요."

토드는 젠의 눈을 보지 않고 말했다. 젠은 팔을 활짝 펼쳤다.

"하지만 넌 죽여. 그 남자는 조셉 존스라고 해."

이제 젠의 눈에도 눈물이 고였다. 토드는 젠의 얼굴을 빤히 쳐다보다가 잠시 기다리라는 듯 손가락 하나를 들어 보인 다음 가게로 들어갔다. 그의 말이 맞다. 다른 선택지가 있었다면 토드는 당연히 누군가를 죽이지 않았을 것이다. 젠은 토드를 **잘 안다**. 그 애는 상황을 개선하고 고백할 것이다. 그리고 죽이기 전에 아주 긴 목록을 만들어 그것들을 행동에 옮길 것이다. 그 목록은 아마도 젠이 얻을 수 있는 가장 유용한 정보가 될 테지.

잠시 후 토드가 가게 밖으로 나왔다. 몸짓이 완전히 바뀌어 있었다. 극도로 움직임이 적다. 마치 누군가가 잠시 토드의 움직임에 멈춤 버튼을 눌렀다 다시 켠 것 같다. 토드는 더듬거리며 말했다.

"중절모가······."

토드가 한 박자 쉬었다가 말을 이었다.

"지금 여기 있어요. 맞아요."

"이젠 내 말 믿을 수 있겠어?"

"제 생각엔 엄마가 걸어오다가 중절모를 본 것 같은데요."

"아니야, 못 봤어. 내가 못 본 거 너도 알잖아."

"전 아무도 안 죽일 거예요. 절대, 절대, 절대로요."

토드는 눈을 들어 하늘을 보았다. 젠은 토드의 얼굴에서 실망뿐 아니라 이해의 표정이 스쳤다고 확신했다. 무언가를 들은 사람처럼. 출발지점에서 결말을 들은 사람처럼. 젠은 토드의 반응에 기습 공격을 받은 느낌이었다. 젠을 좌절시키는 것은 시간여행이 아니다. 바로 부모 노릇이다.

토드는 젠에게서 몸을 돌렸다. 젠은 토드를 안다. 젠이 세세하게 따지고 들어가자 입을 닫아버렸다.

"클리오랑 왜 헤어진 거야?"

"상관할 바 아니잖아요. 그리고 지금은 다시 만나요."

젠은 한숨을 쉬었다. 두 사람은 냉랭한 침묵 속에서 다시 집으로 향했다. 집에 도착하자 젠이 열쇠를 꺼내기도 전에 켈리가 문을 열어주었다. 토드는 켈리에게 한 마디도 하지 않고 스쳐 지나가 위층으로 올라갔다. 흥미롭게도 토드는 조금 전 젠에게 들은 이야기를 켈리에게 하지 않았다. 평소라면 토드는 켈리와 함께 젠을 놀렸을 게 분명하다.

켈리는 파이를 굽고 있었다. 젠이 주방의 아침 식사용 바 테이블에 앉자, 켈리는 페이스트리를 깔아둔 접시에 소스를 붓고 오븐을 열었다. 오븐에서 열기와 증기가 엄청나게 뿜어져 나오는 통에 켈리가 젠의 눈앞에서 사라지는 것 같았다.

그날 밤 젠은 예약발송 이메일 보내는 법을 구글에서 검색했다. 그리고 멀리멀리 날아가길 바라며 이메일 하나를 보냈다. 잠이 들면서 젠은 이것이 효과가 있기를 기도했다. 미래의 자신이 어딘가에서 범죄를 막고 타임슬립을 멈추길 기도했다.

8일 전,
8시

이메일은 소용이 없었다. 칼로 만든 상처도 사라졌다. 처음으로 젠은 하루 이상 뛰어넘었다. 오늘은 10월 21일이다. 젠은 침대에 앉아 앤디를 생각했다. 그의 말이 맞는 것 같다. 어쩌면 시간여행 속도가 빨라져 곧 한 번에 몇 년씩 뛰어넘을지도 모른다. 그리고 결국은 존재하기를 완전히 멈추게 될지도.

아니다. 이런 식으로 생각하지 말자. 토드에게 집중해야 한다. 그때 마치 타이밍을 맞춘 것처럼 토드가 자기 방 문을 쾅 닫는 소리가 들렸다.

"어디 가니?"

젠이 큰 소리로 외쳤다. 젠과 켈리의 방이 있는 맨 위층으로 계단을 올라오는 발소리가 들리더니 함박웃음을 지은 토드가 나타났다. 얼굴에 웃음이 가득하다.

"아빠가 같이 달리기 하재요. 아무 일 없기를 빌어주세요."

잠시 후, 젠은 토드가 아빠와 함께 나가는 소리를 들으며 중얼거렸다.

"난 항상 네 생각을 해."

발그레한 뺨에 행복한 얼굴. 젠은 토드의 이런 모습이 좋다. 몇 분 지나지 않아 젠은 실내용 가운을 입은 채 토드의 방에 들어갔다. 그녀는 다시 책상 서랍, 침대 옆 탁자 서랍, 매트리스 아래와 침대 밑을 뒤졌다. 방을 탐색하면서 젠은 자신이 알고 있는 것들을 차례로 읊어보았다.

"토드는 늦여름에 클리오를 만났다. 켈리는 범죄가 일어나기 며칠 전에 '**토드가 클리오랑 아직 사귄대? 걔가 아니라고 했던 것 같아서**'라고 말했다. 그보다 더 며칠 전에 토드가 클리오와 헤어졌다가 다시 만난다고 확실히 말했다."

접시들, 컵들, 인터넷에서 출력한 학교 자료 한 무더기. 옷장 뒤에는 천체물리학에 관한 보고서가 한 장 있다.

"클리오는 나와 이야기하는 걸 무서워한다."

젠은 이 사실이 분명히 의미심장하다고 생각했다. 그리고 한 가지를 더 추가했다.

"그 집 주변을 맴도는 이상한 경찰차."

20분의 탐색 끝에 드디어, 드디어, 젠은 자신의 중얼거림보다 훨씬 명백한 무언가를 찾아냈다. 그것은 옷장 꼭대기 뒤쪽에 있었다. 먼지가 쌓이지 않은 걸 보니 오래되지 않았다. 작고 길쭉한 회색 꾸러미로 고무줄에 묶여 있다. 젠은 책상 의자에서 내려온 다음 꾸러미를 손바닥 안에 쥐어보았다. 마약이 틀림없다. 젠은 떨리는 손으로 고무줄을 풀고 완충 포장재를 뜯어냈다.

그런데 열어보니 마약이 아니다. 꾸러미에는 세 가지 물건이 들어 있었다. 먼저 머지사이드 경찰 배지. 정식 신분증은 아니고 머지사이드 심벌이 찍힌 가죽 지갑이다. 겉면에는 숫자와 이름이 새겨져 있다. 라이언 하일스, 2648. 젠이 손가락으로 표면을 만져보니 차가운 감촉이 느껴졌다. 그녀는 그것을 불빛에 비춰보았다. 어째서 10대 소년이 경찰 배지를 가지고 있는 것일까? 좋은 신호가 아니라는 것이 명백함에도 젠은 내달리는 생각을 애써 따라가지 않았다.

다음 물건은 깔끔하게 두 번 접힌 A4 크기의 포스터로, 모서리가 접혀 있고 4개월 정도 된 아기의 사진이 인쇄되어 있다. 아기 사진 위에는 빨간색 굵은 글씨로 '실종'이라고 쓰여 있다. 귀퉁이에는 핀을 찔러 생긴 작은 구멍이 있다. 젠은 충격을 받아 눈을 깜박거렸다. 실종이라니. 실종된 아기? 경찰 신분증? 토드가 뛰어든 어두운 세계의 정체는 도대체 무엇일까?

마지막 물건은 선불식 전화 같다. 전원이 꺼져 있다. 젠은 떨리는 손가락으로 전원 버튼을 누르고 화면이 켜지는 것을 지켜보았다. 화면은 형광 초록색이고 암호는 없다. 스마트폰이 아니고 구식 폴더폰이다. 들키지 말아야 할 물건임에 틀림없다. 연락처 목록을 보니 단 세 명이 등록되어 있다. 조셉 존스, 에즈라 마이클스 그리고 '니컬라 윌리엄스'. 젠은 토드와 켈리가 들어오지 않는지 귀를 기울이며 문자메시지 함을 열었다. 조셉, 에즈라와 시간 약속을 잡은 문자들이 있었다. 밤 11시 여기, 아침 9시 저기 등등. 하지만 니컬라와 주고받은 문자는 조금 다르다.

대포폰 (10월 15일) 반가워요. 16일에 만날까요?

니컬라 (10월 15일) 가능해요.

대포폰 (10월 15일) 내일 도와줄 수 있어요?

니컬라 (10월 15일) 도와줄 수 있어요.

대포폰 (10월 17일) 전화 줘요.

니컬라 (10월 17일) 추신. 지금 준비돼 있지만, 오늘 밤 만나요.

니컬라 (10월 17일) 만나서 반가웠어요. 난 기꺼이 이걸 할 거예요. 상황을 고려해 볼 때 당신도 열심히 해줘야 해요.

대포폰 (10월 17일) 넵, 알겠습니다.

니컬라 (10월 17일) 그곳으로 다시 가요.

대포폰 (10월 17일) 아기가 있어요, 없어요?

니컬라 (10월 18일) 모든 게 준비돼 있어요. 적당한 때가 되면 움직일 수 있어요.

젠은 문자들을 멍하니 바라보았다. 금광이다. 무언가를 계획하는, 날짜가 찍힌 실제 메시지들이다. 젠은 이것의 정체를 알아낼 수 있을 것이다. 아들의 행적을 따라가며 겪을 모든 일들 속에 온몸을 던질 것이다. 젠은 꾸러미 속 물건들을 뒤집어 보며 관찰했지만 별다른 것은 발견하지 못했다. 그녀는 토드의 책상 의자에 앉았다. 좌절감이 밀려왔다. 죽은 경찰, 죽은 아이, 납치, 몸값 같은 온갖 나쁜 단어들이 떠올랐다. 토드가 범죄조직에서 흥정을 맡은 일종의 말단 조직원일까? 젠은 의자에 올라서서 꾸러미를 원래 있던 자리에 돌려놓았다. 그리고 파헤쳐진 토드의 침대 위에 털썩 앉았다. 무릎이 덜덜 떨렸다. 떨리는 무릎을 바라보며 젠은 약간의 전율을 느꼈다. 모든 게 자기 잘못이라고 생각했다. 그게 틀림없다.

니컬라 윌리엄스. 왜 그 이름이 낯이 익을까? 젠은 페이스북에 들어가 조셉, 클리오, 에즈라, 니컬라를 찾아보았다. 니컬라를 제외한 세 명은 페이스북 페이지가 있었고 서로 친구로 등록돼 있었다. 조셉의 프로필은 새로 올린 것이었고, 완전히 평범한 남자처럼 보였다. 경마에 관한 게시물과 브렉시트에 대한 의견이 올려져 있었다. 에즈라의 페이지는 훨씬 오래된 것 같았다. 프로필 사진이 10년 전 것이다. 그런데 비공개다.

젠은 토드의 방을 정리했다. 침대를 정돈하는데 베개를 바로잡는 젠의 손에 뭔가가 느껴졌다. 베개 밑에 무언가 있다. 그곳은 아직 확인해 보지 않았다. 영화에서 본 것처럼 매트리스 아래만 확인한 것이다. 젠은 쓸 만한 정보를 기대하며 불룩한 물체에 손을 뻗어보았다. 알고 보니 과학 실험을 하는 곰인형이다. 복슬복슬한 파란색 분젠버너*와 시험관을 든 이 인형은 토드가 두 살 때부터 갖고 있던 것이다. 아직도 이 인형을 데리고 자는 게 분명하다. 토드의 방에서 과거를 떠올리자니 젠의 가슴이 찢어질 듯 아팠다. 노로 바이러스에 걸려 몸져누운 토드의 입을 뜨거운 천으로 닦아주며

✱   화학 실험 도구.

보냈던 밤 그리고 살인 사건이 일어났던 그날 밤. 내 아들, 다 컸지만 아직도 어린애인 내 아들.

크로스비 경찰서 로비는 첫날 밤에 왔을 때와 똑같이 지루해 보였다. 구내식당에서 흘러나오는 저녁밥 냄새와 커피 향이 맴돌았다. 지금은 저녁 6시. 젠은 라이언 하일스를 찾기 위해 이곳에 왔다. 그를 찾는 것이 타당한 다음 단계일 것 같았다. 토드와 켈리는 젠이 슈퍼마켓에 간 줄 안다.

기다리라는 안내를 받고 젠은 금속 벤치에 앉았다. 안내데스크 왼쪽의 하얀 문을 바라보았다. 그 문에 달린 창문을 들여다보니, 안쪽으로 이어지는 긴 복도 끝에서 키 크고 마른 경찰 한 명이 통화를 하며 천천히 왔다 갔다 하는 모습이 보였다. 안내데스크 직원은 금발이다. 입술이 트고, 입술 선이 흐릿한 데다 빨갛게 상처 난 것처럼 보였다. 자꾸 입술을 축이는 버릇을 가진 사람의 특성이다. 자동문이 열렸지만 아무도 나오지 않았다. 안내데스크 직원은 문에 관심이 없다. 모니터에서 눈을 떼지 않고 빠르게 자판을 두드리는 중이다.

밖에는 땅거미가 지고 있다. 다른 사람들에게는 평범한 10월의 저녁 6시 풍경이다. 나무 태우는 냄새가 산들바람에 실려 왔다. 상태가 그다지 좋지 않은 자동문이 열리고 닫혔는데 이번에도 아무도 나오지 않았다. 젠은 깍지 낀 손을 무릎 위에 올려놓고 평범한 삶에 대해 생각했다. 하루가 지나면 다음 날이 이어지는 삶. 젠은 문이 열리고 잠시 멈추었다 닫히는 모습을 멍하니 바라보았다. 그리고 미래의 어디에선가 토드가 젠 없이 법적 절차를 밟고 있을지 궁금해하지 않으려 애썼다. 토드는 감옥에 가야 할 것이다. 아무리 유능한 변호사라 해도 그를 빼낼 수 없을 것이다.

"성함이 어떻게 되시죠?"

안내데스크 직원은 로비에서 이런 대화를 나누는 데 만족하는 듯했다.

"앨리슨입니다."

젠은 아직 신분을 밝히고 싶지 않았다. 라이언 하일스가 어디 있고 왜 토드가 그의 배지를 가지고 있는지 알기 전까지는. 미래의 토드에게 피해를 주는 일만은 하고 싶지 않았다.

"앨리슨 블랜드예요."

젠은 이름을 만들어냈다.

"네. 어떤 일로……."

"경찰 한 분을 찾고 있어요. 성함과 배지 번호를 알아요."

"만나야 하는 용건이 있으신가요?"

안내데스크 직원은 책상 위에 놓인 전화기의 다이얼을 눌렀다. 젠은 배지를 가지고 있다는 사실을 말하지 않았다. 증거를 넘겨주고 싶지 않았고, 토드의 지문을 무언가 흉악한 것에 또는 다른 무언가에 연관시키고 싶지 않았다.

"그분께 할 얘기가 있어요."

"죄송합니다. 민간인이 이름을 대고 특정 경찰을 만나게 해달라고 요청할 수는 없거든요."

"그게……. 나쁜 일은 아니에요. 그분과 이야기를 좀 하고 싶어요."

"정말 그건 도와드릴 수가 없어요. 혹시 범죄 신고를 하고 싶으신가요?"

"제 말은……."

젠은 **아니라고** 답하려다가 순간 망설였다. 어쩌면 경찰이 도움이 될지도 모른다. 아직 살인이 일어나지 않았다고 해서 그동안 범죄가 없었다는 뜻은 아니다. 그 칼……, 칼을 구입하는 것도 범죄다. 사실 이건 도박이었다. 토드는 아직 칼을 구입하지 않았을 수도 있다. 하지만 젠은 받아들일 준비가 되어 있었다. 만약 토드가 작은 일로 수사를 받는다면 더 큰 범죄를 막는 효과가 있지 않을까? 젠의 마음속에서 불이 하나 켜졌다. 그녀에게 필요한 건 변화였다. 일렬로 늘어선 성냥 중 하나의 불을 끄는 것. 도미노가 넘어지지 않게 지키는 것. 그러면 아침에 깨어났을 때 내일이 될 수도 있지 않을까?

"맞아요."

젠의 대답에 안내데스크 직원은 놀라는 기색이었다.

"네, 범죄 신고를 하고 싶어요."

25분 후 젠은 한 경찰과 함께 회의실에 앉아 있었다. 그는 젊고, 늑대처럼 창백한 푸른 눈을 갖고 있다. 그와 눈을 마주칠 때마다 젠은 그 특이함에 놀랐다. 테두리는 어두운 파란색이고 가운데는 하늘색 수영장 같은 작은 눈동자. 색깔 때문에 그 눈은 텅 빈 듯한 느낌을 주었다. 깔끔하게 면도를 했고 유니폼은 너무 커 보였다.

"네, 말씀해 보세요."

경찰이 말했다. 두 사람 앞에는 물이 담긴 하얀 플라스틱 컵이 두 개 놓여 있다. 복사기 토너 냄새와 퀴퀴한 커피 냄새가 난다. 젠이 일으키고 싶은 변화에 비해 이곳의 환경은 너무나 평범하다.

"기록 좀 할게요."

그가 한마디를 추가했다. 젠은 꼼꼼하게 기록하면서 대답은 하지 않는 이런 젊은 경찰 스타일을 원하지 않았다. 젠이 원하는 사람은 개성이 강한 타입이다. 기록 따위 하지 않고 거침없이 말을 쏟아내며 아내는 죽고 알코올 문제를 가진 부류. 젠을 정말로 도와줄 수 있는 경찰 말이다.

"제 아들이 뭔가에 연루된 것 같아요."

젠은 단순하게 말했다. 그녀는 자신이 말한 가명이 적혀 있는 것을 보고 경찰이 이름에 대해 질문하지 않고 문제의 핵심으로 들어가길 바랐다.

"아들 이름은 토드 브라더후드예요."

그리고 그때 그 일이 일어났다. 뭔가 알아채는 낌새. 젠은 확신했다. 그 기색이 유령처럼 경찰의 얼굴을 획 지나갔다.

"아드님이 연루됐다고 생각하시는 이유가 뭔가요?"

젠은 경찰에게 커팅 앤 소잉 유한회사, 아들이 조셉 존스를 만나게 된 일 그리고 칼에 관해 말했다. 만약 토드가 이미 무기를 지니고 있다면 젠은 경찰이 그 칼을 찾아내고 토드를 체포해 범죄를 막아주길 바랐다. 젠의 말을 받아 적던 경찰의 펜이 칼 대목에서 잠시 멈추었다. 경찰의 차가운 눈, 낮은 온도의 가스 불 색을 띤 눈이 순간적으로 젠의 눈과 마주쳤다가 다시 아래로 향했다. 젠은 그 자리에 앉은 채로도 공기 속에 감도는 분명한 변화를 느꼈다. 불을 붙이는 데 성공한 것이다. 나비가 날개를 파닥였다.

"그러면 칼은 어디 있습니까? 아드님이 칼을 산 건 어떻게 아시나요?"

"지금 어디 있는지는 잘 모르겠어요. 하지만 학교 가방에 있는 걸 봤어요."

미래에 봤다는 말은 생략하고 젠은 이렇게 답했다.

"아드님이 칼을 가지고 집에서 나간 적이 있습니까?"

"그런 것 같아요."

"좋아요, 그럼……."

경찰은 펜을 거꾸로 뒤집었다.

"아드님과 얘기를 해봐야 할 것 같습니다."

"오늘요?"

경찰은 기록을 멈추고 젠을 보았다. 그리고 벽에 걸린 시계를 힐끗 쳐다봤다.

"토드를 심문할 겁니다."

따뜻한 경찰서 회의실에서 젠은 몸을 떨었다. 내가 방금 한 행동으로 의도치 않은 결과가 일어나면 어쩌지? 만약 조셉 존스가 끔찍한 일에 연관돼 있다면 그는 어차피 죽을 **수밖에** 없다. 그렇다면 젠이 해야 할 일은 토드가 살인을 저지르지 않도록 막는 것뿐이다. 하지만 숨겨진 진실을 젠이 어떻게 안단 말인가?

"알겠어요. 제가 가서 토드를 데려올까요?"

이렇게 말하면서 젠은 자신이 어떻게 보일지 궁금했다. 자기 자식을 경찰서로 데려오겠다니, 이 말이 얼마나 이상하게 들릴까? 이런 혼란 속에서도 젠은 자신이 부모로서 어떤 평가를 받을지 걱정하고 있었다.

"주소만 알려주시면 됩니다."

경찰은 일어나서 문을 향해 손을 뻗었다. 대화는 한순간에 끝났다. **그냥 토드를 체포해 주세요, 제발. 그래서 그 애가 아무것도 하지 못하도록 해주세요.** 젠은 마음속으로 생각했다.

"오늘 바로 되는 게 있을까요?"

젠이 다시 물었다. 만약 범죄를 막을 기회가 있다면 젠이 오늘 밤 잠들기 전에 토드가 잡혀야만 한다. 경찰은 손을 뻗은 채로 잠시 멈춰 서 자기 발을 쳐다보았다.

"최대한 해보겠습니다. 아시겠지만 젊은 청년들은 보통 갱들 때문에 칼을 소지하게 돼요."

"네, 알아요."

젠이 작은 소리로 대답했다.

"아드님과 얘기해 보겠습니다. 그런데 아드님을 곤란한 상황에서 빼내려면 이유를 찾아내셔야 해요."

"노력 중이에요."

젠은 회의실 문지방 위에 멈춰 섰다. 그리고 그냥 물어보기로 결심했다.

"이 근처에서 아기가 실종된 사건이 있었나요? 최근에?"

"뭐라고요? 실종된 아기요?"

"네. 최근에요."

"다른 사건에 대해서는 말씀드릴 수가 없습니다."

경찰은 아무것도 알려주지 않았다.

젠은 회의실을 떠나 섬세한 격자무늬가 새겨진 유리문을 밀고 밖으로 나갔다. 그리고 전혀 예상하지 못했던 냄새를 맡았다. 마른 땅 위의 비 냄새. 길 위에 내리는 비 냄새. 여름이 다시 오고 있는 것 같았다. 뭐라고 딱 꼬집어 말할 수 없는 냄새였다. 잔디 깎는 냄새와 카우 파슬리✣ 향기, 단단히 다져진 뜨거운 흙의 냄새는 언제나 젠에게 산골짜기에 있던 그들의 집, 작고 하얀 오두막집을 떠올리게 했다. 도시에서 멀리 떨어진 그곳에서 그들 가족은 얼마나 행복했던가? 과거의 일이지만.

집으로 오는 길에 젠은 라이언 하일스와 실종된 아기에 대해 생각했다. 젠은 지금도 포스터를 생생히 떠올릴 수 있다. 아기의 얼굴이 왠지 모르게 익숙했다. 마치 먼 친척이라도 되는 듯한 본능적인 친숙함. 젠이 아는 사람 중 누군가의 얼굴이 거기에 있었다. 아마도 젠이 만났던 사람인 듯한데 누구인지 생각나지 않았다.

아기에 관해서라면 젠은 항상 서툴렀다. 그녀는 켈리를 만난 지 8개월밖에 안 됐을 때 의도치 않게 토드를 임신했다. 충격적이었지만 켈리는 그해에 두 사람이 10년 치 섹스를 했다고 농담하곤 했다. 그것은 사실이었다. 그 시절 하면 생각나는 것은 작은 캠퍼 밴과 바닥에 흩어진 그들의 옷가지뿐이다. 어느 날 밤 켈리는 젠에게 엉덩이를 밀착시킨 채 놀리는 투로 그들의 밴이 흔들리는 걸 모

✣   작은 흰 꽃이 많이 피는 유럽산 야생화.

든 사람이 볼 수 있을 거라고 말했다. 젠은 얼마나 무신경했던가. 두 사람은 20대의 젊은 나이였다. 젠은 피임약을 먹었고 그들은 거의 항상 콘돔을 사용했다. 불가능을 뚫고 임신했다는 사실 때문에 젠은 이 아기를 낳아야겠다고 생각했다. 그리고 켈리의 이 한마디 때문에.

"아기가 네 눈을 닮았으면 좋겠어."

과거의 수많은 여자가 그랬듯이 젠도 그 즉시 이렇게 생각했다. **'난 아기가 네 눈을 닮았으면 좋겠는데?'**

정자와 난자가 만났고 한 사람의 생각이 상대방의 생각과 만났다. 젠은 곧바로 자신이 준비가 됐음을 느꼈다. 마치 임신과 출산이 아주 자연스러운 사람인 양, 자기 자신이 아닌 미래 세대를 바라보고 있는 사람인 양 느껴졌다. 하지만 사실 그녀는 전혀 준비가 되어 있지 않았다. 아무도 젠에게 그 사고 같은 임신이 엄청난 노동으로 이어질 것이라고 경고해 주지 않았다. 어떤 시점에 그녀는 자신이 분명 죽을 거라고 생각했다. 상황이 나아진 뒤에도 그 확신은 떠난 적이 없었다. 젠은 여자들이 이 일을 겪어왔다는 것을, 그들이 이 일을 반복하기로 선택했다는 것을 믿을 수가 없었다. 그런 고통이 실제로 존재한다는 것도 놀라웠다. 젠은 고통뿐 아니라 두려움과 함께 엄마 됨의 여정을 시작했다.

그녀는 방문 간호사와 의사, 다른 엄마들의 평가를 두려워했다. 토드는 누구라도 **까다롭다고 할 만한 아기**가 아니었다. 토드는 항상 잠을 잘 잤다. 하지만 키우기 쉬운 아기일지라도 젠은 힘들었다. 그녀는 자신을 질책하는 타입이었고 다른 상황에서라면 고문이라고 할 수 있을 만한 고통에 시달렸다. 하지만 육아를 이렇게 묘사하는 것은 금기시되었다. 어느 날 밤 젠은 토드를 내려다보며 생각했다. **'내가 너를 사랑하는지 어떻게 알지?'**

젠은 자신에게 **완벽함**에 대한 강박이 있었다는 것을 이제는 안다. 자신이 줄 수 있는 모든 것을 바쳐야만 하는 직업을 가진 여자, 억압된 아버지를 둔 여자, 타인의 평가에 약해서 사람들의 사소한 말에 엄청난 의미를 부여하는 여자. 사교 모임에 억지로 참석하고, 현실적으로 가능한 수준보다 더 많은 사건을 떠맡아 버린 그 부적절한 선택 때문에 젠에게 부모 노릇은 고통이 되어버렸다. 젠은 엄마의 숨소리를 들려주고 싶어서 토드와 같은 방에서 잤다. 그리고 모유 수유를 누구보다 완벽하게 하고 싶어 했다. 어쩌면 그것은 젠이 느꼈어야 하지만 실제로는 느끼지 못한 어떤 감정에 대해 첫값을 치르는 것일 수도 있었다. 젠은 방문 간호사에게 이 모든 일을 이야기하려 했지만 그들은 불안해하며 혹시 자살하고 싶냐고 묻기만 했다.

"아니에요."

젠은 무미건조하게 말했다. 그녀는 자살하고 싶지 않았다. 그저이미 일어난 일을 취소하고 싶을 뿐이었다. 젠은 아버지를 만나기위해 회사로 갔고 좀비처럼 사무실 안을 돌아다녔다. 아버지는 로비에서 젠을 꽉 안아주었지만 어떤 말도 건네지 않았다. 그는 어떤말도 할 줄 몰랐다. 젠에게 잘하고 있다고, 필요한 것은 없냐고 물었다면 얼마나 좋았을까? 전형적인 아버지 세대의 남자들은 이랬다. 하지만 그러려니 해도 아픔이 사라지는 것은 아니었다.

모든 재난이 그렇듯 육아의 고통도 서서히 사라졌고, 사랑이 크고 아름답게 꽃피기 시작했다. 토드가 일어나 앉고, 말하고, 버번 비스킷*을 온 머리에 바르면서부터였다. 그리고 토드의 친구들이 10대 특유의 무뚝뚝한 성격으로 변해갈 때에도 토드는 그러지 않았다. 아직도 토드는 엄마에게 말장난을 많이 하고 잘 웃고 숨기지 않고 사실을 말한다. 토드가 어릴 때 젠이 아들에게 느낀 사랑은 고된 육아로 빛을 잃었었지만 이젠 더 이상 그렇지 않았다. 고통은 끝났다. 크다면 크고 작다면 작은 이유였다.

그럼에도 젠은 아이를 더 낳는 것이 너무나 두려웠다. 지금 그녀는 눈앞에 펼쳐진 길을 보면서 문득 포스터 속 아기가 여자아이라는 생각이 들었다. 둘째를 갖지 않은 후회는 배 속에 딱딱한 돌이 든 것처럼 남았다. 토드의 형제, 토드가 비밀을 털어놓을 수 있고, 지금의 젠보다 토드에게 더 큰 도움을 줄 수 있는 사람이 존재한다면 얼마나 좋을까?

젠은 그 일이 벌어지게 놔둘 수 없었다. 살인이 일어나도록 놔두면 안 된다. 토드가 모든 것을 잃게 할 수는 없다. 자기도 모르게 너무 자주 우는 엄마를 목격해 버린 그녀의 작고 착한 아기. 젠은 이것이 아들의 마지막이 되는 걸 참을 수 없었다. 토드가 나쁜 사람이 되는 것을 견딜 수 없다. 무슨 일이 있어도 꼭 그 애가 착한 사람이 되도록 만들어야 한다. 젠 자신 역시.

✤　초콜릿 크림이 들어간 비스킷으로 영국에서 인기가 많다.

"준비됐어?"

젠이 집에 도착하자 켈리가 물었다. 그는 파카를 입고 운동화를 신은 채 얼굴에 미소를 머금고 주방에 서 있었다. 켈리는 젠의 눈가가 젖어 있다는 것을 알아채지 못했다.

"무슨 준비?"

"학부모의 밤이잖아."

왜 그러느냐는 듯 켈리가 말했다. 헨리 8세가 켈리의 발 주변을 빙글빙글 돌았다. 학부모의 밤이라. 아마도 이것인가 보다. 젠이 과거로 하루 이상 뛰어넘은 이유가. 앤디의 말처럼 이것은 일종의 기회 혹은 또 다른 의미를 가진 일임에 틀림없다. 젠은 학부모의 밤 행사를 두려워했던 기억이 난다. 하지만 지금 그녀는 불이 붙은 듯한 의욕을 느낀다. 덤벼라. 중요한 사실을 눈치채고, 해결 방법을 알아내고, 이 모든 걸 끝내주겠어.

"아, 그렇지. 잠시 깜박했어."

젠은 밝은 목소리로 말했다.

"나도 깜박하고 싶다. 그냥 가지 말자."

켈리도 이런 종류의 모임을 싫어한다. 그 이유는 젠과 다르지만. 켈리는 소위 '기득권'에 연관되는 것을 싫어한다. 지난번에는 젠이 차 안에서 같이 찍은 셀카를 페이스북에 올리려 하자 켈리가 막았다.

지금 그는 젠이 나갈 수 있도록 문을 잡아주고 있다.

"회사는 어땠어?"

젠은 입고 있는 청바지와 티셔츠를 내려다보았다.

"응, 예전 고객이랑 미팅했어. 두 번째 이혼이야."

함께 집을 나서며 젠은 마치 이런 반복 업무를 많이 해온 것처럼 그날 일에 대해 줄줄이 늘어놓았다. 켈리는 질문할 정도의 관심은 없는 것 같았다.

학교 홀은 테이블이 일정한 간격을 두고 배치돼 있어 마치 군대 같은 인상을 주었다. 각 테이블에는 교사 한 명이 앉아 있고, 그들 앞에 두 개의 빈 플라스틱 의자가 놓여 있었다. 젠은 집에서 혼자 엑스박스 게임을 하고 있을 토드를 생각했다. 아직 갖고 있지 않을 수도 있는 칼을 소지했다는 이유로 체포될 거란 사실을 꿈에도 모를 토드를.

처음 이날 밤을 보냈을 때 토드에 관한 모든 평가서에는 칭찬이 가득했고 젠은 안도했다. 물리 교사인 애덤스 씨는 토드를 '**기쁨**'이라고 묘사했다. 젠이 기억하기로 당시에 그녀는 지나의 이혼소송에 대해 생각하느라 정신이 딴 데 가 있었다. 곧 전남편이 될 사람이 아이들을 만날 수 있게 허락하도록 어떻게 지나를 설득해야 하나 고민하던 중이었다. 그때 '기쁨'이라는 그 단어 하나가 젠의 복잡한 머릿속을 뚫고 들어왔다. "부모랑 똑같네요"라고 건조하게 말하는 켈리 옆에서 그녀는 미소를 지었었다.

젠은 지금 같은 남자 앞에 앉아 있다. 홀은 환하게 불이 밝혀져 있고, 바닥은 반짝거린다. 젠과 켈리는 **좋은 공립 중고등학교**[*]를 찾아 토드를 이곳에 보냈다. 그들은 토드가 사립학교에 가고 제도권의 일원이 되기를 바라지 않았다. 토드가 다니는 벌리 중고등학교는 선생님들은 하나같이 선의로 가득하지만 교실 시설은 낡고 엉망이며 화장실은 그로테스크한 학교다. 가끔, 특히 오늘 같은 날 젠은 다른 학교를 선택할 걸 그랬다고 생각한다. 학부모의 밤 행사 때 네스프레소 커피와 편안한 의자를 제공해 주는 학교. 하지만 켈리는 이렇게 말했다.

"토드가 수많은 멍청이 속에서 찬송가를 부르며 성장기를 보낸다면 나중에 겉치레만 가득한 인생을 살게 될 거야."

물리 교사 애덤스 씨는 토드를 칭찬했다.

"네, 맞아요. 똑똑하고 열심히 하는 학생이죠."

---

[*] 학생들을 수준에 따라 구분하지 않고 모두 모아 가르치는 평준화 공립학교로, 영국 중고등학교의 90퍼센트가 이 유형에 속한다.

젠은 그의 말을 집중해서 들었다. 애덤스 씨는 친척 아저씨 같은 친근한 스타일이다. 큰 귀, 흰 머리에 친절한 얼굴을 하고 있다. 감기에 걸렸고 독특하게 달콤한 냄새를 풍긴다. 손수건에서 올바스 오일* 향이 난다. 젠은 지난번에 이것을 놓쳤다. 크게 상관은 없지만 당시에 모르고 지나친 것 중 하나다. 또 무엇을 놓쳤을까?

"토드에 대해서 저희가 알아야 할 게 또 있을까요?"

애덤스 씨는 놀란 얼굴로 쳐다보았다.

"예를 들면요?"

"음, 그런 거 있잖아요. 토드가 새로운 사람과 어울린다든가, 공부를 열심히 안 한다든가, 엉뚱한 행동을 한다든가 하는 거요."

"실험실에서 가끔 상식을 잊어버리긴 하죠."

켈리가 숨죽여 쿡쿡 웃었다. 내성적인 그녀의 남편이 이곳에 도착한 뒤 처음 낸 소리였다. 켈리는 아무 생각 없이 젠의 손을 잡고 그녀의 결혼반지를 만지작거렸다. 애덤스 씨와의 상담이 끝나면 켈리는 음료를 나눠주는 테이블로 가서 차 두 잔을 가져올 것이다. 그리고 그중 하나를 떨어뜨린다. 정말 하찮은 지식이다.

"하지만 가장 똑똑한 녀석입니다. 정말로 교사에게 기쁨을 주는 아이예요."

애덤스 씨가 말했다. 젠의 가슴이 또 한 번 햇살로 가득 찼다. 자식에 대한 칭찬은 아무리 들어도 질리지 않는 법이다. 특별히 지금

✤   영국산 허브 오일로 상쾌한 향이 나며 비염 완화, 숙면, 근육 이완 등에 효과가 있는 아로마테라피 제품.

같은 때는 더욱더.

젠과 켈리는 의자를 끌어다 제자리에 놓고 뒤쪽에 있는 가대식 테이블*로 향했다. 젠은 켈리가 떨어뜨리기 전에 찻잔을 받아야겠다고 생각하면서 그의 손을 유심히 관찰했다.

"이런 것들 아무짝에도 쓸모없어."

켈리는 티백을 가지고 부산을 떨면서 숨죽여 말했다.

"이상적인 것하곤 거리가 멀어. 정신 나간 평가 방식이지."

"알아."

젠이 켈리에게 우유를 건네주며 말했다.

"그래도 난 이것저것 정보를 많이 얻고 있어."

켈리는 고통스러운 듯한 미소를 지었다. 젠은 알고 있다. 그가 **'얼마나 더 있어야 집에 가지?'**라고 말할 차례다.

"얼마나 더 있어야 집에 가지?"

"금방 갈 거야."

젠이 약속한 다음 그에게 물었다.

"토드가 착한 애라고 생각해? 솔직하게."

"뭐?"

"우리는 위기에서 벗어난 걸까? 10대들은 나쁜 길로 빠지기도 하잖아."

그때 젠의 어깨너머에서 어떤 목소리가 들려왔다.

"토드는 그러지 않을 거라고?"

✛   양옆에서 보면 다리가 거꾸로 된 T자형으로 만들어진 테이블.

뒤돌아보니 폴린이 밝은 보라색 드레스를 입고 향수 냄새를 풍기며 서 있다.

"누가 알겠어?"

젠은 한숨을 쉬며 말했다. 그녀는 이런 대화를 나눴다는 것을 잊어버리고 있었다. 여기서 폴린을 만났다는 사실을 완전히 잊은 것이다. 켈리는 화장실 쪽으로 천천히 걸어갔다. 폴린이 눈썹을 으쓱 올렸다.

"자기 남편이 나 싫어하는 거 아냐? 항상 사라져 버리잖아."

"저 사람은 모두를 다 싫어해."

폴린이 깔깔 웃었다.

"그나저나 토드는 어때?"

"모르겠어. 개랑 나는 반대 방향으로 가고 있는 것 같아."

"선생님이 그러시는데 코너가 숙제를 하나도 제출하지 않았대."

폴린이 말했다.

"하나도?"

젠은 이렇게 말하며, 혹시 이게 토드와 **관계가 있을까** 생각했다. 이 정보는 너무 사소해서 며칠 뒤 젠이 코너에 관해 물어볼 때 폴린이 잊어버리고 전달하지 않은 것이다.

"10대 남자애들을 어떻게 알겠어. 규칙 같은 건 무시하고 제멋대로잖아."

폴린이 말했다.

"나무랄 데 하나 없는 애는 테오뿐이야. 지리 선생님이 부르시네. 기도 좀 부탁해."

젠은 폴린의 어깨를 토닥여 주었다. 켈리가 돌아와서 차를 다시 준비했다. 그는 젠에게 찻잔을 건네주다가 바닥에 떨어뜨렸다. 베이지색 액체와 티백, 모든 게 뒤섞여 바닥이 흥건했다. 젠은 쏟아진 찻물이 흘러가는 모습을 멍하니 바라보았다.

바닥을 정리한 뒤 젠과 켈리는 토드의 담임교사 샘프슨 씨를 만났다. 그는 토드보다 겨우 몇 살 많아 보였다. 검은 머리를 양쪽으로 가르고, 남의 기분을 맞춰주려고 애쓰는 듯한 얼굴이었다.

"나무랄 데 없는 학생입니다."

젠이 차를 홀짝일 때 그는 빠르고 경쾌하게 말했다. 젠은 갑자기 샘프슨 씨가 미래에 뭐라고 말할지 궁금했다. 범죄가 일어난 다음 날, 그다음 날. 하루가 지나고 이틀이 지나면 며칠 전과는 정반대의 반응이 나올 것이다.

"착한 학생이라서 이런 일을 벌일 줄은 몰랐어요. 우울한 구석이 있었던 게 분명해요."

그는 슬픈 목소리로 말할 것이다. 젠의 눈앞에 그 장면이 그려졌다.

젠은 잡념을 버리고 샘프슨 씨에게 물었다.

"별다른 변화는 없나요?"

"요즘 약간 더 내성적으로 변한 것 같기도 하네요."

"그래요? 무슨 일이 있는 건 아니죠? 뭐라도요. 모르겠어요. 가끔 토드가 약간 삐딱해진 건 아닐지 궁금해요."

켈리는 놀란 듯 젠 쪽으로 몸을 돌렸다. 하지만 젠은 그에게 집중하지 않았다. 샘프슨 씨는 약간 머뭇거렸다.

"아니에요."

그가 말을 멈추자 생략된 말이 공기 중으로 흘러나오는 것 같았다. 그는 커피를 꿀꺽 삼키면서 얼굴을 찡그렸다.

"아무 일 없습니다."

그는 더 확실하게 말했지만, 젠의 눈을 피했다.

라이언

라이언이 출근한 지 닷새째 되는 금요일이다. 그리고 5분 전에 모든 것이 달라졌다. 라이언은 경찰서에 도착한 뒤 '리오'라는 남자를 만났다. 그는 라이언이 오늘 긴급출동 업무를 나가지 않을 거라고 말했다. 그러더니 라이언을 경찰서 뒤쪽 대회의실, 어쩌면 중역 회의실일지도 모를 곳으로 데려갔다. 리오가 등 뒤로 문을 닫는 모습을 라이언은 호기심 어린 눈으로 바라보았다.

40대 후반으로 보이는 리오는 날씬하지만 턱살이 처졌고 머리가 벗겨지는 중이었다. 그는 마치 자세히 설명하기엔 너무 힘들다는 톤으로 간결하게 말했다. 브래드퍼드와 비슷하지만 라이언을 농담거리로 삼아 놀리지는 않았다. 어쨌든 아직까지는. 라이언이 이미 알고 있듯 후배들 사이에서 평판이 좋지 않은 브래드퍼드와 달리 리오는 대부분의 사람들에게 괴짜 천재로 알려져 있었다. 여러 가지 면에서 훨씬 안 좋기도, 훨씬 흥미롭기도 하다.

서른 살 정도의 제이미가 방금 그들 사이에 합류했다. 리오와 제이미는 사복을 입었는데 상당히 지저분한 몰골이다. 제이미는 조깅용 바지에 얼룩투성이 티셔츠를 입고 검은 야구모자를 썼다. 리오는 당장 나가서 축구팀 코치를 해야 할 것 같은 차림새다.

라이언은 거대한 테이블을 사이에 두고 이 두 남자의 맞은편에 앉았다. 그는 약간 불편함을 느끼면서 질문했다.

"죄송한데, 그러니까 이게······?"

"곧 알게 될 거야."

리오가 말했다. 그의 말에서 런던 억양이 묻어난다. 그가 왼손 새끼손가락에 낀 도장이 새겨진 반지가 나무 테이블에 부딪혀 짤그랑 소리를 냈다.

"어디 출신이라고 했지, 라이언?"

"맨체스터요."

라이언은 자기가 곧 해고되는 건 아닌지 궁금했다.

"이걸 여쭤봐도 될지······."

리오 옆에서 제이미가 야구모자를 벗더니 머리를 문질렀다. 그리고 매우 의도적으로 모자를 테이블 위에 올려놓았는데, 라이언이 보기에 녹음 장비 같은 걸 덮어버리는 행동 같았다. 라이언은 눈으로 그것을 추적했다.

"긴급출동 업무는 꽤 지루하지, 안 그런가?"

리오가 물었다.

"물론 그렇죠."

"혹시 더 재미있는 일 해보고 싶지 않아? 조사 업무라고 할 수 있는데."

"조사요?"

"리버풀 근처에서 활동하는 범죄조직에 관한 정보가 필요해."

9일 전으로 온 젠은 맞게 찾아왔다고 느꼈다. 학부모의 밤 전날인 오늘, 어젯밤 샘프슨 씨가 보인 머뭇거림 속에 무엇이 숨겨져 있는지 알아봐야 했다. 사람들은 사적인 만남에서 더 진실한 이야기를 고백하니까. 젠은 학교로 향했다.

"제가 기억하기론, 말다툼에 대해서 토드가 얘기한 적이 있는 것 같아요."

샘프슨 씨가 젠에게 말했다. 그는 지리 교사다. 그의 등 뒤로 펼쳐진 벽은 샘프슨 씨가 가장 좋아하는 세계의 명소들에 보내는 찬사인 듯했다. 이집트의 화이트 데저트, 멕시코의 크리스털 동굴. 그는 책상에 등을 기댄 채 젠을 보고 있다.

"언제요? 그리고 누구랑요?"

젠이 물었다. 그녀는 매일 아침 토드를 맞아줄 교실을 한 바퀴 둘러보았다. 일 때문에 바빠서 한 번도 직접 와본 적 없는 공간이다. 초록색 줄무늬 카펫이 깔려 있고, 2인용 흰색 책상, 파란색 플라스틱 의자 등이 있다. 젠은 오래전 이렇게 생긴 교실에서 어머니의 죽음을 들었다. 교장 선생님에게 불려 가 그 말을 들은 뒤 젠은 며칠 동안 학교에 가지 못했다. 이후로 아버지는 그 일을 입에 올리지 않았다.

"이미 일어난 일을 바꿀 수는 없지."

이렇게 한 번 말했을 뿐이다. 아버지는 항상 무언가에 억눌려 있고 때때로 불행해 보이는 아주 전형적인 변호사였다. 젠은 기필코 자신은 아빠처럼 아이를 키우지 않을 거라고 단단히 결심했다. 개방적이고 솔직하고 인정 많은 부모가 되고 싶었다. 하지만 그녀는 아버지처럼 모든 걸 망쳐버렸다. 이것은 라킨*이 한 말 아닌가?

의자 위에 올려둔 핸드백 안에서 젠의 휴대폰이 울렸다. 샘프슨 씨의 눈이 그곳으로 향했다. 젠은 휴대폰을 확인하고 받지 않았다.

"그냥 업무 전화예요."

휴대폰이 곧바로 다시 울렸다.

"받으세요."

샘프슨 씨가 손짓하며 말했다. 젠은 마지못해 전화를 받았다. 이러려고 여기에 온 게 아닌데.

"어떤 분이 만나러 오셨어요."

젠의 비서 샤즈의 전화였다. 샘프슨 씨는 자기 책상에서 다른 업

✤　영국의 시인으로, 부모가 아이들을 망친다는 내용의 시를 썼다.

무를 보기 시작했다.

"좀 늦을 것 같은데."

"지나예요. 뭐라고 전할까요?"

젠은 눈을 깜박였다. 지나. 자기 남편이 아이들을 만나지 못하게 하려는 고객이다. 어떤 기억, 지나의 삶에서 아주 작은 부분이 젠의 머릿속에 떠올랐다.

"아, 그러면……."

젠은 시간을 끌면서 어떻게 할지 생각했다. 아, 그거다. 마지막으로 지나를 만났을 때, 그녀는 사무실 문턱을 넘다 말고 뒤돌아서 젠에게 말했다.

"그 일을 미리 예상했어야 했어요. 실제로 그게 직업인걸요. 개인 조사관 일이요. 이게 무슨 운명의 장난일까요."

젠은 인정한다는 의미로 천천히 고개를 끄덕였었다.

젠이 시간여행으로 오늘, 즉 지나가 사무실로 찾아오는 날에 도착했다는 것은 우연일 리 없었다. 어쩌면 샘프슨 씨를 만나는 건 핵심이 아닐지도 몰랐다.

"들어갈게. 지나에게 기다리라고 해줘."

젠은 전화를 끊고 샘프슨 씨에게 황급히 말했다.

"죄송해요, 죄송해요. 다툼이 언제 있었죠?"

"한 일주일 전쯤이요. 토드가 가족이랑 다퉜다고 했어요. 그게 다입니다만……."

"가족 중 누구랑요?"

"그건 말 안 했어요. 토드가 누구한테 말하는 걸 우연히 들은 거예요."

"누구한테 얘기하고 있었는데요?"

"코너요."

또 같은 이름이다. 같은 이름이 계속 반복해서 등장한다. 코너, 에즈라, 클리오, 조셉.

"그리고 토드가 아기에 대해서 무슨 얘길 했던 것 같아요."

"뭐라고요?"

"확실하진 않은데, 그냥 들렸어요. 아기가 어쩌고……."

"이걸 좀 더 미리 알았다면 정말 좋았을 거란 생각이 드네요."

젠은 처음으로 직계가족이나 동료가 아닌 외부인에게 자신이 생각하는 바를 정확히 말했다. 얼마나 해방되는 기분인지, 다음에는 고객에게 꺼지라고 말할 것 같다.

"맞아요……."

샘프슨 씨는 어색하게 말했다. 젠은 창밖을 물끄러미 바라보았다. 밖에는 안개가 꼈지만 아직 포근하다. 여름의 온기가 손끝에 닿을 듯 남아 있다. 젠은 운동장 위에서 엷은 물안개가 파도처럼 왔다 갔다 움직이는 모습을 지켜보았다. 젠은 어쩔 줄 모르겠다는 듯 친근한 태도로 말없이 어깨를 으쓱했다. 켈리가 종종 보여주는 딱딱한 침묵이 두 사람 사이에 감돌았다. 하지만 자신의 행동에 따르는 결과를 감당하지 않아도 된다는 사실이 젠의 마음을 치유해 주는 듯했다. 이 만남은 마치 꿈처럼, 어차피 기억 못 할 취객과 나누는 대화처럼 맥락이 없다.

"내일 토드에게 확인해 보겠습니다."

샘프슨 씨가 말했다. 젠은 이것이 미래의 어딘가에서 도움이 되기를 기원했다.

물안개가 보슬비로 변했다. 그리고 젠이 차를 타러 갈 때쯤엔 제대로 비가 내리기 시작했다. 젠은 무의식적으로 토드의 차를 찾아 두리번거렸다. 바로 눈에 들어왔다. 토드의 차를 바라보던 젠은 코너가 도착하는 모습을 보았다. 지각이다. 젠은 한 손을 차 문에 올린 채 서서 뭐라도 발견하길 바라며 코너를 차분히 지켜보았다. 하지만 아무 일도 일어나지 않았다. 코너는 차 문을 잠그더니 학교 건물로 들어가는 길에 담배를 피웠다. 오늘은 타투가 라운드넥 점퍼 밑에 숨겨져 있다. 코너는 건물 문 앞에서 갑자기 몸을 돌리더니 젠에게 손을 들어 인사했다. 젠은 살짝 놀랐지만 곧 손을 흔들었다. 코너가 자신을 본 줄은 몰랐기 때문이다.

젠이 집에 와서 확인해 보니 경찰 배지, 실종 아기 포스터, 대포폰은 토드의 옷장 위에서 사라졌다. 아무리 찾아도 온데간데없다. 토드가 아직 그 물건들을 손에 넣지 못했나 싶었지만 대포폰에 문자메시지의 날짜가 10월 15일까지 남아 있었다는 것이 떠올랐다. 어쨌든 이 물건들을 찾을 수 없으니 지나에게 보여줄 게 아무것도 없다. 지나는 지금 한 시간이 넘도록 젠을 기다리고 있다.

마침내 사무실에 도착하니, 지나는 베이지색 트렌치코트를 입고 무표정한 얼굴로 한쪽 의자에 앉아 있었다.

"너무 죄송해요. 가족과 관련된 사건이 좀 있어서요."

젠이 내려놓은 우산에서 물방울이 뚝뚝 떨어져 카펫을 적셨다.

"괜찮아요. 걱정 마세요."

지나는 다정하게 말했다. 젠은 원래 고객을 대할 때 전문가로서의 선을 넘어 친구가 되는 것을 경계한다. 하지만 최근 몇 주간 지나와 가깝게 지내며 문자까지 주고받는 사이가 되었다. 사실 젠이이 회사의 소유주라 별로 문제 될 것은 없다. 하지만 지금 젠은 지나와 친해진 것도 토드와 관련해 어떤 의미가 있는 건 아닐까 하는생각이 들었다.

젠은 지난번에 이 미팅에서 지나가 무슨 말을 했는지 기억을 더듬어보았다.

"전남편이 아이들에게 접근하는 걸 막는 데 성공하면 그다음 계획이 뭔지 물어봐도 될까요?"

젠은 코트를 벗고 컴퓨터를 켜면서 다시 전문 상담가의 모습으로 돌아갔다.

"그럼 그 사람이 나에게 돌아올 거예요. 그렇지 않을까요? 그래야 애들을 볼 수 있으니까."

젠은 입술을 깨물었다.

"하지만 지나, 그런 식으로 일이 돌아가진 않아요."

지나는 두려움이 가득 담긴 눈으로 사무실을 둘러보았다.

"제가 미쳐가고 있는 거 저도 알아요."

그녀는 고개를 떨구었다.

"변호사님 덕분에 현실을 알게 됐어요."

젠은 숨이 막혔다. 오, 하나님. 난 이제 그 기분을 안다. 절망적이고 부인하고 싶은 마음. 어떻게든 미친 통제력을 발휘하고 싶은 충동.

"그게 제가 하는 일인 걸요."

젠은 잠긴 목소리로 말했다.

"아시겠지만, 이제 마음을 정리하는 게 좋아요, 그렇죠? 앞으로 나아가는 거예요."

"오, 이런. 다시 불안해지기 시작했어요."

지나가 손사래를 치며 말했다. 젠은 중요한 이야기를 시작했다.

"제가 이 일을 대가 없이 하는 이유는, 정말로 그 일을 할 계획이 없기 때문이에요."

"그래요."

지나는 의자에 앉은 채로 다리를 꼬았다 풀었다 했다. 그녀는 구겨진 옷을 입고 있었다.

"네, 알아요. 우리가 그 짜증 나는 〈러브 아일랜드〉 얘기할 때 이미 알았어요."

지나가 눈가를 훔쳤다.

"전 거기 나오는 여자들처럼 저도 절대 애걸복걸하지 않겠다고 생각했어요. 말도 안 되는 TV 프로그램에서 교훈을 얻다니 너무 슬프지 않아요?"

"아주 교훈적인 프로그램이죠."

젠은 건조하게 말했다. 지나는 자기 무릎을 내려다보며 말했다.

"제 생각엔……, 모르겠어요. 시간이 좀 필요할 것 같아요. 괜찮죠?"

"네, 물론이죠."

젠이 말했다.

"좋아요."

지난번보다 일이 더 잘 풀렸다.

"화제를 전환할 겸 가족 사건 이야기 좀 해주실 수 있어요?"

지나는 힘없이 말했다.

"그럴까요?"

젠은 어정쩡하게 웃으며, 의자에서 자세를 고쳐 앉는 지나를 힐 끗 쳐다보았다.

"시작해 봐요."

젠은 망설였다. 이 일은 비윤리적인 데다 위험할 수 있다. 그렇지만…… 큰 도움이 될 것이다. 젠이 이날, 이 미팅에 다시 와 있는 건 분명히, 반드시 이유가 있다. 젠은 이미 배지, 포스터, 대포폰의 문자에 관해 지나에게 물어보기로 결심했다. **'아기가 있어요, 없어요?'** 이 말은 무슨 뜻일까? 젠은 표면상 지나의 직업이 뭔지 모르는 상태다. 지나가 아직 말하지 않았기 때문이다. 하지만 젠이 이미 알고 있다는 듯 스리슬쩍 넘어가자 지나는 눈치채지 못한 것 같았다. 젠은 지나에게 토드가 최근 어떻게 이상하게 행동했는지 설명했다. 경찰 배지와 포스터가 든 꾸러미를 발견한 일도 이야기했다.

"지금 그 물건들 갖고 있어요?"

초롱초롱해진 지나의 눈이 젠을 바라보았다.

"아쉽지만 아니에요. 제 아들이 갖고 있었는데 지금은 없어졌어요."

젠은 입술을 핥았다.

"제 생각엔 아들이 뭔가 안 좋은 일에 휘말린 것 같아요. 그게 뭔지 찾아줄 사람이 필요해요."

지나는 젠과 눈을 맞추고 한 번 깜박였다. 지나의 휴대폰이 울렸으나 그녀는 받지 않았다.

"제가 해볼게요."

"그래 주시면 감사하죠."

"다시 정리해 보면, 라이언이라는 경찰, 실종된 아기 그리고 니컬라 윌리엄스에 관해서 할 수 있는 만큼 찾아봐달라는 거죠?"

"정확해요."

젠은 꼿꼿해진 지나의 자세를 보고 놀랐다. 우리가 일할 때의 모습은 내면의 기분과 얼마나 다른지 놀라울 따름이다.

"저한테 맡기세요."

젠은 지나에게 뽀뽀라도 해주고 싶은 심정이었다. 드디어 누군가의 도움을 받게 됐다. 지나는 젠과 눈을 맞추며 말했다.

"그리고 고마워요. 그……, 〈러브 아일랜드〉 얘기 해줘서요."

"별거 아닌데요, 뭐."

젠의 눈에 눈물이 고였다.

"정보가 최대한 빨리 필요하세요?"

"오늘 안이면 좋겠어요. 괜찮아요? 오늘 밤까지 알려주시면 원하는 대로 사례할게요."

지나는 손을 내저었다.

"그때 뭐라고 하셨었죠……, 재능 기부?"

"맞아요."

"그럼 재능 기부예요. 공익을 위해서요."

살인을 막는 건 정말 공익을 위한 일이다.

젠은 사무실에 앉아서 자신이 이용할 수 있는 온갖 수단을 동원해 정보를 캐냈다. 먼저 회사 사서에게 이메일을 보내 최근 리버풀에서 아기 실종 사건이 있었는지 자세히 조사해 달라고 요청했다. 그리고 몇 개의 사건을 되짚어 찾아보았다. 법정 싸움, 자기 아이가 납치됐다고 거짓말한 사람들, 한 아기가 슈퍼마켓 밖에서 납치되었다 돌아와서 수술을 받게 된 사건 등. 젠은 사건들을 꼼꼼하게 하나하나 찾아보았다. 실종된 아기와 관계된 사건은 하나도 없는 것 같았다. 젠은 그 아기 사진을 봤을 때 뭔지 모를 친숙한 느낌을 받았다. 모성 본능이 분명하다.

다음으로 젠은 니컬라 윌리엄스에 대해 찾아보았다. 그 이름은 너무 흔했고 단서가 될 만한 정보가 없었다. 대포폰에서 니컬라의 전화번호를 옮겨 적어놓았어야 했는데. 아니면 외우거나. 니컬라, 니컬라 윌리엄스. 앗, 잠깐. 사건이 일어난 밤 경찰서에 갔던 일이 생각났다. 토드가 체포됐던 그날 밤 경찰서에서 들은 이름이 니컬라 윌리엄스 아니었나? 이틀 전에 칼에 찔렸다는 사람 이름 아닌가? 젠은 책상에 앉아 두 손으로 머리를 감쌌다. 정말일까? 그렇다는 느낌이 들지만 젠은 미래로 나아갈 수 없고 시간을 거슬러 과거로만 가고 있다. 검색해 봤자 소용도 없다. 아직 일어나지 않은 일이니까. 그때 부상을 입은 사람이 니컬라였다고 생각하니 소름이 돋았다. 토드는 어디에 있었을까? 사건이 일어나기 이틀 전에 토드는 뭘 했지? 녀석이 이 일과 관련이 있을까? 생각이 안 난다. 기억이 온통 흐릿하다. 젠은 모르겠다. 도통 **알 수가** 없다.

젠은 사무실에서 나와 목적지 없이 운전을 시작했다. 비가 거세졌다. 젠은 집에 가고 싶지 않았다. 범죄현장으로 다시 가고 싶지 않았고, 해결되지 않는 고민을 붙잡고 집 안에 앉아 있기도 싫었다. 그녀는 해안가 쪽으로 천천히 차를 몰았다. 이 빗속에 해변에 가는 건 미친 짓이란 걸 알지만, 사실 자신이 진짜 미친 것 같기도 했다. 해변에 서서 차가운 빗방울을 하나하나 피부로 직접 느끼고 싶었다. 익숙지 않은 방식으로 내가 지금 여기 살아 있음을 스스로에게 일깨우고 싶었다.

젠은 크로스비 해변에 차를 세웠다. 외딴곳이다. 바다로 향하는 길을 따라 빗물이 구불구불 흘러 줄무늬를 만들고 있었다. 이미 몇 센티미터 깊이로 물이 찼다. 젠의 머리는 금세 젖어서 두피에 착 달라붙었다. 차가운 소금물 냄새가 났다. 바람에 날려온 모래가 곧바로 젠의 얼굴을 때렸다.

젠은 주차요금 징수기 옆에 앉아 있는 노숙자를 지나쳐 걸었다. 그 남자는 흠뻑 젖어 있었다. 젠은 그에게 5파운드짜리 젖은 지폐를 건네주며 죄책감을 느꼈다. 이 해변에는 앤서니 곰리[*]의 작품이 설치되어 있다. 바다를 바라보는 수많은 청동 인물 조각상으로

✤　영국의 조각가. 자신의 몸을 직접 캐스팅하여 만든 인물상으로 조각의 새 영역을 넓혔다. 1994년 '터너상'을 수상했다. 영국 리버풀 크로스비 해변에 실제로 설치되어 있는 'Another Place(2005)'라는 그의 작품은 100여 개의 인물상으로 이루어져 있다.

이루어진 이 작품의 제목은 '**또 다른 장소**Another Place'다. 젠은 인물상을 향해 다가갔다. 쏟아지는 빗소리가 기차 소리만큼이나 요란하다. 젠은 이 해변에서 유일한 인간이다. 그녀의 발은 눈처럼 압축된 창백한 모래 속으로 가라앉았다. 젠은 금속 인물상 옆에 나란히 서서 빗속에 흐려진 수평선을 바라보았다. 사람 대신 조각상과 함께 시간을 보내는 그녀. 만약 혼자가 아니라 누군가와 함께 이 위기를 헤쳐나갈 수 있다면 얼마나 좋을까. 그러면 한결 쉽게 문제가 풀릴 거라고 젠은 확신했다. 그녀의 손바닥에 닿은 조각상의 몸체는 얼어붙을 듯 차가웠다. 그리고 아무 말이 없었다. 그 조각상과 함께 젠은 주변의 다른 조각상들을 하나하나 응시했다. 이들은 각자 다른 시간과 다른 장소에서 홀로 바다를 바라보며 답을 구하고 있었다.

그날 밤 늦게 밖으로 나간 젠은 무언가를 발견하길 기대하며 다시 에시 로드 노스로 향했다. 나쁜 일과 범죄는 대부분 밤에 일어난다. 그러니 앉아서 그 집을 지켜보는 게 나을 것이다. 지나에게서는 아직 소식이 없다. 10시 15분이 되자 에즈라가 집에서 나와 자기 차에 탔다. 그는 짙은 녹색 바지와 녹색 재킷, 형광 작업복 조끼를 입고 있었다. 어딘가의 유니폼 같다. 젠은 충분한 거리를 두고 그를 따라갔다. 헤드라이트를 켜고 평범한 운전자가 우연히 뒤를 따르는 것처럼 행동했다.

한동안 이렇게 운전을 계속했다. 선로를 따라 내려가다가 엇갈린 교차로를 지났다. 젠은 버컨헤드 항구까지 에즈라를 뒤쫓았다. 에즈라는 그곳에서 내리더니 어떤 남자에게서 클립보드를 받아 들었다. 신분증을 목에 걸고 다른 손으로 담배를 더듬어 찾았다. 그는 항구로 들어오는 차를 확인하는 곳에 자리 잡은 뒤 담배만 피웠다. 실망으로 젠의 어깨가 축 처졌다. 에즈라는 여기서 일하는 것뿐이구나.

엔진을 공회전 상태로 둔 채 상황을 지켜보던 젠의 눈에 테슬라 한 대가 들어왔다. 항구에는 바람이 몰아치고 나뭇잎이 흩날렸다. 차들이 혼잡하게 들어오고 나가는 가운데 테슬라는 뭔가 다른 움직임을 보였다. 테슬라는 라이트를 깜박이더니 천천히 옆길로 사라졌다. 에즈라가 천천히 걸어서 테슬라를 따라갔다. 젠은 차에 기어를 넣고 그들 바로 뒤에 바짝 붙었다. 근처 주민처럼 보이기를 바라며 길 한쪽 아무 데나 주차하고 라이트를 껐다.

토드 또래밖에 안 되어 보이는, 그러나 토드보다 키가 작고 금발인 소년이 테슬라에서 내렸다. 소년은 길쭉한 모양의 꾸러미를 겨드랑이에 끼고 있었다. 에즈라는 소년과 악수하더니 함께 테슬라 앞에 쭈그려 앉았다. 젠은 몇 분간 관찰한 끝에 그들이 무엇을 하는지 알아차렸다. 두 사람은 테슬라의 번호판을 떼고 새로운 번호판을 붙이는 중이었다. 소년이 떠나자 에즈라는 테슬라를 몰고 다시 주차해 놓은 차들 사이를 지나 페리 탑승 대기 중인 차들 옆에 가져다 놓았다.

이제 알겠다. 에즈라는 부패한 항구 노동자다. 훔친 차를 받아서 번호판을 바꾼 다음 어딘가로 팔아넘긴다. 한쪽으로 현금을 받는 게 분명하다. 금발 소년은 일종의 말단 조직원이다. 갱단 진출을 약속받은 대가로 푼돈을 받으며 사람들의 집 앞에서 차를 훔쳐 오는 것 같다. 토드도 에즈라와 조셉의 일을 돕고 있으면 어쩌지? 그 일이 잘못되어 조셉이 죽게 되는 것이다. 젠은 믿고 싶지 않지만 아마도 사실인 것 같았다.

젠은 그곳을 떠나기 전에 길을 걸어가는 금발머리 소년 옆을 지나며 자세히 관찰했다. 시선을 앞에 고정한 그 아이는 기껏해야 열여섯 살이나 됐을까 싶은 어린 10대 소년이었다. 환하게 빛나는 이 아이는 집에서 기다리고 있을 어머니에게 자신이 무슨 짓을 저질렀는지 전혀 모르고 있다.

자정이 다 되어간다. 지나는 지난 1년간 영국에서 실종된 아기 12명의 사진을 보내왔다. 하지만 머지사이드주 인근에서 일어난 실종 사건은 없다. 포스터 속 아기와 꼭 닮은 아기도 없다. 아기들의 차이점을 발견하긴 어렵지만 몇몇은 머리색이 더 밝고, 몇몇은 눈이 더 크다. 갑자기 젠은 아기가 아직 실종되기 전일지도 모른다는 끔찍한 생각에 사로잡혔다. 그녀는 지나가 보낸 문자들을 확인했다. 항구에서 에즈라를 지켜보느라 문자들을 전부 놓쳤던 것이다.

니컬라에 대한 정보는 못 찾았어요. 이름이 너무 흔해요.

그런데 라이언에 대해선 찾은 게 있어요. 그 사람은 죽었어요.

그 순간, 뜨거운 기름 속에 빠진 것처럼 공포가 젠의 온몸을 훑고 지나갔다. 곧바로 지나에게 전화했지만 응답이 없었다. 젠은 반복해서 전화를 걸고 또 걸었다. 하지만 지나는 받지 않았다. 오늘은 이미 가버렸다. 그들은 내일, 젠에게는 어제, 처음부터 다시 시작해야 한다.

젠은 12일 전으로 돌아와 눈을 떴다. 니컬라 윌리엄스가 토드의 대포폰에 '**지금 준비돼 있지만, 오늘 밤 만나요**'라는 문자를 보낸 날이다. 그래서 젠은 오늘 토드를 따라다니며 자신의 시야 밖으로 절대 내보내지 않을 참이다. 개인 조사관 따위 저리 가라지. 분명 이 방식이 더 낫다. 젠은 오늘 지나와 함께 다시 조사를 시작할 수 없다. 자는 동안 모든 게 사라진다는 사실은 사람을 너무 낙담하게 만든다.

젠은 학교까지 토드를 따라간 다음 하루 종일 주차장에서 기다렸다. 아무리 오래 걸려도 상관없다. 오늘 그녀가 할 수 있는 일 중 이보다 더 나은 일은 없다. 오늘 젠이 해야 할 유일한 일은 토드가 혼자서 니컬라를 만날 기회를 절대 주지 않는 것이다. 대기하는 동안 젠은 업무 메일을 몇 통 쓰면서 토드의 차와 학교 문을 계속 예의주시했다. 이 지역에서 실종된 아기에 대한 정보를 찾아보고 라이언에 관해 알아내려고 공중 기록부를 더 깊이 조사해 보았지만, 아무것도 발견하지 못했다.

11시경이 되자 비가 내리기 시작했다. 자동차 앞 유리에 동전처럼 굵은 빗방울이 떨어졌다가 사라진다. 젠은 주차장에 강물처럼 물이 흘러넘치는 모습을 지켜보았다. 10월 중순에 때아닌 비가 내렸다는 것을 그녀는 잠시 잊고 있었다. 젠은 비가 자동차 앞 유리를 때리는 모습을 보며 날씨에 대해 그리고 아들에 대해 생각했다. 빗방울 하나가 만들어내는 파급효과에 대해서도. 자신이 오늘 만들어내는 변화에 어떤 의미가 담겨 있을지도 생각했다. 젠은 자신이 제대로 이해했기를 바랐다. 그녀는 아마 변화를 만들 수 있을 것이다. 먼저 지루한 설명이 필요할 뿐이다.

젠은 앤디의 사무실에 전화를 걸었다. 그가 바로 받았다.

"당신은 저를 모를 거예요."

그녀는 약간 망설이며 말을 꺼냈다.

"네, 전혀 모르죠."

앤디의 말투는 무미건조했다. 젠은 자신이 처한 상황을 최대한 간략하게 설명했다. 그동안 앤디는 전화기 저편에서 당혹스러운 듯, 상황을 판단해 보려는 듯 침묵을 유지했다.

"이게 다예요."

젠은 말을 마쳤다. 잠시 침묵이 이어지다 앤디가 대답했다.

"알았어요. 전 가끔 이런 전화를 받아요. 그러니 놀랐다고 할 순 없어요."

"그렇겠죠. 근데 대부분 장난 아닌가요?"

젠도 그런 장난을 치는 사람들을 본 적이 있다. 그녀는 오늘 아침 레딧*에서 자신이 2031년에서 2022년으로 시간여행을 왔다고 주장하는 사람의 글을 읽었다. 자신도 흡사한 상황을 겪고 있음에도 젠은 그의 말을 믿지 않았다. 일단 그 사람은 증거가 없었다. 그는 2031년에 핵전쟁이 일어난다고 주장했는데, 사실 아무도 그 말이 틀렸음을 입증하지 못한다.

"네, 맞아요. 누구 말을 믿어야 할지 알긴 어렵죠. 안 그래요?"

앤디가 말했다. 젠은 마음이 초조해졌다. 어느 누구라도, 이 낯선 사람까지도 자신을 미쳤거나 애정에 굶주렸거나 꾀병을 부리는 사람으로, 교수들에게 전화해 괴롭히는 사람으로 오해하게 만들면 안 된다.

"맞아요. 잘 들어보세요. 10월 말에 당신은 어떤 상의 최종후보가 되고 결국 그 상을 받아요. 페니 제임슨 상이요. 오늘 저한테 별로 도움이 되는 정보는 아니지만, 어쨌든 맞아요. 당신이 상을 받을 거예요."

"그 상은……."

"기밀 정보죠. 알아요."

"제가 최종후보에 오른지도 몰랐어요. 후보 중 하나인 건 알아요. 하지만 당신은 알 수가 없는데."

"네, 제가 가진 증거는 이게 전부예요."

✤ 소셜 뉴스 웹사이트.

"당신 증거 맘에 드네요. 기꺼이 받아들이죠."

앤디는 간결하게 말했다. 과학자 특유의 명료함이다. 그는 잠시 후 말했다.

"방금 검색해 봤는데 온라인에 나오는 정보가 아니네요."

"다음에도 당신은 똑같이 이렇게 말해요."

앤디가 상황을 따져보는 동안 다시 침묵이 흘렀다.

"어디서요? 우리가 만나나요?"

그의 목소리가 눈에 띄게 따뜻해졌다.

"리버풀 시티 센터에 있는 카페에서요. 제가 거기서 만나자고 했어요. 당신은 '프래니 앤 주이'라고 쓰여 있는 티셔츠를 입고 와요."

"제 J. D. 샐린저 옷이네요."

그는 놀란 기색이었다.

"말해봐요. 지금 제 사무실 창밖에 와 있어요?"

"아뇨."

젠은 웃음을 터뜨렸다.

"그럼 이거 엄청 짜증 나겠네요. 매번 이런 질문들로 저를 설득해야 하다니요."

"맞아요."

젠은 솔직하게 말했다.

"어떻게 도와드릴까요?"

"우리가 몇 주 뒤에 카페에서 만날 때 당신은 저의 잠재의식이 특정한 날로 저를 데려간다고 말해요."

"……네."

앤디가 말했다. 젠은 빗소리가 들리는 작은 차에 앉아서, 지금 중요한 것은 앤디의 전문성이 아니라 누군가가 자신의 이야기에 공감하며 적극적으로 들어주고 있다는 사실임을 깨닫고 흠칫 놀랐다. 자신의 생각을 빛에 비춰볼 수 있는 안전한 공간. 그것이 누구에게나 필요하지 않을까? 지나나 토드한테도?

"지금 저한테 이 일이 분명히 벌어지고 있어요. 저는 며칠씩 뛰어넘어 과거로 가는 중이에요. 그리고 제가 도착하는 날들은 어떤 면으로든 특별한 의미가 있는 것 같아요."

"좋아요. 당신이 가능한 테두리 안에서 잘 해나가고 있어서 다행이네요."

젠은 앤디가 턱수염을 쓱 문지르는 소리가 들리는 듯했다.

"그럼……, 질문이 더 있나요?"

"네. 제가 궁금한 건……. 만약 제가 며칠 안에 아니면 몇 주 안에 문제를 해결한다고 쳐요."

"그럼요?"

"제가 이미 한 일들이 언제까지 남아 있을지 정말 알고 싶어요. 예를 들어 제가 어느 날 토드에게 미래에 네가 누군가를 죽인다고 말해요. 하지만 저는 그 대화를 나누기 전으로 가버려요. 그러면 그 말이 소용이 있을까요?"

앤디는 잠시 조용해졌다. 젠은 기뻤다. 그녀에겐 곰곰이 생각해줄 사람이 필요하다. 단지 침묵을 메우기 위해 말을 하고 함부로 추측하는 사람이 아니라. 마침내 앤디가 입을 열었다.

"나비효과 같은 거 아닐까요? 만일 당신이 열흘 전으로 가서 복권에 당첨되고, 그 뒤로도 계속 11일 전, 12일 전으로 가요. 그리고 어느 시점에선가 범죄의 열쇠를 풀고 사건 당일로 돌아와 눈을 뜨면 복권에 당첨되었다는 사실이 여전히 남아 있나, 그게 궁금한 거죠?"

"바로 그거예요. 그걸 알고 싶어요."

"전 남아 있지 않을 거라고 봐요. 당신이 지금 하는 일이 계속 남아 있진 않을 거예요. 제 생각엔 당신이 문제를 해결하면 그날부터 다시 시간이 앞으로 가요. 그리고 그날 이후의 변화만 남게 되는 거죠. 나머지는 전부 지워지고요. 제 느낌은 그래요."

빗물이 **톡, 톡, 톡** 차창을 두드렸다. 젠은 빗물이 땅에 떨어져 개울을 이루는 모습을 지켜보았다. 그리고 창문을 열어 팔을 내밀고 진짜 비를, 이미 한번 경험한 적 있는 비를 피부로 느꼈다.

"그럼, 만약 제가 문제를 풀지 못하면 어떻게 될까요?"

"제 생각엔 곧 명확해질 거예요. 믿음을 가져요, 젠. 때때로 우리가 알지도 못하는 것들에는 순서가 있더라고요."

이 남자, 전화기 저편의 친절하고 똑똑한 남자는 단숨에 젠의 구루가 되었다. 현명하고 나이 많은 교수, 간달프, 덤블도어 같은 존재.

"그런데……. 만약 제가 40년 전으로 돌아가서 흔적도 없이 사라지고 그게 끝이라면요?"

아마도 이게 지금 젠이 가진 가장 큰 두려움일 것이다. 그녀는 이 끔찍한 재앙 같은 생각을 하며 침을 꿀꺽 삼켰다. 스스로를 고문하지 않는 뇌를 가지면 얼마나 좋을까.

"음, 그건 우리 모두가 하고 있는 일이에요. 단지 방향이 반대일 뿐이죠."

앤디의 말은 젠의 불안을 전혀 달래주지 못했다.

"제가 알고 있는 걸 다 말씀드려도 될까요? 그냥……. 당신이 뭐라도 발견할지 알고 싶어서요."

"해봐요. 전 메모장이랑 펜까지 갖고 있어요. 게다가 당신 말대로라면 저는 곧 영국에서 가장 뛰어난 물리학자로 상을 받게 될 테니까요."

"네, 그건 사실이에요. 음, 그럼 시작할게요."

젠은 앤디에게 모든 걸 털어놓았다. 실종된 아기 포스터, 죽은 경찰, 대포폰, 니컬라 윌리엄스와 주고받은 문자, 항구 노동자 그리고 이 일이 범죄조직과 연관돼 있다고 추측하는 이유. 니컬라 윌리엄스도 칼에 찔렸을지 모른다는 것. 젠은 알고 있는 모든 날짜와 시간도 말해주었다. 말하는 동안 펜 뚜껑이 열리는 소리가 들렸다. 아마도 만년필, 딸깍거리는 독특한 만년필인 것 같다.

"이게 다예요."

모든 것을 쏟아내느라 젠은 숨이 찼다.

"이제 이것들을 발생 순서대로 정리해 봐요."

"알겠어요. 토드는 8월에 클리오를 만나요. 클리오의 삼촌은 일종의……, 범죄조직 같은 걸 운영해요."

"좋아요. 그럼 10월로 가볼까요."

앤디가 종이를 넘기는 소리가 들렸다.

"토드가 니컬라 윌리엄스라는 사람에게 도움을 청하는 것 같다고 했죠? 아마 니컬라에게 만나자고 해서 함정에 빠뜨린 다음……. 그런데 니컬라가 상해를 입었다고요?"

"네. 그리고 10월 17일에 아기는 실종된 상태고 경찰도 이미 죽은 것 같아요. 그 사람 신분증은 누가 가져갔고요."

젠은 뒤로 기대앉았다. 폭풍우 치던 바다가 깨끗하게 맑아져서 그 밑의 바위까지도 보이는 듯했다.

"이게 끝이에요."

"좋아요. 니컬라가 문제를 푸는 열쇠인 것 같네요. 당신이 가장 잘 모르는 대상이기도 하고요. 토드와 직접적으로 연관이 있는 것 같고, 범죄가 일어나기 이틀 전에 다친 사람이기도 하죠."

"네, 맞아요. 니컬라를 찾아야 해요."

젠도 동의했다.

3시 30분에 젠은 토드를 따라 집으로 갔다. 그리고 토드보다 2분 늦게 문 앞에 도착했다. 토드는 젠을 향해 몸을 돌렸다. 얼굴이 약간 창백한 것만 빼면 기분이 꽤 좋아 보였다.

"벼룩이 로켓보다 더 빨리 움직일 수 있다는 거 아셨어요?"

"난 몰라도 괜찮아. 안 알려줘도 돼. 반나절 근무하고 와서 피곤해."

젠은 비꼬는 말투로 말했다.

"좋아요, 그러면 엄마, 이거 한번 보세요."

토드는 가방을 내려놓고 안을 뒤지기 시작했다. 결백하고 밝은 표정이다. 조직범죄나 갱, 폭력, 죽은 경찰 중 어떤 낌새도 느껴지지 않는다.

"여기요."

토드가 A를 받은 에세이를 젠에게 넘겨줄 때, 그의 손이 젠의 손에 깃털처럼 가볍게 스쳤다. 젠은 그 생물 에세이를 가만히 바라보았다. 에세이를 봤었다는 게 희미하게 생각났다. 지난번에 그녀는 저녁때 에세이를 보고서 **잘했어**라고 형식적으로 말했다. 토드의 A는 예외가 아니라 규칙이었다. 이번에 젠은 마음먹고 에세이를 찬찬히 읽어보았다. 그리고 몇 분 뒤 이렇게 말했다.

"정말 잘 썼네."

토드는 놀란 듯 눈을 깜박였다. 이 모습에 젠의 가슴은 금이 간 듯 아팠다. 그동안 그토록 애써 키웠건만 겨우 이 정도 말에 놀랄 정도로 칭찬에 인색했었나.

"쓰는 데 얼마나 걸렸어?"

"음, 글쎄요. 별로 안 걸렸어요."

"나 같으면 절대 이렇게 못 써. 난 광합성이 뭔지도 잘 몰라."

"무슨 소리예요. 식물 얘기잖아요, 엄마."

토드가 가볍게 웃었다. 자기가 쓴 에세이를 다시 읽어보는 그의 얼굴에 미소가 떠올랐다. 토드는 정말 자신감 넘치는 아이다. 젠이 최소한 한 가지는 잘한 것이다. 부디 토드가 밤늦게까지 잠 못 이루며 자신이 받은 양육에 대해, 자신의 지성과 자아에 대해 고민하는 일은 없길 바란다.

"오늘 밤에 뭐 하면서 자축할 거야?"

젠이 묻자 토드가 엄마를 보았다.

"아무것도 안 할 건데요?"

"계획 없어?"

"제가 법정에라도 와 있는 건가요?"

토드는 손을 들어 올리며 말했다.

"아무도 안 만나? 클리오나 코너는?"

"오, 이제 드디어 호기심이 동하시나 봐요. 그렇죠? 엄마가 언제 클리오에 대해 캐물을지 궁금했는데."

"오늘이 그날이라고 생각해 줘."

젠은 힘없이 말했고 토드는 몸을 돌려 주방으로 향했다.

"클리오는 사실 별로예요."

"별로라고?"

"딱 이 사람인지 모르겠어요."

"뭐라고? 클리오는 너한테 딱 맞는 여자친구였잖아!"

"이제 아니에요."

토드는 휴대폰을 내려다보면서 힘주어 입을 꽉 다물었다. 그때 켈리가 주방에 나타났다. 그의 시선이 토드를 향했다. 말은 하지 않았지만 켈리는 깊은 생각에 잠겨 있는 듯했다.

"할 일이 좀 있어."

켈리는 코트를 입었다.

"아, 그래."

젠은 들릴 듯 말 듯 말하고 다시 토드에게 물었다.

"클리오랑 무슨 일 있었어?"

"노코멘트할게요."

토드는 말을 딱 끊어버렸다. 켈리는 찬장에서 캔을 달그락거리더니 뭐라고 욕을 내뱉었다.

"그거 제 콜라예요."

토드가 말했다.

"그래, 그럼 내 콜라는 나중에 따로 살게."

켈리가 말하자 토드가 약간 날카로운 목소리로 답했다.

"다녀오세요."

그리고 토드는 젠에게 말했다.

"엑스박스 게임으로 뇌를 쉬게 하면서 에세이 점수를 축하해 보려고요."

토드는 과일 바구니에서 오렌지를 하나 꺼내 젠에게 던지며 웃었다. 아이의 큰 웃음소리가 베이스드럼처럼 젠의 심장을 울렸다. 오렌지를 받으며 그녀는 생각했다. **사랑해, 사랑해, 사랑해.**

"이게 지금 광합성 하고 있는 거야?"

젠은 오렌지를 들어 올리며 물었다.

"뜻을 모르는 단어는 사용하지 마세요."

토드는 이렇게 말하고 다가와서 젠의 머리를 헝클어뜨렸다. 젠은 생각했다.

'네가 뭘 했든 널 사랑하지 않는 일은 없을 거야.'

그날 저녁 내내 토드는 집에서 나가지 않았다. 젠이 밤 12시에 확인해 보니 토드는 자고 있었다. 젠은 혹시 몰라서 새벽 4시까지 깨어 있다가 침대로 갔다. 토드가 오늘 니컬라 윌리엄스를 만났을 리는 없다. 절대로.

맨체스터 훈련 센터에서 라이언에게 가장 좋았던 부분은 그가 눈앞에 둔 흥미롭고 길고 다양한 커리어에서 무엇을 할지 알게 되었다는 점이다. 인질 협상, 테러 방지 훈련, 위장 수사 등 경찰로서 배워야 할 것이 너무나 많았다. 합리적인 제도 아래에서 사람들을 훈련시킨 경험을 가진 경찰과의 대화 시간도 있었다. 이때 라이언은 강의실 맨 앞자리에 앉아 적극적으로 참여했다. 그 경찰은 라이언이 평생 들어본 말 중 가장 흥미로운 문장을 말했다.

"경찰은 두 가지 유형으로 꽤 분명히 나눌 수 있습니다. 필요한 경우 살인을 할 수 있는 사람과 그렇지 않은 사람이죠."

라이언은 팔에 난 털이 곤두서는 걸 느꼈다. 나는 어떤 유형일까? 상황에 따라 방아쇠를 당길 수 있을까? 그 흥미로운 강의를 떠올리면 오늘 제이미가 해준 말은 두 배로 실망스러웠다. 라이언은 긴급출동 업무에서 빠지게 될 뿐 아니라 그를 위한 사무실마저 마련되지 않는다. 제이미는 라이언에게 청소도구를 보관하는 벽장 안에 자리를 마련했는데 괜찮겠냐고 물었다. 라이언은 기꺼이 벽장 안에서 일할 순 있지만, 도대체 **무슨 일을** 할지 알고 싶었다.

라이언은 그가 일할 장소를 둘러보았다. 얼어붙을 듯 추웠다. 밖은 추운 계절인데 이곳에는 난방장치가 없다. 회색 리놀륨 바닥. 줄지어 늘어선 선반. 이곳에 테이블을 임시로 들여놓았다. 테이블 위에는 문서꽂이가 놓여 있고, 코르크 보드와 대걸레 양동이가 벽에 기대어져 있다. 그게 전부다. 나름대로 신경 써서 나머지 청소용품들은 밖으로 치워놓았다.

그때 리오가 지친 표정으로 벽장 사무실에 들어왔다.

"맙소사, 여긴 너무 좁잖아! 수감실 빈 데 없어?"

그는 문서꽂이에서 종이 한 장을 대충 집어 들었다. 그리고 아무것도 없는 뒷면을 펼치더니 제이미에게 말했다.

"좋아. 저 문 닫아봐."

제이미가 문 옆으로 비켜섰고, 드디어 라이언은 설명을 들을 수 있었다.

"우리가 알고 있는 건 이거야."

리오가 특유의 말투로 이야기했다.

"이 지역에서 두 개의 범죄조직이 활동하고 있어. 그들이 하는 일은 겹치지만 대략적으로 말하면 한 조직은 차를 훔치고 한 조직은 마약을 수입하지. 두 조직의 돈은 한곳으로 모여."

그는 볼펜으로 점을 찍더니 위쪽으로 화살표를 그렸다.

"공급자 세 명은 아직 체포하지 못했지만 그동안 감시해 오면서 이름을 알아냈어. 하지만 우린 그들 위에 있는 수입업자들을 찾는 중이야."

라이언은 열성적으로 고개를 끄덕였다.

"네, 다 이해했습니다."

"좋아, 다음으로 넘어가지. 마약과 절도는 각각의 조직이 맡고 있지만 공통된 부분이 있어. 같은 항구 노동자들이 마약이 들어오는 것도, 훔친 차량이 나가는 것도 눈감아주고 있지. 차량 절도는 다른 파트가 담당하고 있는 것 같아."

리오는 화살표에서 먼 곳에 상자를 하나 그리고는 종이를 가로질러 선을 그었다.

"밤에 차를 훔쳐서 항구에 가져다 놓으면 차 주인이 아침에 일어나기도 전에 차는 이미 중동으로 떠나. 그리고 그들은 돈세탁을 해. 두 작전은 절대 겹치지 않지."

"뻔하죠."

라이언이 말했다.

"이게……, 뻔하다고?"

"저희 형이……."

"맞다, 형이 있었지. 형에 대해서 더 말해봐."

바짝 다가앉은 리오의 눈이 이상하게 빛났다.

"인사과에서 신원조회 할 수 있게 다 얘기했어요."

라이언은 두려워하며 말했다. 하지만 리오는 안달을 냈다.

"알아. 다 찾아봤어. 의심 안 해. 근데 형 얘기가 **도움이 될 것 같**

아서 그래. 그 세계가 어떻게 돌아가는지 목격한 자네 같은 사람보다 갱들의 정체를 더 잘 파악할 사람이 어디 있겠어?"

"그렇죠."

라이언은 천천히 대답했다.

"그래서……. 형도 분리 작전을 폈을까?"

"네, 항상 그랬어요. 예를 들면 마약을 수입할 때는 훔친 차량을 이용하지 않는 방식이죠. 그렇게 했다간 바로 들통날 거예요."

"그렇지. 형에 대해서 좀 더 말해줄 수 있어? 자네보다 훨씬 더 나이가 많았지, 맞아? 아버지는 같고?"

리오가 연이어 질문하자 제이미가 건조하게 말했다.

"리오는 원래 저러니 신경 쓰지 마. 하나에 꽂히면 그것만 보고 달리는 사람이니까."

"대답 좀 해봐, 제발."

리오가 재촉했다.

"형은……, 저보다 꽤 나이가 많아요. 그리고 어떤 일에 휘말렸어요. 잘 모르겠어요. 우린 꽤, 화가 나 있었던 것 같아요. 둘 다 그랬는데, 형은 항상 야망이 있었어요. 하지만 형의 야망은 잘못된 길로 빠져버렸죠. 형은 돈이 필요했고 마약 거래를 시작했어요."

"어떤 마약? 그래야 우리가 얘기할 수 있지. 기술이 다 다르니까."

"음……. 형은 그냥 완전히 뻔한 방식으로 갔어요. 대마초, 코카인, 헤로인."

"헤로인을 집에 가져온 적도 있어?"

리오는 의도를 가지고 라이언을 쳐다보았다.

"가끔요."

"그걸 봤나?"

"네, 그렇죠."

라이언은 눈을 깜박이며 말했다.

"만약 우리한테 지금 헤로인이 있다면 어떻게 열지?"

"크리스마스 크래커* 여는 것처럼 잡아당기죠."

라이언은 생각할 필요도 없이 즉시 답했다.

"바로 그거야!"

리오가 소리치고 테이블을 쿵쿵 두드렸다. 라이언은 무서워졌다. 리오는 미친 천재 같은 유형인지도 모른다. 아니면 그냥 미쳤거나.

"저는 형을 많이 도와줬어요. 헤로인은 인생을 잠식해 버려요. 안 그래요? 저도 결국엔 호기심이 생기더라고요."

라이언은 절망적으로 웃었다.

"저랑 형은 그 빌어먹을 헤로인을 줄여보려고 노력했어요."

"좋아. 아주 도움 되는 정보야."

라이언은 그 어느 때보다 혼란스러움을 느꼈다. 그리고 더 이상 아무 말도 하지 않았다. 리오는 제이미를 힐끗 보고 말했다.

"조사가 끝나면 할 일을 줄 거야."

리오는 요란하게 세 번 꿀꺽 차를 마시더니 찻잔을 비우고·테이

✤　영국에서 크리스마스 파티나 만찬 때 쓰는 것으로, 두 사람이 양쪽 끝을 잡고 끌어당기면 폭죽 터지는 소리가 나게 만든 튜브 모양의 긴 꾸러미. 속에는 보통 종이 모자나 작은 선물 등이 들어 있다.

블에 올려놓았다.

"만약 관심 있으면."

"아주 관심 있어요."

라이언은 리오를 똑바로 바라보며 말했다.

"우린 똑똑한 놈이 필요해. 왜 그런지 알아? 이 범죄조직 안에 괴짜 천재가 있는 것 같아. 대신 일을 해결해 주는, 일종의 말단 조직원 같은 사람."

"그렇군요."

"그러니까 우리도 괴짜 천재가 필요하지."

리오는 손을 뻗어 라이언의 어깨 위에 가볍게 올렸다.

"정보를 분석해 줄 사람. 그뿐만 아니라 실제로 이 일이 어떻게 돌아가는지 아는 괴짜. 마약 거래하는 세 명은 아는데 차 도둑들은 하나도 모르거든. 그놈들의 이름이랑 얼굴, 서로 어떻게 연결돼 있는지 그 구조를 알아내야 해. 거대하고 오래된 범죄의 가계도를 파악하는 거지. 할 수 있겠나?"

그는 코르크 보드를 가리켰다.

"자네가 할 일은 저 CCTV 영상을 1분도 놓치지 않고 관찰해서 누가 차를 가져오는지 알아내는 거야. 알겠지?"

"네, 알겠습니다."

라이언은 심장이 두근거림을 느꼈다. 가슴속에서 강하고 깨끗한, 흥분된 심장박동이 울렸다.

"그리고 그들의 정체와 동선을 파악하면 현장에서 체포할 거야. 합법적인 선에서 최대한 함정에 빠뜨려서 말이지."

리오는 쉬운 일이라는 듯 말했다. 온몸에 아드레날린이 솟구쳐 라이언은 당장 일어나서 팔다리를 벌리고 점프라도 할 수 있을 것 같았다. 드디어 빌어먹을 중요한 일을 하게 됐다. 그가 잘할 수 있는 것, 세상을 변화시킬 수 있는 일을. 리오는 코르크 보드를 집어 들어 테이블 위에 올려놓았다. 라이언은 이 일의 드라마틱한 면이 마음에 들었다. 경찰의 날카로움과 추진력. 여기가 정말 그가 있어 야 할 곳이다. 리오는 보드 위에 핀으로 종이 한 조각을 고정하더 니 이름을 하나 적어 넣었다.

"이 자는 항구에서 일하는데 부패한 노동자야. 훔친 차량을 눈 감아주거든. 우리가 CCTV 구석에서 찾아냈어. 전체 그림에서 어 떤 역할을 하는지 보려고 아직 체포하지 않았지. 알겠나?"

라이언은 종이에 적힌 이름을 보았다. 에즈라 마이클스.

"누가 에즈라에게 차를 가져다주는지 잘 봐."

리오가 말했다.

"그럼······."

라이언은 무언가 바라는 얼굴로 리오를 보았다.

"일단 이자에 대해 더 알아내면······. 그러면······."

그는 리오의 지저분한 옷과 제이미의 모자를 가리켰다.

"제가 이 부서에서 일하게 되는 건가요? 비밀스러운?"

"그래."

리오는 단순하게 답했다. 지금까지 말하지 않았던 정보를 전달 하면서.

"위장 수사팀이지."

경찰차가 하교하는 토드를 집까지 따라왔다. 젠은 분명히 눈치 챘다. 클리오의 집 앞을 두 번 지나갔던 차다. 지금은 저녁이고 토드와 켈리는 마주 보고 앉아 있다. 아침 식사용 바 테이블의 조명이 켜져 있고, 문 너머 하늘은 은백색으로 환하다. 바깥의 나무들은 더 많은 잎을 매달고 있다. 며칠 전까지만 해도 안뜰 바닥에 수북이 쌓여 있었던 잎들이 밝은 빨간색 깃발 무리가 되어 원래의 자리로 돌아와 있다.

"좋은 저녁이에요, 손님."

토드가 젠에게 말을 걸었다.

"아빠랑 슈뢰딩거의 고양이* 얘기를 하고 있어요."

젠은 아무렇지 않은 척하며 사무실에서 아침을 보냈다. 새로운 고객과 첫 미팅을 가졌는데, 몇 번 더 미팅을 한 뒤에 결국 남편을 떠나고 싶지 않다고 말할 사람이었다. 그래서 이번에는 노트에 메모를 훨씬 덜 했다.

토드는 마치 미국인처럼 테이크아웃 중국 음식을 먹고 있다. 그런데 음식이 화려하게 장식된 판지 상자가 아니라 플라스틱 터퍼웨어 용기에 담겨 있어서 좀 초라해 보였다. 켈리는 눈을 크게 뜨고 바 테이블 너머 젠을 쳐다보았다.

"우리가 얘기 중인 게 아니지."

그는 이렇게 말하며 웃었다.

"이야기하고 있었던 건 너야. 난 윙을 먹고 있었어."

"아빠가 최고의 청중은 아닌 것 같네."

젠이 이렇게 말하자 유쾌한 숨을 내쉬는 소리가 났다. 바로 남편의 웃음이다.

"금성과 화성 프로젝트는 어떻게 됐어?"

켈리가 물었다. 토드는 주머니에서 휴대폰을 꺼내 켈리에게 건넸다. 지난번 이날 젠은 회사에 있었고, 당연히 이 프로젝트에 대해서는 아무것도 몰랐다. 켈리는 잠시 토드의 휴대폰을 들여다보고는 외쳤다.

"아, A 받았구나! 천체물리학 영재astrophysics prodigy의 A."

"저는 알렉산드르 쿠젬스키Alexander Kuzemsky✛✛의 A예요."

✛   물리학자 슈뢰딩거가 1935년, 고양이 상자를 통해 양자역학의 불완전함을 증명하려 했던 사고 실험을 지칭하는 말.

✛✛ 러시아의 이론물리학자.

토드가 말했다.

"누구시라고요? 영어는 할 줄 아세요?"

젠이 농담조로 물었다.

"쿠젬스키는 위대한 물리학자예요. A 받은 건 이 과제예요."

토드는 젠에게 휴대폰을 넘겨주었다.

"잘했어."

젠은 진심으로 답한 다음 흥미를 가지고 과제를 읽기 시작했다. 혹시라도 지금의 상황에 도움이 될 만한 과학적 정보가 담겨 있지 않을까 궁금해하며 읽는데 토드가 갑자기 폰을 가져가 버렸다.

"신경 쓰지 마세요, 진짜로."

"관심 있어서 읽는 거야!"

"원래 관심 없잖아요."

토드는 쏘아붙이듯 말했다. 그 즉시 젠은 배 속에 돌이 든 듯 묵직한 죄책감에 사로잡혔다. 엄마로서의 죄책감은 젠이 평생 싸워온 감정이지만 언제나 항상 그 자리에 있었다. '원래 관심 없잖아요'라니.

"당신 괜찮아?"

켈리가 웃으며 말했다.

"꼭 저승사자 같은 얼굴인데."

젠이 먹을 만큼 음식을 덜어내는 동안 토드는 포장 음식을 흡입했다. 그때 갑자기 휴대폰이 울리고 켈리가 전화를 받으러 나갔다. 젠은 복도를 바라보며 토드에 대해 생각했다.

"그게 무슨 말이야?"

젠이 묻자 토드가 대답했다.

"제 말은, 엄마가 평소에 제 일에는 관심 없다고요."

"네 일?"

젠은 갑자기 세상이 멈춘 것처럼 느껴졌다. 토드는 아무 말 없이 닭고기 완자를 집어 통째로 먹었다.

"엄마가 네 말을 안 듣는 것 같니?"

구름이 덮이듯 흐릿한 깨달음이 젠을 덮쳐왔다. 구름 속에 있으면 아무것도 보이지 않지만 느낄 순 있는 것과 같았다. 토드는 미간을 찡그린 채 접시를 내려다보며 뭐라고 대답할지 열심히 생각하는 듯했다. 그리고 마침내 입을 열었다.

"아마도요."

토드는 젠을 바라보았다. 켈리와 꼭 닮은 눈이다. 하지만 나머지는 모두 젠을 닮았다. 검은 머리색, 창백한 피부, 참을 수 없을 만큼 왕성한 식욕. 젠이 그 애를 만들었다. 그런데 이 녀석은 엄마가 자기 말을 듣지 않는다고 생각한다. 그게 분명한 사실인 양 말한다.

"엄마한텐 재미없는 얘기잖아요."

토드가 한마디 덧붙였다.

"오, 이런."

젠은 작게 내뱉었다.

"저는 물리학에 관심이 있어요. 그러니까 제가 알렉산드르 쿠젬스키를 좋아하는 건 웃긴 일이 아니에요. 전 진짜로 그 사람한테 흥미가 있다고요."

젠은 자신의 방향이 틀렸다는 섬뜩한 느낌을 받았다. 완전히 잘

못 짚었다. 그녀의 마음이 마구 뒤흔들렸다. 중요한 건 행성이나 과학이 아니라, 젠과 토드의 관계였다. 토드는 재밌는 과학적 사실들과 함께 공상에 잠겨 있고 젠은 토드의 이야기를 이해 못 하는 뒤틀린 무능력자다. 이것이 두 사람의 관계에서 젠이 항상 느끼는 점이다. 젠과 켈리는 자신들이 토드처럼 지적이고 완전히 다른 방식으로 똑똑한 아이를 만들었다는 사실을 믿을 수가 없었다. 두 사람은 너무나 세속적인데 토드는 전혀 그렇지 않았다. 그러나 사실 토드는 '**만들어진 무엇**'이 아니다. 그는 사물이 아니다. 토드는 젠 앞에서 자신이 누구인지 말하고 있었다. 그런데 젠은 자신이 어리석다는 불안감에 사로잡혀 토드의 지적인 관심을 웃음거리로 만들어버렸다. 그를 **비웃었다**.

"맙소사."

젠은 두 손에 얼굴을 파묻었다.

"그래, 알았어. 미안해. 그런데, 아니…… 정말 미안해."

그녀는 말끝을 얼버무렸다.

"알았어요."

"네가 하는 모든 일에 엄마는 관심이 있어."

젠은 눈물을 글썽이며 말했다. 그녀에게 내일이란 없을 테니 될 대로 되라는 듯 체념하는 마음으로. 임종 선언을 들었거나 납치된 비행기에 타고 있는 사람처럼 말이다. 젠은 아들과 이어지고 또 이어질 수 있다. 하지만 그건 중요하지 않다. 어차피 지속되지 않으니까.

"난 어느 누구도 너만큼 사랑한 적이 없어. 앞으로도 그럴 거고."

마음을 다해 이야기하는 젠의 눈에 눈물이 맺힌다.

"내 마음을 못 보여줬다면 엄마가 잘못한 거야. 왜냐하면 이건 너무 진실이거든. 가장 진실한 마음이야."

토드는 눈을 깜박였다. 돌이 연못에 퐁당 빠진 것처럼 슬픔이 그의 얼굴에 파문을 일으켰다.

"고마워요. 전 그냥……. 무슨 말인지 알죠?"

"그럼 알지. 알아."

"고마워요."

"고맙긴 뭘."

그때 켈리가 들어왔다.

"제가 완자를 다 먹어버렸어요. 마지막 남은 이 하나도 제 거니까요."

토드가 웃으며 말했다. 그의 농담은 엄마와 자신의 내밀한 순간을 목격한 아빠에게 보이는 뻐딱한 태도이자 방패다. 젠은 울고 싶었지만 애써 웃어주었다.

"고객 전화였어."

켈리는 아무도 궁금해하지 않는 정보를 알려주었다. 젠이 다시 힐끗 보니, 토드는 마지막 닭고기 완자를 입에 넣으며 젠을 향해 눈으로 웃고 있었다. 젠이 손을 뻗어 토드의 머리를 헝클어뜨리자 그는 버려진 동물처럼 엄마의 손에 머리를 기댔다. 그리고 토드는 터퍼웨어 그릇을 그대로 쓰레기통에 넣었다. 평소라면 잔소리가 터져 나올 만한 행동이었지만 젠은 오늘만은 참기로 했다.

"오늘 밤은 어디 가니?"

"당구 치러 가요."

토드는 허공에 키스를 날렸다. 젠은 곧바로 고개를 끄덕였다.

"잘 갔다 와. 엄마도 오늘 나갈 거야. 폴린이랑 한잔하러."

"그래?"

켈리가 놀란 듯 말했다.

"응, 말했잖아."

젠은 거짓말을 했다. 그리고 단순한 호기심처럼 보이기를 바라며 토드에게 물었다.

"당구는 어디서 쳐?"

"크로스비요."

그녀는 아들에게 미소를 지었다. 사실은 그 애가 어딜 가든 따라갈 것이기 때문이다.

크로스비 스포츠바는 번화가에 자리 잡고 있었다. 입구에는 이름 없는 작고 검은 문이 달려 있고, 문 위에는 복고풍의 네온사인이, 그 위에는 잉글랜드 깃발이 걸려 있다. 1920년대에 지어진 이 오래된 붉은 벽돌 건물에는 중간 문설주를 세운 창문이 나 있고, 꼭대기에는 굴뚝이 세 개 서 있다. 젠은 건물 뒤편 주차장에 차를 세웠다. 레스토랑 두 곳, 스포츠바, 트래블 로지✤가 함께 쓰는 주차장이다. 차에서 내리니 그릴에 구운 고기 냄새가 가을 공기 속으로 퍼져 나오고 있었다. 오, 이런. 젠은 중국 음식을 먹었지만 버거 하

✤　영국의 저렴한 프랜차이즈 호텔.

나는 충분히 또 먹을 수 있을 것 같았다.

그녀는 화재 출입구처럼 보이는 스포츠바 뒤쪽 문을 열어보려 했으나 잠긴 채 꼼짝하지 않았다. 어쩔 수 없이 젠은 앞으로 돌아가 두 손을 머리 양쪽에 대고 가림막을 만든 뒤 창문 안을 들여다보았다. 내부가 어두워서 아무것도 보이지 않았다. 젠은 창문에 이마를 대고 열을 식히면서 이대로 계속 여기 서 있을 수 있겠다고 생각했다. 그녀는 피곤했다. 미치도록 피곤했다. 여기에 가만히 서서 존재하기를 멈추고 싶었다. 당구장 안의 장식품이 되고 싶었다. 고통스럽게 살아 숨 쉬는 인간이 아니라 사물이 되면 어떨까.

갑자기 안에 불이 켜졌다. 흐릿한 붉은 불이 젠의 바로 앞에 무엇이 있는지 비춰주었다. 검은색으로 칠해진 계단이다. 낡고 얼룩지고 오래되었다. 무엇보다 텅 비어 있다. 젠은 문을 밀어서 연 뒤최대한 조용히 계단 위로 올라갔다. 양쪽에 닫힌 문이 있는 텅 빈 층계참이 나왔다. 가만히 앉아서 엿듣기에 그리고 위험을 감수하기에 완벽한 장소다. 젠은 숨을 죽였다.

잠시 후 공이 딸그락거리는 소리, 큐 끝이 바닥에 쿵 부딪히는 소리가 들렸다. 젠의 뒤에 세로로 길게 난 아르데코 스타일 창문으로 거리의 불빛이 은은하게 들어오고 있었다. 검은색 페인트로 마감된 바닥은 나무 마룻널이 낡아서 젠이 움직일 때마다 삐그덕거렸다.

"다음 주엔 확실해."

토드의 목소리다. 찰칵 소리가 난 걸 보니 방금 사진을 찍은 듯하다. 젠은 어둠 속에서 아무도 이쪽을 보지 않길 바라며 문의 경첩 쪽으로 몸을 기울여 안을 엿보았다.

"아마 내년 여름엔 떠날 수 있을 거야."

꿈결 같은 목소리, 이건 분명히 클리오다. 토드가 젠의 시야 안으로 들어왔다 나갔다를 반복했다. 토드는 자신이 가장 좋아하는 컴퓨터 게임 속 마법사와 똑같이 큐를 지팡이처럼 들고 있다. 그는 큐에 체중을 싣고 다른 한 손은 엉덩이에 얹었다. 토드를 보는 동안 젠의 마음은 요동쳤다. 아들이 연기를 하고 있음을 젠은 확신할 수 있었다. 잘 손질한 머리에 눈부시게 하얀 운동화를 신고 당구대 주변을 천천히 왔다 갔다 하는 토드의 모습이 보였다. 토드는 완전히 허세를 부리고 있었다. 코너의 모습은 보이지 않았다.

"너희가 아직 만나는 중이라면,"

남자의 목소리다. 보이지는 않지만 젠은 조셉일 거라고 짐작했다.

"물론 그럴 거예요."

토드의 목소리가 살짝 곤두서 있다. 젠은 피아노 건반을 누른 뒤의 떨림처럼 자신에게만 감지되는 그 미세한 기운을 알아챘다.

"굿 샷."

또 다른 목소리, 아마도 에즈라일 것이다.

"제가 방해하는 게 아니면 좋겠네요."

이번엔 여자 목소리다. 젠은 그녀가 보이는 각도로 잽싸게 자세를 바꾸었다. 당구장의 반대편에 있는 어두운 문으로 어떤 여자가 들어왔다. 나이는 젠과 비슷하거나 약간 더 많을 수도 있다. 희끗희끗한 머리를 뒤로 깔끔하게 넘겨 묶었고 조깅 바지와 티셔츠를 입은 캐주얼한 차림새다. 가볍고 민첩하게 걸어 들어오는 그녀는 운동선수처럼 활력이 넘쳤다.

"니컬라, 이렇게 만나다니 반가워요."

조셉이 말했다. **니컬라다**. 젠은 헉 소리를 낼 뻔했다.

"오랜만이에요."

"정말 그러네요."

젠의 시야 안에 들어온 조셉은 큐에 몸을 기대고 있었다. 니컬라가 그를 따라갔다.

"이쪽은 토드랑 클리오. 에즈라는 알지? 니컬라는 우리랑 일했었어."

"니컬라 윌리엄스, 하나뿐인 그 사람."

에즈라가 말했다. 계단 위에 앉아 이 대화를 들으며 젠은 얼굴을 찡그렸다. 니컬라가 토드를 **소개받고** 있다. 하지만 토드는 이미 니컬라와 문자를 주고받은 적이 있다. 그렇지 않나? 젠은 문자메시지의 날짜를 떠올려 보았다. 맞다. 토드는 15일에 니컬라에게 **'반가워요'**라고 문자를 보냈다. 오늘은 16일이다. 토드는 17일에 그녀를 만난다. 아닌가?

젠은 최대한 조용하게 몸을 움직여 밝은 초록색 당구대 너머에 무엇이 있는지 보려고 애썼다. 한쪽 벽에 붙어 있는 붉은 플러시 천 소파에 클리오가 앉아 있다. 황금빛 다리, 짧은 앞머리, 전부 다 클리오다. 젠은 눈을 깜박이며 이 잡담이 끝나기를 기다렸다.

"자리 좀 있어요?"

니컬라는 토드의 큐를 받아 들었고 토드는 소파에 앉았다. 완전히 평범한 모임이다. 토드의 여자친구와 그녀의 가족. 하지만 니컬라의 등장이 이변을 일으켰다. 토드가 거짓말하고 있다는 걸 젠이 알기 때문일 수도 있고, 그 이유가 아닐 수도 있다. 물속에 숨은 상어처럼 무언가 불길한 저류가 흐른다. 젠은 또다시 몸을 틀어 클리오와 함께 소파에 앉아 있는 토드를 보았다. 지난번에 봤을 때만큼 클리오에게 가까이 붙어 있지 않다. 하지만 어쨌든 둘은 사귀는 사이다. 토드가 오늘 밤 클리오와 헤어질까?

갑자기 어디선가 음악 소리가 들려왔다. 베이스가 이끄는 시끄러운 랩 음악에 그들의 목소리가 묻혀버렸다. 젠은 이리저리 눈을 돌렸다. 있는지도 몰랐던 주크박스에서 음악이 흘러나오고 있었다. 복고풍의 빨간색 주크박스 화면을 하얀 조명이 둘러싸고 있다. 젠은 노래가 끝나기를 기다렸지만 곧바로 다음 노래가 시작됐다.

토드가 조셉에게 이야기를 하고 있고 클리오도 일어나더니 니컬라와 함께 대화에 끼어들었다. 하지만 젠은 아무것도 들을 수가 없었다. 그들의 움직임만 보일 뿐이었다. 가벼운 대화인 듯했지만 젠은 토드가 불편해하고 있음을 알았다. 어슬렁거리는 사자처럼 당구대 주위를 왔다 갔다 하는 토드의 행동이 바로 그 증거였다. 그때 젠은 음악이 우연히 흘러나온 게 아니라는 사실을 깨달았다. 자신들의 대화를 다른 사람이 듣지 못하도록 하려는 것이었다. 순찰을 돌던 경찰을 떠올리며 젠은 생각했다. 자신 같은 도청자 혹은 외부인들을 막기 위해 음악을 튼 것이라고.

한 시간 뒤 조셉은 코트를 입었다. 토드는 주변을 정리하고 혼자 슬슬 당구를 쳤다. 조셉이 니컬라와 함께 자리를 뜰 때 젠은 왼쪽에 난 문으로 황급히 몸을 날렸다. 알고 보니 화장실로 연결된 문이었다. 젠은 복고풍으로 꾸며진 화장실에 서서 발소리를 들었다. 화장실에 부착된 빈티지 벽지에는 분홍색 조개껍질이 그려져 있었는데 오래되어 표면에 보풀이 일었다. 두 개의 세면대 사이에는 역시나 분홍색으로 꾸며진 세면도구 상자가 두 개 놓여 있었다. 벽에는 금박으로 장식한 전신 거울이 걸려 있다.

젠은 세면대에 기대 자신이 알고 있는 것을 떠올려 보았다. 토드는 8월에 클리오를 만났다. 두 사람은 지금 사귀고 있지만 내일이면 헤어질 것이다. 범죄가 일어나기 5일 전에 둘은 다시 사귄다. 어제 토드는 니컬라에게 어떤 도움을 요청했다. 그리고 오늘 니컬라가 당구장에 나타났다. 토드는 니컬라를 모른 척한다. 니컬라는 클리오의 삼촌과 아는 사이다. 예전에 **그의 일을 도왔다.** 며칠 뒤에 금발 소년이 차를 훔쳐 에즈라에게 가져올 것이다. 클리오의 가족은 명백히 범죄자들이다. 그 샤넬 가방. 그리고 며칠이 더 지나 니컬라는 부상을 입는다. 그다음에 토드는 살인자가 된다.

젠은 밖을 바라보며 사건의 흐름을 곰곰이 생각해 보았다. 열린 창문으로 시원한 밤공기가 계속 흘러 들어왔다. 젠은 최소 10분 정도 기다린 다음 드디어 나갈 채비를 했다. 그때 밖에서 낮은 목소리와 웃음소리가 들려왔다. 본능적으로 젠은 세면대 근처로 올라가 갈라진 틈으로 밖을 내다보았다. 딱딱한 표면에 닿은 무릎에 통증이 느껴졌다.

밖에서 토드가 통화를 하고 있다. 토드는 뒤쪽에 세워둔 자기 차 앞에 서 있다. 그는 활기차게 이야기하며 차 지붕에 팔꿈치를 올렸다. 토드는 키가 정말 크다. 젠은 토드가 뭐라고 하는지 들으려 애썼다. 밖이 조용하기 때문에 소리가 잘 들렸다. 그녀는 옆으로 이동해 불을 껐다. 그리고 창문 뒤에 몸을 숨기고 앉아 귀를 기울였다.

"비밀 폰에 전화할 뻔했어요. 클리오는 차차 밀어내는 중이에요. 걱정 마세요. 그 더러운 일은 제가 비밀을 지킬 거니까."

토드의 어조는 레몬처럼 톡 쏜다. 일시 정지. 젠은 숨을 멈추었다.

"네, 제 말은, 혹시 모르니까요."

토드가 누구와 대화하고 있는지 전혀 감이 안 잡혔다. 친구는 아니다. 동등한 관계는 아니니까. 토드가 다시 웃었다. 씁쓸하고 냉소적인 딱딱한 웃음이다.

"**아니요.** 제가 말하려던 게 바로 그거예요. 우리 이제 거의 끝까지 다 왔잖아요, 그렇죠?"

토드는 머리를 뒤로 젖히고 하늘을 올려다보았다. 달이 창백한 홀로그램처럼 하늘에 떠 있다. 기온은 점점 떨어지고 있다. 젠은 세면대 위에 무릎을 꿇고 '**거의 끝까지 다 왔다**'고 생각하는 아들의 말을 엿들었다. 그녀는 추위를 느꼈다. 기묘하게 어른스러운 토드의 그 표현은 무얼 뜻하는 걸까? 앞으로 2주도 채 지나지 않아 토드가 살인을 저지르는 이유가 이것인가?

토드는 천천히 떨어지는 공을 보듯 시선을 아래로 내리더니 젠이 몸을 숨긴 창문을 똑바로 바라보았다. 두 사람의 눈이 마주쳤을 때 젠은 차마 고개를 돌리지 못했다. 하지만 토드가 곧 옆으로 시선을 돌렸다. 젠을 보지 못한 게 틀림없다. 창문에 성에가 꼈고 불이 꺼져 있으니까.

"네, 알겠어요."

토드는 잠시 멈추더니 말했다.

"니컬라에게 물어보세요, 집에서 봐요."

잠시 세상이 멈춘 것 같았다. '집에서 봐요'라니⋯⋯. 그렇다면 통화의 대상은 오직 한 사람뿐이다. 젠의 남편.

13일 전,
20시 40분

토드는 차에 시동을 걸고 출발했다. 젠은 어두운 화장실 안에 혼자 남겨졌다. 고인 물에 닿았는지 무릎이 축축하다.

'집에서 봐요.'

토드가 통화한 사람은 다름 아닌 켈리다.

'니컬라에게 물어보세요.'

켈리가 니컬라를 안다. 토드가 아니라. 조금 전 니컬라를 소개받을 때 토드는 연기를 한 것이 아니었다.

'비밀 폰에 전화할 뻔했어요.'

대포폰의 주인은 켈리였다. 니컬라에게 문자를 보낸 것은 켈리다.

"방금 토드랑 통화했지?"

젠은 현관문으로 들이닥치자마자 말했다. 토드는 아직 집에 오지 않았다. 클리오를 다시 만나러 간 것 같다. 젠은 도저히 기다릴 수가 없었다. 무슨 상관인가? 나에겐 내일이 없다. 지금 켈리에게 물어봐야 한다.

켈리는 바랜 청바지에 하얀 티셔츠를 입고 벨벳 소파에 앉아 있었다. 젠과 켈리는 밖으로 돌출된 거실 퇴창 앞에 이 소파를 놓아두었다. 소파는 한 치의 여유도 없이 그곳에 딱 맞았다. 소파를 그 자리에 밀어 넣으려고 낑낑대면서 두 사람은 얼마나 웃었던가. 켈리는 윤활유라도 써야겠다고 말했고 젠은 깔깔거림을 멈출 수 없었다.

젠은 핸드백을 나무 바닥에 떨어뜨렸다. 집은 조용하고 조명은 낮았다. 켈리는 잠시 생각했다. 그 3초의 망설임이 젠의 가슴을 무너뜨렸다.

"토드가 수상한 일에 연루된 거 알아. 당신도 같이."

켈리는 부인하기로 결심한 게 분명했다.

"걔한테 여자 문제가 있어."

거짓말하는 켈리의 눈에는 아무런 동요도 없었다.

"젠?"

켈리는 젠에게로 손을 뻗었다.

"통화하는 거 들었어."

"우린 클리오 얘기한 거야."

"니컬라는 누구야?"

"뭐? 난 니컬라란 사람 몰라."

"켈리, 그 사람들 알잖아. 조셉 존스는 누구야?"

젠의 입에서 거침없이 말이 쏟아져 나왔다.

"전혀 몰라."

켈리는 조금도 머뭇거리지 않고 즉각 빠르게 대답했다. 그는 급하게 일어서더니 머리 위의 등을 켰다. 젠의 수수께끼 같고 신비로운 남편. 그는 거짓말쟁이일까?

"미안한데, 무슨 말인지 모르겠어."

켈리는 젠을 향해 몸을 돌리며 말했다. 그때 젠은 켈리의 이마 주변에 맺힌 땀방울이 불빛을 받아 반짝이는 모습을 놓치지 않았다.

"당신이 거짓말하는 거 알아."

그녀는 다시 멀어져 가는 켈리의 등 뒤에 대고 말했다. 이제 켈리는 신발을 신고 코트를 입었다.

"이건 논의할 가치가 없는 얘기야."

켈리가 현관문을 열고 나갔다. 그가 등 뒤로 문을 쾅 닫자 온 집이 통째로 흔들렸다.

라이언은 자신에게 맞는 부서에 들어가게 되었다. 드디어 이제 뭔가를 잘할 수 있다. 그의 앞에는 마치 영화의 한 장면처럼 그가 사흘 전 사무용품점에서 주문한 큰 코르크 보드가 놓여 있었다. 가로 120센티미터, 세로 90센티미터의 크기다. 하지만 그에게는 아직 그 보드를 벽에 걸 권한이 없다. 일단 벽에 세워놓은 보드 앞에 앉아 라이언은 다리를 꼬았다.

그는 두 달째 감시 정보를 수집하는 중이었다. 먼저 TV를 벽장 사무실 안에 밀어 넣었다. 그리고 몇 시간씩 흐릿한 화면을 들여다보며 항구의 CCTV를 살펴봤다. 저녁이나 주말에도 수많은 테이프를 돌려보며 열심히 분석했다. 주의 깊게 관찰하며 한 번 이상 그곳을 방문했거나 에즈라에게 말을 걸었거나 에즈라와 함께 사라진 사람들을 전부 기록했다. 그리고 포스트잇에 휘갈긴 메모들을 코르크 보드에 꽂아놓았다. 한 달쯤 지나자 라이언은 항구에 정기적으로 드나드는 사람들의 리스트를 확보할 수 있었다.

"시스템에 등록된 사람 중에 이 얼굴들이랑 일치하는 사람이 있나요?"

라이언은 어느 금요일 밤, 지나가는 분석가에게 물었다. 그는 CCTV 화면에서 뽑아낸 얼굴 사진들을 가리켰다.

"한번 줘보세요."

분석가가 그를 도와주었고 이제 라이언은 범죄조직의 말단 조직원들에 관한 정보를 입수했다. 위장 수사팀은 마약 공급책의 이름도 알려주었다. 위장 경찰 한 명이 갱단에 잠입했다. 마약 구매자로 위장한 그 경찰은 리오의 조언대로 초라한 차림으로 마약을 요청했다. 리오의 팀이 거래가 진행되는 과정을 관찰했고, 위장 경찰은 마약 딜러의 이름을 보고했다. 그 이름은 라이언의 보드에 올라갔다. 위장 경찰은 마약을 다섯 번 더 구매하며 이 과정을 반복했다. 그 후에 그는 마약 딜러에게 집을 옮겼다고 말하고 마약 살 사람을 몇 명 아는데 시험 삼아 조금 공급해 보겠다고 제안했다. 드디어 딜러는 그를 마약 공급책에게 소개해 주었다. 그 공급책의 이름도 라이언의 보드에 올라갔다.

"라이언, 자네는 공인된 천재야."

리오가 라이언의 벽장 사무실에 들어오며 말했다. 이것은 라이언이 해본 일 중 최고였다. 가장 재미있고 가장 만족스럽다. 가장 자율적인 일이기도 했다. 라이언은 자기 자신에 대해 그리고 코르크 보드에 대해 자부심이 끓어오르는 것을 느꼈다.

"이건 시작일 뿐이에요."

그는 리오에게 말했다.

"큰 그림의 일부일 뿐이죠. 이 조직의 보스는 다른 작전을 열 개쯤 더 운영하고 있어요."

두 사람은 아무 말 없이 코르크 보드를 바라봤다. 리오는 1분 정도, 어쩌면 조금 더 침묵을 지켰다. 경찰 한 명이 벽장 사무실 앞을 지나가다가 문 사이로 고개를 삐죽 들이밀고 리오에게 물었다.

"잠깐 시간 되십니까?"

"안 돼."

리오가 문을 닫으며 쏘아붙였다. 상사의 기분이 좋을 땐 인생이 괜찮게 느껴지지만 그렇지 않을 땐 끔찍하다. 수많은 직장인이 그렇듯이.

"가장 최근에 조사한 바로는,"

리오는 방금 보인 신경질적인 태도는 전혀 없었던 일인 양 신중하게 말을 꺼냈다.

"보스는 허세도 없고 너무 평범했어. 그냥 보통 사람이야. 감시망 아래 있는 사람이라, 제대로 된 직업 없이 자영업을 하고 있지. 과세 시작점을 넘지 않고 여행도 하지 않아."

"불가능해 보이는데요."

라이언이 말했다.

"그렇지. 어쨌든 잘 들어봐. 우리는 일종의 '**전설**'을 만들고 있어."

리오는 삐그덕거리는 의자에 앉았다. 라이언은 여러 말단 조직원의 이름을 적어 핀으로 꽂아둔 메모를 빼서 옆으로 옮겼다.

"자네한테 더 좋은 사무실 공간을 마련해 줘야겠네."

리오는 껄껄 웃었다.

"그럼 좋죠."

"그래, 그럼, 전설 얘기로 돌아가지. 공부할 준비 됐나?"

"말씀하시죠."

"경찰들이 위장 수사에 들어갈 땐, 이미 오래전에 만들어둔 인물로 위장해. 알겠지?"

"네."

"누군가가 마약을 사면 범죄자들은 **항상** 마약단속반이 아닌가 의심해. 그래서 미리 전설을 만들어두는 거야. 어디에 살고, 어떤 차를 몰고, 어디서 어떤 일을 하는지 등등, **이력**을 만들어놓는 거지. 온라인이든 어디든 다 적용해 놔. 그런 다음 위장 경찰이 그 인물이 되는 거야. 우린 지금 또 한 명의 인물을 만들고 있어."

리오는 턱살을 문지르고 라이언의 차를 홀짝 마셨다. 라이언은 불쾌했지만 아무 말도 하지 않았다. 리오는 뭔가 골똘히 생각할 때 이런 행동을 하는데, 이렇게 생각에 잠길 때 훌륭한 전략을 내놓기 때문에 모두가 참아준다.

"리오."

제이미가 문을 열고 들이닥쳤다. 머리카락이 삐죽 곤두서 있고 지쳐 보인다.

"사건이 발생했어요."

"뭐?"

리오는 핀을 만지작거리다 다시 보드에 꽂았다.

"끼어드는 짓거리 좀 그만할 수 없나?"

"어젯밤에 말단 조직원 두 명이 월러시의 호화 사유지에서 차한 대를 훔쳤다는 보고가 들어왔습니다."

"그래서?"

"소문에 의하면 말단 조직원들은 원래 목표물이었던 빈집의 차량일 거라고 생각했다는데, 엉뚱한 차를 훔쳤어요."

라이언이 고개를 돌려 제이미를 보았다.

"뒷좌석에 아기가 있었는데 그 차를 훔쳤다고 합니다. 차는 항구로 가고 있어요. 아기를 태운 채로요."

젠은 안식처인 사무실에 와 있다. 그녀는 자신이 완전히 통제할 수 있는 고요하고 정돈된 환경, 최소한 그런 척이라도 할 수 있는 공간에 오고 싶었다. 켈리가 연루되었다는 생각이 끊임없이 머릿속에 떠올랐다. 배 위에 타고 있는데 발밑이 불안정하고 미끄러운 기분이다. 켈리. 나의 켈리. 내가 어떤 이야기든 털어놓을 수 있는 남자. 하지만 그 솔직함은 일방적이었음이 분명하다. 젠이 켈리를 믿었던, 토드가 살인을 저지른 그날 밤에 어떻게 그는 그녀와 함께 일을 해결하는 척할 수 있었을까?

사무실 아래 거리에서는 여름의 마지막 온기를 즐기며 쇼핑하는 사람들이 곳곳에 보였다. 10월 초는 확실히 10월 말과 다르다. 생강빵 색깔의 햇빛, 꿀 빛깔의 나뭇잎, 여름의 마지막 숨. 젠은 창문을 열었다. 물감 한 방울이 물속에 떨어져 퍼져나가듯 아주 미세한 차가움이 공기 중에 녹아 있을 뿐이다.

젠은 한숨을 내쉬고 복도를 배회했다. 지난봄, 아버지가 돌아가신 이후 그녀는 사무실을 새롭게 고쳤다. 아버지가 원하던 대로 '**매니징 파트너**'라고 쓰인 명판이 걸려 있던 그의 사무실은 이제 간이 주방으로 바뀌었다. 아버지의 사무실 문을 보게 되는 일을 방지하고, 그 사무실에서 일하게 되는 사태를 막기 위해 젠이 내린 결정이었다.

젠의 아버지는 좋은 변호사였다. 예리하고 신중하며, 자신을 속이지 않은 채 나쁜 소식을 받아들이고 직면할 수 있는 사람이었다. 뒤늦은 슬픔과 함께 젠은 '억세다'라는 말이 아버지와 어울린다고 생각했다. 그는 인내심이 강한 사람이기도 했다. 일을 마무리하기 위해 사무실에서 이틀 밤을 지새우고서도 아무 말을 하지 않아서 뒤늦게 알게 된 적도 있었다.

젠은 예상했던 것보다 훨씬 먼 과거에 와 있다. 지금 가장 두려운 건 범죄의 시작점을 모르고 지나치면 어쩌나, 하는 것이다. 젠은 아버지에게 조언을 구할 수 있다면 얼마나 좋을까 생각했다. 케네스 찰스 이글스. 아버지는 약자인 'KC'라는 이름으로 통했다. 만약 젠과 켈리에게 딸이 있었다면 이름을 '케이시'라고 지었을 것이다. 아버지도 분명히 좋아하셨을 것이다.

아버지는 18개월 전 집에서 홀로 돌아가셨다. 저녁 무렵 동맥류가 일어났다. 팔걸이의자에 앉은 채였고, 땅콩 봉지와 반쯤 마신 맥주가 옆에 놓여 있었다. 아버지가 돌아가신 직후에 젠은 그의 마지막 순간에 대해 애써 생각하지 않으려 했다. 마치 배를 한 방향으로만 억지로 운행하려는 것처럼. 이제 그녀는 현실을 좀 더 똑바로 바라볼 수 있게 되었고, 아버지가 서 있었던 이곳에 설 수 있게 되었다.

하지만 오늘은 그 어느 때보다 아버지가 그리웠다. 아버지는 시간여행 이론을 믿지 않을 게 뻔했다. 어떤 반응이 나올지 두려워서 젠은 아버지에게 시간여행 이야기를 하지 않았을 것이다. 그래도 그녀는 아버지가 그리웠다. 마치 아이들이 항상 자신을 이끌어 주는 부모의 손을 그리워하고, 일시적일지라도 부모가 문제를 눈앞에서 사라지게 해주기를 바라듯이.

젠은 차를 한 잔 타서 간이 주방을 나섰다. 라케시가 또 다른 변호사인 세라와 함께 젠의 사무실 앞을 지나갔다.

"그 남편은 전 부인이 운동복 바지만 입는다는 이유로 유지비를 절반으로 줄여달라고 부탁했어요. 의복에 대한 비용을 전부 지웠어요. 미용실, 브라까지요. 전 부인이 오래되고 빛바랜 속옷만 입는다고 설명하더라고요."

세라가 말했다.

믿기지 않는다는 듯한 라케시의 웃음소리가 교회 종소리처럼 울려 퍼졌다. 젠은 힘없이 미소를 지었다. 일 중독자들과 기분 나쁜 농담이 있는 이곳이 항상 집처럼 편안하게 느껴졌다. 젠은 기쁜 마음으로 정보와 조언을 제공하는 이메일을 몇 통 썼다. 그녀가 눈 감고도 할 수 있는 일, 지난 20년 동안 해온 일이다. 고객의 전남편이 될 사람이 회계장부 자료를 넣어 보낸 상자 25개가 저녁 7시에 배달되어 왔다. 티셔츠로 가려진 부분만 빼고 피부가 검게 탄, 지친 배송 기사가 그 물건을 가져왔다. 지난번에 젠은 사무실에 남아 자료를 검토하고 분류한 다음 사무실 한쪽에 가지런히 쌓아두었다. 라케시가 문 사이로 얼굴을 들이밀고 요새를 짓느냐고 말했었다.

오늘도 라케시는 정확히 같은 시각에 젠의 사무실 앞을 지나갔다. 하지만 오늘 젠은 상자를 분류하기도 싫고, 집에 가기도 싫었다. 그래서 라케시에게 술 한잔하겠냐고 물었다.

"좋지. 근데 이건 다 뭐야? 요새라도 지어?"

라케시는 껌을 씹으며 말했다. 젠은 회심의 미소를 지었다. 점점 멀리 과거로 갈수록 그날그날의 일을 다 기억하기가 어려워진다. 그래서 이렇게 재미있는 방식으로 자신의 예측이 실현되는 것을 보면 기분이 좋다.

"월요일에 하려고. 상대 측에서 폭로하려는 내용들이야. 남편의 회계장부."

"그 남자 뭐 하는 사람이야? 영국 중앙은행이라도 다닌대?"

"고전적인 전략이지. 아무도 안 보길 바라면서 상자를 수십 개 보내는 거."

젠은 상자를 옆으로 치워 라케시가 걸어갈 수 있는 공간을 만들었다.

"월요일에 당신이 이 밑에 깔린 채 살아 있는지 꼭 확인할게. 난 지금 정맥에 들어갈 와인이 필요해."

젠은 코트를 건네주는 라케시에게 물었다.

"안 좋은 일 있어?"

"오늘 고객에게 탄원서를 보냈어. 서명해 달라고. 그냥 그뿐이었어. 그런데 미리 적어놓은 남편의 불합리한 행동 네 가지 옆에다가 펜으로 이렇게 써놓은 거야. '그리고 항상 양말 속에다 자위를 했습니다.' 이게 무슨 긴급한 추가 사항인 것처럼. 그래서 고객한테 이걸 다시 보내야 해. 이대로 법정에 제출할 순 없어."

"불평할 만하네. 그런데 새로운 양말 사용법인걸."

"당신은 법정에서 그 남자를 만날 일 없으니까 그렇게 말하지."

"그 남자 화장실 갈 때 따라가지 마."

지금은 아주 이른 초가을이라 두 사람은 코트를 팔에 걸치고 사무실을 나섰다. 이렇게 다시 과거로 돌아와 사람들이 일상에서 가장 오래 지내며 친밀한 시간을 보내는 사무실에 머물 수 있다는 사실이 너무 기분 좋았다. 젠은 라케시와 함께 일한 지 10년이 넘었다. 라케시가 점심으로 참치 샌드위치를 즐겨 먹고 업무에 지친 오후 3시쯤엔 데일리 메일* 사이트에 들어가 시간을 보낸다는 사실을 젠은 알고 있다. 또 그가 전화벨이 울릴 때마다 입 모양으로 **"꺼져버려"**라고 말한다는 것, 특별히 까다로운 법정 심리 때 땀을 너무 많이 흘린 나머지 바지가 젖어서 의자에 자국을 남긴 적이 있다는 것도 안다.

오늘 밤 젠은 골치 아픈 가족 문제를 잠시 잊을 수 있어서 너무 기뻤다. 미스터리를 뒤로 한 채 오랜 친구와 마시는 와인 한 잔을 순수하게 기대하는 것, 누가 먼저 배신했냐를 놓고 으르렁거리는 고객들에 관해 수다를 떠는 것, 와인을 두 잔, 아니 세 잔 마시고 술

✣   영국의 황색언론 신문사.

집 정원에 나와 담배를 피우며 깔깔거리는 것. 이렇게 아무 일 없는 척 즐기는 기분이 너무 좋았다.

와인을 많이 마셨기 때문에 젠은 집까지 걸어가기로 했다. 9시가 막 지났다. 인도를 따라 걸으며 그녀는 저 앞에 나타난 불 켜진 자신의 집을 바라보았다. 그리고 자신이 야근하는 줄 알고 있을 남편을 생각했다. 젠은 이혼 전문 변호사지만 자신에게 닥친 배신은 눈치채지 못했다는 사실을 침울하게 떠올렸다. 그런 일이 일어날 줄은 전혀 예상하지 못했다. 조금도. 그녀는 자신이 지금 알고 있는 정보를 바탕으로 사건을 재구성해 보려고 했다. 와인은 마음을 편안하게 만들어주었다. 쌀쌀한 밤공기 속에서 그녀는 유연하고 자유로워진 느낌이 들었다. 지금 이 순간만큼은 신경질적이거나 폐쇄적인 사람이 아니라 너그럽고 개방적인 사람이 된 것 같았다.

대포폰은 켈리의 것이다. 그렇다면 실종된 아기 포스터와 경찰 신분증도 그의 것이 틀림없다. 하지만 왜 그것들이 토드의 방에 있었을까?

집 근처에 다가가자 목소리가 들려왔다. 정원 어딘가에서 나는 소리 같았다. 실내에서 나오는 목소리라기엔 너무 크다. 젠은 켈리의 차 옆에 멈춰 섰다. 차에서 열기가 나오고 있다. 젠이 보닛 위에 손을 올려보니 방금 전까지 운전했던 차임을 알 수 있었다.

목소리의 주인공은 남편과 아들, 젠이 방금까지 생각하던 사람들이다. 그런데 둘이 소리를 지르고 있다. 긴급 상황이다. 두 사람은 뒷마당에 있다. 젠은 최대한 조용히, 서둘러 대문으로 다가갔다. 그곳에 멈춰 서서 차가운 검은 빗장에 손가락을 대자, 즉시 술기운

이 가시고 냉철해졌다.

"왜 저한테 이 얘기를 하신 거예요?"

토드의 목소리에 당황한 듯한 울음이 섞여 있다. 그 목소리를 듣자 젠은 마음이 불안해졌다.

"너한테 부탁할 게 있어서. 그렇지 않았으면 그 말은 안 했을 거다."

켈리가 말했다.

"그게 뭔데요?"

"클리오랑 헤어져."

"뭐라고요?"

"헤어져야 돼. 니컬라한테 도와달라고 할 순 있지만 네가 클리오를 계속 만날 수는 없어. 모든 걸 감안하면."

젠의 배가 뒤틀렸다. 갑자기 울렁거림이 느껴졌다. 술과는 아무 상관 없는 울렁거림이다.

"그럼 더 의심스러워할 거예요. 제 마음이 부서지는 건 말할 것도 없고요."

젠은 무릎이 꺾이는 느낌을 받았다. 사랑하는 아들의 목소리에 극심한 고통이 배어 있다.

"미안해. 정말 미안하다. 미안해. 몇 번이나 말해야겠니?"

"지금까지 저한테 일어난 일 중에 최악이에요."

토드는 그냥 말을 하고 있는 게 아니다. 이것은 비명이다. 고통에 찬 비명.

무언가 쿵 하는 소리가 들렸다. 테이블을 주먹으로 내려치는 소리 같다.

"나도 노력해 봤다고!"

켈리의 목소리가 쉬었다. 감정에 북받쳐 쉿소리가 난다. 젠은 이런 켈리의 모습을 몇 번밖에 보지 못했다. 그중 한 번은 토드가 체포된 직후 경찰서에서였다. 왜 아니겠나. 켈리는 뭔가 안 좋은 일을 막으려고 노력하고 있다. 그런데 애를 써도 잘 안 되고 있음이 분명하다.

"난 정말 해볼 만큼 해봤어. 조셉은 알고 있거나 곧 알게 될 거야. 토드, 우린 그에게서 빠져나와야 해. 조셉이 이유를 모르는 채로."

"담보물은 망했어요. 그렇죠? **저** 말이에요."

젠은 클리오가 이별에 대해 말하고 싶어 하지 않았던 일을 떠올렸다. 그리고 토드가 이 대화에 관해 클리오에게 말했는지 궁금했다. 하지 말았어야 할 말을 했는지.

"그래."

켈리는 작은 소리로 말했다. 젠은 추위에 떨며 홀로 대문 앞에 서 있는 대신 남편에게 다가가 그를 마구 흔들며 이렇게 말하고 싶었다. 저건 수사적인 표현이야. 토드는 자기가 희생하겠다고 말한 게 아니라고, 이 바보야.

"조셉이 알고 있다는 징후는 없어요."

"그 사람이 알게 된 순간 여기로 올 거고 그다음엔……."

"그건 가설일 뿐이에요. 아빠가 이 일에 절 가담시켰다는 걸 믿을 수가 없어요. 거짓말? 납치된 아이들?"

일순간 젠의 온몸이 굳고 소름이 끼쳤다. 아기.

"이렇게 하지 않으면 상황이 훨씬 더 나빠지니까."

켈리는 잉크처럼 새까만 어조로 말했다.

"그래요, 무슨 수를 써서라도 비밀을 지키셔야죠. 제 첫사랑을 망쳐서라도요!"

토드가 소리쳤다. 뒷문이 쾅 닫히고 계단 올라가는 소리가 들렸다. 젠은 심호흡을 했다. 그들에게 물어보는 건 아무 소용이 없다. 분명 두 사람은 거짓말을 할 것이다. 그리고 그들 관계의 핵심에는 그들이 무슨 수를 써서든 지켜낼 비밀이 있다. 그들은 젠에게 털어놓는 것만 빼고는 무엇이든 할 것이다. 아들이 살인자가 되기 3주 전의 시원한 밤공기 속에서 젠은 남편의 울음소리를 들었다. 상처 입은 동물이 천천히 죽어가는 것처럼 그의 흐느낌은 점점 조용해졌다.

3주라는 시간 안에는 많은 일이 일어날 수 있다. 역대 가장 긴 시간을 뛰어넘었다. 47일 전 아침 8시 30분이다. 사건 당일에서 7주 전으로 온 것이다. 젠은 아래층으로 내려가다 전망창 앞에 멈춰 섰다. 거리는 완전히 다른 모습이다. 늦여름의 세피아 브라운 빛깔, 비가 오지 않아 바싹 마른 풀. 팔에 닿는 바람이 따스하다. 젠은 앤디가 이 일을 어떻게 생각할지 궁금했다.

어젯밤 젠은 켈리와 함께 잠자리에 들었는데, 켈리는 놀라울 정도로 아무렇지 않게 행동했다. 토드와의 언쟁을 우연히 듣지 않았다면 젠은 무슨 일이 있었는지도 몰랐을 것이다. 켈리는 손을 머리 뒤에 넣고 팔꿈치를 양쪽으로 벌린 채 침대에 누워 있었다. 편안하게 쉬는 남편의 전형적인 모습이었다.

"일은 잘됐어?"

어젯밤 그가 물었다.

"서류가 한가득이지 뭐. 당신은 뭐 했어?"

"알다시피, 샤워하고 저녁 준비했지. 아주 재밌는 일들이야."

젠은 지난번에 켈리가 이 말을 했었다는 게 떠올랐다. 그때는 단지 무미건조한 말이라고 생각했다. 어젯밤 다시 들어보니 그의 말속에는 일종의 떨리는 분노가 숨어 있었다. 상황에 대한 통제력을 잃은 남자의 분노. 젠은 배신자 남편 곁에서 잠들었다. 달리 뭘 해야 할지 몰랐기 때문이다. 켈리는 항상 그렇듯 젠을 부드럽게 어루만졌다. 그의 몸은 따뜻했다. 켈리가 잠들고 나서 젠은 그의 팔을 쳐다보았다. 그녀 자신처럼 켈리도 겉으로는 전과 똑같아 보였지만 사실 그는 그녀가 전혀 알지 못하는 비밀을 숨기고 있었다.

지금 그녀는 47일 전으로 와 있다. 처음 며칠간 그랬듯 완전히 소외된 느낌이 든다. 젠의 발톱에는 분홍색 매니큐어가 칠해져 있다. 마지막으로 샌들을 신을 때까지 남아 있게 하려고 8월 중순에 칠한 기억이 난다.

지금은 9월 중순이다. 젠이 아는 것은 무엇인가? 켈리는 조셉이 뭔가를 알아낼 거라고 생각했다. 그래서 토드에게 클리오와 헤어지라고 했다. 토드는 아빠 말대로 했지만 클리오를 다시 만난다. 켈리는 니컬라 윌리엄스에게 도움을 청했다. 니컬라는 부상을 입었고, 조셉이 나타나자 토드가 그를 죽였다.

젠은 그 어느 때보다 많은 것을 안다. 하지만 여러 가지 면에서 보면 오히려 아는 것이 적어진 느낌이다. 너무 혼란스럽기 때문이다. 그때 현관 벨이 울리며 젠의 생각을 방해했다. 젠은 날짜를 다시 확인했다. 그렇다. 방학이 끝나고 처음 학교에 가는 날이자 토드가 13학년이 된 첫날이다. 젠은 다시 행동에 나서라고 스스로를 재촉했다.

"누구세요?"

젠이 소리 높여 응답했다.

"클리오!"

토드의 목소리를 듣고 젠은 얼른 창문 앞을 떠나 침실로 다시 들어갔다. 지난번에도 이런 일이 있었나? 8시 30분⋯⋯. 젠이 이미 집에서 나갔을 시각이다. 슈트를 입고 부츠를 신고 손에는 라테를 든 채 이혼 상담 준비를 하는 전형적인 평일. 하지만 그동안 이곳, 가족생활의 중심에는 비밀이 있었다. **'그 사람이 알게 된 순간 여기로 올 거야.'** 켈리는 어젯밤 이렇게 말했다.

"내가 열어줄게!"

젠이 외쳤다. 비록 해지고 오래된 임부복 바지에 가슴이 확실히 드러나는 티셔츠를 입고 있었지만 그래도 젠은 문을 열 것이다. 젠장, 9월에 잠자리에 들 때 더 괜찮은 옷을 입을 순 없었나? 젠은 실내용 가운을 걸치고 한 번에 두 계단씩 뛰어 내려갔다.

"안녕하세요."

클리오가 인사했다. 젠의 아들이 사랑에 빠졌다 헤어지고 다시 만나게 되는 바로 그 여자가 문 앞에 서 있었다. 토드의 아버지 때문에 억지로 떠나게 되는, 분명히 사건의 중심에 있는 그 여자. 젠은 뭐부터 물어봐야 할지 알 수 없었다.

"젠, 맞죠?"

클리오는 매력적인 몸짓으로 손을 내밀어 젠에게 악수를 청했다. 클리오의 긴 손가락은 여름 햇볕에 그을렸다. 손아귀는 느슨하고, 피부는 건조하지만 부드럽고 아직 어린아이 같다. 그 외에는 10월과 똑같아 보였다. 앞머리, 커다란 눈, 건강하게 빛나는 흰자위.

"맞아. 만나서 반가워."

"저는 내일 개학인데 오늘 토드를 학교에 바래다주기로 했어요."

"설명은 그 정도면 충분해."

토드가 나타나 말했다. 토드의 책가방은 다섯 살, 여덟 살, 열두 살 때처럼 그의 어깨 위에 얹어져 있다. 토드의 피부도 그을려 있어 10월보다 훨씬 건강해 보인다. 고민도 별로 없는 것 같다. 젠은 어젯밤 그가 보인 눈물과 분노를 떠올렸다. 토드에게서 눈을 뗄 수가 없었다. 폭발하는 듯한 언쟁이 있었고 지금은 이렇게 먼 과거로 뛰어넘어 왔다. 이것은 무슨 뜻일까?

켈리가 주방에서 나오다가 젠을 보고 멈춰 섰다.

"오늘 쉬는 날이야? 깨우지 않으려고 했는데……."

"몸이 좀 안 좋아서 알람을 껐어. 목이 면도날에 벤 것처럼 아파."

젠은 즉흥적으로 말했다.

"땡땡이쳐. 망할 놈의 변호사들."

"아빠의 직업윤리가 놀라울 정도로 결여돼 있네요."

토드가 해설하듯 말하자 켈리가 토드를 보며 받아쳤다.

"충분히 열심히 일했으면 하루쯤 땡땡이쳐도 되는 거야."

이 말을 듣자 젠은 단지 일을 쉬겠다는 생각보다는 일시 정지 버튼을 누르고 이 소중한 순간을 온전히 누리고 싶다는 생각이 들었다. 켈리와 토드가 주고받는 표정에는 순수한 애정이 담겨 있다. 가시 돋친 감정 같은 건 전혀 없다. 그들의 눈은 밝게 빛난다. 두 사람이 이렇게 장난스레 투닥거리는 모습을 마지막으로 본 게 언제였을까? 젠은 기억나지 않았다. 토드는 아빠를 미는 척 손을 뻗었다. 젠의 눈길이 그들에게 닿았다.

지금껏 일하는 동안 젠은 항상 어떤 것의 존재뿐 아니라 부재도 찾으려 했다. 사람들이 말하지 않는 부분에 증거가 숨겨져 있는 경우가 많았기 때문이다. 그들이 꺼내놓는 것. 자신의 막대한 이익을 숨기려고 회계장부를 만지작거린 남자는 이 내용을 담은 상자 25개를 변호사들이 굳이 검토하지 않기를 바란다. 하지만 젠은 집에서 중요한 것을 놓쳤다. 이 편안한 농담을 모르고 지나간 것이다. 이것은 그 자체로 단서다. 아마도 이 일 때문에 오늘로 돌아온 것 같다고 젠은 생각했다. 그 대비를 목격하기 위해. 대문에서 우연히 들은 언쟁은 그들 사이의 무언가를 변화시키고 깨뜨렸다. 그리고 지금 젠은 그 전으로 와 있다. 모든 것이 완전히 달라 보이지 않는가?

"어쨌든 만나 봬서 반가웠어요."

토드에게 이끌려 밖으로 나가면서 클리오가 말했다.

"다시 봬서 반가워요."

클리오는 켈리를 보며 덧붙였다. 이 말로 젠의 관심은 클리오에게서 켈리에게로 옮겨갔다. 토드가 문을 닫고 나갈 때 젠과 켈리의 눈이 마주쳤다. 토드의 차 소리가 들리지 않는 걸 보니 토드와 클리오는 햇빛을 받으며 걸어가고 있는 게 분명했다.

"**다시** 봬서 반갑다고?"

젠이 켈리에게 물었다.

"뭐?"

켈리는 돌아서서 주방으로 향했다. 젠은 켈리에게로 손을 뻗었다. 이것은 정당하다. 왜 클리오가 그런 말을 했는지 켈리에게 묻는건 완벽히 정당한 일이라고 젠은 자기 자신에게 말했다. 하지만 왜이런 식으로 합리화해야 할까? 젠은 잠시 멈추었다. 남편이 얼버무릴 수도 있으니까, 라고 젠의 마음 깊은 곳에서 답이 나왔다.

"클리오를 만난 적 있어?"

"응, 토드랑 점심 먹으러 온 적이 한 번 있어."

"그랬어?"

"겨우 5분 정도였어. 내가 심문이라도 했다고 생각하나 봐?"

켈리는 매력적인 미소를 지으며 말했다. 그의 머리가 빨리 돌아가고 있다는 걸 젠은 알 수 있었다.

"당신은 얘기 안 했어. 클리오를 만났다고 말한 적 없다고."

켈리는 짧게 어깨를 으쓱했다.

"중요한 일이라고 생각 안 했어."

"하지만 나한테는 중요하다는 걸 알았잖아."

젠은 이런 식으로 남편에게 시비를 건 적이 거의 없다. 그녀는항상 쉽게 가려고 했었다. 쉬운 길을 선택했다.

"어떤 앤지 내가 궁금해했던 거 알잖아."

젠은 당신이 클리오 삼촌의 친구와 아는 사이라는 걸 알고 있다고 말할 뻔했다. 나중에 토드에게 클리오와 헤어지라고 말한다는것도. 하지만 가까스로 참았다. 어차피 켈리는 거짓말만 할 것이다.

"괜찮은 애야."

켈리가 말했다. 젠이 강요할수록 켈리는 회피한다. 그가 이렇게 재빨랐는지 젠은 예전엔 눈치채지 못했다. 켈리는 요리조리 피해 다니며 자기에게 유리한 얘기만 한다. 그는 주방으로 들어가 콜라 캔을 땄다. 캔 고리를 잡아당길 때 나는 펑 소리가 총소리처럼 들려 젠은 깜짝 놀랐다.

젠은 무엇을 해야 할지 생각한 끝에 옷을 챙겨 입고 운동화를 신었다.

"목 아픈 데 먹을 약 좀 사 올게."

그녀가 큰 소리로 외치자 켈리가 언제나 그렇듯 배려심 있게 말했다.

"내가 갈게! 아니 잠깐, 우리 집에 있지 않나? 뭐더라……."

"괜찮아. 갔다 올게."

젠은 켈리가 반대하기 전에 얼른 현관문을 닫고 나갔다. 학교까지 운전해 간 그녀는 토드와 클리오가 오는지 살피며 골목 한쪽에서 기다렸다. 5분 뒤 두 사람의 모습이 나타났다. 9월의 햇살이 〈트루먼 쇼〉에서처럼 손을 잡은 토드와 클리오의 긴 팔다리를 비추고 있다. 클리오는 카키색 점프슈트를 입고 있다. 젠이 입는다면 뚱뚱한 관리인처럼 보일 게 뻔하다. 토드는 스키니진에 하얀 티셔츠, 맨발에 운동화를 신고 있다. 두 사람은 비타민 광고에 나오는 모델들 같다. 젠은 클리오에게 집에 데려다주겠다고 말해볼 작정이다. 미친 사람처럼 여기까지 그들을 쫓아왔다는 사실은 비밀로 할 것이다.

젠은 클리오가 토드를 배웅하기를 기다렸다. 물론 두 사람은 헤어지기 전에 키스를 했다. 보면 안 되지만 젠은 비열한 사람처럼 차에 숨어 훔쳐보지 않을 수가 없었다. 토드와 클리오의 몸은 누군가가 밀봉한 것처럼 발부터 입술까지 완전히 밀착되어 있다. 젠은 그들을 보며 켈리를 떠올렸다. 젠과 켈리는 지금도 가끔 이런 키스를 한다. 켈리는 이런 걸 잘한다. 남녀로서의 긴장을 유지하고 젠의 흥미를 붙잡아 두는 것. 하지만 그럼에도 10대들의 사랑과는 다르다.

두 사람의 몸이 마침내 떨어졌다. 토드는 능글거리는 미소를 지으며 으스대듯 과장된 걸음걸이로 멀어져 갔다. 젠은 골목에서 나와 클리오 옆에 차를 세웠다.

"지나가는 중이었어. 태워줄까?"

클리오의 얼굴에 혼란스러움이 스쳤다.

"출근하시는 길 아니에요?"

클리오는 한 발은 인도에 한 발은 도로 경계석에 걸친 채 망설이듯 젠을 쳐다보았다. 맙소사. 젠은 마치 아들의 여자친구를 데려가는 사악한 가해자라도 된 기분이다. 하지만 차에 5분만 태우더라도 그동안 클리오에게 뭐라도 물어볼 수 있으니 놓치기엔 너무 아까운 기회다.

"아니, 아니야. 토드한테 뭐 좀 전해주러 왔다가 돌아가는 길이야."

"음, 그럼 좋아요."

클리오는 기분 좋게 말했다. 젠은 클리오가 자신처럼 타협하는 부류의 사람이란 걸 알게 되어 조금 기뻤다. 클리오는 쉽게 경계선을 그어버릴 수 있었지만 그러지 않았고, 젠의 옆자리에 탔다. 치약 냄새가 풍겨오자 젠은 아마도 토드에게서 옮겨온 것 같다는 우울한 생각을 했다. 데오도란트 향도 난다. 건강한 종류의 냄새다. 클리오는 점프슈트의 바지 끝을 접어 올려 매끈하게 태닝된 날씬한 발목을 드러내고 있었다. 그것을 바라보는 젠에게 언제인지 모를 **과거에 대한** 향수가 밀려왔다. 펍에 다니며 남자애들과 키스하던 시절, 몸이 날씬했을 때(사실 진짜로 날씬한 적은 없었다), 모든 일이 아직 벌어지지 않았던 때.

"어디로 갈까?"

젠이 물었다. 이제 그녀는 학교 앞에 오게 된 경위에 대해서는 더 이상 설명하지 않았다. 어떤 면에서 젠은 능숙한 거짓말로 비밀을 잘 숨기는 남편에게서 영감을 받고 있다. 켈리는 과도한 설명을 하지 않았고 세부적인 정보도 주지 않았다. 자세한 내용은 아예 생략해 버린다. 켈리는 최고의 거짓말쟁이이자 가장 똑똑한 사람이다.

"애플비 로드예요."

에시 로드 노스의 뒤쪽이다. 납득이 간다.

"그럼 에시 로드에 사는 건 아니구나?"

젠은 방향지시등을 켜고 차를 출발시키며 가볍게 물었다.

"네, 아니에요."

클리오는 대답하면서도 젠이 에시 로드 주소를 알고 있다는 데 놀란 듯했다. 맞다. 젠은 아직 그곳에 가본 적이 없다. 아직 간 적이 없는 걸로 되어 있다.

"애플비에서 엄마랑 둘이 살아요."

지난번처럼 클리오는 더 자세히 설명하지 않았다. 로터리에 멈춰 섰을 때 젠은 클리오를 힐끗 쳐다보았다. 잠시 두 사람의 눈이 마주쳤다. 클리오는 금세 눈을 돌리고 엉덩이를 살짝 들어 올려 바지 주머니에서 휴대폰을 꺼냈다.

"켈리는 제가 에시 로드에 사는 줄 알았나 보네요."

클리오가 웃으며 말했다.

"왜?"

젠은 반응하지 않으려 애썼다.

"제가 항상 거기 있으니까요. 그렇잖아요?"

클리오는 잠시 멈추더니 이어서 말했다.

"켈리와 에즈라와 조셉. 오래된 사이잖아요. 그렇죠?"

"그래, 그래, 맞아. 미안한데 그럼 그 사람이……. 켈리가 너를 토드에게 소개해 준 거야?"

"네, 맞아요. 제가 켈리한테 뭘 좀 갖다주려고 조셉이랑 같이 왔을 때 토드가 문을 열어줬어요. 그러고 나서……. 켈리가 말한 적 없어요?"

"아는지 모르겠지만 켈리는 친구가 많아. 그래서 내가 잊어버린 걸 거야."

젠은 진실과 완전히 반대로 말했다. 클리오는 자신이 전달한 정보가 얼마나 중요한 것인지 전혀 알지 못한 채 왼쪽으로 시선을 돌려 조수석 창문 밖을 보았다. 이후 젠은 갈팡질팡한 마음으로 침묵을 지켰다. 클리오를 집 앞에 내려주자 클리오의 엄마가 밖으로 나와 젠에게 손을 흔들었다. 그녀는 클리오와 전혀 닮지 않았다. 클리오는 토드처럼 제 아빠를 닮은 게 분명하다.

두 시간 후 젠은 태어나서 처음으로 요가를 했다. 켈리의 차 안에서 뭔가를 찾느라 이상한 동작을 취한 것이다. 다운워드 도그* 같은 기괴한 자세로 머리는 시트 아래를 향하고 엉덩이는 한껏 올려 이웃집 창문까지 닿을 듯했다. 젠은 이제 켈리의 것으로 추측되는 대포폰을 다시 찾아야 한다. 그것으로 니컬라에게 전화해 보려고 한다. 켈리가 달리기를 하러 나간 사이에 젠이 이러고 있는 이유다. 하지만 차 안에는 아무것도 없었다. 오래된 커피 컵 몇 개, 충전 선, 아직 따지 않은 스프라이트 병이 전부였다. 우습지만 젠은 켈리가 대포폰을 자동차 시트 아래나 트렁크 안에 비상용 타이어와 함께 숨기지 않은 것이 기뻤다. 켈리는 진부한 행동을 할 사람이 아니다. 젠은 그의 이런 면을 좋아한다. 켈리는 정직하지 않은 남자들이 으레 하는 방식대로 행동하지 않는다. 이런 엉망진창 속에서도 그녀는 아직 그를 안다.

젠은 고개를 절레절레 흔들고 다시 집으로 들어가 수색을 계속했다. 공구 가방, 벽장, 오래된 코트. 생각나는 곳은 어디든 뒤졌다. 잠시 후 켈리가 돌아오는 바람에 수색 작업은 갑자기 중단되었다. 젠은 어질러놓은 물건들을 정리했다. 켈리가 샤워하는 동안 젠은

✣　강아지가 기지개를 켜는 듯한 요가 동작으로, 엎드린 채 엉덩이를 높이 들어 삼각형 모양을 만든다.

그가 평소에 사용하는 휴대폰을 집어 들고 '내 아이폰 찾기' 메뉴로 들어갔다. 과거로 여행하는 중이니 그녀는 이 일을 매일 아침마다 해야 할 것이다. 하지만 괜찮다. 젠은 무엇이든 감수할 준비가 되어 있다.

저녁 8시 5분 전이다. 켈리와 젠은 아직 저녁을 먹지 않았다. 젠은 켈리와 대화하기에 적당한 때를 기다리고 있다. 무엇에서부터 시작해야 할지 생각 중이다. 토드는 위층에서 엑스박스 게임을 하고 있다. 바로 머리 위에서 천둥과 번개가 치는 듯 시끄러운 게임 소리가 들린다.

"토드가 점점……, 자기만의 세계에 빠지는 것 같지 않아?"

젠이 물었다. 그녀는 주방 조리대 앞의 스툴에 앉아 있고 켈리는 조리대에 팔꿈치를 올린 채 젠을 보고 있다.

"아니, 전혀 아니야. 나도 쟤 나이 땐 그랬어."

"컴퓨터 게임 하는 거?"

"뭐, 알지? 당신한테 폭로하긴 싫지만 저 녀석 아마 포르노 사이트 보고 있을 거야."

켈리는 손바닥을 젠에게 향한 채 두 손을 올렸다. 항상 공유해 온 유머와 함께 켈리와 소통하는 것은 어떻게 이렇게 쉬울 수가 있을까? 첫 데이트 날 카페에서 켈리는 너무나 조용하고 조심스러웠지만 저녁이 끝날 무렵에는 젠을 웃게 하며 침대로 이끌었다.

"뭐? 그럼 '콜 오브 듀티'*에서 전쟁이 한창일 때?"

"당연하지. 헤드폰 쓰고 포르노 보는 거야. '콜 오브 듀티'는 하는 척 틀어만 놓고."

켈리는 찬장으로 향하더니 무심한 태도로 찬장 문을 열었다 닫았다 반복했다.

"먹을 게 없네."

"난 방금 입맛이 떨어졌는데."

"너무 그러지 마. 완벽하게 **자연스러운** 거야."

"가짜 가슴을 단 여자들이 오르가슴 연기하는 걸 보는 게 자연스럽다고?"

"난 그거 보고 많이 배웠는데."

켈리는 젠을 향해 눈썹을 슬쩍 들어 올렸다. 아무 문제 없어 보이는 이 일상적인 상황 속에서도 젠은 속이 쓰렸다. 그녀만을 위한 저 장난스러운 표정. 켈리는 지금껏 좋은 남편이었다. 적어도 젠은 그렇게 생각했다. 딱히 야망이 있지는 않고 때로 공허해하지만 켈리는 재미있고, 새로운 면을 계속 보여주었고, 섹시했다. 그게 젠이 항상 원하던 것 아닌가?

"내가 커리 사 올게."

젠이 마음속에서 그들의 결혼생활을 해체하고 있을 때, 음식 생각을 하는 게 분명한 켈리가 말했다.

그때 휴대폰 진동 소리가 들렸다. 집 안에서 워낙 자주 들려서 평소엔 신경도 안 썼던 소리다. 켈리는 무의식적으로 앞주머니에 손을 넣었다. 그런데 돌아서는 그의 뒷주머니에 평소에 사용하는

✤　전쟁을 소재로 한 컴퓨터 게임.

아이폰이 들어 있었다. 젠은 그를 유심히 지켜보았다. 몸에 두 개의 휴대폰을 지니고 있다니. 지금 같은 상황이 아니라면 젠은 전혀 눈치 못 챘을 것이다. 어떻게 알았겠는가? 대포폰은 조약돌처럼 작다. 켈리는 항상 넉넉한 청바지를 축 늘어지게 입는다. 젠은 고개를 뒤로 젖히며 켈리를 자세히 관찰했다.

"물론 좋지."

인도 음식을 포장해 주는 식당은 집에서 세 블록 떨어져 있다. 가격이 비싼데도, 어쩌면 그렇기 때문에 그들은 그곳을 좋아한다. 센터 팍스＊의 오두막처럼 전체가 나무로 덮여 있고 아름답게 불을 밝힌 식당이다. 젠과 켈리가 파자마를 입고 음식을 포장해 가는 모습을 그곳의 웨이터가 너무 많이 봤기 때문에 두 사람은 도저히 식당에 들어가서 식사를 하지는 못하겠다고 농담하곤 했다.

"그럼 갔다 올게."

켈리가 말했다. 그래, 바로 이거였어. 켈리는 집에서 나간 다음, 맛있는 냄새가 나는 인도 음식을 가지고 집에 돌아올 것이다. 생각보다 늦게 돌아온 적이 있었나? 없었던 것 같다. 하긴 모든 걸 일일이 단서라고 생각할 수는 없다.

"내가 갈게."

"아니야. 내가 갈 테니 당신은 쉬어. 포르노 좀 봐."

이렇게 말하더니 켈리는 급히 옷을 걸치고 집을 나섰다. 현관문

＊　유럽 곳곳에 지점을 둔 휴양 리조트. 숲속의 나무 오두막집을 주제로 한 곳이 많다.

을 열면서 깔깔 웃기까지 했다. 잘못된 것은 전혀 없다는 듯.

켈리는 전화를 받거나 누군가를 만날 것이다. 그것이 젠의 결론이었다. 켈리가 떠난 직후 젠은 전망창으로 다가갔다. 조명은 끈 채로 두었다. 젠은 그곳에 투명 인간처럼 서서 켈리가 걸어가는 모습을 보았다. 몇 집 건너에서 누군가가 그를 기다리고 있었다. 켈리는 그에게 손을 들어 인사했다. 젠은 그들을 계속 볼 수 있는 위치로 몸을 움직여 창문에 김이 서릴 정도로 얼굴을 바싹 가져갔다. 켈리가 만나는 사람이 누군지 알아내려고 눈을 가늘게 뜨고 집중했다. 해는 방금 저물었다. 젠은 서머타임이 시작되는 날까지 어제보다 훨씬 가까워졌다. 주택 뒤로는 검은 그림자가 드리워져 있지만 아직 은빛을 간직한 하늘이 세상을 밝혀주고 있었다.

젠은 켈리가 남자의 어깨를 꽉 껴안는 모습을 지켜보았다. 선생님이나 멘토, 개인 치료사가 할 만한 행동이다. 아니면 오랜 친구이거나. 이 모든 일이 시작된 밤과 거의 똑같은 상황 속에서 그들은 돌아섰다. 젠은 켈리가 인사한 사람이 조셉이라는 걸 알아보았다. 두 사람은 길을 따라 몇 미터 걸어가다가 조셉이 뭐라고 말하자 그 자리에 멈춰 섰다. 조셉은 손바닥만 한 작은 갈색 꾸러미를 켈리에게 건네주었다. 켈리는 꾸러미를 열어보거나 내용물을 확인하지 않고 바지 주머니에 넣었다. 그리고 조셉의 어깨를 툭 치고 그곳을 떠나면서 등 뒤로 손을 들어 보였다. 조셉은 젠의 집 앞을 지나갔다. 젠은 창가에 웅크려 몸을 숨겼다. 조셉은 창문을 힐끔 쳐다봤다.

젠이 상황을 정리해 보고 있는데 토드가 방에서 나왔다. 찬장을 열어보고 먹을 게 없다는 둥 켈리가 했던 모든 말과 행동은 그가 건축가처럼 조심스럽게 기초공사로 깔아놓은 것이었다. 켈리는 조섭의 도착을 알리는 휴대폰 진동을 기다리고 있었다. 인생을 거꾸로 산다는 것은 얼마나 음험한지. 당시엔 보지 못했던 것을 보고, 주변에서 일어나고 있었으나 전혀 몰랐던 사건의 끔찍한 중요성을 깨닫는 일. 남편이 했던 거짓말을 알게 되는 일. 아무것도 몰랐다면, 아마 젠은 항상 켈리가 매우 정직하다고 말했을 것이다. 하지만 뛰어난 거짓말쟁이들은 다 정직해 보이지 않나?

"우리 집 식량 위기예요? 사회복지국에 전화해야 할까요?"

토드가 뒤로 다가오며 물었다.

"너 저 사람이 누군지 아니?"

젠은 창밖 거리를 가리켰다. 당연히 켈리에게 묻는 것보다 나을 것이다. 젠이 처음 생각했던 것보다 토드는 조섭과 관련성이 적고, 지금은 토드가 조섭을 죽이기까지 두 달이나 남은 시점이다. 그러니 토드가 거짓말을 하진 않을 것이다.

토드는 눈을 찡그리고 유심히 보더니 말했다.

"클리오 삼촌의 친구예요."

"아빠가 저 사람을 어떻게 알지? 방금 둘이 얘기하고 있었어."

토드는 뒤로 살짝 물러섰다. 젠은 토드를 빤히 보았다. 토드의 마음속에서 뭔가 중요한 일이 일어나고 있지만 그게 무엇인지 알 수가 없다.

"두 사람이 서로 아는 사이야?"

젠은 다시 물었다. 토드와 젠은 함께 창밖 거리를 내려다보았다. 어둠이 짙어지고 있다. 그녀의 남편은 방금 저 거리에서 너무도 뻔뻔하게 모종의 거래를 했다. 그녀는 이 일 그리고 켈리와 토드가 하게 될 언쟁에도 뭔가 중요한 의미가 감춰져 있음을 느꼈다. 정보가 젠에게 마구 쏟아지고 있다. 아마도 끝이 가까워진 것 같다.

"난 알아야 돼."

젠은 토드를 채근했다.

"저기, 저는……. 전 엄마 아빠 사이에 문제를 일으키고 싶지 않아요."

"토드, 이건 시트콤이 아니야."

젠이 톡 쏘아붙였다.

"놀랍겠지만 저는 알고 있어요. 아빠는 클리오의 삼촌이랑 그 친구를 알아요. 그리고 저한테 엄마한테는 말하지 말라고 했어요."

토드는 카펫 위에 맨발을 비볐다.

"뭐라고? 왜?"

"아빠의 옛날 친구들인데 엄마가 싫어하셨대요. 그래서 그분들과 다시 연락하는 걸 엄마가 좋아하지 않을 거라고요."

"아빠가 너한테 거짓말을 시켰다는 거야?"

"엄마, 그 친구들 싫어하지 않으세요?"

"난 그 사람들이 누군지도 몰라."

젠은 완전히 혼란에 빠졌다. 앞으로 몇 주 뒤, 켈리는 토드에게 클리오와 헤어지라고, 클리오 주변에 있는 누구와도 어울리지 말라고 말한다. 그런데 오늘 벌어진 일을 보라. 가로등 밑에서 물건을 전달하고 대포폰을 사용해 적극적으로 거래했다. 켈리는 조셉과 관련이 있다. 그런데 토드가 클리오와 사귀면서 일이 복잡해졌다. 켈리는 둘 사이가 흐지부지될 것이고, 충분히 오래 자신의 비밀을 은폐할 수 있을 거라고 생각했다. 하지만 생각대로 되지 않을 것 같자 그는 토드에게 클리오와 헤어지라고 말한다. 그런데 왜? 그 '왜'가 사건을 푸는 열쇠일 것이다. 오늘 젠은 토드가 그 이유를 모른다고 확신하게 되었다. 켈리만이 안다.

토드는 두 손을 올리며 말했다.

"제가 아는 건 이게 다예요."

"조셉이 문제 있는 사람이야?"

젠의 마음속에서 온갖 질문이 끓어올랐다.

"수완이 좋은 사람이에요. 잘 모르겠는데 사기꾼인 것 같기도 해요."

"어떻게 알아?"

토드는 입을 꾹 다물었다.

"모르겠어요. 일을 안 하는 것 같은데 돈이 있어서요. 정말 **몰라요**."

"클리오는 더 많은 걸 알고 있어?"

"아뇨."

"아빠한테 물어볼게."

젠은 재킷을 집어 들고 운동화를 대충 꿰어 신은 뒤 부드럽고 텁텁한 밤공기 속으로 나갔다. 여름의 마지막 숨이다. 토드를 끌어들이지 않고 이 일을 할 수 있어서 좋았다. 그 아이는 이미 너무 많이 알고 있다. 젠은 서둘러 인도 음식점으로 향하며 토드에게 캐물은 일에 죄책감을 느꼈다. 혹여나 토드가 걱정할까 봐, 젠이 받은 상처에 토드가 어떤 식으로든 책임감을 느낄까 봐 두렵기도 했다.

토드는 아직 어린애에 불과하다. 근사한 여자친구를 지키기 위해 당연히 거짓말을 할 수도 있다.

반쯤 걷고 반쯤 뛰는 젠의 발소리가 길을 따라 크게 울렸다. 공기는 후텁지근하고 일몰은 구름으로 덮여 온통 회색이다. 이상한 9월의 잎이 거리에 떨어져 있었다. 갈색에 세 갈래로 갈라진 모양이 아이들의 그림 속 나뭇잎 같다. 앞으로도 더 많은 나뭇잎이 떨어지고 모일 것이다. 젠은 그중 어떤 것도 보지 못하겠지만.

젠은 식당이 자리한 도로 모퉁이를 돌자마자 켈리를 보고 멈추었다. 그는 젠을 등진 채 도로 표지판에 기대서 있었다. 다리를 꼬고 통화 중인데, 젠이 10월에 토드의 방에서 찾은 바로 그 대포폰이다. 지금 생각해 보니 켈리와 토드가 언쟁을 벌인 이후였는데 왜 저 대포폰이 토드의 방에 있었던 것일까? 켈리가 토드에게 준 걸까?

"난 완료했어. 그러니까 당신도 행동에 나서."

켈리가 대포폰에 대고 말했다. 젠은 아무 말 없이 기다렸다. 그리고 조용히 몇 걸음 뒤로 물러나 모퉁이 뒤에 몸을 숨겼다. 켈리의 목소리를 들을 수 있는 거리다.

"내가 갖다줄게. 스페어 키야. 만돌린가에 있는데 안 멀어. 난 이제 가야 돼. 집에 얼굴을 비쳐야 하거든."

그 마지막 문장이 앞선 모든 말보다 젠의 가슴을 아프게 했다. 젠은 입을 딱 벌리고 서서 벽에 손을 댔다. 온 세상이 주위를 빙빙 도는 것 같다. 켈리가 다음과 같이 말할 때 젠은 그에게 달려들어 마구 때리고 소리를 지를 뻔했다.

"그래 고마워, 닉.＊"

거짓말하는 남편이 포장 음식을 들고 다가오는 동안 젠은 마음을 진정시키려 애썼다. 생각을 해야 한다. 켈리와 맞서기보다는 가능한 한 많은 정보를 모으고 싶은 마음이다. 켈리는 젠을 발견하고 발걸음을 서서히 늦추었다.

"젠?"

그의 미소는 편안했지만 경계하는 기색이다. 켈리는 바보가 아니다. 젠이 뭔가를 안다는 걸 그도 안다.

"어떻게 된 일이야?"

젠이 말하자 켈리는 즉시 그녀의 의중을 알아차렸다. 이 질문에 담긴 경고의 뜻도.

"그 전화? 닉? 아니……, 당신 설마…….'"

그는 온갖 추측을 하며 말했다.

"주머니 보여줘."

젠의 말에 켈리는 길바닥을 보더니 다시 포장 음식으로, 자신의 발로 시선을 옮겼다. 입술을 깨물고는 음식을 바닥에 내려놓고 젠의 말에 따랐다. 젠은 그에게 다가갔다. 휴대폰 두 개와 열쇠가 든 갈색 꾸러미가 젠의 손안에 들어왔다. 그녀는 아무 말 없이 그저 설명을 기다렸다.

"이건……. 내 고객 니컬라의 휴대폰이야. 그 사람 차 키고.*"

"거짓말 그만해!"

젠이 소리쳤다. 그녀의 목소리가 거리에 메아리치고 일그러져

✛　니컬라의 애칭.

튕겨 나왔다. 놀란 켈리의 얼굴에서 힘이 쭉 빠졌다.

"나한테 거짓말하고 있잖아."

젠은 흐느낌을 억누르지 못했다. 그토록 애를 썼음에도 결국 젠이 피하고자 했던 가족 간의 싸움이 벌어지고 말았다. 켈리에 대한 감정을 통제할 수가 없다. 켈리는 머리카락을 손으로 벅벅 긁더니 그 자리에서 몸을 돌렸다. 그는 화가 나 있었다.

"대포폰이랑 불법 거래야, 켈리."

켈리는 아무 말 없이 입술을 깨물며 젠을 바라보았다.

"그래, 맞아. 이건 고객의 차 키가 아니야."

"그럼 어떤 차에서 나온 건데?"

켈리는 다시 입을 닫았다. 그는 종종 하던 말을 멈추고 다른 사람이 말할 때까지 기다리며 침묵을 지킨다. 그러면 항상 누군가가 먼저 말을 꺼낸다. 하지만 지금은 젠도 조용했다. 어두운 거리에서 그를 바라보며 말없이 기다렸다. 그의 눈이 젠의 얼굴을 이리저리 살폈다. 그녀가 뭘 알고 있는지 찾아내려고, 어떻게 행동해야 할지 알아내려고 기를 쓰는 듯했다.

"그 차는 도난 차량이야. 하지만 당신이 생각하는 그런 건 아니야."

마침내 그가 말했다.

"그럼 뭔데?"

"말할 수 없어."

"왜?"

그는 다시 말을 멈추고 자기 발을 응시했다. 무언가를 생각하는 게 분명하다.

"도대체 뭐야? 말 안 해주면 우린 문제가 생겨, 켈리. 농담이 아니야."

젠은 한 손을 들어 보였다.

"농담 아니라는 거 완전히 알고 있어. 나도 마찬가지야."

그가 단호하게 말했다.

"무슨 빌어먹을 일이 벌어지고 있는지 말해. 안 그럼 난 갈 거야."

"난⋯⋯."

켈리는 다시 서성거렸다. 또 한 번 원을 그리며 돌았지만 열기를 식히는 용도 외엔 아무 소용도 없는 행동이었다.

"젠, 나는⋯⋯."

켈리의 뺨이 빨갛게 상기되었다. 젠은 그의 비밀에 점점 다가가고 있음을 알았다. 켈리는 평소에 차분하지만 그에게도 폭발하는 지점이 있다. 모든 것이 시작된 그날 밤 그가 경찰서에서 한 행동을 보라.

"그 키가 누구한테 가는지만 말해. 방금 만난 그 남자가 누군지도 말하고."

"그건⋯⋯. 말할 수 있게 되면 알려줄게."

"당신이 무슨 일에 연루돼 있는지 말 안 하겠다는 거네. 간단한 거 아닌가? 지금 나한테 망할 노코멘트하고 있는 거잖아."

"그렇게 간단한 문제가 아니야."

"집 밖에서 불법적인 일이 벌어지는 걸 모른 척할 순 없어."

"그래, 알아."

"실종된 아기들, 도둑맞은 차들."

"실종된 아기라고?"

켈리의 눈이 번쩍이더니 젠의 눈을 마주 보았다. 그의 표정이 짜증에서 공포로 바뀌었다.

"응, 실종된 아기."

켈리는 잠시 멈추고 숨을 몰아쉬었다. 그러고는 젠을 똑바로 쳐다봤다.

"내가 말하면 믿어줄 수 있어?"

젠은 바로 두 팔을 활짝 펼쳤다.

"물론이지."

켈리가 다가오더니 젠의 어깨를 꽉 잡았다.

"그 아기에 대해서 알아보지 마."

젠에게 이보다 더한 충격을 준 말은 없었다.

"뭐라고?"

"뭘 찾았든지 간에, 멈춰."

"조셉 존스는 누구야?"

"조셉 존스에 대해서도 **찾아보지 마**."

켈리의 어조는 뱀처럼 사납고 날카로웠다. 켈리에게 안긴 채로 젠은 몇 초간 침묵했다.

"켈리, 난⋯⋯. 왜 아무것도 하지 말라는 건지⋯⋯."

"그냥 멈춰. 지금 뭘 하고 있는지, 중단해."

젠은 켈리의 이런 말투가 너무 싫었다. 그것은 젠의 마음속에서 오래된 감정을 불러일으켰다. 그녀의 몸은 도망치고 싶었다. 탈출하고 싶었다. 너무나 두려웠다.

"왜?"

젠은 속삭이듯 말했다. 켈리는 드디어 폭발하기 직전의 상태가 되었다.

"당신이 위험해, 젠."

젠은 충격으로 뒷걸음질 쳤다. 어깨에 온통 소름이 끼쳤다. 그녀는 완전히 혼자가 된 심정으로 몸을 떨기 시작했다. 과연 누구를 믿을 수 있을까? 켈리가 젠을 보았다. 젠은 켈리의 얼굴에 서린 슬픔 뒤에는, 그녀가 지금까지 본 적 없고 그래서 읽어낼 수 없는 감정이 숨겨져 있다고 확신했다. 젠은 켈리에게 다른 이야기를 더 해주지 않을 거라면 집에 오지 말라고 말했다. 켈리는 젠의 말대로 했다. 그는 가버렸다. 젠은 그가 어디로 가는지 몰랐지만 신경 쓰고 싶지 않았다. 바닥에 놓인 인도 음식 상자의 옆면이 바람에 살짝 흔들렸다. 젠은 토드를 위해 그 상자를 들고 집으로 향했다. 지금 이 순간만큼은 전혀 입맛이 없었다.

라이언은 조앤 자모 경사가 이끄는 긴급 브리핑을 앞두고 회의
실을 어슬렁거렸다. 리오, 제이미와 라이언은 회의실 뒷벽을 따라
섰다. 자모 경사가 브리핑을 시작하기 직전, 제이미는 라이언에게
한마디 했다.

"하나 알려줄게. 'OCG Organized-Crime Group'는 조직범죄 집단의 약자
야."

"고마워요. 알고 있었어요."

라이언이 말했다.

"안녕하세요."

자모 경사가 입을 열었다. 그녀는 바지 정장에 검은색 플랫슈즈
를 신고 커피를 손에 들고 있다. 한쪽 다리로 삐딱하게 선 그녀는
무언가를 곰곰이 생각하는 게 분명했다. 고개를 숙이고 시선은 바

닥을 향해 있었으나 사실은 아무것도 보고 있지 않은 듯했다.

"감시팀이 우리에게 몇 가지 정보를 주고 있어요. 모두 준비됐습니까?"

브리핑 룸에는 평소와 달리 아드레날린이 흘러넘치고 있었다. 라이언이 이름을 모르는 한 경찰이 보드를 세우고 그 위에 여러 가지 메모를 꽂는 중이었다. 다른 경찰 두 명은 점점 더 큰 목소리로 통화를 하고 있었다.

"그럼 시작할게요. 감시팀의 정보에 따르면 OCG가 표적으로 삼은 건 빈집입니다. 그런데 어느 날 그들이 빈집의 옆집 진입로에서 키가 꽂혀 있고 시동이 걸린 채로 공회전 중인 BMW 차량을 발견하고 그 차를 훔쳤다고 합니다."

그녀가 입술을 깨물듯 안으로 말아 넣자 입 양쪽에 보조개가 나타났다.

"그 차 주인은 아기를 낳은 지 얼마 안 된 엄마였고, 딸을 재우러 야간 드라이브에 나서는 길이었습니다. 그들은 그 사실을 몰랐던 거죠. 그 아기 엄마는 딸을 카시트에 태우고 휴대폰을 가지러 아주 잠깐 자리를 비웠습니다."

라이언의 가슴속에서 무언가가 뒤집혔다. 그 장면이 그려지는 듯했다. 공포, 두려움. 차가 움직이는 모습을 본 여자가 그 뒤를 미친 듯이 쫓으며 긴급출동팀에 신고하는 모든 광경이.

"지금 다섯 시간이 경과했습니다. 차량은 아직 찾지 못했지만 그 차가 향한 항구에 우리 팀이 있어요."

라이언은 범죄자들과 함께 있을 아기를 생각했다. 그리고 홀로 차 뒷좌석에 탄 채 외국으로 향하는 페리에 실려 가는 아기를.

"자동차 번호판 자동인식 장치를 살피는 우리 감시팀이 있지만 범인이 이미 번호판을 바꿨을 가능성이 있어요. 모든 페리 운행을 정지시킨 상황이니 아기 '이브'를 찾아봅시다."

리오는 라이언을 향해 알 수 없는 표정을 지었다. 라이언은 이제 코르크 보드에서 이름을 떼는 것이 자신이 할 일이라고 생각했다. 경찰 측은 더 많은 감시 경찰을 파견해 모든 상황을 지켜보고 차량과 아기를 찾으려 할 것이다. 라이언은 보드에 꽂혀 있는 실종 포스터를 쳐다보고 손가락으로 건드려 보았다. 부드럽고 얇은 종이다. 아기는 너무 예쁘다. 라이언은 항상 아이를 원했다. 아들과 딸한 명씩 두 명의 아이를. 너무 구닥다리 같다는 건 알지만 항상 그는 그런 생각을 했다. 두 아이와 그를 웃게 만들 한 명의 여자. 황폐했던 성장 과정에서 벗어나 자신만의 가족을 만드는 일. 남기고 온사람들이 그 소망과 거리가 멀다면 자신 앞에 새로운 가족을 만들어야 했다. 아기는 생후 4개월이고 감정이 풍부한 작은 사자처럼 너무나 아름다운 눈을 가졌다. 그 아기를 찾아내는 게 라이언이 할일이다.

"이봐, 라이언. 늦어져서 미안하네. 더 많은 은신처를 허가받느라 지체됐어."

한 시간 뒤 리오가 말했다. 그는 커피를 홀짝이고 있었다. 라이언도 커피 생각이 간절했다. 너무 피곤했다. 그는 점점 경찰서 커피를 선호하게 되어서 집에서도 플라스틱 컵으로 커피를 마시게 될까 봐 걱정이었다.

"자네 생각에는 아기를 어디로 데려갈 것 같나?"

리오가 라이언에게 물었다.

"가장 쉬운 장소요. 놈들은 아기에게 무슨 일이 생길지는 신경 안 쓸 테니까요."

"그렇지……. 그럼 항구?"

"명령이 무엇이든 그들은 이행할 겁니다. 그게 그들의 우선순위 예요. 그리고 아기는 중간에 버릴 수도 있어요. 자동차 번호판 자동 인식 장치 때문에 A 로드나 고속도로는 타지 않을 거고 지방도로 로 갈 겁니다. 어쨌든 그게 저희 형이 항상 하던 방식이에요."

라이언은 이렇게 말하면서 형을 배신하는 듯한 느낌을 받았다. 형은 항상 라이언을 보호해 주었는데, 지금 라이언은 형의 일을 폭로하고 있다.

"연방 수사관들이 항상 감시하고 있다고 형이 말했어요. 그 얘기를 계속했어요."

"자네는 보물이야. 형에게 얻은 정보가 있으니까. 알지?"

라이언은 부끄러워서 어깨를 움츠렸다.

"사실 전……."

"겸손은 필요 없어."

리오는 의자에서 일어났다.

"내 요점은, 자네가 이런 걸 아는데도 지금 여기 있다는 거지. 자네는 거기서 자랐는데……."

그는 왼손을 멀리 뻗었다.

"여기에 도착했어."

"고맙습니다. 제가 하고 싶은 말은……. 어떤 면에서 켈리는 저한테 많은 가르침을 줬다는 거예요. 최고의 범죄자들은 그런 것 같아요."

"좋은 아침, 예쁜이."

켈리가 사각팬티만 입고 침실로 들어왔다. 젠은 화들짝 놀라 비명을 지를 뻔했다. 그와 함께 보낸 마지막 날, 젠은 거리에서 켈리와 헤어졌다. 가족 싸움이었다. 불길함, 어두운 거리의 모퉁이, 배신, 범죄. 그런데 그로부터 13일 전으로 온 지금, 켈리는 졸린 듯한 얼굴로 젠을 맞아주고 있고, 창밖에 쏟아지는 8월의 햇살만큼이나 다정하다.

"좋은 아침."

젠은 달리 할 말을 찾지 못해 이렇게 대답했다. 훔친 차량, 실종된 아기, 죽은 경찰, 조셉 존스에 관해 찾아보지 말 것, 아기를 찾으려 하지 말 것, 뒷마당에서 고통에 찬 비명을 지르던 아들. 그런데 지금 켈리는 웃통을 벗고 젠에게 미소를 보내고 있다. 하지만 켈리는 뭔가 미묘한 분위기를 놓치지 않았다. 바지를 입다가 허벅지 부근에서 멈추고 물었다.

"무슨 일이야?"

"아니, 아무것도 아니야. 빨리 출근해야 해. 수습사원 교대하는 날이야."

젠은 입 밖으로 꺼내기 전까지는 알지도 못했던 사실을 술술 말하고 있었다. 잠재의식의 힘이다. 젠은 20년간 법조계에서 일한 경험으로, 날짜를 보자마자 수습사원 교대 날임을 알아차렸다. 그녀가 알고 있는 건 또 뭐가 있을까?

그때 토드가 안방으로 들어왔다. 그런데 맙소사. 성장기에 있는 사람과 같이 살다 보면 알아채지 못하는 작은 변화들이 보였다. 토드는 10월보다 2, 3센티미터는 작은 것 같다. 가슴둘레도 더 작다. 토드는 젠의 서랍장에서 향수를 한 병 집어 들더니 쿵쿵 냄새를 맡았다. 켈리는 티셔츠를 입었다.

"엄마 지금 제정신이 아닌 것처럼 보여요. 불쌍한 수습사원들."

토드가 냉정하게 말했다. 젠은 토드를 찰싹 때렸지만 진심은 아니었다. 이곳에서 토드와 영원히 함께할 수도 있다. 젠은 남편의 행적을 인정하는 것이 부끄러웠다. 이대로 모든 걸 일시 정지시키고 싶다. 토드는 향수 냄새를 맡고 있는 상태 그대로, 켈리는 티셔츠 밖으로 머리를 쏙 내민 상태로 세상이 멈추는 것이다. 그러면 젠은 조각상이라도 되는 것처럼 그들 주위를 걸어 다니며 그들을 사랑할 것이다. 사랑만을 주고, 그들을 기다리고 있을 어둠과 거짓 속으로는 절대 걸어 들어가지 않을 것이다. 지금 이곳, 더없이 행복한 무지 속에 남을 것이다. 켈리가 샤워하는 사이 젠은 그의 아이폰을 확인하고, 아침을 먹듯 일상적으로 위치추적 기능을 켰다.

어떤 변호사들은 일하는 동안 가끔 천재적으로 번쩍하는 순간을 경험한다. 대부분의 법률 업무는 지루하다. 양식 작성, 비용 예산 책정, 가능한 한 최소한의 피해만 주고 사람들에게서 정보를 얻으려 노력하는 것. 하지만 가끔은 전구에 불이 켜지듯 번쩍하는 순간이 있는데 젠에겐 지금이 바로 그런 순간이었다. 오늘이 수습사원 교대 날이라는 사실이 중요하다는 것을 깨달은 것이다. 왜냐하면 젠의 남편 이름을 모르는 새로 온 수습사원이 있기 때문이다.

'내 아이폰 찾기'를 보니 켈리는 근처에서 굴뚝을 청소하고 있는 게 아니라 리버풀 시티 센터의 그로스버너 호텔에 있다. 지금까지 젠은 스파이 활동에 직접 나서려고 애써왔지만 이제는 자신을 대신할 수습사원을 보낼 수 있다. 젠에게 배치된 수습사원의 이름은 나탈리아다. 전형적인 수습 변호사 스타일로, 계획적이고 지나치게 명랑하며 일하는 방식과 외모가 모두 깔끔하다. 젠은 햇빛이 잘 드는 사무실에서 완벽하게 뒤로 넘겨 묶은 나탈리아의 머리를 보며 말꼬리 같다고 감탄했다. 하지만 젠은 나탈리아의 삶이 10월 초에 결판난다는 사실을 알고 있다. 나탈리아는 어느 날 집에 돌아갔을 때 남자친구가 짐을 싸서 사라졌다는 사실을 알게 된다. 그는 언쟁하려고도 하지 않고 아무런 설명도 없이 그녀를 떠난 것이다. 그리고 나탈리아는 며칠 동안 일도 제대로 하지 못하고 눈물로 보내다가 젠에게 그 사실을 털어놓는다.

"자기한테 맡길 일이 있어."

지금 젠의 말투는 아마 나탈리아에게 너무 친한 척하는 것처럼 들릴 것이다. 하지만 젠은 이미 나탈리아와 8주 동안 일했고, 그녀가 울면서 사이먼을 욕할 때 페퍼로니 도미노 피자를 나눠 먹은 사이다. 지금의 나탈리아는 젠의 태도를 이상하게 느꼈을 수 있지만 놀란 기색을 잘 숨겼다. 젠은 컴퓨터에 켈리의 사진을 띄웠다. 놀랍게도 그녀에겐 남편 사진이 거의 없었다.

"이건 좀 정도에서 벗어난 일일지도 모르는데."

젠이 말하자 나탈리아는 명랑하게 대답했다.

"좋아요. 전 뭐든지 할 수 있어요."

"지금 이 남자가 그로스버너 호텔에 있어."

젠은 모니터를 가리켰다.

"아마 누군가와 같이 있을 거야. 그들이 무슨 얘기를 나누는지 알아야 해."

나탈리아가 눈을 깜박였다. 그녀는 눈꺼풀조차 완벽하다. 젠은 지금 이런 사실을 알아차린다는 게 이상하다는 걸 알지만 어쨌든 실제로 눈꺼풀이 그러니 어쩔 수 없다. 매끈하고 피부톤보다 살짝 밝은 컬러를 칠한 나탈리아의 눈꺼풀은 기민하고 빈틈없는 인상을 주기에 충분하다.

"오, 알았어요. 바람피우는 배우자를 감시하는 일인가요?"

"물론이지, 맞아."

젠은 가볍게 말했다. 그리고 거짓말을 더 보탰다.

"우리가 간통을 입증하게 되면 법정 싸움은 아내에게 훨씬 유리해질 거야."

이것은 법적으로 엄격하게 맞는 사실이지만 젠은 보통 이 정도까지는 하지 않는다.

"좋아요."

나탈리아는 노트와 펜을 챙겨 떠날 채비를 했다.

"이 남자를 찾다가 어려운 점 있으면 전화 줘."

나탈리아가 나간 사이 젠은 실제로 별로 중요하지 않다고 생각하는 일들을 뭐라도 끝내보려고 애썼다. 기다리는 동안 쓸데없는 서류 정리와 근무시간표 기록에 돌입했다. 그리고 나간 지 두 시간이 넘게 지나서 1시에 나탈리아가 돌아왔다. 그녀는 파란색 법률용지 묶음과 젠의 아버지가 몇 년 전에 디자인한 회사 로고가 새겨진 펜을 들고 있었다. 나탈리아의 머리는 여전히 완벽하게 흠 없이 깔끔하다.

"콜라를 하나 샀어요. 그건 괜찮죠?"

젠의 마음속에 죄책감이 스쳤다. 맙소사. 수습 첫날 추잡한 일을 시켜놓고 비용 처리에 관한 지침조차 주지 않았다니.

"세상에, 물론이지."

젠은 지갑에서 10파운드 지폐를 한 장 꺼내 나탈리아에게 건넸다.

"이거 회사 시스템에 기록해야 하지 않나요?"

"내가 시스템이니까 그건 신경 쓰지 마."

젠은 경쾌하게 대답했다.

"알았어요."

젠은 이제 막 새로 온 수습사원을 보내 남편을 염탐하게 하는 사이코라도 된 듯한 기분이었다. 심리가 불안정하고 자신의 권력을 남용하는 사람이 흔히 하는 행동을 내가 하고 있다니. 하지만 이내 그 생각을 밀어냈다. 이것은 더 큰 선을 위한 일이다.

"그럼 시작할게요. 그 남자, 켈리는 어떤 여자를 만났어요. 그리고 그 여자를 닉이라 부르더라고요. 근데 두 사람이 불륜 관계 같진 않아요."

니컬라 윌리엄스. 계속 반복해서 나오는 이름이다. 젠은 니컬라의 얼굴을 알았음에도 여전히 온라인에서 그녀에 대한 정보를 찾을 수가 없었다.

"불륜이 아니라고?"

"그렇게 보이진 않았어요. 비즈니스 미팅이었어요."

젠은 침을 꿀꺽 삼켰다.

"알았어. 계속해 봐."

"두 사람은 일종의 협의를 다시 시작하는 것 같았어요. 뭐라고 말하긴 어렵지만요. 그리고 잘 모르겠지만 '조'라는 사람의 일을 돕는 듯해요. 켈리는 그 일을 하기 싫어하고 닉은 켈리가 해주길 원해요. 닉은 아마도……, 켈리가 자기한테 뭔가를 빚지고 있다고 생각하는 것 같았어요. 보통 큰 빚이 아닌 것 같던데……. 잘 모르겠지만요."

"그래. 조는 거기 없었고?"

"없었어요. 둘은 계속 조가 '학교에 들어가 있었다'고 했어요. 근데 전 그게 무슨 말인지 모르겠어요."

나탈리아는 말을 멈추고 법률용지 묶음을 뒤적여 깨끗한 페이지들을 휙휙 넘기며 펜으로 메모할 준비를 했다. 젠장, 나탈리아는 옥스퍼드 대학교에 다녔고 그 전에는 말버러 컬리지*를 졸업했다. 그런데도 '학교에 들어가 있었다'라는 말을 모른다. 이런 순진한 아이들 같으니라고.

"이게 다인 것 같아요. 두 사람이 조를 돕는 일에 대해서 한참 얘기하긴 했는데 구체적인 내용이 언급되진 않았어요."

나탈리아는 말을 마쳤다.

'학교에 들어가 있었다'라…… 젠은 손가락을 세우고 구글에 '**조셉 존스 감옥**'이라고 검색어를 입력했다. 알고 보니 그에 관한 정보는 흔한 이름들 사이에 숨어 계속 존재하고 있었다. 그는 지난주에 HMP 알트코스 교도소**에서 풀려났고, 20년 전 역대급으로 큰 재판에서 유죄 판결을 받았었다. A급 마약 공급 의도가 있는 마약 소지, 강도 공모, 위조화폐 제조 공모, 18항 고의상해. 위법행위는 이뿐이 아니었다. 마약, 돈세탁, 강도, 자동차 절도, 좀도둑질, 폭력. 토드가 조셉을 죽였을 때 공기 중에 떠 있던 안개 속 물방울만큼이나 죄목이 많다. 나탈리아가 조용히 서 있는 동안 젠은 이 죄목들을 전부 읽어보았다. 그리고 점차 이 목록에 대해, 이것이 자신의 남편과 아들에게 어떤 의미를 갖는지에 대해 무감각해졌다.

✜ 영국 이튼 스쿨 재단에서 설립한 명문사립학교. 13~18세 학생들이 재학하며 영국 왕세손비 케이트 미들턴, 엘리자베스 여왕의 손녀 유지니 공주 등이 다녔다.

✜✜ 영국 리버풀에 있는 교도소이며 죄수들의 폭력이 일상인 곳으로 악명 높다.

"고마워. 정말 잘했어."

잠시 후 젠은 나탈리아에게 부드럽게 말했다.

"불륜이 아니라서 유감이네요. 만약 그게 도움이 되는 정보였다면요. 사실 켈리는 자기가 아내를 얼마나 사랑하는지 말했어요."

젠은 컴퓨터에서 그리고 나탈리아에게서 몸을 돌려 창밖의 거리를 내려다보았다. 눈물이 차오르는 걸 느끼며 속삭였다.

"그렇게 말했어?"

"네. 아내를 사랑한다고 했어요. 조에 관한 일들을 얘기하는 중에 맥락 없이 나온 말이었지만요."

젠은 고개를 끄덕이고 몸을 돌려 나탈리아를 바라봤다. 만약 자신이 하는 것처럼 미래에 나탈리아에게 일어날 일을 알고서 미리 그녀에게 지혜를 준다면 무슨 일이 일어날까 궁금해졌다. 하지만 미래를 아는 것은 모르는 것보다 더 나쁘다. 그렇지 않은가?

젠은 주중에 사무실로 출근하는 일에서 편안함을 찾고 있다. 딱 그날에 그녀를 기다리는 어떤 일을 조금씩이나마 수행하는 것이 기분 좋았다. 9월에 젠은 나탈리아와 함께 재판 전 재정 조사를 하고 있었다. 그리고 8월로 넘어와 그녀는 아동 보호에 관한 조언 초안을 작성 중이다. 그녀의 소관을 살짝 벗어난 일이지만 그래도 즐거웠다. 하루하루 과거로 갈 때마다 해놓은 업무가 점점 사라지긴 하지만. 지금 젠은 '챈스'라는 수습사원과 일하고 있다. 챈스는 9월에 라이벌 회사로 떠난다. 젠은 지금 그 사실을 애써 잊으려 한다.

5시 5분에 젠의 사무실 전화기가 울렸다.

"저예요."

안내데스크 직원인 발레리다.

"손님이 오셨어요. 지금 너무 지치신 거 잘 알지만요."

젠은 눈을 깜박였다.

"내가?"

그녀는 조금도 지치지 않았다. 아동 보호에 관한 조언은 이미 반쯤 썼고, 책상 위에는 따끈한 차 한 잔이 올려져 있다. 젠은 집으로 돌아가 토드를 만나길 기대하고 있다. 토드는 쿠키를 구우며 여러 가지 맛 쿠키 사진을 그녀에게 계속 보내고 있다. 그 쿠키들이 맛 있었다는 걸 기억하기 때문에 더욱더 흥분됐다. 미칠 것만 같은, 거 꾸로 가는 젠의 세상에서 발견한 작은 휴식이다.

"라케시 말로는 변호사님이 어제 아동 보호 조언 작성 시작하셨 다고……. 그래서 오늘 아마 바쁘시겠지만……."

"응."

젠은 들릴 듯 말 듯 대답했다. 이제 기억난다. 이 조언 문서는 당 황스러울 만큼 시간을 많이 잡아먹었다. 몇 주씩이나. 고객은 젠을 두 번 쫓아왔다. 두 번째 왔을 땐 이 단순한 글도 못 쓰냐고 묻기까 지 했다. 그녀는 평소에 하던 법률 업무를 계속하는 와중에 큼직큼 직한 일들을 할 시간을 내기가 너무 어려웠다. 전화, 이메일, 예상 치 못한 끔찍한 약속들이 끊임없이 치고 들어오는 바람에, 결국 젠 은 이 조언 문서 작성을 끝내기 위해 모든 전화를 차단하고 사무실 문까지 잠가버렸다! 무슨 스타라도 된 것처럼.

"누군데? 누가 찾아왔어?"

"존스 씨라고 하는데요?"

입이 바짝 말라버렸다. 젠은 혀끝으로 입술을 적셨다. 세상에, 내가 뭘 놓친 거야. 오늘은 8월 25일이고 조셉 존스가 출소해서 젠을 만나러 온 것이다.

조셉은 젠을 보자 옅은 색 카펫이 깔린 로비에서 몸을 돌려 그
녀에게로 향했다. 안내데스크 뒤쪽에 '이글스'라는 로펌 이름이 굵
은 글자로 쓰여 있다. 타이머가 설정된 조명이 전부 꺼지고 단 한
개만 켜진 채 그를 비추고 있다.

"켈리를 찾고 있습니다."

조셉이 말했다. 젠은 잠깐 멈췄다가 로비를 가로질러 그에게 천
천히 다가갔다.

"켈리 브라더후드요?"

젠이 물었다. 그녀와 눈이 마주친 순간 조셉의 얼굴에 무언가가
스쳐 지나가는 듯했으나 젠은 그게 무엇인지 알 수 없었다. 조셉은
사건이 벌어진 그날 밤보다 그리고 에시 로드 노스에서 만났을 때
보다 더 나이 들어 보였다. 아마 50세는 넘은 것 같다. 손가락 관절
을 가로지르는 타투가 새겨져 있고 눈에는 아무 감정이 드러나지
않는다. 어쩐지 공격하려는 고양이 같은 태세를 갖추고 단단히 서
있었다.

"맞아요."

조셉은 두 손을 들어 올렸다.

"오래된 친굽니다."

이 말을 듣자 젠의 몸에 전율이 스쳤다. 조셉은 20년 동안 수감
돼 있었다. 그러니까 그는 그 전부터 켈리를 알고 있었음이 분명
하다.

"어떤 친구인데요?"

젠은 하고 싶은 말을 참기가 어려웠다. 하지만 조셉도 자신을 알 거라고 생각했다. 조셉은 켈리를 찾으려면 로펌에 와야 한다는 사실을 알고 있었다.

조셉은 진심이라고 하기엔 너무 짧은 미소를 짓고는 말했다.

"중요한 친구죠."

"여기에 나타나시다니 놀라운데요?"

"그동안 좀 멀리 있었거든요. 어쨌든 뭔가 새롭게 시작하고 싶어서요."

조셉은 등을 돌렸다. 그가 입은 얇은 흰 티셔츠 밑으로 등 전체를 덮은 타투가 비쳐 보였다. 어깨뼈를 가로지르는 천사의 날개 모양이다.

"무슨 일을 새로 시작하시려고요?"

젠이 물었지만 조셉은 그 말을 무시한 채 로비 문을 가볍게 닫고 나가버렸다. 젠은 안내데스크에 손을 올리고 몸을 기댄 채 심호흡하려고, 생각을 하려고 애썼다. 조셉은 불과 며칠 전에 출소했다. 거의 즉시 여기로 온 셈이다. 이 기묘한 두 번째 삶에서 딱 이날, 조셉 존스의 출소가 무언가를 움직였다는 것은 분명해 보인다. 아무리 노력해도 지금은 닿을 수 없는 미래의 어딘가에 영향을 미친 것이다. 젠이 아는 거의 모든 사람과 관련된 것. 토드, 켈리 그리고 이제는 그녀도 분명히 관련돼 있다. 그렇지 않다면 조셉이 왜 이글스 로펌에 왔겠는가? 섬뜩한 등장인물들. 배신의 명단.

7월 중순의 토요일이다. 바깥 날씨는 완벽하다. 몹시 푸르른 하늘은 크리스마스트리 장식처럼 눈부시게 빛난다. 지금은 아침 9시 5분 전이고, 젠은 HMP 알트코스 교도소 주차장에 차를 세웠다. 오늘 날짜를 보고 조셉이 아직 감옥에 수감돼 있을 때임을 알게 되자마자 젠은 〈새터데이 키친〉을 시청하며 히히덕거리는 켈리와 토드에게 고객과 점심 약속이 있다는 핑계를 대고 집에서 나왔다. 아무도 놀라지 않는 모습을 보고 그녀는 실망했다. 젠은 평생 남을 위한 일을 하며 살아왔다. 토드의 수영 강습을 보고 싶었지만 까다로운 고객들을 만났다. 누워서 책을 읽고 싶었지만 토드의 수영 강습을 보러 갔다. 가슴속에 자리 잡은 모성은 무슨 선택을 하든 죄책감이 들게 만들었다.

토드는 아직 클리오를 만나지 않았고 코너와 친해지지도 않았다. 이들을 다 지나쳐 더 먼 과거로 온 걸 보면, 이들은 결국 사건을 푸는 중요한 열쇠가 아니란 말인가?

HMP 알트코스 교도소는 산업단지처럼 생겼다. 외부세계의 접근을 막은 이상한 마을 같기도 하다. 젠은 연수 기간 중 이곳에 한 번 와본 것이 전부다. 게다가 그녀는 형법 일을 한 적이 없다. 젠의 아버지는 범죄자와 관련된 일로 사업을 한다는 걸 불쾌하게 여겼기 때문에 로펌에서 그런 일을 하지 않았다. 젠은 이혼으로 돈을 버는 일에 대해서도 어렴풋한 불쾌감을 느꼈지만 현실을 직시해보면 로펌 사무실은 매달 월세를 내야 하고, 배우자에게 마음의 상처를 입는 사람들은 범죄자보다 흔했다.

젠은 교도소 로비로 걸어 들어가며 이 모든 상황이 얼마나 행운인지 생각했다. 조셉이 다시 감옥에 들어와 있는 것, 평일에는 면회 시간이 제한적이고 이런저런 제약이 있지만 주말에는 제한이 없고 격식도 따지지 않는다는 것. 허가받지 않은 방문객도 토요일에는 어느 수감자든 면회를 요청할 수 있다. 바로 오늘이다. 마치 젠이 이 모든 걸 알고 있었던 것처럼 일이 진행되다니.

밖에는 한여름의 비가 내린다. 언론에서는 이 비에 폭풍 리처드란 이름을 붙여주었다. 로비에 누군가가 들어올 때마다 젖은 풀 냄새가 훅 끼쳐온다. 방문객의 신발이 바닥을 가로지르는 물 자국을 남기면 지쳐 보이는 청소부가 한 손을 엉덩이에 올린 채 주기적으로 닦아내면서 노란색 삼각형 모양의 '미끄럼 주의' 표지판을 반복해서 세운다.

로비는 개인 병원처럼 현대적이다. 넓고 탁 트인 책상이 공간을 압도하는데, 한 남자가 그곳에 앉아 마우스를 클릭하고 친절하게 전화를 받고 있다. 로비 뒤에 놓인 화이트보드에는 시간이 적혀 있다. '구내식당'이라고 표시된 문 뒤에서 말싸움 소리가 들린다.

"솔트 앤 비네거 맛이 아니라 스모키 베이컨 맛을 주문할 수 있다고 했잖아요."

어떤 남자의 목소리다.

"알아요, 하지만 리암……."

"빌어먹을, 이럴 줄 알았다니까."

남자가 소리쳤다. 젠은 인상을 찌푸렸다. 감자칩 한 봉지의 힘이라니. 잠시, 아주 잠시 젠은 이 로비에서 모든 걸 고백하고 싶다고 생각했다. 외치고 소리 지르고 범죄를 저지르고 자살을 시도하는 거다. 시간여행 중이라고 말하면 그다음엔 어딘가에서 진정제를 맞고 준비된 식사를 하고 원하는 감자칩을 주문할 수 있을 것이다.

"여기서 신청하세요."

갑자기 안내데스크 직원의 목소리가 들렸다. 그가 자리에서 일어나 젠에게 신청서 양식을 건네주었다. 그러고는 전화를 두 통 하더니 몇 분 더 기다리게 한 끝에 이렇게 말했다.

"기꺼이 만나겠답니다. 방문자 센터는 저쪽이에요."

그는 건물 안으로 통하는 이중문을 가리키고 젠에게 끈이나 안전핀이 없는 임시 출입증을 내밀었다. 젠은 차가운 금속판이 붙은 문을 밀어 열고 보안요원 두 명이 지키고 선 복도에 들어섰다. 소독약과 땀 냄새가 난다. 비닐 바닥은 가장자리가 고무로 되어 있다. 수많은 문에 수많은 잠금장치가 있다. 젠은 '로이드'라는 이름표를

단 보안요원을 만났다. 그 이름표 아래에 누군가가 볼펜으로 '징그러운 놈!'이라고 써놓았다. 보안요원은 젠에게 핸드백을 보자고 하더니 내부 진찰을 하는 의사처럼 능숙한 손길로 가방 안을 확인한 다음 공항 스타일의 스캐너에 통과시켰다. 그러고는 젠에게 팔을 활짝 벌리라고 손짓했다. 젠이 팔을 벌리자 눈을 피한 채 젠의 몸을 위에서 아래로 툭툭 두드리며 검문했다.

"휴대폰은 저쪽에 두세요."

젠은 그가 가리키는 파란색 사물함에 휴대폰을 넣었다. 두 사람은 열쇠로 문을 열며 또 다른 이중문들을 통과했다. 문 너머의 히터가 순간적으로 젠의 정수리와 어깨를 따뜻하게 해주었다. 그들은 드디어 안으로 들어갔다. 방문자 센터는 크고 네모난 지루한 방으로, 공동 구역에는 빛이 바랜 파란색과 빨간색 카펫이 깔려 있고 검은 플라스틱 의자와 작은 테이블이 놓여 있었다. 뒷벽은 바닥에서 천장까지 이어지는 창문으로만 되어 있었다. 굵은 빗방울이 창문과 지붕을 두드리며 천장에 난 채광창을 흔들었다. 방은 이미 꽉 차 있다.

젠이 생각했던 것보다 죄수와 방문객을 구분하기가 쉽지 않았다. 이곳은 여느 비즈니스 회의실처럼 보인다. 한 커플은 테이블을 사이에 두고 떨어져 앉아 있는데 서로 손을 잡지 않았다. 그들은 접촉하지 않은 채 규칙을 넘어서지 않는 범위 안에서 가능한 한 가까이 앉아 있다. 다른 테이블에서는 한 소녀가 저 멀리서 반짝이는 별에 손을 뻗듯 아빠를 향해 손을 내밀었지만 엄마가 아이를 자기 쪽으로 끌어당겼다.

젠은 자신의 아버지를 떠올렸다. 그녀는 영안실에서 아버지에게 작별 인사를 했다. 너무 늦었던 것이다. 아버지는 사망한 채 집안 거실에 여섯 시간 동안 혼자 누워 있었다. 그 장면이 젠의 마음속에서 지워지지 않았다. 뒤늦게 젠이 따뜻한 손으로 아버지의 손을 덮혀주고 그 손에 이마를 대보았지만 아무 소용이 없었다.

젠은 조셉 존스를 금방 알아보았다. 그는 방 한복판에 놓인 테이블에 혼자 앉아 있었다. 요정 같은 작은 귀, 검은 머리, 염소수염. 조셉의 피부는 젠이 어디선가 읽은 것처럼 죄수 특유의 창백함을 보였는데, 단지 햇빛을 보지 못했기 때문이 아니라 다른 원인이 있는 듯했다. 독감에 걸렸거나 잠을 자지 못했거나 뭔가에 비통해하는 사람들이 갖는 피부색이다. 젠은 이 남자의 집에 가보았고, 이 남자가 죽는 것도 보았다. 그리고 지금 그녀는 드디어 그가 도대체 누구인지 알아내기 위해 여기 와 있다.

"안녕하세요."

젠은 의자에 앉으며 말했다. 인사하는 그녀의 목소리가 떨렸다. 강도, 마약 공급, 폭행. 그의 죄목을 떠올리자 그녀의 팔다리가 따끔거렸다. 의자가 기우뚱거린다. 접어서 벽에 한 줄로 세울 수 있는 플라스틱 의자다.

"켈리의 부인이시군요."

조셉은 남색 스포츠 점퍼의 소매를 잡아당겨 손을 덮으며 시간을 벌고 있다. 그들은 아직 만난 적이 없지만 조셉은 젠을 안다. 그의 입 바로 안쪽에 금니가 보인다. 그는 젠과 눈을 마주쳤다.

"젠."

그의 혀가 마지막 발음을 끝낸 채로 앞니 위에 그대로 남아 있다. 젠은 완전히 냉정해지고 완벽하게 차분해졌다. 궁금증과 기대감으로 미칠 듯 불안한 감정은 전부 증발해 버렸다. 퓨즈가 나갔고 그녀는 이제 아무것도 느끼지 못했다. 두 사람을 둘러싼 방도 빛바랜 사진처럼 고요해졌다. 조용하고 흐릿하다. 금방이라도 무슨 일이 벌어질 것 같은 느낌이 젠을 덮쳤다.

"저는……."

"젠. 켈리의 운명의 여인."

젠은 아무 말 없이 마음을 진정시키려 애썼지만 진정되기는커녕 그동안 자신이 얼마나 뻔뻔했는지가 느껴졌다. 소지품을 뒤지고 사람들을 미행하고 숨고 도청하고. 하지만 그 결과 그녀는 여기까지 왔다. 범죄자들, 지나가는 경찰차, 실종된 아기가 머릿속에서 섞인 채로 이곳 교도소에 앉아 있다. 젠의 피부는 두려움으로 바짝 타들어 갔다. 천 마리의 호랑이가 자신을 지켜보고 있는 것 같다. 그녀는 먹잇감이다.

"켈리를 어떻게 아세요?"

젠은 침을 꿀꺽 삼켰다.

"우린 역사가 아주 길어요."

조셉은 거기서 말을 끊었다. 테이블 아래에서 꼰 그의 다리가 쭉 뻗어 나와 발이 젠이 앉은 의자 아래까지 와 있다. 의도적으로 권력을 주장하는 듯한 몸짓이다. 젠은 뒤로 물러나고 싶었지만 그렇게 하지 않았다. 밖에는 빛이 사라지고 구름은 러시안 블루 색으로 물들었다. 마치 누군가가 스위치를 눌러 불을 끈 것 같았다. 조셉은 그녀가 밖을 보는 걸 알아챘다.

"폭풍 리처드예요. 큰 놈이 될 겁니다."

그는 엄지손가락으로 뒤를 가리키며 말했다.

"그런가요?"

젠의 목소리는 들릴 듯 말 듯 했다.

"네, 그럼요. 여기 살인자들은 폭풍을 좋아해요. 그들을 들뜨게 만들거든요."

조셉은 주변을 크게 가리키며 말했다. 다른 죄수들과 자신을 구별하려 하다니 너무 이상하지 않은가? 젠은 자기도 모르게 이런 의문을 떠올렸다. 그런 생각을 하지 않을 수가 없다.

"두 사람의 역사가 어디까지 거슬러 올라가나요?"

젠은 다시 힘주어 물었다. 조셉은 그녀 쪽으로 몸을 기울였다.

"글쎄요. 제가 여기서 나가면 알게 될 겁니다. 전 다시 시작하고 싶거든요."

그는 로펌 로비에서 했던 것과 똑같이 말했다. 그리고 돈을 달라는 신호인지 그냥 경련인지 모르겠지만 엄지손가락으로 다른 손가락들을 문지르는 제스처를 취했다. 젠은 그 의미를 파악하지 못하고 그저 섬세한 움직임이라고만 생각했다. 그 행동은 1초도 안되어 끝났다. 그의 나머지 몸은 불가사의할 정도로 움직이지 않았다.

"언제 켈리를 만났나요?"

"그건 켈리한테 물어보셔야 할 것 같은데요. 안 그렇습니까?"

조셉은 손에 새긴 타투 중 하나를 문질렀다. 그는 머리를 전혀 움직이지 않은 채 젠을 보고 있다. 밖에는 바람이 불어 비닐봉지가 풍선처럼 떠다닌다.

"젠."

조셉은 그녀의 이름을 반복해서 불렀다. 마치 그녀를 가지고 노는 것처럼.

"젠."

"왜 그러시죠?"

"가기 전에 한 가지 질문이 있어요."

"뭔데요?"

"뭐냐면……. 젠, 어떻게 모를 수가 있습니까?"

조셉은 마치 새처럼 머리를 갸우뚱 기울였다. 미쳤군. 젠은 이런 생각이 절로 들었다. 내가 누군지 알고 있는 이 남자는 완전히 미쳤어.

"저조차 당신이 알 거라고 생각했어요."

갈퀴처럼 갈라지는 번개가 순식간에 번쩍하며 하늘을 가로질렀다. 눈을 깜박이면 놓칠 만큼 찰나의 순간이었다.

"뭘 알아요?"

젠은 조셉을 빤히 바라보았다. 방문자 센터가 조셉 주위로 점점 좁아져 오는 것 같다. 하늘에서 천둥이 치자 조셉은 젠에게로 가까이 몸을 기울이며 그녀에게 손짓했다. 뒤집힌 딱정벌레처럼 왼손 손등을 테이블 위에 대고 손가락을 움직여 가까이 오라는 듯 자기 쪽으로 끌어당기는 동작이다. 젠은 마지못해 몸을 기울였다.

"우리가 뭘 했는지 물어보세요."

"뭐라고요?"

"도둑질, 마약 공급, 폭력. 그런 것들이죠."

조셉의 죄목이다. 젠은 눈을 깜박이며 고개를 뒤로 젖혔다.

"하지만 당신은 여기 있고 켈리는 아니잖아요?"

"아, 그거요. 범죄조직 세계를 모르시네요."

조셉은 거친 목소리로 말했다. 밖에 부는 거센 바람처럼 두려움
과 깨달음, 공포가 젠의 마음을 휩쓸고 지나갔다. 그녀는 사실 그동
안 켈리를 의심해 온 건 아닐까? 마음속 깊고 어두운 곳에서?

켈리. 가정적인 남자. 친구가 별로 없고 항상 혼자 있으며 깊이
알기 어려운 사람. 가끔 우울해 보이고 여행도 파티도 가지 않는
사람. 급여 받는 일을 하지 않고, 감시망을 피해 사는 사람. 학부모
의 날 밤에 젠의 친구들을 외면하고, 항상 돈이 넉넉해 보이는 사
람. 그가 가진 그 어두운 가장자리, 친밀함을 가로막는 레몬처럼 톡
쏘는 유머. 이런 게 책에서 나오는 뻔하디뻔한 이야기 아닌가? 방
어기제로 사용되는 유머와 농담.

가끔 타협하지 않으려 하고 더 자세히 설명하지 않는 그의 태도.
켈리는 하지 않으려는 게 너무 많았다. 리버풀로 돌아가지 않으
려 하고 고용되어 일하지 않으려 하고 여행도, 비행기 탑승도 거
부했다.

조셉은 입을 다물었다.

"잘 들으세요. 전 배신 안 합니다. 밀고하는 사람 아니에요. 남편
에게 물어보세요."

조셉은 일어났고 대화는 이렇게 끝났다. 젠은 누가 보든지 말든

지 조셉이 떠난 자리를 바라보며 눈에 눈물이 고이도록 그냥 내버려 두었다. 앉아서 마음을 추스르고 있는데 갑자기 어깨 쪽에서 미세한 감촉이 느껴져 소스라치게 놀랐다. 조셉이 그녀의 귀 바로 옆에 입을 대고 속삭였다.

"그의 비밀이 어느 정도인지 당신은 분명히 알게 될 겁니다."

그리고 그는 호송되어 나갔다.

젠은 매섭게 차가운 바람에 둘러싸인 것처럼 몸을 떨기 시작했다. 하지만 사실 주위엔 차가운 바람 따위 없었다. 밖에서 폭풍이 몰아치는 동안 젠은 귓속에서 그리고 마음속에서 조셉의 숨결만을 느낄 뿐이었다.

"정말 말도 안 돼요."

토드가 젠에게 활기차게 이야기하고 있다. 흥분해서 말이 마구 꼬인다. 젠은 밖으로 돌출된 퇴창 안쪽의 소파에 앉아 남편이 조직 범죄에 연루되었다는 생각을 하고 있었다.

"분별증류*에서는 문제가 하나도 안 나왔어요. 그 부분을 완벽하게 공부했는데. 그 주제 위주로 나올 줄 알았는데 알고 보니 완전히 틀렸어요!"

토드는 소파에 앉아 자신의 무릎 위에 만족스럽다는 듯 누워 있는 헨리 8세의 목덜미를 만지작거렸다.

"항상 예상한 대로는 안 되는 것 같아요. 그죠?"

✤   액체 혼합물을 가열하여 각각의 성분을 분리해 내는 방법.

토드는 가만히 있지 못하고 자세를 바꿨다. 그 바람에 고양이가 바닥으로 뛰어 내려가 버렸다. 창턱을 따라 초 세 개가 은은한 빛을 내고 있다. 젠은 미소 지으며 아들에게 고개를 끄덕였다. 오늘 아침 젠이 처음 알아챈 사실은 자신의 휴대폰이 다르다는 것이었다. 그녀는 어색하게 휴대폰을 손으로 감쌌다. 이 휴대폰은 젠이 7월 초에 새로 산 폰보다 두툼하고 컸다. 제기랄, 제기랄, 젠장. 젠은 날짜를 확인하기도 전에 과거로 더 멀리 거슬러 올라왔음을 알았다.

지금은 6월이다. 젠이 침실 창문으로 내다보니 맞은편 집 앞마당에 장미꽃이 활짝 피어 있다. 향기로운 꽃들이 한데 모인 풍성한 다발들이 떨어지려 하고 있었다. 어떻게 6월일 수가 있지? 이 여행은 어디에서 끝이 날까? '무'로 돌아가는 건가? 탄생의 순간 이전, 곧 죽음으로 가게 될까? 더 암울한 생각도 들었다. 오래전에 켈리가 조셉을 죽이고 싶다고 말했었는데, 젠이 대신 나서기에도 이미너무 늦어버렸다. 조셉은 감방에 있다.

몇 달 뒤 내팽개치게 될 옷으로 갈아입으며 젠이 처음 한 생각은 과연 조셉에게 켈리는 어떤 존재인가 하는 의문이었다. 그리고 사건이 어떻게 진행되었는지 다시 따져보았다. 조셉은 출소 후 옛 친구 켈리를 찾으러 로펌에 온다. 토드는 클리오와 엮이고, 조셉과 켈리가 하는 일을 알게 된다. 그런데 그것이 싫어서 조셉을 죽인다? 그럴듯해 보이지만 믿기 힘든 일이기도 하다. 이것이 젠의 결론이다. 살인을 저지르기엔 동기가 너무 약하다. 그리고 이 경우 수많은 것이 설명되어야 한다. 라이언 하일스, 실종된 아기, 니컬라 윌리엄스, 켈리와 토드가 나눈 베일에 싸인 대화, 조셉이 켈리에 관해 알고 있는 것.

젠은 바지에 온통 고양이 털을 묻힌 채 램프 불빛 아래 앉아 있는 토드를 바라보았다.

"시험 결과는 좋을 거야."

젠은 잠긴 목소리로 말했다.

"뭐, 사실 전 정말로 재밌었어요! 제드는 제가 미쳤대요."

토드는 신이 나 있었다. 안도감, 스트레스에 뒤따르는 엔돌핀 그리고 아마 다른 이유도 있을 것이다. 가을에 사라져 버린 무엇이 지금의 토드에겐 있다. 어떤 가벼움 같은 것.

"제 말은, 제가 무슨 새디스트라도 되나요?"

토드는 멈춰 서더니 건너편에 앉은 젠을 바라보며 물었다.

"넌 새디스트가 아니야."

이렇게 말했지만 사실 젠도 자신의 목소리에 가득 담긴 슬픔을 느꼈다. 그녀는 정상적인 삶이 그리울 뿐이다. 조각조각 균열 나지도 않고, 모든 것이 거꾸로 가지도 않는 평범한 날들. 젠은 6월 7일인 오늘로 돌아온 이유가 무엇인지도 알 수 없었다. 토드는 아직 클리오를 만나지 않았다. 조셉은 감방에 있다. 그럼 대체 왜 이 날짜에 와 있단 말인가? 젠은 얼굴을 손바닥에 파묻었다.

"A를 받을 수 있을지 모르겠어요. 아마 그냥 B일 거예요."

토드는 한참 생각하더니 말했다. 그는 A를 받는다. 사건이 일어난 10월 즈음에 토드는 고분자 탱탱볼 만들기에 관해 신나게 떠들며 집에 왔었다. 당시에 켈리는 이렇게 물었다.

"고분자 뭐라고?"

토드는 망설이더니 가방에서 공을 하나 꺼냈다.

"여기 하나 가져왔어요."

토드는 가볍게 말했다. 학교에서 그걸 훔쳐 올 만큼 자신감이 넘쳤던 것이다. 젠과 켈리는 개의치 않았고 오히려 재밌다고 생각했다. 토드는 화학에 지나치게 관심이 많았다. 만약 공을 훔쳐 온 일을 혼냈다면 어땠을까? 어쩌면 토드가 제멋대로 굴게 된 건 이런 일 때문일 수도 있다. 젠은 어떤 부모가 될 것인지에 관해 별로 생각해 보지 않았다. 그녀는 훈육보다 농담을 좋아하는 너무 느긋한 엄마일 수도 있다. 젠은 토드의 똑똑함에 속아 그 아이가 절대 반항하지 않을 거라고 생각했다. 하지만 모든 아이는 반항을 한다. 착한 아이조차도 마찬가지다. 그들은 단지 반항하는 방식이 다를 뿐이다.

젠은 잘생긴 아들을 바라보며 미래의 토드가 놓치게 될 모든 것들에 대해 생각했다. 대학, 결혼, 또 다른 천재 친구들과 함께하는 졸업 이벤트. 그 대신 토드가 마주하게 될 건 뭘까? 구금, 재판, 감옥. 출소하면 토드는 서른다섯 살일 것이다. 그리고 이유가 무엇이든 사람을 죽였다는 사실은 꼬리표처럼 영원히 따라다닐 것이다.

"주문하실 거예요? 아님 제가 할까요?"

토드는 자기 휴대폰에 도미노 피자 앱을 띄운 채 폰을 흔들며 물었다. 이때 피자 말고 테이크아웃 음식을 먹기로 했었어야 했는데.

"아, 일단 아빠를 좀 기다리자."

헨리 8세가 조용히 걸어오더니 젠의 무릎 위로 뛰어올랐다. 이 녀석도 이땐 더 날씬하네, 젠은 씁쓸하게 생각했다. 토드는 만화에 나오는 캐릭터처럼 과장되게 의아한 표정을 지었다.

"그래요오? 아빠는 멀리 가셨지만, 좋아요. 엄마 생각대로 하세요."

"멀리 가셨다고?"

젠의 목소리가 날카로워졌다.

"음……, 나보고 늙어서 이상해졌냐고 할 수도 있지만,"

일그러진 미소를 지은 채 젠이 덧붙였다.

"아빠가 어디 가셨는지 다시 좀 말해줄래?"

"성령강림절이잖아요."

"오, 그렇지."

젠은 자신의 입이 둥글고 의미심장한 'O'자 모양이 됐다는 걸 느낄 수 있었다. 켈리는 성령강림절 주말이면 어릴 적 학교 친구들과 캠핑을 갔다. 오래된 전통이다. 젠은 그 친구들을 한 번도 만난 적이 없다. 어떤 사람들인지 궁금해하자 켈리가 쉽게 설명해 주었다.

"아, 그 친구들은 각자 다른 곳에 사는데 성령강림절 주말에만 한 번 모이는 거야. 솔직히 당신이 거기 가면 눈물 날 만큼 지루할걸."

젠은 이런 생각을 하며 토드에게 말했다.

"그럼 피자 2인분 시켜줘."

그리고 그녀는 갑자기 깨달았다. 아, 그래서 오늘이구나. 수많은 과거의 날 중 하필 오늘로 온 건 이것 때문이었어. 감사합니다, 하나님. 요즘 매일 아침 하듯이 오늘도 켈리의 휴대폰에 '내 아이폰 찾기' 기능을 켜둔 것이 얼마나 다행인지 모르겠다. 아까 봤을 때 켈리는 리버풀 시티 센터에 있었지만 이제 다시 확인해 봐야겠다.

"어디 보자."

젠은 휴대폰을 꺼내 피자를 주문하는 척하면서 '내 아이폰 찾기'를 보았다. 켈리는 레이크 디스트릭트의 윈더미어 호수로 캠핑을 간다. 매년 같은 장소다. 하지만 지금 그의 위치를 표시하는 파란 점은 레이크 디스트릭트가 아닌 다른 곳을 가리키고 있다. 샐퍼드의 어떤 집이다. 젠이 다시 토드를 보니 집중하는 표정으로 휴대폰을 내려다보고 있다.

"토드."

젠은 아들의 이름을 부르며 움츠러드는 기분을 느꼈다. 그녀의 아기, 시험이 끝나고 엄마와 피자 먹기를 기대하고 있는 토드는 더 나은 대접을 받을 자격이 있다. 놀란 얼굴로 바라보는 토드에게 젠이 말했다.

"내가 사무실에 잠깐 들러야 하는데 어쩌지? 잠깐이면 돼. 그다음에 피자 먹자."

토드는 놀랐다는 듯 눈썹을 살짝 들어 올렸지만 이내 손을 흔들며 말했다.

"네, 괜찮아요. 신경 쓰지 마세요. H_2O에 몸 담그고 있을게요. 필멸의 존재인 인간들에겐 목욕이라고도 알려져 있죠."

젠은 조용히 쿡쿡 웃다가 토드가 일어나 거실에서 나가는 모습을 보며 눈을 문질렀다. 이렇게 하는 게 옳은 일일까? 더 신경 써주기는커녕 문제의 답을 찾겠다고 토드를 더욱 방치하는 것이? 하지만 그녀는 답을 알아야 한다. 젠은 들키지 않고 움직일 수 있도록 택시를 타기로 결정했다.

"오래 안 걸릴 거야!"

젠은 토드에게 외쳤다. 물소리가 들리고 토드는 대답이 없었다. 젠은 계단 밑에 선 채 여러 의무 사이에서 갈팡질팡했다. 하지만 우버 앱 진동이 울리고 택시가 1분 뒤 도착한다고 알람이 오자 그녀는 '이건 다 토드를 위한 거야'라고 마음먹었다. 이건 모두 멋진 저 아이, 토드를 구하기 위해서다.

"저는 베이컨 추가해 주세요!"

토드가 외쳤다.

"물론이지."

젠은 거리에 나와 택시를 기다렸다. 여름의 절정이다. 이웃집 정원에는 제라늄, 스위트피, 장미가 가득하다. 마치 향수 같은 향이 풍긴다. 공기는 부드럽다. 따뜻한 가랑비가 가볍게 내리고 있지만 젠은 신경 쓰지 않았다. 한증막처럼 습도가 높다.

진입로 한쪽 구석에 자리한 흙바닥, 젠과 켈리가 관리하기 귀찮아하는 작은 땅에 모란꽃이 피어 있다. 젠은 꽃잎을 따려고 손을 뻗었다. 한때 흰색이었던 이 꽃은 지금은 오래된 신문처럼 가장자리가 짙은 갈색으로 변했다. 하지만 여전히 달콤하고 자극적인 바닐라 향이 난다. 젠은 김이 서린 욕실 창문에만 불이 켜져 있는 집을 올려다보며 아들과 피자를 생각했다. 토드도 언젠간 이해해 줄 것이다.

우버 택시가 도착했다. 젠은 갑자기 자신이 그동안 얼마나 남편을 믿었는지 생각했다. 그녀는 켈리를 깊이 신뢰했다. 자신은 본 적도 없는 사람들과 켈리가 캠핑하는 것. 젠은 한 번도 의심해 본 적이 없다. 젠은 우버 택시의 차가운 플라스틱 손잡이를 잡아당겼다. '에리'라는 이름의, 수염을 기르고 야구모자를 쓴 중년 남자 기사가 인사했다. 차 안에는 방향제와 껌에서 나오는 인공적인 달콤한 향이 가득했다. 젠은 주방의 비상용 서랍에서 꺼낸 20파운드짜리 지폐 한 뭉치를 기사에게 건네주었다. 지폐의 종이가 모란 꽃잎처럼 부드럽고 건조했다.

"제가 지금 누군가를 뒤쫓는 중이에요."

"오."

에리는 잠시 생각하더니 마침내 돈을 받았다.

"앱에 뜨는 금액도 얼마가 나오든 지불할게요. 이걸 잘 따라가야 해요."

젠은 기사에게 휴대폰을 보여줬다.

"파란 점이 움직이는 대로 따라가 주세요."

"좋습니다. 영화에서처럼 하면 된다는 거죠?"

백미러를 통해 기사는 젠과 눈을 마주쳤다.

"음……."

젠은 뒷좌석에 앉아 머리를 차가운 창문에 기대고 빠르게 지나가는 거리 풍경을 내다보았다. 블랙캡 택시를 타고 남편을 쫓는 여자라니, 책에서 나올 법한 가장 오래된 클리셰를 살짝 비튼 것 같네.

"네, 영화에서처럼요."

그녀는 기사를 따라 말했다.

'콜 오브 듀티가 기다리고 있어요.'

토드가 문자를 보내왔다. 오, 이럴 수가. 마치 점점이 흩어진 색색깔의 별들처럼 머지사이드가의 불빛들이 창밖으로 휙휙 지나갈 때 젠은 생각했다. 어떻게 인생의 한 시기를 통째로 잊어버릴 수가 있지? 그 시절이 새삼스럽게 떠올랐다. 플레이스테이션 5의 '콜 오브 듀티' 게임에 빠져 지낸 그 시절. 그때 젠의 가족은 이 게임을 너무 많이 해서 컨트롤러 두 개를 항상 충전해 놓아야 했다. 그들은 완전히 중독됐다. 게임을 하지 않을 땐 집 안 곳곳에서 총 쏘는 시늉을 하곤 했다.

"여기는 블랙 옵스✛다."

토드는 상상의 무전기를 들고 부엌에 들어와서 젠에게 이렇게 말하곤 했다.

젠은 지금 고속도로를 질주하는 중이다. 파란색 불이 켜진 표지판들이 마치 하늘 위를 날 듯이 머리 위로 휙휙 지나간다. 젠은 폭력적인 컴퓨터 게임에 대한 경고를 무시하고 아들이 그 게임을 하도록 놔둔 것이 무책임한 일은 아니었는지 생각했다. 그녀는 그 게임을 한다고 해서 무슨 일이 일어날 거라고는 전혀 생각하지 않았다. 너무 태만했나 보다. 그게 틀림없다. 변호사의 딸로 자란 젠은

✛ '콜 오브 듀티' 게임 시리즈의 일곱 번째 제품으로, 여기서 토드가 말하는 '블랙 옵스'는 이 게임의 배경이 되는 유니버스를 뜻한다.

아이에게 편안히 쉬면서 즐기는 법을 가르쳐 주고 싶었을 뿐이다. 너무 과도했던 걸까?

켈리의 위치는 샐퍼드 고속도로 분기점에서 조금 떨어진 도로 끝이다. 에리는 아무 말 없이 의무적으로 운전하고 있다. 이렇게 뒤쫓는 것이 과연 맞는 일인지 젠이 고민하고 있을 때 에리가 말했다.

"기분이 좋지 않아 보이시네요."

"네, 맞아요."

에리는 라디오를 완전히 껐다. 차 안은 불 켜진 고치 안처럼 따뜻하다.

"혹시 남편분을 뒤쫓으시는 건가요?"

"어떻게 아세요?"

에리는 거울 속으로 젠의 눈을 슬쩍 보더니 분말이 묻은 리글리 껌을 두 개째 입에 넣었다. 젠에게도 하나 내밀었지만 거절했다.

"대개가 그러니까요."

젠은 대답하지 않고 입을 다물었다. 보통 때 같으면 택시 기사와 편안한 잡담을 주고받지만 오늘은 그럴 기분이 아니다.

택시는 로터리에서 두 번째 출구로 나온 다음 시골길로 향했다. 도로는 조명도 켜져 있지 않고 포장도 되어 있지 않다. 온통 진흙이다. 그 길을 따라가고 있자니 젠의 팔에 소름이 돋았다. 에어컨을 통해 여름의 시골 냄새가 들어왔다. 건초 더미, 오랜 가뭄 후 뜨거운 길을 적시는 비의 냄새다.

"저는 영화에서 역할을 하나 맡아야 할 것 같아요. 남편을 뒤쫓는 역으로요."

에리가 쾌활하게 말했다.

"그러네요."

택시는 구글 맵에 이름도 없이 머리카락처럼 가느다란 선으로 표시된, 개인 진입로처럼 보이는 곳을 향해 갔다.

"끝까지 올라가야 할까요?"

에리가 묻더니 야구모자를 벗었다. 한때 숱이 많았을 그의 머리는 지금은 많이 빠져 있다. 가느다란 머리카락이 목욕하고 나온 아기의 머리처럼 아직도 곱슬거린다. 젠이 대답하지 않자 에리는 차를 세웠다. 그들은 점으로 표시된 켈리의 위치에서 채 100미터도 떨어지지 않은 곳에 와 있다. 이제 차에서 내려야 하지만 젠은 망설였다. 어떤 일이 벌어지든 그 전까지는 마지막 이 순간을 즐기고 싶었다. 에리가 헤드라이트를 껐다. 젠의 눈은 서서히 어슴푸레한 진입로에 적응하기 시작했다. 바람이 이쪽저쪽 제멋대로 불었다. 하지에 가까워져서 하늘은 진주층✦처럼 환하다. 나무는 무성하고 빽빽해 나무들끼리 잎이 서로 닿아 있다. 그때 헤드라이트가 레이저 빔처럼 하늘을 쏠고 지나갔다.

"남편분이 운전하고 있어요."

에리가 말하고는 재빨리 차를 후진해 큰길로 나갔다. 젠은 휴대폰을 힐끗 보고 파란색 점이 움직이기 시작한 것을 확인했다. 켈리의 차는 택시 앞을 지나 멀어져 갔다. 켈리는 눈치채지 못한 것

✦   조개껍질 속의 광택 나는 층. 자개라고도 한다.

같다.

"따라갈까요?"

에리가 물었다.

"아뇨. 그냥……, 전 그 사람이 어디 있었는지 알고 싶어요. 이 길 끝에 뭐가 있는지."

에리는 아무 말 없이 도로 끝까지 운전해 갔다. 길이 이쪽저쪽으로 곡선을 그리고 있어서 끝에 무엇이 있는지 잘 보이지 않았다. 젠은 결혼식장이나 성, 웅장한 집이 있을 것이라 기대했지만 주택 단지의 작고 낡은 집들이 하나씩 눈에 들어왔다. 자갈이 깔린 진입로 주변에 일곱 채의 집이 띄엄띄엄 자리 잡고 있다. 에리는 차를 세웠다. 낡아빠진 오래된 집들이다. 네 채에는 불이 켜져 있고 나머지는 어둠 속에 잠겨 있다. 그중 한 채는 다른 집들보다 지저분하다. 지붕 타일이 없어졌고, 구식 현관문은 낡아서 썩은 것처럼 보인다. 1층의 퇴창 하나는 나무판자로 가려져 있고, 그 위에 **큐어논**✤이 분홍색 스프레이 페인트로 동그라미 모양을 그려놓았다. 젠이 그 집을 가만히 응시하는 동안 에리는 침묵을 지켰다. 바로 저 집이라고 젠은 확신했다. 밖에 자동차가 주차되어 있지 않은 유일한 집이다.

"뭐 하는 곳인지 모르겠어요."

젠이 말하자 에리도 한마디 했다.

"수상해 보이네요."

✤ 2017년 미국에서 조직된 극우 음모론 단체.

젠의 마음은 점점 어지러워졌다. 거래 장소, 은신처, 마약을 처리하는 곳, 사람을 죽이는 곳, 실종된 아이들과 죽은 경찰들을 숨겨두는 곳……. 그곳은 어떤 장소도 될 수 있었다. 좋은 곳일 리는 없다.

"그 사람은 캠핑을 갈 거라고 했어요."

이 모든 생각을 말하는 대신 젠은 이렇게 속삭였다.

"그랬겠죠. 야외 활동을 꽤 좋아하시나 봐요."

에리는 껄껄 웃더니 이렇게 말했다.

"레이크 디스트릭트로요."

"오, 이런."

"여기서 기다려 주시겠어요?"

젠은 자동차 문손잡이를 잡아 열면서 에리에게 부탁했다.

"가서 한번 봐야겠어요."

"물론이죠."

그는 이렇게 말했지만 표정을 보아하니 걱정하는 기색이 분명했다. 잠깐 동안 젠의 친구가 된 우버 기사, 젠이 가장 많은 비밀을 털어놓은 사람. 젠은 걸어가면서 그를 힐끗 돌아보았다. 실내등 불빛을 받은 에리는 마치 어둠 속에 있는 스노볼 같다. 젠은 망설이며 회색 자갈길을 가로질러 걸었다. 바깥은 휴일의 공기로 가득하다. 여름의 냄새와 귀뚜라미 소리가 사방을 채웠다.

그리고 갑자기 젠은 호박이 놓인 전망창에서 토드가 남자를 죽이는 모습을 본 그때로 돌아가고 싶다고 생각했다. 그러면 일이 벌어지게 둘 것이다. 그냥 받아들일 것이다. 토드는 형기를 채우고 감옥에서 나와 이후의 삶을 이어갈 것이다. 젠은 처음으로 자신이 발견한 이 모든 상처를 다시 덮고 싶다는 생각을 했다. 깊이 파헤치기를 멈추고 그냥 다음 단계로 넘어가면 어떨까?

젠은 어둠을 가로질러 집을 향해 다가갔다. 현관문을 열어보려 했지만 잠겨 있다. 이 집은 다른 집들에서 약간 떨어져 있다. 집과 집 사이에는 구획을 나누는 경계가 없다. 울타리도 없고 앞마당이나 뒷마당도 없다. 바로 옆 이웃집은 임의로 직선을 그어 잔디를 다듬어 놓았다. 그 너머부터 야생 상태인 이 집 정원이 시작된다. 쐐기풀, 잡초, 미풍에 흔들리는 두 개의 커다란 분홍색 루핀✝.

젠은 우편물 투입구를 열어보았다. 이것은 그녀가 어릴 때 살던 집의 우편물 투입구를 연상시켰다. 손끝에서 딱딱하고 차가운 감촉이 느껴졌다. 젠은 아버지를 생각했다. 아버지가 돌아가신 날 왜 자신이 임종을 지키지 못했는지도. 우편물 투입구 틈으로 집 안의 구식 복도가 보였다. 채석장 타일이 고르지 않게 깔려 있다. 젠은 켈리가 바닥에서 우편물을 집어 저쪽에 보이는 복도 테이블에 쌓아두었을 것이라고 추측했다.

문 옆에 회반죽 칠을 한 명패가 걸려 있다. '샌달우드'라는 글자가 보인다. 그 옆으로 '베이'라고 쓰인 작은 오두막이 있다. 오두막은 아주 작고 방 두 개 정도의 크기다. 젠은 오두막 주위를 시계 방향으로 돌며 살펴보았다. 뒤쪽에 구식 슬라이딩 파티오 문이 두 개 있는데 불그스름한 이끼로 얼룩져 있다. 안을 들여다보니 청록색

✝   장미목 콩과 루피너스속 식물의 총칭.

WRONG PLACE _____

카펫이 깔린 방 안에 어두운 색깔의 나무 식탁이 놓인 모습이 꼭 인형의 집 같다. 의자는 없다. 왼쪽에는 작은 부엌이 있는데 조리대 위는 주전자도 없이 텅 비어 있다. 젠은 두 손으로 이마 위에 차양을 만들고 파티오 문에 얼굴을 바짝 갖다 댄 채로 안을 엿보았다. 손가락에 초록색 얼룩이 묻어난다. 관리되고 있는 집은 아니지만 버려진 집도 아닌 듯하다. 어쩌면 최근에 비워졌을 수도 있다.

젠은 반대 방향으로 집 주위를 돌아 다시 현관 앞으로 왔다. 거실로 통하는 창문에는 격자형 문설주가 세워져 있고 사각형과 왜곡된 원 모양이 번갈아 배열된 유리창이 달려 있다. 거실은 박물관이나 세트장처럼 보존되어 있다. 중앙에는 핑크색 3단 소파가 놓여 있는데 팔걸이 부분은 한때 흰색 레이스였을 천으로 덮여 있고, 빈 커피 테이블 위에는 리모컨이 대각선으로 놓여 있다. 꽉 찬 책장에 꽂힌 책들은 알아보기가 어렵다. 맨 위에 먼지 쌓인 샴페인 잔이 두 개 놓여 있다.

이제 관찰을 중단하려던 순간 젠은 시야 바로 앞에서 뭔가를 발견했다. 창턱 위에 놓인 사진 액자다. 독특한 검은 벨벳이 테두리를 감싸고 있고 뒤편에는 죽은 파리들이 흩어져 있다. 왜곡된 유리창 때문에 이 액자를 못 볼 뻔했다. 젠은 사진을 자세히 보기 위해 창문에 몸을 바짝 붙였다. 사진에 초점을 맞출 때 공기가 부드러워지고 고요해지면서 우주의 분자들이 젠의 주위에 자리를 잡았다. 이것은 헛된 시도도 아니고 미친 짓도 아니다.

중요한 걸 찾아냈다. 그것은 켈리의 사진이다. 조심스럽게 살짝 웃는 저 사람은 분명히 켈리다. 사진 속 그는 지금보다 훨씬 젊어 보인다. 스무 살 정도 되어 보이는 켈리의 옆에 누군가가 서 있다. 머리를 민 남자다. 두 사람은 어깨동무를 하고 있다. 액자 표면에는 두꺼운 먼지가 내려앉았고, 젠은 30센티미터 정도 떨어진 거리에서 보고 있으나 두 사람이 닮았다는 것을 알 수 있었다. 눈이 닮았고, 뭐라 딱 꼬집어 표현할 순 없지만 다른 곳도 닮아 있다. 뚜렷이 드러나지 않아도 가족끼리는 닮은 구석이 보인다. 비슷한 골격 구조, 이마 모양, 서 있는 자세 등이 두 사람 안에 내재되어 있다. 출발선에 선 달리기 주자들이 몸 안에 잠재력을 지니고 있듯이.

그렇다면 이 남자는 누구일까? 남편을 닮은 이 낯선 사람은? 켈리는 생존해 있는 일가친척이 아무도 없다고 말했었다. 이 또한 젠이 항상 믿어온 것이다. 그녀는 사진을 응시하며 생각에 잠겼다. 감옥에 갔다 온 지인을 모른다고 거짓말하는 경우는 있지만 가족이나 출신 지역에 관해 거짓말하는 것은 전혀 다른 문제다. 만약 그녀의 남편이 이 집을 뭔가 위험한 일을 하는 장소로 사용한다면 왜 자기 사진을 걸어둔단 말인가? 그럴 리가 없다. 당연하다. 켈리는 바보가 아니다.

젠은 다시 택시를 향해 걸었다. 사진 속 남자의 눈은 켈리를 닮았다. 토드를 닮기도 했다. 계속 드는 생각은 이것뿐이다. 세 쌍의 짙은 남색 눈동자. 그녀의 남편과 아들 그리고 또 다른 한 명. 젠이 알지 못하며 찾아내지도 못할 그 사람. 설령 그녀가 집 안에 들어가 사진을 가져온다 해도 내일 일어나면 모두 흔적도 없이 사라질 것이다.

에리는 휴대폰을 가로로 든 채 게임을 하고 있었다. 듣기 싫은 배경음악 소리가 흘러나오고 그는 화면을 열심히 누르는 중이다.

"죄송합니다."

그는 화면을 닫았다. 젠은 에리 옆의 조수석에 올라탔다.

"어떻게 됐는지……."

의무감에 묻는 듯한 어조로 그가 말했다.

"모르겠어요. 집이 비어 있어요."

젠은 앱을 열고 '내 아이폰 찾기'를 다시 확인했다. 켈리는 이제 레이크 디스트릭트로 가는 중인 듯하다. 항상 그가 간다고 말했던 곳. 하지만 여기, 이 폐가를 거쳐서.

"누구 집이죠?"

"잠시만요."

토지등기소에 3파운드만 내면 누구든 부동산이 누구 소유인지 알 수 있다. 젠은 소유권 증서를 내려받고 '등기' 메뉴를 찾았다. 이 집의 소유주는 랭커스터 공국이다. 왕실을 뜻한다. 소유권이 없는 부동산은 왕실에 귀속된다. 부동산 전문 변호사가 가장 먼저 배우는 내용이다. 젠은 무릎 위에 놓인 불 켜진 휴대폰을 잡고 고개를 들어 그 집을 다시 쳐다보았다.

"담배 좀 피워도 될까요?"

에리가 창문을 내리며 물었다.

"네, 피우세요."

그는 라이터를 두 번 딸깍거려 불을 켰다. 차 안이 잠시 환해졌다. 에리는 담배를 피우고 젠은 생각에 잠겼다. 담배에서는 과거의 냄새가 났다. 여름밤의 야외 와인바, 기차역에 서 있던 시간, 밤의 부두.

"이제 가야겠어요."

"남편분과 대면하실 건가요?"

담배를 빨아들이자 그의 광대뼈가 도드라졌다.

"아니요. 그 사람은 거짓말만 할 거예요."

두 사람을 태운 택시가 조용히 달리는 동안 젠은 사진 속의 두 남자를 생각했다. 남편과 또 다른 한 사람. 남편을 닮은 사람. 이것은 무얼 뜻할까?

젠이 집에 와보니 부엌 조리대 위에 피자 상자 두 개가 놓여 있었다. 하나는 비어 있고 하나는 가득 차 있다. 토드가 자기 몫을 먹고 엄마 몫은 남겨둔 것이다. 그 아이는 직접 피자를 주문한 게 분명하다. 혼자서.

라이언은 더러운 거실 바닥에서 팔굽혀펴기를 하고 있다. 보풀과 먼지가 계속 손바닥에 달라붙는다. 그가 운동을 하는 이유는 두 가지다. 첫째는 더 이상 헬스장에 갈 수 없기 때문이고, 둘째는 실종된 아기를 마음속에서 도저히 지울 수 없기 때문이다.

헬스장에 가는 것뿐 아니라 라이언은 평소에 하던 일을 거의 할 수 없게 되었다. 가족을 만나러 집에 갈 수도 없고 친구들과 외출할 수도 없다. 심지어 그는 원래 **살던 곳**으로 돌아갈 수도 없다.

그 일은 순식간에 벌어졌다. 라이언은 어젯밤에 이곳, 월러시에 있는 단칸방으로 이사 왔다. 그는 이제 여기서 살 것이다. 이곳에서 식사도 하고 잠도 잘 것이다. 이곳은 두 개의 공간으로 이루어져 있다. 하나는 욕실 그리고 나머지가 모두 한 곳에 모여 있는 방하나. 꽤 경제적인 공간이라고 라이언은 생각했다. 소파를 펴면 침대가 된다. 맞은편 벽에는 부엌 찬장이 있다. TV, 유선전화도 있다. 무엇이 더 필요할까? 그는 개의치 않았다. 오히려 흥분된다. 게다가 더 좋은 점은 여기서 사는 것이 잠시뿐이라는 사실이다.

그는 어제 새벽 1시에 이곳에 도착했다. 미행당하지 않았는지 확인하고 경찰서에서 받은 열쇠로 문을 열고 이 방에 들어왔다. 어깨에 메고 있던 배낭을 음침한 카펫 위에 내려놓고 안도의 한숨을 내쉬었다. 그리고 생각했다. **'무사히 왔다.'**

며칠 전 리오가 드디어 경찰서의 벽장 사무실 안에서 자세한 설명을 해주었다.

"이 그룹에서 잠입수사를 해줬으면 좋겠어, 라이언. 지금 당장, 오늘부터 말이야."

그는 라이언과 시선을 맞추고 그 상태 그대로 100만 분의 1초도 눈을 돌리거나 깜박이지 않았다.

"우리가 만든 전설은……. 음, 바로 자네야."

"알겠습니다."

라이언은 침을 꿀꺽 삼키며 말했다. 이렇게 모든 것이 명확해졌다. 코르크 보드는 그곳으로 들어가는 입구였다. 라이언의 과거, 라이언의 형, 라이언이 알고 있던 것, 이 모든 것들이.

라이언은 이 일을 원했다고 스스로 타일렀다. 그는 흥미로운 일을 원했다. 하지만 맙소사, 잠입수사라니. 범죄조직 안에 들어가서 몰래 관찰하고 엿듣는 일이다. 그는 갑자기 잠입수사에 투입된 경찰들의 치사율을 알고 싶어졌다. 그 확률, 그가 그렇게 될 가능성은 얼마나 될까?

"알다시피 자네는 말투가 경찰 같지 않아."

리오는 이렇게 말하더니 요점을 분명히 했다.

"그런 게 바로 우리가 원하는 거거든."

"그렇군요."

라이언은 웃어야 할지 울어야 할지 혼란스러웠다. 맙소사, 내가 전혀 경찰 같지 않아서 위장 경찰 후보였다는 말인가? 경찰 이니셜을 잘 몰라 웃음거리가 된 적은 있지만. 라이언은 입술을 깨물었다. 뜨겁고 우울한 음료를 삼킨 것처럼 슬픔이 부드럽게 그를 덮쳤다.

"내 말은 이거야. 경찰이라면 '**이 신사분이 저에게 고급 코카인을 구해주실 수 있을까요?**'라고 하겠지. 하지만 자네라면 이러지 않을까? '**물건 좀 있나, 친구?**'"

라이언은 웃음을 터뜨렸다.

"웃으라고 오버 좀 했지. 그래도 자네는 정보 모으는 데 탁월해. 그 코르크 보드도 진짜 훌륭했지."

리오가 따뜻하게 말했다.

"감사합니다."

이미 조직 내에 잠입해 있는 동료가 라이언을 조직범죄 집단에 소개해 주기로 했다. 그때 라이언의 전화가 울렸다.

"다 준비됐나?"

"네, 그런 것 같습니다."

라이언은 차가운 바깥 풍경을 내다보았다. 이제 겨울의 끝자락이었다. 나무는 잎을 모두 떨구고 앙상해져 있었다. 하늘은 황량하고 하얗고 아무 색깔이 없어 보였다. 아무것도 하기 싫은 흐린 날씨다. 태양도 비도 아무것도 없었다.

"세 가지를 꼭 기억해."

"어떤 거요?"

라이언은 몸을 돌려 벽장 사무실 밖을 바라봤다.

"첫째, 무조건 위장 신분을 유지해. 정체가 드러났다는 생각이 들더라도 마찬가지야. 자네 입으로 확인시켜 주는 것보다는 사람들이 자네를 의심하게 두는 편이 나아."

"알겠습니다."

라이언은 침을 삼켰다. 긴장되는 건 어쩔 수 없었다. 정말 멋진 일이긴 하지만 범죄조직이 내 정체를 눈치채면 어쩌지? 그들을 함정에 빠뜨릴 준비가 됐는데 내가 그 기회를 날려버린다면?

"둘째, 범죄자들은 매 순간 마약단속반이 주변에 있는지 확인해. 그러니 자네도 그렇게 해야 해. 만약 마약단속반으로 의심받으면 극도로 화를 내야 하고 자네도 다른 사람을 의심해야 해."

"그렇게 하겠습니다. 문제없을 것 같습니다."

라이언은 진심으로 말했다. 경찰 측은 라이언을 범죄조직의 윗선에 접근시켜 갱들에게 빈집에 관한 정보를 넘기는 일당 속으로 침투시킬 계획이다. 마약 조직이 아닌 절도 조직 쪽이다.

"셋째, 절대 누구에게도 발설해선 안 돼."

"잘 알겠습니다. 그게 사실 첫 번째 규칙이 돼야겠네요."

리오는 크게 웃었다. 라이언은 충족감과 행복을 느꼈다.

라이언은 휴대폰을 들고 문자메시지를 확인하고 또 확인했다. 크로스가 2번지. 그는 지시대로 온통 검은색 옷을 입었다. 라이언의 동료 위장 경찰인 앤절라가 알려준 대로 문자가 왔다. 발신자 번호는 차단된 채였다. 그들이 알아내야 할 것은 이것이다. 누가, 어떻게 빈집의 주소를 얻는가?

라이언은 경찰 조직의 규율에 따라 이 임무를 부여받기 전까지는 앤절라를 만나본 적이 없었다. 현역으로 활동 중인 위장 경찰은 아무도 만날 수 없다. 앤절라는 지난 4개월 동안 절도에 연루된 갱단 내부 조직을 찾아내는 프로젝트를 수행했고 지금까지 잘 해냈다. 그녀는 자동차를 네 대 훔쳤고 항구에서 에즈라를 알게 되었다. 그리고 누가 볼까 봐 그동안 경찰서에 한 발짝도 들여놓지 않았다.

라이언은 며칠 전 리오의 주선으로 앤절라를 만났다. 두 사람은 원스톱✚ 매장 앞에서 몇 마디 말을 주고받았는데, 앤절라는 계획적이고 진지했으며 라이언의 농담이 자신을 불편하게 만든다는 듯 까칠한 태도를 보였다. 그리고 어제 앤절라는 자신의 사촌이자 노련한 도둑으로 라이언을 갱단에 소개했다. 자신의 입지를 강화하고 라이언을 조직 내부의 더 높은 곳으로 보내는 것이 목적이었다. 그리하여 말단 조직원들을 넘어 정보의 배후에 있는 사람을 알아내고자 했다.

이제 라이언에게 자신을 증명할 수 있는 임무가 주어졌다. 휴대폰에 찍힌 주소로 가서 자동차를 훔쳐야 한다. 쉽기도 하고 어렵기

✚   식료품, 생필품 등을 취급하는 소매 편의점 체인.

도 한 일이다. 지금은 새벽 2시가 넘었다. 하늘에 던져진 반짝이는 공 같은 달이 다시 떨어지기 전에, 단 하룻밤 동안 그곳에 머문다. 라이언의 눈앞에 보이는 집은 고요하다. 집주인은 멀리, 레이크 디스트릭트에 가 있다. 집에는 복도에만 불이 켜져 있다. 분명히 타이머가 설정된 것으로 보인다. 이것으로도 안심할 수 없다면 제멋대로 자란 잔디를 보면 된다. 집주인이 휴가를 갔다는 명백한 증거다.

라이언은 생각하지 않고 바로 행동으로 돌입했다. 우편물 투입구를 열어보았다. 운이 좋다. 멀지 않은 곳에 차 키가 있다. 라이언은 검은 막대기를 가져와 키를 끌어당겨 꺼낸 다음 주머니에 넣었다. 장갑 낀 손으로 차의 잠금장치를 풀고 미끄러져 들어간 다음 엔진을 켜지 않은 채 진입로에서 후진시켰다. 만약 경찰이 이 차를 발견해 법의학적 조사에 들어가면 그때 비로소 위장 경찰팀이 라이언의 정체를 공개할 것이다. 그는 범죄자 측이 아니므로 기소를 면하게 된다.

근처의 불 꺼진 도로에서 그는 다음 임무에 착수했다. 손이 덜덜 떨린다. 라이언은 번호판을 바꿔본 적이 없다. 경찰 측은 라이언이 방법을 안다고 생각했지만 사실 그는 기계나 만들기 같은 쪽에는 꽝이었다. 각 부분이 어떻게 모여 전체가 완성되는지 이해하지 못한다. 그가 떨어뜨린 작은 나사 두 개가 보도에서 굴러다니다가 아스팔트 틈 사이로 종적을 감추었다.

"이런 빌어먹을."

라이언은 무릎을 꿇고 손끝으로 나사를 찾다가 욕설을 내뱉었다. 번호판을 바꿔 다는 데 40분이 걸렸다. 그는 날카로운 번호판

모서리에 손바닥 한복판을 베였다. 하지만 이제 끝났다. 또 하나의 범죄가 일어났다. 라이언은 항구로 차를 몰고 가서 지시받은 대로 에즈라가 틈이 생길 때까지 기다렸다. 그리고 마침내 그에게 다가간 다음 차에서 내려 키를 건넸다.

"완벽해."

에즈라가 말했다. 그곳, 차가운 항구에서 라이언은 덜컥 겁이 났다. 머릿속에 떠오르는 건 온갖 **나쁜 상상뿐이다**. 에즈라가 내 정체를 알게 되면 어쩌지? 체포될 위험은 없지만 재수 없게 살해당할 위험은 분명히 있었다.

"좋아요."

에즈라의 어깨를 툭 치려고 팔을 뻗을 때 라이언의 손이 눈에 띄게 떨렸다. 라이언은 코카인 중독자가 보이는 흔한 증상처럼 입을 벌리고 턱을 흔드는 척했다. 형의 동료들을 흉내 내 자신이 코카인에 취해 있다고 에즈라를 속이기 위해서였다.

라이언은 에즈라 뒤편의 화물선들과 밤하늘을 배경으로 서 있는 밝은색 크레인들을 주시했다. 에즈라와 눈이 마주친 라이언은 두 사람 사이에 무언가가 왔다 갔다 했지만 그게 무엇인지는 알 수 없다고 생각했다. 라이언의 무릎에서 힘이 빠져나가기 시작했다. 순간 그는 양쪽 발을 번갈아 가며 깡충깡충 뛰면서 아무렇지 않은 척했다.

"첫 번째인가?"

"네, 여러 대 중 첫 번째입니다."

라이언은 발뒤꿈치를 다시 흔들었다. 그들은 그를 죽일 것이다.

라이언은 경찰의 보호 아래 있고, 들켰을 경우 몸을 숨길 안전한 집도 있지만 만약 라이언의 정체를 알아낸다면 이 사람들은 지체 없이 그를 죽일 것이다. 생각하지 말자. 생각을 멈추자.

"이번 주에 40대를 처리했어."

에즈라가 말했다.

"40대요?"

"그래."

와우. 라이언이 감탄의 숨을 내뱉었다. 그가 알고 있는 것보다 규모가 훨씬 크다.

"손을 다쳤나?"

"네, 별거 아닙니다. 번호판 바꾸다가 그랬어요."

"나도 예전에 똑같이 다쳤었지."

에즈라는 라이언에게 손바닥을 보여줬다.

"하."

라이언의 마음이 요동쳤다.

"다친 곳에 사브론 연고✢를 발라."

에즈라는 격의 없이 말했다. 자신과 켈리가 범죄조직의 일원이 아니라 어린아이들이라도 되는 것처럼. 망할 사브론.

✢　상처 부위에 바르는 소독용 연고.

지금은 5월, 올해가 아닌 지난해 5월이다. 이렇게 멀리 오다니 옳지 않다. 젠은 앤디에게 말해봐야겠다고 생각했다. 무엇을 해야 할지 물어봐야 한다. 시간여행을 멈추기 위해 그리고 속도를 늦추기 위해. 젠은 계단을 내려오다가 집 안의 조명과 소리로 켈리가 요리를 하며 토드와 수다를 떨고 있음을 알아챘다. 그렇다면 지금은 주말이다. 그녀는 마지막 계단 바로 앞에서 걸음을 멈추고 남편과 아들이 농담을 주고받는 소리를 들었다.

"그건 **흥미 없다**는 말이에요."

토드가 말하고 있다.

"**무관심**이란 단어는 좀 다르죠. 그건 객관성을 전제로 하고 있어요."

"고마워요, 옥스퍼드 영어사전님. 내 의도는 객관성을 담으려는 거였어."

켈리의 목소리다.

"아니, 아니잖아요!"

토드가 말하고, 두 사람은 깔깔 웃음을 터뜨린다. 이때 젠이 부엌에 들어섰다.

"좋은 아침, 예쁜이."

켈리가 가볍게 말하고 팬케이크를 뒤집었다. 평범한 장면이다. 하지만 젠은 어제 본 사진을 떠올렸다. 켈리에게는 자신에게 한 번도 말한 적이 없는 일가친척이 있다. 일식이나 월식을 관찰할 때처럼 젠은 남편을 바라보는 것이 고통스러웠다. 자꾸 눈에 힘을 주고 가늘게 뜬다는 것이 스스로도 느껴졌다.

"왜 그래?"

켈리가 물었다. 젠의 시선은 토드에게 향했다. 토드는 어리다. 사춘기 꼬마다. 거대한 손발, 큰 귀, 아직 나란히 자리 잡지 못한 어설픈 치아, 뺨에 보이는 네 개의 점, 수염 같은 건 아직 기미도 안 보인다. 키도 작다. 젠은 켈리가 팬케이크를 뒤집고 있는 곳으로 다가갔다.

"그러니까 아빠는 제 컴퓨터 게임에 객관적인 입장이라고 하신 거예요?"

켈리가 팬케이크 반죽을 팬에 추가했다. 순간 그의 검은 머리가 햇빛을 받아 반짝 빛났다.

"그래, 내 말이 그 말이야."

"수상한 냄새가 나는데요."

"알았어, 알았어. 가르쳐 줘서 고마워. 내 말은 관심 없다는 뜻이었어요, 대단하신 아드님."

토드는 아빠를 향해 낄낄거린다. 높은 톤의 어린애 같은 웃음이다.

"만약 저 같은 애가 두 명이었다고 생각해 보세요. 고통이 두 배였겠죠."

"그래, 맞아."

뭔가 오래되고 이상한 감정이 켈리의 얼굴을 잠시 스쳐갔다. 그는 항상 아이를 한 명 더 원했다.

"너 하나로 충분하고도 남지."

젠이 토드에게 말했다.

"아, 그러고 보니 우리 셋 다 외동이네요."

토드가 손을 뻗어 바나나를 집고서 껍질을 벗기며 말했다.

"지금까진 한 번도 생각 못 해봤어요."

젠은 켈리의 반응이 궁금해 가까이에서 그를 관찰했다. 여기 와 있는 이유가 이 대화 때문일까? 하지만 켈리는 아무 말 없이 부엌에서 바쁘게 움직이고 있다.

"그러네, 정말."

켈리는 1초나 2초쯤 후에 아무렇지 않게 말했다. 젠은 정원을 내다보았다. 5월, 2021년 5월이다. 이 상황이 믿기지 않는다. 이른 아침 햇살이 하늘에서 내려오는 한 줄기 광선처럼 집중적으로 내리쬐고 있다. 파란색 소형 창고를 새로 마련하기 전에 그들이 쓰던 낡은 창고가 보인다. 햇빛이 잔디를 비추는 모습만을 보고 각각 두

해의 5월을 구분할 수 있는 사람이 자신 말고 누가 또 있을지 젠은 궁금했다.

"맞다. 나 샤워해야겠어."

젠은 맨 위층으로 올라가 더블침대 한복판에 자리를 잡고 앉았다. 그리고 오래전에 썼던 휴대폰으로 앤디를 검색해 전화번호를 찾아냈다.

"앤디 베티스."

젠은 시간여행을 설명할 때면 항상 하는 예의 그 장광설을 앤디에게 서둘러 늘어놓았다. 각각의 날짜 그리고 두 사람이 나누었던 대화도 이야기했다. 앤디는 항상 그랬듯 가만히 듣고만 있었다. 젠은 그의 침묵이 염세적이지만 한편으론 열렬히 경청하는 태도이기도 하다고 생각했다. 미래에 그가 받게 될 페니 제임슨 상에 대해 알려주자 앤디는 후보로 제안받았다고 말했다. 그는 젠을 믿는 듯했다.

"좋아요, 젠. 말해보세요. 물어보고 싶은 게 뭐죠?"

"전 그냥……. 지금은 18개월 전으로 와 있어요."

젠은 눈앞에 놓인 과제로 관심을 돌리려 애쓰며 말했다.

"도착하는 날들에 공통점이 있습니까?"

"가끔……, 아니 항상 제가 뭔가를 알게 돼요. 하지만……."

그녀는 어깨와 귀 사이에 휴대폰을 고정하고 손으로 다리를 문질렀다. 갑자기 오싹한 추위가 느껴졌던 것이다. 그녀는 한때 자신이 좋아했으나 지금은 싫어하는 살구색 매니큐어를 바르고 있다.

"살인을 막으려면 많은 일이 이루어져야 했는데 그렇지 않았어요."

"그걸 막는 게 핵심이 아닐 수도 있어요."

"네?"

"이 조셉이라는 자가 나쁜 사람이라고 하셨죠? 그가 살해당하는 걸 막는 것이 시간여행의 목적이 아닐 수도 있습니다."

"계속해 주세요."

"만약 당신이 그걸 막으면 또 다른 문제가 생길 수 있어요."

"무슨 뜻이죠?"

"중요한 건 그 일을 막는 게 아니라 이해하는 것일지도 몰라요. 당신이 방어할 수 있도록요. 아시죠? 사건의 이유를 알면 법정에서 증언할 수 있지 않습니까."

앤디가 말을 마치자 젠의 귀가 떨렸다. 정말 그럴 수도 있다. 그녀는 어쨌든 변호사 아닌가.

"맞아요. 그게 정당방위였는지 아니면 도발이었는지 말할 수 있겠죠."

"바로 그겁니다."

젠은 사건 당일로 다시 한번만 돌아가고 싶다고 생각했다. 지금 알고 있는 모든 사실을 숙지한 채로 그 장면을 다시 목격하기 위해서.

"제가 미래에 이 말을 이미 했는지 모르겠는데, 자기가 시간여행자라고 주장하는 사람들에게 제가 항상 하는 얘기가 있습니다. 만약 시간여행 중이라면 제 상상의 친구 이름을 말해달라고요. 그 상상의 친구 이름은 학교 친구 이름과 똑같은 '조지'예요. 이건 아무도 모르는 얘기입니다. 물론 제가 이미 말해준 시간여행자들을 제외하고요. 지금까지 저에게 그 얘기를 해준 사람은 아무도 없었습니다."

"제가 말씀드릴게요."

젠은 앤디가 준 개인적인 정보 한 조각에 감동받아 이렇게 말했다. 이 단서, 이 지름길, 이 힌트가 그녀의 마음을 움직인 것이다. 젠은 감사를 표하고 작별 인사를 했다.

"언제든지 연락하세요. 그럼 어제 또 통화합시다."

젠은 힘없고 슬픈 미소를 지으며 전화를 끊었다. 그리고 오늘에 대해 생각했다. 어쨌든 오늘이 그녀가 가진 전부다. 오늘, 2021년 5월. 그때 지평선에 모여드는 미세한 안개처럼 무언가가 그녀의 의식을 향해 천천히 밀려왔다. 그리고 가끔 그러듯 어떤 생각이 갑자기 쿵 하고 머리를 때렸다. 경고도 없이 들이닥쳤다. 휴대폰으로 날짜를 확인해 보니 그녀의 예상이 맞았다. 오늘은 2021년 5월 16일이다. 갑자기 생각이 났다. 그 사실은 불시의 타격처럼 너무 폭력적이어서 젠은 잠시 정신이 아득해졌다. 오늘은 그녀의 아버지가 돌아가시는 날이다.

젠은 강렬한 충동에 저항하는 척했다. 머리카락을 정리하며 자신이 시간여행을 하는 목적은 아버지를 만나기 위해서, 인생의 가장 큰 잘못을 바로잡기 위해서가 아니라고 스스로 되뇌었다. 시간여행을 하는 목적은 아버지에게 작별 인사를 하기 위해서가 아니라 아들을 구하기 위해서다. 그렇지만 아침 내내 젠의 머릿속에선

영안실에서 했던 이별이 떠나지 않았다. 둘만 남은 그곳에서 그녀가 잡은 아버지의 손은 차갑고 메말라 있었다. 그리고 그의 영혼은 다른 곳에 가 있었다.

5월 16일 오늘, 젠은 토드가 '오늘의 게임'으로 선정한 '크래시 팀 레이스 니트로 퓨얼'✣을 플레이하는 모습을 보며 초조하게 다리를 만지작거렸다 꼬았다 풀었다 했다. 마침내 토드가 "왜 그러세요?"라고 묻자 그녀는 토드를 놔두고 자리를 떠났다. 젠은 복도에서서 휴대폰으로 구글에 들어가 켈리를 검색해 보았다. 아무것도 나오지 않는다. 온라인에는 아무런 흔적이 없다. 이번엔 가계도 검색 사이트에 들어가 켈리의 성을 입력했다. 영국 전역에서 수백 개의 이름이 떴다. 젠은 그중에서 켈리의 사진을 발견하고 역이미지 검색✣✣을 시도해 보았지만 아무것도 나오지 않았다. 그녀는 위층으로 올라갔다. 켈리가 회계장부를 정리하고 있다.

"나는 마이크로소프트의 후원을 받고 있어."

켈리가 말했다. 컵 받침 위에 커피 한 잔이 놓여 있고 켈리는 살짝 미소를 머금고 있다. 젠이 다가가자 켈리는 컴퓨터의 각도를 약간 틀어 화면이 보이지 않게 했다. 젠은 지난번에는 이 수상쩍은 행동을 눈치채지 못했지만 오늘은 놓치지 않고 포착했다. 어쩌면 그는 또 다른 수입원이 있는지 모른다. 마약, 죽은 경찰, 범죄와 관련된 수입. 켈리가 인테리어업자치고 돈이 많았던가? 딱히 그렇진

✣ 레이싱카를 소재로 한 플레이스테이션 게임.

✣✣ 이미지를 입력하여 유사한 이미지를 찾는 검색.

않았다. 그렇게 돈이 많지는 않다고 젠은 생각했다. 어쨌든 젠이 눈치챈 바는 없었다. 설령 수상한 점이 있었더라도 그녀는 알지 못했을 것이다. 갑자기 어떤 기억이 떠올랐다. 몇 년 전 켈리가 몇백 파운드나 되는 큰 금액을 자선단체에 기부한 적이 있었다. 그는 기부 사실을 젠에게 말하지 않았고, 뒤늦게 알게 된 젠이 어떻게 된 거냐고 묻자 수입이 좋았던 덕분에 익명의 자선 활동을 한 거라고 설명했다. 이 일은 보이지 않는 방식으로 그녀를 불편하게 했다. 아무리 좋은 일이라도 남편이 거짓말을 할 때면 그런 법이다. 그 거짓말이 심각한 문제가 되는 건 아니었지만 그럼에도 거짓말이란 사실은 변함이 없었다.

"저기, 이상한 질문인지 모르겠는데,"

젠은 가볍게 말을 꺼냈다.

"생존해 있는 친척이 아무도 없어? 오래전에 사라진 사촌이라든가……."

켈리는 얼굴을 찌푸렸다.

"없는데? 부모님 두 분 다 외동이셨어."

그가 재빨리 대답했다.

"세대가 다르거나 아주 먼 친척도?"

"없어. 그런데 그건 왜?"

"당신의 가족 관계에 대해서 제대로 물어본 적이 없다는 생각이 들어서. 그리고 갑자기 이상한 기억이 떠올랐거든. 언젠가 당신 옛날 사진을 봤는데, 거기서 당신이 눈이 꼭 닮은 남자와 같이 있었어. 당신보다 체격이 좀 더 크고 눈이 똑같고 머리색은 더 밝은 남자."

이 말을 듣자 켈리의 온몸이 움찔하는 듯했으나 갑자기 일어서면서 놀란 기색을 숨겼다.

"무슨 소린지 모르겠어. 나한테 옛날 사진이 있었나? 알잖아, 난 감상적인 타입 아닌 거."

젠은 고개를 끄덕이고 그를 쳐다보면서 이 말이 얼마나 사실과 다른지 생각했다. 켈리는 절대로 감성이 메마른 사람이 아니었다.

"내가 멋대로 만들어낸 기억인가 봐."

젠은 말했다. 눈만 닮은 것뿐인지도 모른다. 사진 속 그 남자는 그냥 친구일 수도 있다. 젠은 켈리의 파란 눈동자를 보며 갑자기 평생 외로웠던 것 같은 고독감을 느꼈다. 그녀는 마흔세 살이지만 지금 여기서는 마흔두 살이다. 가을이어야 하지만 지금은 18개월 전인 봄이다. 그리고 어떤 시간대에 가 있든 그녀의 남편은 겉으로 보이는 것과는 다른 사람이다.

지금 젠의 아버지는 살아 있다. 자신만의 방식일지라 하더라도 그녀를 무조건적으로 사랑하는 아버지. 젠은 아들을 구하기 위해 자신의 양육 태도를 점검해야겠다고 느낌과 동시에, 지금 당장 자신을 키워준 사람에게로 돌아가야겠다고 생각했다.

"아빠한테 갔다 올게."

어디서 왔는지 모를 이 충동에 젠은 저항할 수 없었다. 아버지의 손을 잡고 따뜻함을 느껴야 한다. 아버지가 맥주와 땅콩을 옆에 펼쳐놓는 모습을 지켜봐야 한다. 아버지는 그 상태로 돌아가신다. 젠은 아버지 집에 머물러 있지 않을 것이다. 아버지에게 사랑한다고 말하고 나서 그곳을 떠날 생각이다.

"오, 좋지. 잘 갔다 와."

계단을 뛰어 내려가는 젠에게 켈리가 외쳤다.

"내 안부도 전해드려."

켈리는 장인인 젠의 아버지와 항상 화기애애한 관계를 유지했지만 결코 가까운 사이는 아니었다. 젠은 켈리가 적당한 아버지상을 찾다가 자신의 아버지 같은 스타일을 채택할지도 모른다고 생각했다. 그러나 실제로 켈리는 젠의 아버지와 정반대로 행동했다. 그리고 대부분의 사람들에게 그러하듯 젠의 아버지 케네스에게도 일정한 거리를 유지했다.

젠은 운전을 하면서 아버지에게 전화를 걸었으나 머릿속 어딘가에서는 아버지가 받지 않을 것이라고 계속 생각했다. 물론, 아버지는 전화를 받았다. 이 사실은 다른 어떤 일보다도 지금 이것이 실제 벌어지고 있는 상황임을 입증해 주었다. 이건 정말 진짜다.

"이게 웬 반가운 목소리냐."

아버지가 말했다. 이 전화선 끝에 정말 아버지가 있다. 돌아가신 아버지가 다시 살아났다. 그의 목소리는 우아하고 감정을 잘 드러내지 않는 편이지만 나이가 들면서 유머가 깃들어 부드러워졌다. 젠은 포획되었다가 풀려나 너무 오랜만에 산들바람을 맞은 동물처럼 그 목소리에 몸을 기댔다.

"너무 갑작스러웠나요? 아빠한테 가보려고요."

젠의 목이 메어왔다.

"당연히 환영이지. 주전자에 물 올려놓으마."

수십만 번은 들은, 하지만 지난 18개월 동안 듣지 못한 그 말 속으로 빠져드는 것을 느끼며 젠은 스르르 눈을 감았다.

"좋아요."

"그래."

아버지는 기분 좋은 목소리다. 그는 외롭고 나이 든 노인이며 지금 자신은 모르지만 죽음을 앞두고 있기도 하다.

젠이 가진 모든 지식에 따르면 지금 그녀는 여기에 있으면 안된다. 삼류 영화들도 모두 동의할 것이다. 젠은 범죄를 막을 수 있는 요소만 바꾸어야 한다. 그렇지 않은가? 간절한 열망, 이기적인 마음으로 다른 요소를 바꾸면 안 된다. 신이 된 듯 행동하면 안 되는 것이다. 하지만 젠은 도저히 참을 수 없었다.

아버지는 현관문 양옆에 창문이 달린 빅토리아 양식 집에서 살고 있다. 다락방으로 개조한 꼭대기 층을 포함해 3층짜리 집이다. 현관문 양옆에 달린 창은 짙은 색 목재 창틀로 둘러싸인 2단 내리닫이 창문이다. 구식이지만 매력적인 집이다. 마치 아버지처럼.

안으로 들어오라고 손짓하며 한 발 물러서는 아버지를 보면서 젠은 경이로움을 느꼈다. 저 팔. 따뜻한 피가 흐르고, 충만하며, 살아 있는 아버지의 몸에 실제로 붙어 있는 저 팔이라니.

"어쩐 일이니?"

아버지의 얼굴에 어리둥절한 표정이 스쳤다.

"아, 그냥요. 오늘 좀 희한한 하루여서요."

어머니가 돌아가신 뒤에도 아버지는 계속 같은 집에 살았다. 그는 이곳을 떠나지 않겠다고 고집했고 젠을 도와 아버지를 설득해

줄 사람은 아무도 없었다. 외동 자녀의 숙명이었다. 아버지는 계단 오르내리는 데도 문제없고, 지붕의 홈통도 직접 관리할 수 있다고 말했다. 결국은 홈통도 계단도 그를 죽음에 이르게 하지 않았다.

"어째서?"

"아무것도 아니에요."

젠은 고개를 흔들며, 이제 어른이 되어 더 좁아 보이는 복도에서 아버지를 따라 걸었다. 이곳에 올 때면 그녀는 특정한 감정에 사로 잡힌다. 손에 닿을 듯 말 듯한 과거의 기억, 마치 열심히 노력한다면 붙잡을 수 있을 듯한, 미세한 먼지로 뒤덮인 기억 같은 것이다. 그리고 지금, 아들이 살인자가 되기 전 해의 봄, 아버지가 돌아가시는 날, 젠은 이곳에 와 있다. 도저히 실감이 나지 않는다.

"정말 괜찮아?"

응접실을 지나갈 때 아버지가 뒤돌아보며 물었다. 세이지 그린 색깔 카펫은 청소기로 밀어 깔끔했지만 가장자리는 어쩔 수 없이 회색으로 바래 있다. 젠은 이것을 한 번도 알아차리지 못했다. 집 안일을 가볍게 여기는 태도는 아버지에게서 물려받은 건지도 모른다. 기하학적인 무늬가 수놓인 둥근 회색 러그가 보인다. 벽난로 와 라디에이터 바로 위에 달린 어두운 목재 선반들 위에는 수십 년 된 장식품들이 놓여 있다.

대낮인데도 아버지는 부엌 등을 켰다. 기다란 형광등이 위잉 소리를 내며 켜졌다.

"모리스 씨 대 모리스 부인은 합의했니?"

그는 눈썹을 들어 올리며 물었다. 변호사들이 흔히 그러듯 아버지는 '누구와 누구' 대신에 '누구 대 누구'라는 표현을 쓴다.

"어, 저는……."

젠은 망설였다. 그녀는 그 일을 완전히 잊어버렸다.

"젠! 그렇게 될 거라고 네가 말했잖아!"

젠은 고개를 살짝 기울이고 아버지를 보았다. 이건 전혀 기억나지 않는다. 가족이 유발하는 모든 짜증은 결국 슬픔에 묻혀버리지 않나? 이런 종류의 대화가 그땐 짜증 났지만 오늘은 그렇지 않다. 젠은 죽음에게서 쫓겨나지 않고 여기, 이 무대에 와 있는 것이 기쁘기만 하다.

"죄송해요. 좀 피곤해서요."

"그들이 합의할 수 있는 날짜가 4일 남았어."

갑자기 젠은 자신이 가진 불안증 중 일부가 어디에서 왔는지 정확히 깨달았다. 바로 아버지에게서 온 것이다. 성인이 되어 젠은 아버지 같은 유형의 사람들과 멀어지고 라케시나 폴린처럼 염세적인 사람들과 친해졌다. 그리고 켈리와 결혼했다. 그들은 젠이 진짜 자신의 모습을 드러내도록 해준다.

"알아요. 잘될 거예요. 월요일에 결정하기로 했어요."

"고객은 그 제안에 대해서 어떻게 생각하니?"

"오, 기억이 안 나요."

젠은 대화를 끝내고 싶은 심정으로 손사래를 쳤다. 가족과 함께 일한다는 것은 동화 같은 일이 아니다. 때때로 이렇게 힘들다. 젠의 아버지는 열정적이고 헌신적이며 세부적인 부분에 집착했다. 젠도 열정적인 사람이었지만 무엇보다 남들을 돕고자 하는 마음이 컸다. 그녀는 아버지와 함께 중요한 합동 회의에 참석했던 일이 선명하게 기억난다. 젠이 양식서를 갖고 있지 않자 아버지는 화를 내며 씩씩거렸다. 그녀는 폴린에게 계속 **'우리 아빠는 멍청이야'**라는 문자를 보냈고 폴린은 이모티콘으로 응답했다. 이제 젠은 이 일을 웃어넘길 수 있다. 모든 것이 달콤 씁쓰름하다. 부모와 함께 있을 때 우리는 언제나 어린아이가 된다.

"죄송해요. 요새 잠을 잘 못 자서요."

젠은 아버지와 눈을 맞추며 말했다.

"월요일엔 괜찮을 거예요. 진짜예요."

"넌 지금 마치……. 어린 토드를 보살피느라 쉬지도 못하고 힘들어하던 때 같구나."

젠은 반쯤 미소를 지었다.

"그 시절 생각나요."

"아기 키울 땐 너무 피곤해서 아무 데서나 막 잠이 들어버리지."

아버지는 생각에 잠긴 듯 중얼거렸다. 그렇게 빛을 받은 프리즘처럼 그는 자신의 또 다른 면을 보여주었다. 아버지는 항상 경쟁심이 강하고 억눌려 있는 사람이었지만 죽기 전 몇 년 동안은 그런 점이 다소 누그러져 자유롭게 감정을 느끼고 자신의 연약한 면을 드러내는 걸 스스로에게 허락하기 시작했다. 그리고 아버지는 자신이 부모였을 때보다 더 나은 할아버지가 되었다. 젠은 어릴 때 아버지와 보낸 시간이 너무 적었다.

"네가 어릴 때, 운전 중에 교통신호를 기다리다가 깜박 잠든 적도 있었단다."

"그런 건 정말 몰랐어요."

열린 창문 틈으로 찬 바람이 들어오듯 으스스한 감각이 젠의 등을 훑고 지나갔다. 내가 지금 여기서 뭘 하고 있는 거지? 이러면 안 되는데 그녀는 절대 잊지 못할 사실들을 발견하고 있다.

"내가 얘기한 적이 없으니까 당연히 모르지. 부모라면 아이가 스스로 짐이라고 느끼는 걸 절대 원하지 않는 법이니까."

두 번째 문장을 말할 때 아버지는 힘들어하는 기색이 역력했다. 말을 끝내면서 그는 입술을 깨물고 젠을 바라보았다. 두 사람은 거실과 주방 사이에 자리한 다이닝룸에 서 있었다. 밖에 내리쬐는 아름다운 햇빛은 뒷마당으로 통하는 문 앞에 한 줄기 햇살을 비추어 먼지가 떠다니는 모습까지 환하게 보여주었다.

"저도 똑같아요. 토드가 그렇게 느끼지 않길 바라죠."

"아이를 키우는 건 힘든 일이야. 아무도 그런 말을 안 하지만."

아버지는 평범한 날을 딸과 함께 보내고 있다는 것이 기쁘다는 듯 어깨를 으쓱했다.

"그때 저도 차에 타고 있었어요?"

"아니, 아니!"

아버지는 웃음을 터뜨렸다.

"출근하는 길이었어. 오 세상에, 신생아를 키우는 건 완전히 새로운 경험이었지. 가끔 난 정부 당국 관계자에게 전화를 걸어 외치고 싶었어. 신생아를 키우는 게 얼마나 힘든지 알기나 하세요?"

"전 육아를 엄마가 다 하신 줄 알았어요."

아버지는 입을 다물고 고개를 저었다.

"네가 어렸을 때 시끄럽게 울어대는 소리가 온 집 안을 집어삼켰다니까."

아버지가 부엌으로 걸어 들어가는 모습을 보며 젠은 눈을 깜박였다. 그가 스토브 위에 주전자를 올리고 항상 같은 방식으로 공들여 물을 끓이는 곳. 물을 가득 채워 끓이다가 흘러넘치려 하면 떨리는 손으로 뚜껑을 조심스레 열었다 닫곤 했다. 젠은 그 주전자를 너무 오랫동안 보지 못했다. 1년 전에 이 집을 팔아버렸고, 집 안의 물건들도 거의 다 처분해 버린 것이다. 부엌에서는 오래된 냄새가 났다. 타닌과 머스크 같은, 사막을 건너는 상인이 풍길 듯한 냄새.

"그런데 왜 잠을 못 자니?"

"켈리랑 싸워서요."

젠은 이 말이 사실이라고 생각했다. 그러자 눈물이 나오려 해 손부채질을 했다. 그녀는 아직도 교통신호 이야기를 생각하는 중이다. 우리가 아이를 위해 하는 일이란 이런 것이다. 아버지는 아무 말 없이 젠이 낡은 타일 위에 서서 하는 이야기를 가만히 들었다. 젠은 자신의 눈과 꼭 닮은 아버지의 갈색 눈을 보았다. 토드의 눈은 다르다. 토드는 켈리의 눈을 닮았다. 다른 사람과의 사이에서 아이를 갖는다는 건 이런 거래를 한다는 뜻이다.

"무슨 일 있어?"

20년 전이라면 아버지가 입 밖에 내지 않았을 말이다. 물이 보글보글 끓자 스토브 위에서 주전자가 조금씩 흔들린다. 아버지는 계속 딸의 눈을 바라보며 주전자 소리는 저 먼 곳에서 들려오는 소음이라는 듯 무시한다.

"그냥 늘상 있는 부부 싸움이죠, 뭐."

젠이 쉰 목소리로 말했다. 사실 무슨 말을 더 할 수 있을까? 사건 당일부터 오늘까지 일어난 모든 일을 다 보고할 수도 없는 노릇 아닌가? 아버지는 젠을 마주 보고 부엌 조리대에 기대서 있었다. 항상 그곳에 있던 주방이다. 오프화이트색✝ 포마이카✝✝를 칠한 80년대 스타일의 인조 오크 주방. 지루하지만 편안한 느낌을 준다. 찬장에는 더 이상 쓰지 않는 크리스털 잔들이 들어 있다. 매일 밤 준비된 음식을 나르는 꽃무늬 플라스틱 쟁반도 보인다.

"켈리가 그동안 거짓말을 해왔어요."

"뭐에 대해서?"

"그 사람은 수상한 일에 연루돼 있어요. 아마 계속 그랬던 것 같아요."

아버지는 잠시 틈을 두었다가 말이라기보단 소음에 가까운 소리를 냈다.

"허."

그는 입에 손을 가져갔다. 손에 검버섯이 피어 있다. 젠은 그 손을 바라보며 아직도 여기, 상대적인 현재에 있다는 사실에 안도했다.

"잘은 모르겠지만 범죄자를 만나는 것 같아요."

아버지의 눈이 어두워졌다. 그러나 곧이어 그는 단호하게 말했다.

"켈리는 좋은 사람이야."

✝　회색을 띤 백색.

✝✝　가구의 내열성을 높이기 위해 칠하는 합성수지 도료.

"알아요. 하지만 아버지는 절대 모르실 거예요."

"뭘 말이냐?"

"저는 아버지처럼 느끼지 않아요. 켈리랑 아버지가 진심으로 서로 좋아한 적이 있어요?"

"그 사람은 너한테 잘하잖니."

아버지는 젠의 질문을 피하며 말했다. 젠은 슬프게 웃었다.

"알아요."

젠은 샐퍼드의 집과 사진을 다시 떠올렸다. 이 상황을 도통 이해할 수가 없고, 어떻게 이해해야 할지도 모르겠다. 그녀에겐 불가해한 미스터리다.

"켈리가 처음 로펌에 왔던 날 기억하니?"

"당연히 기억나죠."

젠은 즉시 대답했지만 그 이상은 말하고 싶지 않았다. 비록 기억이 점점 희미해지고 있다 하더라도 3월은 젠과 켈리의 마음속에 특별히 각인되어 있다. 너무나 의미 있는 날이라 몇 달 뒤 켈리는 피부에 그 날짜를 새기기까지 했다. 하지만 켈리는 젠에게 타투를 할 것이라고 미리 말하지 않았다. 어느 날 갑자기 나가더니 아무 말 없이 집에 돌아왔다. 그의 옷을 벗겨보았을 때 비로소 젠은 그 타투를 발견했다. 두 사람이 공유한 유산을.

"그때 우리가 했던 온갖 허접스러운 일들 기억나세요?"

아버지는 로펌을 만든 초창기에 젠을 수습사원으로 채용했다. 제대로 돌아가지 않는 회사를 어떻게든 살려보려고 데려온 것이었다. 아버지는 런던에 위치한 '매직 서클' 로펌에서 훈련받았지만 자신의 이름으로 로펌을 운영해 보고 싶어 했다. 그는 인수, 합병 일을 수임하길 꿈꾸며 야망으로 가득 차 고향 리버풀로 돌아왔다. 어머니가 90년대에 암으로 돌아가시고 나서 아버지는 '이글스'를 설립했다. 왜 '리걸Legal 이글스'라고 하지 않았는지 젠은 이해하지 못했다. 회사 운영 초기에 그들은 닥치는 대로 일했다. 월세를 제때 내기 위해서 그들이 가진 전문성의 한계까지 스스로를 몰아붙였다. 부동산 양도부터 인신상해 청구까지 안 해본 일이 없었다.

"책상 밑에서 무릎 위에 교과서를 올려놓고 유언보충서 초안을 쓰던 시절이었지."

아버지는 웃으며 말했다. 젠은 슬픈 미소를 지었다.

"우리 공동소유✣ 양도 업무 했던 거 생각나시죠?"

젠은 추억에 잠겨 한마디 덧붙였다.

"그게 뭐지?"

되묻는 아버지의 어조가 이상했다. 누군가가 지켜보고 있기라도 한 듯 과장된 연기를 하는 목소리다.

"그 업무 때문에 누가 언제 공동소유 주택을 사용하는지 방대한 목록을 파악하고 있어야 했잖아요."

"그랬나?"

"당연히 그랬죠!"

젠은 말하면서도 잠시 헛갈렸다. 아버지는 기억력이 굉장히 좋았다. 그가 아니라고 말한다면 젠의 기억이 틀렸을 수도 있다. 젠의

✣ 별장, 맨션 등 휴가 시설을 여러 명이 공동으로 소유하고 교대로 사용하는 제도.

생각과 실제 과거는 꽤 다를지 모른다.

"아닌 것 같구나. 하지만 어쨌든 사무실에서 피자 먹던 시절 아니냐?"

"맞아요."

사실이 아니었지만 젠은 고개를 끄덕이며 말했다.

"그러고 나서 모든 게 달라졌잖아. 그렇지?"

"네."

젠은 켈리를 만났던 그 봄을 기억한다. 로펌이 드디어 수익을 내기 시작할 무렵이었다. 몇 명의 큰 고객 건이 승소했다. 로펌은 비서를 채용했고 회계 담당 파트리시아도 채용했다. 지금은 직원 수가 100명이나 된다.

"저녁 먹고 갈래?"

아버지는 차를 따르며 물었다. 젠은 망설였다. 지금은 4시다. 이제 아버지에게 남은 생은 세 시간에서 아홉 시간 사이다. 두 사람의 눈이 마주쳤다. 젠은 김이 모락모락 올라오는 머그잔을 말없이 받아 들고 홀짝이며 시간을 벌었다. 이러면 안 된다는 걸 안다. 다른 요소를 바꾸면 안 된다. 원래 하기로 되어 있는 일만 해야 한다. 복권을 사면 안 된다. 히틀러를 죽이면 안 된다. 일탈하면 안 된다. 하지만 자기도 모르게 이런 말이 나왔다.

"좋죠."

젠은 아버지에게만 숨죽여 조용히 말하면 온 우주가 듣지 못하기라도 하는 듯 아주 작은 소리로 답했다. 목격자가 없는, 아버지와 딸 사이의 사적인 의사소통으로만 남도록. 조금이라도 아버지가 혼자 있는 시간을 줄여주고 싶다. 이해할 수 없는 온갖 단서들을 추측하는 걸 잠시만 멈추고 싶다. 사다리는 없고 뱀만 있는 '뱀과 사다리 게임'[*]처럼 앞으로 나아가는 일 없이 뒤로만, 뒤로만 가는 것도 멈추고 싶다.

"먹을 게 뭐 있어요?"

"뭐든 어떠냐."

아버지는 행복한 듯 어깨를 으쓱했다.

"다른 사람과 함께 있으면 진짜 인생처럼 느껴지잖아. 그렇지 않니? 콩을 얹은 토스트만 먹더라도 말이야."

젠은 아버지의 말을 완벽히 이해했다.

저녁 7시 5분이다. 젠과 아버지는 냉동실에 얼마나 오래 있었는지 모를 생선파이를 오븐에 넣었다. 여길 떠나야 해, 떠나야 해. 젠은 계속 생각했다. 그녀의 이성적인 뇌는 여러 논리로 그녀에게 간청한다. 아무것도 모르는 아버지는 슬리퍼를 신은 채 발목을 꼬고 앉아 〈슈퍼 선데이〉[**]를 시청 중이다. 젠은 이런 아버지를 두고 도저히 떠날 수가 없다.

"오븐에 마늘빵도 넣어야겠다. 내가 요즘 마늘을 실컷 먹고 있잖냐. 너희 엄마가 마늘 싫어했던 거 알지? 임신했을 때 너무 많이

[*] 사다리만 이용하고 뱀을 피하면서 마지막 칸에 도착해야 이기는 보드게임.

[**] 영국 스카이스포츠 채널의 대표적인 축구 프로그램으로, 프리미어리그 축구를 생중계한다.

먹었다는 거야."

"엄마가요?"

젠은 일어나면서 말했다.

"마늘빵 넣을게요."

"맙소사, 〈슈퍼 선데이〉는 너무 싫어. 보고 나면 남는 게 없다니까."

아버지는 채널을 이리저리 돌리기 시작했다.

"그럼 〈로 앤 오더〉✛ 보면서 법정 절차 비판해 볼까요?"

젠은 어깨너머로 말했다.

"이제야 제대로 말을 하는구나."

아버지는 프로그램 선택 메뉴로 들어가면서 말했다.

"맥주도 좀 갖다주렴. 기다리면서 먹게 땅콩도."

그 순간 젠의 목덜미에 난 솜털이 곤두섰다. 작은 보초병처럼 한 가닥 한 가닥 전부.

"네, 알았어요."

젠은 부엌으로 걸어가 마늘빵을 오븐에 넣었다. 실내등이 양말을 신은 그녀의 발을 비췄다. 맥주는 이미 냉장고에서 시원해져 있다.

"원하는 거 맘대로 꺼내 먹어라."

아버지의 목소리가 저만치서 들려왔다. 젠은 찬장에서 땅콩을 찾아내 아버지에게 가져갔다. 찬장 안에는 오렌지 주스, 아보카도 두 개, 초콜릿을 입힌 건포도, 티백, 민트 클럽 비스킷 등 없는 게 없 었다.

✛   법정 드라마.

"엄마가 임신 중에 마늘 드셨다는 건 몰랐네요."

"엄청 많이 먹었다니까. 어쩔 땐 생마늘을 먹기도 했어. 로스트 치킨에 마늘을 넣고 구워서 하나씩 꺼내 먹었지."

젠은 그 장면을 상상할 수 있었다. 너무 빨리 자신의 곁을 떠난 한 여자가 주방 조리대 앞에서 기름 묻은 손으로 마늘을 먹는 장면을. 여자의 배 속에는 젠이 있고 젠의 배 속에는 잠재적인 존재이지만 토드가 있다.

"네 엄만 마늘을 과도하게 많이 먹었다고 했어. 우린 항상 그렇게 말했다."

아버지는 날랜 몸짓으로 맥주와 땅콩을 건네받았다. 오, 하나님, 그는 너무 건강하다.

"만약 아기를 또 가졌다면 네 엄만 임신 중에 좋아하는 음식을 먹지 않았을 거야. 네 엄마는 둘째를 가질 생각이 있었어."

아버지는 몸을 앞으로 내밀어 벽난로에 불을 붙였다. 그런데 아버지가 발견되었을 때 벽난로에 불이 붙어 있지도, 오븐 안에 마늘 빵과 생선파이가 들어 있지도 않았다. 이것은 모두 젠이 만들어낸 변화다. 벽난로 불은 쉽게 켜졌다. 타자기에 끼워진 종이 위에 글자가 나타나듯 왼쪽에서 오른쪽으로 재빨리 불이 번져갔다. 부드럽고 뜨거운 가스 냄새가 즉시 방 안을 가득 채웠다.

젠은 바로 옆 스툴에 앉아서 가만히 아버지를 바라봤다. 어머니가 가장자리에 수를 놓고, 아버지가 간직해 온 스툴이다. 누군가에게 마지막 말을 해야 한다면 당신은 뭐라고 할 것인가? 당신은 그저……, 그곳을 떠나지 않을 것이다. 그렇지 않을까? 방금 아버지가 붙인 불처럼 불안함이 젠을 덮쳐와 온몸이 뜨거워졌다. 그녀는 절대 떠나지 않을 것이다. 어떻게 아버지를 혼자 두고 떠날 수 있단 말인가? 그리고 만약 곁에 있음으로 해서 어떤 식으로든 죽음을 막을 수 있다면?

"하지만 둘째를 갖지 않으셨잖아요."

젠은 대화를 짧게 끝내는 대신, 떠나는 대신, 아버지에게 작별 인사하는 방법을 찾는 대신 이렇게 말했다.

"적당한 타이밍을 찾지 못했어. 그리고 나선 너무 늦어버렸지."

아버지의 대답은 단순했다. 칙, 소리를 내며 맥주병을 땄다.

"법은 말이지, 너무 많은 걸 잠식해. 그렇지 않니? 네가 조금만 양보해 줘. 난 항상 켈리가 옳은 생각을 갖고 있다고 믿어. 일에 파묻혀 지내지 않는 것도 그렇고."

"켈리가 무슨 생각을 하는지 누가 알겠어요."

젠이 단호하게 말하자 아버지는 당황한 듯했다.

"켈리는 올바른 생각을 가졌어."

그는 부드럽게 말했다. 미래를 예지하고 있는 듯한 이상한 감각이 젠을 엄습했다. 마치……, 만약 아버지가 자신이 곧 죽는다는 사실을 안다면 그녀에게 무언가를 말해줄지도 모른다는 생각이 든 것이다. 사건을 푸는 열쇠. 퍼즐의 한 조각. 그녀가 이용할 수 있는 임종의 지혜 한 조각. 어둠 속에서 여전히 빛나고 있는 프리즘의 한 면.

두 사람은 아무 말도 하지 않았다. 유일한 소음은 가스 불이 타는 소리다. 멀리서 들려오는 빗소리처럼 강하게 퍼붓는 소리. 불은 맹렬한 열을 내뿜고 불 위의 공기는 빛난다. 젠은 마늘빵이 구워지는 동안 이곳, 아버지의 운치 있고 오래된 거실에 영원히 머물 수 있을 것만 같았다.

그 일이 벌어진 것은 바로 그때였다. 젠은 마치 폭풍 속 구름처럼 뭔가가 아버지 위를 넘어가는 것을 보았다. 들은 대로 아버지 옆에는 땅콩과 맥주가 있다. 땀이 첫 번째 징후였다. 이슬비를 맞은 것처럼 아버지의 이마에 땀이 흘렀다.

"오, 이런."

아버지는 바람을 넣어 볼을 부풀리며 말했다.

"젠?"

젠은 공포로 몸이 뜨겁게 달아오름을 느꼈다. 이런 식일 거라고는 생각하지 않았다. 더 갑작스러울 것이라고 생각했다. 아버지는 배에 손을 가져가면서 당혹스러운 표정으로 젠을 보았다.

"젠, 몸이 좀 이상해."

아버지의 목소리에는 불안감이 서려 있었다. 토드가 어렸을 때 넘어지고 나서 어찌해야 할지 몰라 곧장 엄마를 바라보던 것과 비슷한 상황이다. 지금 젠은 아버지의 마지막 순간을 목도하고 있다. 이제 두 사람의 역할이 뒤바뀌어 젠이 아버지를 보호해야 한다.

"아버지."

젠은 수십 년 동안 입 밖에 내본 적 없는 말을 내뱉었다.

"젠, 구급차 좀 불러줘."

젠과 같은 아버지의 갈색 눈이 그녀에게 애원하고 있었다. 젠은 휴대폰을 꺼냈다. 의문의 여지가 없다. 절대로 의문을 가질 수 없다. 선택할 수 있다는 것은 그녀의 환상일 뿐이었다.

이제 젠은 이전 해 9월에 와 있다. 그녀는 자신의 위치를 다시 한번 자각하며 어젯밤 병원 침대에서 자신을 바라보던 아버지의 눈빛을 떠올렸다. 따스하고 살아 있던 아버지의 몸. 그리고 그 이전으로 온 지금, 아버지는 다시 살아 계시지만 그녀가 구해낸 것은 아니다. 젠은 만약 정상적인 시간의 흐름대로 다시 같은 삶을 산다면 어떻게든 자신이 아버지를 구할 수 있을지, 그렇게 해서 아버지의 생명을 연장할 수 있을지 궁금했다.

파란색과 흰색 줄무늬 포장지로 싸인 선물 한 무더기가 부부 침실 한쪽 구석에 쌓여 있다. 아, 토드의 열여섯 번째 생일이 분명하다. 토드가 범죄를 저지르는 이유를 설명해 줄 어떤 단서가 그의 생일에 숨겨져 있을까? 젠은 어쩌면 그 일을 막는 게 아니라 방어할 방법을 찾아내는 것이 핵심일지도 모른다던 앤디의 말을 떠올렸다.

젠은 선물 더미를 바라보았다. 그녀가 절대 도달할 일 없는 과거의 언젠가 포장한 것이리라. 선물은 플레이스테이션 게임과 애플워치다. 너무 비싼 선물이지만 젠은 토드에게 워치를 사주고 싶었다. 그걸 받았을 때 토드의 표정을 빨리 보고 싶었다. 세 식구는 저녁을 먹으러 나갈 것이다. 특별한 곳은 아니고 그냥 '와가마마'✞에 갈 예정이다. 밖은 춥다. 그해엔 날씨가 일찍 추워졌고, 하룻밤 사이에 가을이 되어버렸던 기억이 난다.

젠은 토드의 선물을 손, 무릎 그리고 바닥에 놓으며 분류하기 시작했다. 이 푹신한 선물 두 개는 양말이고 직사각형 포장은 애플워치다. 젠은 나머지 선물들을 바닥에 내려놓고 혼란스러운 눈빛으로 쳐다봤다. 저 작고 둥근 선물은 립밤처럼 보이지만 분명히 그건 아닐 것이다. 잘 모르겠다. 생각이 안 난다. 그래도 어쨌든 토드가 이 선물들을 좋아하면 좋겠다. 젠은 쌓아올린 선물을 들고 계단을 내려가 토드의 방문을 노크했다.

"네? 들어오세요."

당황한 토드의 목소리가 들린다. 아, 맞다. 놀라는 것도 당연하지. 젠은 작년이 되어서야 비로소 토드의 방문을 노크하기 시작했다. 지금 기준으로는 내년이다. 뭐, 어쨌든.

"생일 축하해!"

젠은 선물 더미로 문손잡이를 살짝 밀어 방문을 열었다. 그때 켈

✞ 아시아 음식을 파는 영국 레스토랑 체인.

리의 목소리가 들렸다.

"잠깐, 잠깐만 기다려 줘."

켈리가 쟁반 위에 커피 두 잔과 소다수를 올린 채 서둘러 계단을 올라왔다. 그 너머로 보이는 전망창 밖에는 가을 하늘이 파란색으로 눈부시게 빛나고 있었다. 힘든 일은 일어난 적 없고 앞으로도 일어날 일 없다는 듯 너무나 평화로운 풍경이다.

토드는 옅은 초록색 파자마를 입고 침대에 앉아 있다. 머리는 켈리처럼 제멋대로 헝클어진 상태다. 젠은 문가에 서서 토드를 가만히 바라보았다. 열여섯 살, 아직 어린 소년이다. 정말 그게 전부다. 너무나 완벽하게, 완전히 결백한 그 모습에 젠의 마음이 아팠다.

생일이지만 토드는 학교에 가야 한다. 토드가 등교 준비를 하는 동안 젠은 오늘 재판이 있다는 사실을 알았다. 이혼 전문 변호사에게 본격적인 재판은 드문 일이다. 지난 1년 동안 젠의 삶을 장악했던 애든브룩스 부부의 이혼소송 재판이다. 이 부부는 40년 동안 결혼생활을 유지해 왔고 지금도 서로의 농담에 웃어주는 사이다. 하지만 아내는 젠의 고객, 즉 남편이 저지른 부정을 그냥 넘길 수 없었다. 앤드루는 고통스러울 정도로 후회했다. 만약 그가 지금의 젠처럼 시간여행을 할 수 있게 된다면 그것은 그가 가장 먼저 그리고 유일하게 바꾸고 싶은 과거일 것이다.

젠은 아래층으로 내려가며 오늘 재판에 참석 못 하겠다고 생각했다. 상관없을 것이다. 어쨌든 그녀는 내일 아침에 일어나지 않을 테니까. 그럴 확률이 얼마나 되겠는가? 이런 생각을 하고 있는데 전화벨이 울렸다. 앤드루다.

"오고 계시죠?"

젠의 가슴이 쿡쿡 쑤셨다. 앤디의 이론에 따르면 젠은 자신의 행동에 따른 결과가 없는 삶을 살고 있는 것이 아니라 그 결과를 직접 목격하지 못하는 삶을 살고 있다. 적어도 그날 당일은 결과를 모른다.

"아, 저는……."

젠은 입을 열었지만 그에게 차마 재판에 불참한다고 말할 수가 없었다.

"음, 그러니까……. 오늘이 그날이잖아요?"

앤드루가 말했다. 젠이 마음을 바꾼 이유는 오늘 재판에 참석하지 않으면 미래에 해고를 당할까 봐 걱정되어서가 아니다. 재판에서 앤드루가 진다는 사실을 알아서도 아니다. 그가 얼마나 가슴 아파하는지 알기 때문이다. 젠의 모든 고객처럼 그리고 지금의 그녀처럼 앤드루의 목소리가 힘이 없고 슬프다는 것을 알기 때문이다. 그래서 젠은 수천 명의 고객에게 수천 번 반복했듯이 앤드루에게 말했다. 10분 뒤 도착할 거라고.

리버풀 민사 법원은 공공기관처럼 생겼지만 나름대로 위용을 자랑하는 건물이다. 대부분의 변호사들처럼 젠은 이곳에 거의 오지 않는다. 서로 악감정을 품고 법원 수수료를 내는 사태가 벌어지기 전에 고객들이 가능하면 일찍 그리고 자주 합의하도록 애쓰기 때문이다. 하지만 앤드루와 아내는 좀처럼 합의하지 않으려 했다.

그들의 주된 논쟁거리는 내년에 만기가 다가오는 상당한 금액의 연금이었다. 젠은 연금을 포기하지 않겠다는 앤드루의 주장을 듣고 깜짝 놀랐던 기억이 난다. 그러나 배신을 저지르거나 당한 사람들은 대부분 비이성적이다. 그것이 젠이 일하면서 배운 단 하나의 가장 중요한 교훈이다.

"제가 말씀드리고 싶은 건요."

젠은 법정 변호사에게 인사한 뒤 앤드루에게 말했다. 다행히 사건을 기억하는 사람이 심리를 진행하고 있다.

"우린 이 재판에서 질 거예요."

젠은 원래 이렇게 뻔뻔하고 비관적으로 말하는 사람이 아니다. 하지만 오늘의 결과는 너무나 명백하다.

"제가 판사라도 아내분께 유리한 판결을 내릴 거예요."

"오, 그래도 변호사님이 제 편이란 걸 알았으니 괜찮습니다."

앤드루가 신랄하게 말했다. 그는 곧 65세가 되지만 아직 젊고 건강하다. 일주일에 세 번 스쿼시를 치고 다른 날에는 테니스를 친다. 그는 확실히 외롭다. 그 일 이후 다른 여자를 만난 적 없으며 아내에게는 모든 걸 고백했다. 젠은 가끔 자신이 도로시라면 앤드루를 용서했을지 생각해 보았다. 아마 용서했을 것이다. 하지만 이렇게 말하기는 너무 쉬운지 모른다. 앤드루가 얼마나 마음 아파하고 힘들어했는지를 굉장히 잘 알고, 여전히 집 안 곳곳에 놓인 도로시의 사진을 직접 본 사람이 바로 젠이기 때문이다.

젠은 법정으로 통하는 복도 옆 회의실로 앤드루를 데려갔다. 최소 몇 주 동안은 아무도 열어보지 않은 방처럼 먼지가 가득하고 추왔다. 젠이 스위치를 켜자 웅웅거리는 소리를 내며 불이 들어왔다.

"뭔가 제안을 하셔야 한다고 생각해요."

젠이 앤드루에게 말했다. 앤드루는 자신의 주장을 꺾지 않았지만 젠이 '당신이 아끼려는 비용보다 결국 변호사 수수료를 더 많이 쓰게 될 것'이라고 끈질기고 냉정하게 설득하자, 결국 연금의 75퍼센트를 내놓겠다고 말했다. 젠은 그 제안을 가지고 아내가 기다리고 있는 다른 회의실로 갔다. 젠은 그 정도면 충분할 것이라 생각했다.

도로시는 자신의 변호사들과 함께 있었다. 자그마하지만 자세가 곧고 화장 솜씨도 뛰어나다. 체격은 강단 있어 보이고 공휴일에 15킬로미터는 거뜬히 걷는 65세의 모습이다.

"연금의 75퍼센트요."

젠은 도로시 측 변호사에게 말했다. 제이콥이라는 이 남자는 젠과 로스쿨을 같이 다닌 동창이다. 그 당시 제이콥은 날마다 점심으로 치킨 너깃과 감자칩을 먹었고, 가족법 시험에서 49점을 받았다. 젠이라면 이 사람을 자신의 변호사로 고용하지 않을 것이다. 전문직 종사자 중에 이런 부류의 사람들이 가득할 거라는 생각이 갑자기 젠의 머리를 스쳤다.

제이콥은 도로시를 보며 슬쩍 눈썹을 올렸다. 도로시가 두 손을 맞잡고 고개를 끄덕이는 걸 보니 수용 가능한 마지노선은 이미 충족된 게 분명했다. 도로시는 젠이 세심하게 작성한 동의서에 서명하면서 모두가 훨씬 쉬운 날을 보낼 수 있도록 만든 자기 자신에게 꽤 만족하는 눈치였다. 아침 10시도 되지 않은 시각에 동의서를 가지고 회의실로 돌아가면서 젠은 도로시가 서명 옆에 작게 적어놓은 글자를 발견했다. 앤드루는 떨리는 손으로 동의서를 들고 그 메시지를 읽었다. 젠은 안 보는 척하면서 도로시가 써놓은 문구를 보았다. 이렇게 쓰여 있었다.

'고마워요, X'

젠은 사무실로 돌아가면서 이 일이 어떤 식으로든 미래에 저들과 자기 자신에게 도움이 될지 생각해 보았다. 자신이 만든 작디작은 이 변화가 어떤 도움이 될까? 아마 그럴 일은 없을 것이다. 어차피 이 일이 일어나기 전으로 돌아갈 텐데 어떻게 도움이 된단 말인가?

사무실 책상에 앉자마자 켈리에게서 문자가 왔다.

'재판은 어땠어? X'

젠은 문자를 보았지만 답장하지 않았다. 그다음엔 사진이 왔다. '커피 한 잔 보냄'이라는 문구와 함께 스타벅스 테이크아웃 컵을 든 켈리의 사진이다. 그의 손목에 새겨진 타투도 보인다. 하지만 젠은 배경이 뿌옇게 처리되어 있다는 걸 알아차렸다. 어떤 집의 한쪽 모서리가 조금 보인다. 성령강림절에 방문했던 샐퍼드의 그 방치된 집이다. 진입로의 자갈과 벽돌이 똑같다. 켈리가 지금 또 그곳에 가 있는 것이다. 너무나 뻔뻔스럽다. 켈리는 젠이 모를 것이라고 생각한다. 젠이 그곳에 가본 적이 없다고 생각한다.

그래서 내가 여기 온 거구나. 법정이 아니라 사무실에서 이 문자를 받은 데는 이유가 있을 것이다. 마침내 젠은 전에도 수백 번 했던 대로, 신발도 신지 않고 타이츠만 신은 채 라케시의 방으로 휘적휘적 걸어갔다. 라케시는 조금 젊어 보이지만 담배 냄새는 여전했다. 그녀는 라케시에게 주소를 불러준 뒤 말했다.

"'샌달우드'라는 이 집은 **무주물**✤이 된 상태야."

그 집은 왕실에 귀속된 부동산이다. 젠은 라케시에게 물었다.

"이전 소유주가 누구였는지 알아낼 방법이 있을까?"

"오, 무주물이라. 지금 법률 용어 테스트하는 거야?"

라케시의 얼굴에 슬쩍 웃음이 지나갔다. 그의 치아는 더 하얗다.

"내 생각에 당신은 무주물의 완벽한 본보기를 볼 수 있어. 잠깐 기다려 봐."

라케시는 마우스를 빠르게 클릭하며 말했다. 젠은 과거의 사무실에 돌아와 그와 함께 있는 것이 기뻤다. 라케시는 항상 젠보다 법률 이론에 대해 훨씬 잘 알았다. 진작 그에게 물어볼 걸 그랬다.

"수령인이 죽었기 때문에 누구에게 넘겨줄지 확인 중인 것 같아. 하일스. H, I, L, E, S."

젠의 가슴속에서 무언가가 폭발했다. 하일스. 라이언 하일스. 그가 틀림없다. 경찰. 그 죽은 경찰. 그는 토드의 살인 사건 당시에 죽어 있었고 먼 과거로 넘어온 지금도 이미 죽은 상태다. 이게 무슨 의미일까? 젠은 토드와 죽은 경찰 그리고 조셉 존스를 살해하는 일 사이에 무슨 관계가 있을지 미친 듯이 머리를 굴려보았다. 조셉이 그 경찰을 죽였고 토드가 복수를 한 걸까? 어쩌면 토드는 정의를 이루려 한 것인지도 모른다. 하지만 스스로 생각해도 도무지 말이 안 되는 소리 같다. 그녀는 지금 너무 먼 과거에 와 있다.

"그런데……. 내가 최근에 찾아봤을 땐 아무것도 안 나왔어. 그

✤   소유자가 없는 물건 또는 재산.

사람의 사망 사실은 호적등기소에 등록이 안 되어 있어."

젠이 말하자 라케시는 빠르게 키보드를 누르면서 눈으로는 열심히 정보를 찾았다.

"그러네, 등록이 안 돼 있어. 하지만 그가 죽은 건 확실해. 토지등기소가 사망진단서를 요구하고 있어."

"그 사람이 언제 죽었지?"

이렇게 묻는 젠의 머릿속에서 온갖 미친 이론들이 떠다녔다.

"나와 있지 않아. 사망진단서는 3파운드면 살 수 있는데, 내가 할까? 어떤 파일에 올려주면 돼?"

"굳이 그럴 거 없어."

젠이 지친 목소리로 말했다.

"너무 오래 걸릴 거야."

"이틀이면 돼. 그게 다야."

"진심인데, 하지 마."

라케시의 방에서 나온 젠은 아버지의 사무실 앞을 지나갔다. 문이 살짝 열려 있고 아버지는 통화 중이다. 젠이 열린 문틈으로 고개를 들이밀자 아버지가 손을 흔들어 보였다. 흰색 셔츠에 회색 조끼를 입은 아버지는 남은 생이 6개월밖에 안 되는 사람으로는 보이지 않았다. 젠이 마지막으로 아버지를 봤을 때 그는 병원에 있었다. 그녀는 햇볕에 그을린 건강한 아버지의 모습에서 눈을 뗄 수가 없다. 아버지는 전화기에 대고 이렇게 말하고 있었다.

"죄송합니다. 저희 회계장부는 2005년부터 시작해요. 홍수가 있었잖습니까."

오, 세상에, 맞다. 2005년에 홍수가 있었지. 당시 출산휴가 중이었던 젠은 사무실에 나와 아버지를 돕지 않았다. 그 생각을 하자 젠의 눈에 눈물이 고였다. 젠이 문가에 너무 오래 있었더니 아버지가 참지 못하고 나가라는 듯 손을 흔들었다. 너무나 **아버지다운** 모습에 젠은 눈물을 머금은 채 웃음을 터뜨리고 말았다.

토드는 마늘과 칠리 소금을 곁들인 풋콩 요리를 먹고 있다. 능숙한 솜씨로 껍질을 벗긴 뒤 콩알을 입에 던져 넣으며 열심히 떠들어대는 중이다. 켈리는 의자에 기대앉아 가만히 듣고 있다.

"중요한 건요⋯⋯."

토드는 콩을 한 알 삼키며 말했다.

"트럼프는 단순한 공화당원이 아니라 정말로 정신 나간 사람이라는 거예요."

젠은 마치 분홍색 솜사탕이 가슴속에서 빙글빙글 도는 듯 가볍고 달콤하고 폭신한 무언가가 가득 차오르는 기분을 느꼈다. 그녀는 아들을 가만히 응시했다. 최소한 살인이 일어나기 전까지 토드가 어떤 남자로 자라는지 그녀는 이미 알고 있다. 그리고 그 씨앗이 여기서 보인다. 이 생일 이후 2년 동안 토드는 미국 정치에 대해 훨씬 많이 배우고 그 주제에 대한 이해도가 젠을 완전히 뛰어넘게 된다. 젠과 토드는 다음 해에 〈웨스트 윙〉✛을 함께 시청할 것이다. 드라마를 보다가 토드는 선거 절차를 설명하기 위해, 젠은 등장인

✛ 미국 정치를 소재로 한 드라마.

물들의 애정 관계를 설명하기 위해 일시 정지 버튼을 누르곤 했다. 젠은 그러한 기억도 완전히 잊고 있었다. 과거는 안개처럼 지평선 너머로 사라진다. 하지만 지금 그녀는 과거를 한 번 더 살아보며 지난 일들을 면밀히 들여다볼 수 있다.

"트럼프는 분명히 재선될 거예요."

토드가 콩 하나를 또 입에 넣으며 말했다.

"가짜뉴스 때문에요. 그렇죠? 트럼프에 대한 부정적인 뉴스는 이제 전부 가짜뉴스잖아요. 어떤 면에서는 천재라니까요."

토드는 테이블 아래로 손을 뻗어 밝은 초록색 신발 끈을 만지작거린다. 이게 바로 둥근 상자에 들어 있던 선물이었다. 젠도 토드만큼이나 놀랐다.

"트럼프는 천재가 아니야. 탐욕 덩어리일 뿐이지."

켈리가 냉정하게 말한 다음 덧붙였다.

"하지만 나도 동의해. 그는 재선될 거야."

젠은 비어져 나오는 미소를 숨기며 말했다.

"재선 안 될 거라는 데 100파운드 걸게. 바이든이 당선될 거야."

"**바이든**이요? 조 바이든? 그 늙은 남자?"

토드가 눈을 깜박였다.

"맞아. 내기 어때?"

젠이 묻자 토드가 웃음을 터뜨렸다. 머리카락이 얼굴 위로 흘러내린다.

"좋아요. 내기할게요."

"그래, 근데 케이크 나오면 무슨 소원 빌 거야?"

젠이 아들에게 물었다. 토드는 두 손으로 턱을 받치고 손가락 사이로 그녀를 쳐다보았다. 젠은 토드가 아기일 때 손톱을 다듬어 주던 일이 떠올랐다. 토드는 손톱깎이를 무서워했다. 젠은 괜찮다는 걸 보여주기 위해 깎을 필요도 없는 자신의 손톱을 깎곤 했다.

"아니, 아니에요. 케이크나 축하 같은 건 필요 없다고요."

토드는 얼굴을 붉히며 말했지만 기뻐하는 것 같다. 젠은 아들의 감정이 마치 자신의 감정인 양 토드의 마음을 알 수 있었다. 엄마와 아들은 세월이 흐르면서 서서히 분리되는 지퍼와 같다. 그래서 지금 두 사람은 2022년보다 조금 더 가깝다.

"소원만 말해주면 안 할게."

"생일 소원은 아무한테도 말하는 거 아니에요."

젠의 말에 토드가 자동적으로 대답했다. 세상에, 이 녀석 피부 좀 봐. 수염이 하나도 없네. 토드의 감정은 아직 얼굴에 많이 드러난다. 얼굴이 빨개지고 부끄러워하고 기쁜 미소를 짓고 소원에 관한 미신을 믿는 토드. 아직 그 애는 남자답게 감정을 숨기는 법을 모른다.

"제 얼굴에 뭐 묻었어요?"

토드가 궁금하다는 듯 젠을 보며 물었다.

"그냥, 네가 나이 들어 보여서."

젠은 자신의 생각과 정반대로 말했다. 토드는 손사래를 쳤지만 기분이 좋아 보였다. 젠의 눈가가 젖어 들었다.

"오, 울기 없기예요."

토드가 가볍게 말했다.

"여긴 좀 이상해."

켈리는 항상 회피하는 외교관처럼 말한다. 젠은 그의 눈을 바라보았다. 저 짙은 파란색 눈은 아주 독특하다. 하지만 사진 속 그 사람은……, 그의 눈은 이렇지 않았던 듯하다. 어쩌면 젠의 착각일 수도 있다. 켈리는 몸을 뒤로 기대고 두 손을 양쪽으로 활짝 펼쳤다.

"여긴 느낌이 마치……. 모르겠어. 학교 강당 같아. 우리가 다른 사람들과 왜 이렇게 가깝게 있지?"

드디어 메인 요리가 나왔다. 젠이 주문한 메뉴는 그녀가 좋아하는 치킨가스와 커리다.

"네 소원을 말해주면 좋겠어."

젠은 토드에게 말했다.

"말해도 소원이 이루어질 거라고 약속하면요."

토드는 젓가락으로 만두를 쿡 찔렀다. 젠은 그 애가 젓가락 사용을 고집했다는 것이 생각났다. 과거의 이날 젠은 토드의 소원을 듣고 비웃었었다. 하지만 오늘은 그러지 않을 것이다. 지금 이 시점에서 미래인 어느 날 밤 식탁에서 토드가 과학에 관해 진지하게 이야기했던 모습이 떠올라서다. 토드가 가장 중요하게 여기는 주제다.

"약속할게."

"그냥, 모든 일이 잘 풀리는 거, GCSE*를 받는 거예요. 그리고 뭔가가 되기 위해서 계속 열심히 하는 거요."

"그게 뭔데?"

✤　영국의 중고등교육 수료 증명서.

젠은 강렬한 불빛 아래서 토드의 눈을 마주 보며 부드럽게 물었다. 토드의 얼굴이 창백했다. 공기 속에서 팬에 구워지는 마늘 향이 났다. 그 즉시 젠은 아버지와 오븐 속에 넣은 마늘빵이 생각났다. 토드는 어깨를 으쓱했다. 부모의 관심이라는 빛 속에 감싸인 아이, 생각하고 꿈꾸고 소망하는 모습을 기꺼이 보여주는 아이다.

"과학이요. 뭔가 과학적인 거. 전 나중에 지구를 구하고 싶어요. 그런 거 있잖아요. 세상을 바꾸고 싶어요."

"알지."

젠은 조용히 말했다. 어떻게 이 말을 듣고 비웃을 수 있었을까?

"정말 대견한 생각이야. 진짜 멋져."

켈리가 말하자 토드가 맞받아쳤다.

"저는 **멋져** 보이려는 게 아니에요."

"멋진 척한다는 게 아니라 진짜로 멋있다는 뜻이야."

"물론 그렇겠죠."

토드가 콧소리를 내며 웃자 켈리도 따라 웃었다. 그 순간 시선을 위로 올린 켈리가 그들 뒤에 있는 무언가를 보고는 마음이 심란해진 듯 표정을 완전히 바꾸었다.

"오, 미안. 전화를 받아야 해서."

켈리가 벌떡 일어나며 말했다. 그가 휴대폰을 귀에 가져가자 티셔츠가 말려 올라가면서 날씬한 허리가 드러났다. 그는 젠과 토드가 통화 내용을 들을 수 없는 식당 반대쪽으로 걸어갔다. 젠은 켈리가 손에 든 휴대폰 그리고 통화하며 그가 짓는 표정을 살펴보았다. 분명히 휴대폰은 울리지 않았고 불이 들어오지도 않았다. 젠은 뒤를 돌아보았다. 놀랍게도 니컬라 윌리엄스가 두 테이블 너머에 앉아 있었다. 지난번과 완전히 달라 보였지만 젠은 니컬라임을 확신했다. 니컬라는 머리를 늘어뜨리고 매혹적인 상의를 입고 있다. 어떤 남자와 국수 한 그릇을 나눠 먹으며 웃고 있다.

그때 뭔가 뜨거운 것이 섬광처럼 젠의 등을 타고 오르내렸다. 그**렇다.** 이제 생각난다. 켈리가 이날 저녁 식사 중에 자리를 떠났었다. 업무상 급한 일이라고 말하면서. 젠은 10초 만에 통화를 끝내고 돌아오는 켈리를 쳐다보았다.

"일 전화야."

그는 젠과 토드를 보지 않고 몸을 굽혔다. 니컬라를 보고 있는 것도 아니다.

"미안해. 고객이 생각보다 일찍 돌아왔는데 의논하고 싶은 게 있대. 괜찮아? 내가 지금……."

"네, 네, 괜찮아요."

토드가 말했다. 살인을 저지르기 전까지는 항상 합리적이고 상냥한 아이였다. 손사래를 치는 토드의 모습이 갑자기 다시 남자처럼 보였다. 어린이와 어른 사이 어디쯤에 와 있는 것 같았다.

"당연히 괜찮죠. 가세요. 제가 아빠 거 먹을게요."

"토드 생일이잖아!"

젠은 시간을 벌기 위해 큰 소리로 말했다.

"전 괜찮아요."

"노벨상 받으면 날 기억해 줘라."

켈리는 손을 들어 작별 인사를 하면서 토드에게 말했다. 이때 젠은 뭐라도 해야겠다는 생각에 갑자기 벌떡 일어났다.

"니컬라!"

그녀는 큰 소리로 외쳤다. 니컬라는 젠을 쳐다보지도 않고 아무 반응도 없이 계속 남자에게 국수를 먹여주었다.

"니컬라?"

젠은 니컬라가 앉은 테이블을 향해 다시 한번 외쳤다. 걸어가던 켈리가 그 자리에 멈춰 서 천천히 뒤를 돌아 젠을 쳐다보았다. 니컬라는 당혹스러워하며 입을 다물고 고개를 절레절레 저었다.

"제 남편을 알아요?"

젠은 켈리를 가리키며 물었다. 니컬라와 켈리의 눈이 마주쳤지만 아무런 반응이 없다. 서로 알아본다는 기색이 전혀 없었다. 둘 다 최고의 거짓말쟁이이거나 아니면 아직 만난 적이 없을 수도 있다. 어쩌면 이 여자는 니컬라가 아닐지도 모른다. 젠은 그 여자에게 가까이 다가갔다. 맙소사, 그녀는 니컬라가 아니다. 젠은 당구장의 문틈으로 잠시 니컬라를 봤을 뿐이다. 가까이에서 다시 보니 이 여자는 니컬라가 아님이 확실하다. 눈앞의 여자가 훨씬 잘 꾸몄고 머리 스타일도 다르며 화장과 옷도 훨씬 깔끔하다.

"죄송해요. 정말 죄송해요. 제가 아는 분인 줄 알았어요."

젠은 당황하여 어쩔 줄을 몰랐다. 켈리가 테이블로 돌아왔다.

"무슨 일이야?"

그는 테이블에 손바닥을 올리며 낮은 목소리로 말했다. 젠은 입이 열 개라도 할 말이 없는 처지가 되었다. 켈리는 위협적으로 화를 냈다.

"미안해. 저 여자분이랑 당신이 아는 사이인 줄 알았어."

하지만 젠은 켈리의 친구를 한 명도 만나본 적이 없다.

"아니야."

켈리는 이렇게 말하고 나서 젠의 답변을 기다렸다. 하지만 젠이 아무 말도 하지 않자 식당을 떠났다. 젠이 착각한 것이 분명하다. 켈리가 자리를 떠난 이유가 니컬라 때문일 리 없다.

"아빠가 가서 슬퍼?"

젠이 묻자 토드는 어깨를 으쓱했다. 무시하는 의미가 아니라 진짜로 괜찮은 듯했다.

"아뇨."

"다행이네."

"중간에 가버리는 건 보통 엄마잖아요."

토드가 가볍게 덧붙였다. 젠은 깜짝 놀라 고개를 들었다. 어쩌면 그녀는 켈리의 행동을 보려고 이날로 온 것이 아닐지도 모른다. 젠은 아들을 가만히 응시했다. 토드는 테이블을 바라보고 있었다. 젠은 앤디가 했던 잠재의식에 관한 말을 떠올렸다. 그는 단서들이 항상 명확한 건 아니라고 말했다. 문득 토드의 물리학 프로젝트에 관해 나눴던 대화가 떠올랐다. 그날 토드가 뭐라고 했던가? **'엄마가 평소에 제 일에는 관심 없다고요.'** 또 다른 날 밤, 하나는 비어 있고 하나는 가득 차 있던 피자 상자도 생각났다. 토드를 두고 어떻게 떠났는지도. 어쩌면 이것은 조직범죄보다, 거짓말하는 남편보다, 살인보다 더욱 심각한 문제일지 모른다. 켈리는 핵심에서 벗어나게 하는 방해물인지도 모른다. 젠은 그동안 자주 함께하지 못했던 토드의 생일에 와 있다. 범죄를 저지르도록 만드는 요인은 무엇인 가? 그 아이를 키운 엄마의 육아 방식에 있는지도 모른다. 결국 아이가 하는 모든 행동은 엄마로부터 시작되지 않는가?

젠과 토드는 두 시간 더 식당에 머물렀다. 그들이 서빙 직원들을 계속 호출하며 짜증 나게 만든 것이 분명했다. 직원들이 끊임없이 다가와 더 필요한 게 없냐고 물어보았던 것이다. 창밖으로 해가 지고 하늘은 짙은 자두색을 띠었다. 토드는 푸딩 두 개를 연이어 주문해서 먹고 있었다.

"생일이 아니면 언제 이렇게 할 수 있겠어요?"

토드는 기대에 차서 말했고, 젠은 원하는 것을 들어주었다.

"쑥쑥 크고 있구나."

더 어린아이의 엄마 역할로 매끄럽게 돌아온 젠이 말했다. 사람들은 이런 모성이 타고나는 것이라고 말했다. 그녀 안에 항상 존재했는데 그걸 몰랐을 뿐이라고. 하지만 젠은 엄마 역할에 적응하는 데 참 오래 걸렸다. 출산의 순간은 엉망이었고 토드가 아기였던 몇 년은 너무 바쁘고 항상 걱정으로 가득했다. 젠은 소용돌이 안에 갇힌 느낌이었다. 늘 무언가를 해야 할 것 같았다. 육아에 관한 뻔한 말들은 모두 사실이었다. 마시다 만 차가 담긴 컵이 집 안 곳곳에 놓여 있었고, 친구 관계는 소홀해졌고, 커리어는 망가졌다.

하지만 젠은 모든 걸 묻어두었다. 엄마로서의 부끄러움, 수류탄이 폭발하듯 충격을 안기며 그녀의 삶에 도착한 아기에게 전력을 다하지 못했다는 부끄러움을 마음속에 간직한 채 덮어버렸다. 부족한 엄마 역할에 익숙해졌고 그냥 그런 채로 살았다. 그렇게 몇 년 뒤에는 여전히 부끄러운 한편 동시에 사랑도 느꼈다.

젠은 토드가 다섯 살 혹은 여섯 살 정도였을 때 작은 교실 밖에서 아이가 나오기를 기다리던 순간을 떠올렸다. 마치 샴페인 한 잔을 마신 듯한 느낌이었다. 작고 사랑스러운 아이를 만난다는 생각만으로도 짜릿함이 거품처럼 부글거리던 그 느낌. 그런 진정한 사랑이 부끄러움을 덮어버렸어야 했는데, 양육을 평가하는 수많은 눈 때문에 불행히도 그러지 못했다. 부끄러움은 너무 쉽게 찾아왔다. 학교 정문 앞에서, 병원 진료실에서 그리고 빌어먹을 멈스넷[*]에서. 젠은 그 감정을 그냥 넘겨버리지 못했다. 물론 그래서도 안 됐을 테지만. 토드가 했던 말이 또 떠올랐다. **'엄마가 평소에 제 일에는 관심 없다고요.'**

"갈까요?"

토드는 엄지손가락으로 문 쪽을 휙 가리키며 나가자는 몸짓을 했다.

"아빠 일은 유감이야."

잠깐 태양을 가리는 구름처럼 토드의 얼굴에 순간적으로 찡그린 표정이 스쳐 지나갔다.

"아니에요. 괜찮다고 했잖아요."

토드는 정말로 당황한 것 같았지만 자리에서 일어나진 않았다.

"그리고 엄마가 미안해. 만약에……, 네가 바라는 엄마가 아니

[*] 영국의 육아 정보 사이트.

었다면."

"오, 왜 그러세요, 엄마."

토드는 손으로 테이블을 탁 치며 무언가 던져버리는 동작을 했다. 아이는 열여섯의 나이에 이미 화제를 전환하는 법을 배웠다.

"이렇게 한번 말해볼게."

젠은 어떤 단어로 표현해야 할지 몰라 잠시 말을 멈추었다.

"뭔데요?"

토드의 표정이 부드러워지고 침착해졌다.

"꿈을 꿨는데 말이야……."

혼란스러운 이 상황을 설명하는 가장 쉬운 방법은 꿈을 핑계 삼는 것이다.

"미래에 일어날 일에 대해서."

"그래서요?"

토드는 평소처럼 냉소적인 태도가 아니라 정말 궁금해하고 걱정하는 듯 보였다. 먹던 포크로 초콜릿 푸딩을 톡톡 건드렸다.

"차 한 잔 마실래?"

토드가 어깨를 으쓱한다.

"좋죠."

차를 주문하자 잔뜩 짜증 난 웨이트리스가 재빨리 차를 가져다주었다. 찻물 속에서 티백이 아직 까닥거리고 있다. 토드는 나무 막대기로 티백을 쿡쿡 찔렀다.

"그 꿈에서,"

젠은 조심스럽게 이야기를 시작했다.

"너는 좀 더 컸고 우리는 사이가 약간 멀어졌어."

"그렇겠죠."

토드의 손이 테이블을 가로질러 젠의 손을 향해 살금살금 다가왔다. 토드가 자주 하던 장난이다. 그래, 그래. 좋아. 바로 이랬었지. 토드가 아직 반은 아이일 때.

"네가 범죄를 저질러. 그래서 난 궁금증을 갖게 되지……."

"전 절대 안 그럴 거예요!"

토드가 10대답게 마구 몸을 흔들며 웃어젖혔다.

"알아. 하지만……, 모든 것이 변할 수 있어. 그래서 엄만 이렇게 물어보고 싶어졌어. 우리 사이에 바꾸고 싶은 게 있는지 말이야."

"없는데요?"

토드가 늘 하던 대로 얼굴을 찡그렸다. 아이가 처음으로 이 표정을 지은 건 생후 8개월 때 딸기를 맛본 뒤였다. 젠은 마음속 깊은 곳 어딘가에서 토드의 표정이 자신을 닮았다는 걸 깨달았다. 그녀는 아들의 그 표정을 보기 전까지는 자신이 그런 표정을 짓는지도 몰랐다. 저건 내 얼굴이잖아! 그 순간 젠은 경탄했다. 그녀는 자연스럽게 찍힌 사진에서 가끔 그런 표정을 지은 자신을 본 적이 있다. 하지만 토드가 이 표정을 지었을 때 비로소 그것을 인식했다. 아들에게 투영된 자신의 모습을.

일종의 센서로 작동하는 식당 내부 조명이 꺼지기 시작했고 두 사람이 앉은 테이블은 마치 연극 무대 위처럼 한가운데서 홀로 조명을 받고 있었다. 쇼핑몰 같은 층에는 토드의 생일 외식을 하러 나온 두 사람밖에 없었다. 토드가 나중에 할 행동은 이곳에서 시작되는 것이 분명하다. 그녀, 즉 그의 엄마와 함께 있을 때.

"없어?"

"엄만 사람이잖아요."

토드가 이렇게 간단히 말하는 순간 젠의 몸속 깊은 곳에서 무언가가 뒤집히는 것이 느껴졌다. 토드가 태어나기 전 그녀의 몸속에서 웅크린 채 따뜻하고 안전하고 행복하게 태동할 때의 느낌과 똑같다.

"전 다른 엄마를 바라지 않아요, 엄마."

토드는 테이블 위에 손을 올리며 나가자는 몸짓을 했다. 대화는 끝났다. 토드를 자세히 들여다보며 젠이 알게 된 점은 토드가 이 대화를 끝내고 싶어서 나가자고 한 것이 아니라는 사실이다. 토드는 의미 있는 대화를 나눴다는 생각조차 하지 않았다.

주차장으로 함께 걸어가면서 젠은 말해버릴 뻔했다. 그것은 꿈이 아니었다고. 그것은 현실이며 미래에 일어날 일이라고. 엄마는 그 소름 끼치는 운명, 범죄와 칼과 피와 살인 혐의에서 사랑스러운 아들 토드를 구해내기 위해 최선을 다하는 중이라고. 하지만 토드는 그 말을 믿지 않을 것이다. 누구도 믿지 않을 것이다. 토드의 얼굴은 너무 천진해 보였다. 추위에 핑크빛으로 물든 뺨, 입술 주위에 묻힌 초콜릿 자국은 어릴 적 기억을 떠올리게 했다. 토드가 어렸을 때 젠은 온갖 것들을 먹지 못하게 했는데, 대부분이 토드와 자신이 좋아하는 것이었다. 그들은 버번 비스킷을 너무 많이 먹었다. 젠은 더 먼 과거로 돌아가고 싶었다. 토드의 범죄는 켈리와 직접적인 연관이 있는 게 아니라 켈리가 무엇을 했든 그에 대한 토드의 반응과 관련이 있을 것이다.

"옛날엔 내가 너를 안고 돌아다녔는데 언제 이렇게 큰 거니?"

젠이 토드를 올려다보며 말했다.

"이젠 **제가 엄마를** 안고 다닐 수 있겠는데요."

"당연히 그렇지."

토드는 젠에게 어깨동무를 하고 젠은 토드의 허리를 감싸 안았다. 이 자세로 차까지 걷는데 문득 이것이 마지막 포옹이 될지도 모른다는 생각이 젠의 머리를 스쳤다. 이 나이가 지나면 토드는 더 이상 엄마와 포옹하지 않을 게 확실하다. 엄마를 안기엔 너무 냉정해지는 것이다. 과거의 이날 토드의 생일에 이렇게 걸을 땐 그것을 몰랐다. 이것이 마지막이 될 거라는 사실을 말이다.

아래층에서 목소리가 들렸다. 선잠을 자던 젠은 그 소리에 완전히 잠에서 깼다. 그녀는 소리 없이 전망창을 지나 아래로 아래로 내려갔다. 켈리가 복도 건너 서재에 있었다. 젠은 멈춰 서 가만히 귀를 기울였다. 켈리는 통화 중이었다.

"네, 알았어요. 아침에 조랑 연락되면 제가 전화했었다고 바로 전해줘요, 알겠죠?"

조셉 존스. 하지만 교도소에 전화했을 리 없다. 공공기관에 전화하는 것 같지는 않다. 그리고 지금은 너무 늦은 시각이다. 조셉과 켈리를 모두 아는 지인과 통화하는 게 틀림없다.

"네, 바로 그거예요. 제가 신경 쓰지 않는다고 그가 오해하면 안 돼요."

그는 아마추어가 기타를 튕기듯 천천히 더듬더듬 단어를 고르며 말했다.

"20년 비즈니스 관계를 망치고 싶지 않아요."

젠은 계단 맨 아래 칸에 앉았다. 20년이라니. 이 말은 이중으로 의미심장하다. 배신을 뜻할 뿐 아니라 그녀가 얼마나 멀리까지 거슬러 올라가야 하는지에 대한 예언이기도 했다.

젠은 자신의 휴대폰이 아이폰 XR 같다고 생각했다. 이건 마치 커다란 직사각형 벽돌처럼 느껴진다. 그녀는 이불 위에 올려진 휴대폰을 내려다보고 깜짝 놀랐다. 분명히 기억하는데 그녀는 폰을 업그레이드했다. 전에 쓰던 휴대폰은 차에 타면 블루투스 연결이 끊겨 퇴근길에 오는 고객의 급한 연락을 확인할 수 없었기 때문이다.

젠은 날짜를 확인했다. 2019년 10월 30일 수요일이다. 사건 당일로부터 **정확히** 3년 전이다. 그녀는 아래층으로 내려가 차를 한 잔 우렸다. 집은 조용하고 텅 비었다. 토드는 아직 일어나지 않았고 이렇게 이른 시각인데도 켈리는 집에 없다. 집 뒤편에 심은 오크나무는 근사한 가을 색을 뽐내고 있고, 나무 아래에서 버섯 세 개가 고개를 내밀고 있다.

젠은 문을 열었다. 땅에서는 축축한 훈연 냄새가 나고 겨울이 슬슬 시동을 걸 채비를 하고 있다. 그녀는 차가운 파티오에 맨발로 서서 차를 홀짝이며 생각했다. '내가 2022년 11월을 맞이할 수 있을까?' 찻잔에서 김이 모락모락 올라와 시야를 가렸다. 젠은 화가 난 상태였다. 남편과 아들에 관해 밝혀내야 할 진실이 무엇인지에 집착하고 있었다. 켈리는 타고난 아버지였다. 그에게는 모든 것이 자연스러웠다. 생각의 과잉, 분노, 죄책감에 시달리는 일도 없었다. 그는 둘 사이에 태어난 아기를 사랑했다. 그게 다였다. 젠은 아버지가 된 뒤 달라지는 그의 모습을 흥미롭게 지켜보았다.

"저 미소가 모든 걸 잊게 해주지."

어느 날 새벽 4시에 켈리는 이렇게 말했다. 달이 떠 있고 올빼미와 세상의 아기들이 깨어 있는 시각이었다. 하지만 희생은 남자와 여자에게 다른 개념이었다. 이 모든 희생이 무슨 가치가 있을까? 켈리는 몸의 변화도 겪지 않았고 깨진 접시처럼 유두 한가운데가 갈라지는 일도 없었다. 젠은 이제 육아가 그 모든 고생을 감수할 만한 가치 있는 일이라는 데 동의한다. 하지만 가끔은 자신이 잃어버린 잠과 여가 시간 같은 것들을 돌려받았기 때문에 이렇게 생각하는 건 아닌지 궁금했다.

만약 젠이 토드의 내면에 무슨 일이 일어나게 했다면 그 피해가 그의 안에 살아 있을 것이다. 그리고 젠은 자신이 분명히 그랬을 거라고 생각한다. 그녀는 한 번도 자신 있는 부모였던 적이 없었다. 따라서 마음 깊은 곳에서 분명히 무슨 일이 있었다는 확신이 든다. 아마 토드가 어렸을 때일 것이다. 그 아이가 네 살 때 젠은 아이를 데리러 어린이집에 가야 한다는 사실을 까맣게 잊어버린 적이 있다. 뒤늦게 가보니 토드는 문이 닫힌 어린이집 밖에서 직원과 함께 기다리고 있었다. 아름다운 가을날 이곳에 서 있는 지금도 그때를 떠올리면 아찔한 기분이 든다. 아주 많은 시간이 흐른 뒤에 토드가, 아빠가 연루된 어떤 문제를 자신이 해결해야 한다고 생각하게 된 계기가 이것일까? 켈리가 중요한 게 아니라 그에 대한 토드의 반응이 중요한지도 모른다.

"준비 다 된 거죠?"

위층에서 토드가 외쳤다. 떨리고 흥분된 목소리다.

"드디어 오늘이에요."

젠의 배 속에서 불안감이 꿈틀거렸다. 오늘이 무슨 날인지 전혀 모르겠다. 아들에게 뭘 기대해야 할지도 감이 안 잡힌다. 그 애는 곧 열다섯 살이다. 맙소사.

토드가 부엌으로 들어오는데 완전히 낯선 모습이다. 마치 유령 같다. 그녀의 과거, 그녀의 역사가 다시 눈앞에 나타났다. 토드는 어린애다. 열 살을 겨우 넘긴 것처럼 보인다. 그 애는 성장이 늦된 스타일이라는 걸 잠시 망각했다. 토드가 뒤늦게 쑥 크면서 성장에 관한 모든 걱정이 하늘로 날아가 버렸다. 아이를 키우면서 생기는 모든 고민은, 그 문제가 해결되기 전까지는 영원히 끝나지 않을 것처럼 느껴진다. 토드는 열여섯 살이 되기 전에 급성장기가 와서 자고 나면 커 있는 듯했다. 호르몬의 분비로 성장통이 왔고, 목소리도 변했으며, 팔은 굵어지기 전에 먼저 가늘고 길어졌다. 하지만 지금 여기 있는 아들은 성장기가 오기 전, 그녀의 작은 토드다.

"오늘이구나."

이렇게 말하면서도 젠의 마음은 바퀴처럼 마구 헛돌고 있었다. 10월, 10월, 10월. 도대체 무슨 날이지? 토드의 생일도 아니고 특별한 날도 아니다. 그렇지만 분명히 토드에겐 의미 있는 날이다.

"그럼 옷 입으셔야죠."

토드는 이렇게 말하고 행복한 목소리로 덧붙였다.

"저도 입을게요."

젠은 우리가 어디 가는 거냐고 물으면 안 된다는 걸 안다. 잊어버렸다는 사실을 토드에게 들키면 안 된다. 토드는 늘 하던 대로 젠을 바라보았다. 복도에서 젠은 토드의 앙상한 어깨를 감싸 안았다. 그때 마치 누군가가 성냥을 켠 것처럼 희망의 빛이 그녀의 척추를 타고 내려왔다. 바로 이거야. 이것이 틀림없어. 젠은 계속 아들과 의미 있는 외출을 한 순간들로 돌아오고 있다. 토드의 생일날 밤에 '와가마마'에 둘이 남아 시간을 보낸 건 잘한 일이었다. 아이들에겐 아무리 많은 사랑을 주어도 지나치지 않다. 그리고 젠은 그동안 가장 원했던 일을 하고 있다. 엄마 노릇을 다시 하는 것.

"엄마가 뭘 입어야 할까?"

젠은 단서를 기대하며 물었다.

"당연히 스마트 캐주얼이죠."

토드는 아역배우처럼 말했다. 젠은 토드를 따라 계단을 올라갔다. 토드의 걸음걸이가 2022년과는 좀 다르다. 아직 자신의 몸에 편안히 적응하지 못한 아이 특유의 어색한 몸짓으로 경중거리며 걷는다.

"스마트 캐주얼, 오케이."

젠은 메아리처럼 토드의 말을 반복했다. 토드는 엄마를 따라 안 방으로 들어오더니 욕실로 느릿느릿 걸어갔다. 아, 맞다. 그랬지. 토드는 특정한 시기에 아무 이유 없이 안방 욕실에서 씻는 걸 좋아 했다. 헨리 8세가 좋아하는 잠자리를 몇 달마다 바꾸듯 가족생활 의 리듬일 뿐이었다. 열다섯 살 때 토드는 프라이버시를 크게 신경 쓰지 않았다. 10대 특유의 자의식에도 늦은 나이까지 도달하지 않 았다. 젠은 안방 욕실 문이 열려 있는 게 거슬렸지만 그걸 어떻게 표현해야 할지 몰라 고민했던 기억이 난다. 하지만 다른 많은 경우 처럼 이 문제도 저절로 해결되었고 토드는 문을 꼭 닫은 채 메인 욕실을 사용하기 시작했다.

"이 수건 쓸게요."

"그래, 얼마든지."

젠은 상냥하게 응답했다. 켈리를 찾으며 층계참으로 향했지만 그의 흔적은 어디서도 보이지 않았다. 진입로에도 그의 차가 없다. 운동화도 없다. 이렇게 이른 시간에 벌써 일하러 나갔나? 아니면 혹시? 오늘 아침에는 젠이 일어나기 전에 켈리가 먼저 나갔기 때 문에 그의 휴대폰에 추적장치를 켜둘 기회가 없었다.

젠은 페인트칠한 침실 벽을 손가락으로 쓸어보았다. 아직 목련 그림이 남아 있다. 목련 위에 회색 페인트를 칠하고 바닥에 새 카 펫을 깔기 전의 모습이다. 젠은 지금까지와는 반대 방향으로 인테 리어 개조 과정을 겪고 있다.

휴대폰 달력에 오늘 날짜를 표시해 둔 흔적은 없다. 이메일을 찾아봐도 소득이 없긴 마찬가지다. 냉장고 문에 자석으로 붙여둔 티켓 같은 게 있나 확인해 보려던 참에 토드의 목소리가 들렸다.

"그래도,"

샤워기의 물소리 너머로 토드가 말했다.

"NEC[✚]는 아주 크니까, 아마 운동화가 낫겠죠?"

맞다. NEC에서 열리는 과학전시회다. 즐거운 외출이었던 것으로 기억한다. 가는 길에 고속도로에서 달콤한 간식을 먹었고, 많이 웃었고, 돌아오는 길에는 핫초코를 마셨다. 젠은 전시 주제인 과학이 지루하기만 했으나 그 마음을 토드에게 내색하지 않았기를 희망했다. 하지만 물론 그녀는 숨기는 데 실패했다.

"진짜로 저건 너무 뻔해요."

토드는 연기를 내뿜는 시험관을 지켜보며 냉정하게 말했다. 큼직한 발, 큰 머리, 숨기고 있는 미소. 즐겁지 않은 척하지만 사실은 흥분 상태다.

"고체 이산화탄소에서 뭘 기대한 거죠?"

"그래도 나한테는 마술처럼 보이는데."

젠이 말하자 토드는 어깨를 으쓱했다. 두 사람은 파란 카펫이 깔린 홀을 누비며 전시 부스들을 살펴보는 중이다. 전시장 안은 몹시 붐빈다. 폐쇄공포증, 인공적인 열기, 전시회를 보고 싶어서 온 사람들과 단지 그들을 사랑하기 때문에 따라온 사람들 사이의 대립을

[✚]　영국에서 가장 규모가 큰 전시회장 겸 박람회장. 버밍엄에 위치해 있다.

상쇄하기에 높은 천장은 아무 소용이 없었다. 처음 이날을 보냈을 때와 마찬가지로 젠의 허리가 아파왔다. 그날 젠은 카페에 가서 앉아 있고 싶어 했고, 과학 전시와 아들에게 눈길을 주는 대신 휴대폰을 들여다보기 바빴다. 오늘 그녀는 전시와 아들 외에는 아무것도 보지 않기로 단단히 결심했다.

"저거 멋져 보이네요."

토드가 어딘가를 손으로 가리키며 말했다. 그곳에는 전시장 가장자리를 따라 작은 천막이 세워져 있었다. 형광색 재킷을 입은, 관계자처럼 보이는 남자가 그곳을 관리하고 있다. 관람객들은 그곳을 천천히 걸어 다니고, 이것저것 만지작거리고, 여러 가판대에서 콜라를 사고 있었다. 그 인파 사이로 젠은 그곳의 이름을 보았다. '우리를 둘러싼 세계의 과학.'

토드가 앞장서 성큼성큼 걸었고 젠은 그 뒤를 따랐다. 토드는 우주에 관한 전시 쪽으로, 젠은 '갖고 놀기 좋은 것들'이라고 쓰인 섹션 쪽으로 갔다.

"관심 가는 게 있으세요?"

파란 티셔츠를 입고 반짝반짝 광택이 나는 흰색 카운터 앞에 앉은 여자가 물었다. 다양한 과학 기구가 그 앞 책상 위에 어지럽게 놓여 있었다. 수정 구슬처럼 생긴 것에는 '라디오미터'*라고 쓰여 있고, '뉴턴의 요람'은 세계의 모든 시간대가 표시된 거대한 시계다.

젠은 너무 더웠고 손의 혈관도 부어올랐다. 온통 하얀 이 공간에

✚   방사선의 강도를 측정하는 장치. '복사계'라고도 한다.

사람이 너무 많다. 그녀는 마치 마이크 티비✣가 된 것 같았다. 이리저리 눈을 돌려 토드를 찾아보니, 헤드셋을 쓴 채로 어깨를 흔들며 웃고 있다. 토드는 다양한 팸플릿과 기념품들을 넣은 토트백을 어깨에 걸치고 있다. 그는 곧 공짜 민트 캔디를 집어 올 것이다. 그 후 몇 달 동안 온 가족이 먹게 될 바로 그 캔디를.

"아뇨, 없어요."

젠은 이렇게 말한 뒤 이상한 기계들 앞을 떠났다. 그리고 천천히 전시장을 돌며 이곳저곳 살펴보았다. 분명히, 분명히 여기서 뭔가 알아낼 수 있을 것이다. 그때 젠은 그를 목격했다. '잘못된 장소, 잘못된 시간'이라고 쓰인 북적이는 전시 부스에 앤디가 있었던 것이다. 앤디는 더 젊고 더 나긋나긋하고 아주 흥미롭게도 더 많이 웃고 있었다. 앤디는 전단지를 나누어주었다.

"기억에 대해서 제가 연구하는 내용이에요."

앤디는 쌍둥이 아들과 함께 온 어떤 여성에게 내용을 설명했다. 젠도 전단지를 한 장 받았다. 앤디와 눈이 마주쳤지만 그는 아무런 반응이 없었다. 눈 한 번 깜짝 안 한다. 당연한 일이다.

"기억이요?"

젠은 말을 걸어보았다.

"네. 구체적으로 말하면 기억을 저장하는 방식입니다. 기억력이

✣ 로알드 달의 동화책 《찰리와 초콜릿 공장》에 등장하는 인물로, 온종일 TV만 보는 고약한 성격의 아홉 살 어린이. 황금 티켓을 뽑아 초콜릿 공장에 견학을 가게 된다. 동명의 영화에서 마이크 티비가 초콜릿 공장에서 온통 하얀 TV 방에 들어가는 장면이 나온다.

좋은 사람들이 기억을 어떻게 체계적으로 저장하는지 연구하죠."

"잠재적인 기억도 연구하시나요?"

젠은 앤디가 이런 식으로 연구를 시작했는지 전혀 몰랐다. 앤디는 말해주지 않았고, 젠도 물어보지 않았다.

"아니면, 시간은요?"

젠은 표지판 문구를 가리켰다.

"그 두 가지는 같은 거잖아요, 그렇죠?"

앤디가 살짝 미소 지으며 이어서 말했다.

"과거는 기억이잖아요. 그렇지 않습니까?"

갑자기 젠은 이 과거에서 홀로 군중에 둘러싸인 채, 거의 끝에 다다랐다는 느낌을 받았다. 앤디와의 만남은 이번이 마지막일 것이라는 본능적인 느낌이 들었다. 소름 끼치는 과거가 그녀를 향해 돌진해 오고 있다. 젠은 앤디가 준 전단지를 하나 받아 들고 그 앞의 카운터에 팔꿈치를 기댔다.

"우린 만난 적이 있어요."

앤디의 얼굴에 혼란스러움이 스쳤다.

"죄송한데, 제가……?"

"우리가 만난 건 미래예요."

이렇게 말하면서도 젠은 실제로 이게 너무 사실 같지 않다는 생각이 들었다. 언제가 됐든 그녀가 모든 것을 알아내는 날, 앤디는 그곳에서부터 시간이 다시 정상으로 돌아올 거라고 생각하는 듯했다. 모든 것, 과거에 관한 연구일 뿐인 이 모든 것을 지우고 시간이 다시 흘러가는 것이다. 그러므로 젠과 앤디는 아직 만나지 않았다고 하는 편이 더 사실에 가깝다. 얼마나 우스운가. 그들을 둘러싼 진실은 몇 년 전으로 돌아온 이곳 NEC에서도 똑같다. 젠은 놀란 그를 진정시키려는 듯 손을 내밀었다.

"저는 당신에게 항상 같은 질문을 해요. 하지만 가끔은 답이 달라지기를 바라죠."

앤디는 젠을 향해 눈을 깜박이고는 그녀가 들고 있는 전단지를 다시 가져가려고 천천히 잡아당겼다. 앤디의 수염은 더 검고 더 빽빽했다. 몸은 더 날씬하다. 결혼반지도 없다. 젠은 미래의 그의 삶에 관해 아는 것이 거의 없지만 그에게 말해줄 수 있는 모든 것을 떠올려 보았다. 어쩌면 앤디는 타임슬립을 연구하지 않을 수도 있다. 그리고 어쩌면 젠이 그의 미래를 완전히 바꿔버릴지도 모른다. 물론 그가 어떻게 바뀔지 지금 이 순간 결정되는 것은 아니겠지만. 바로 그때, 젠은 비장의 카드를 꺼냈다.

"미래에 당신이 저한테 말했어요. 만약 시간여행 중에 당신을 만나게 된다면 상상의 친구 이름인 조지를 말해달라고요."

젠이 말을 끝내기도 전에 앤디가 날카롭게 숨을 들이마시며 끼어들었다.

"조지."

그의 목소리는 경탄으로 가득 차 있다.

"그건 제가……."

"시간여행자들에게 말해주는 거죠. 알아요."

이렇게 속삭이는 젠의 팔에서 털이 곤두섰다. 마법이다. 이건 마법이야.

"제가 어떻게 도와드릴까요?"

앤디의 말에 젠은 다시 한번 그에게 모든 일을 설명했다. 그에게 이 이야기를 하는 것이 몇 번째인지 모르겠다. 앤디는 집중해서 들었다. 그의 얼굴은 전보다 주름이 적고 태도도 덜 까탈스럽다.

젠이 설명을 마치자 앤디가 말했다.

"가끔은 어떤 일을 처음 겪을 때 감정이 그 일의 본질을 이해하는 걸 막기도 해요. 그렇지 않나요?"

그는 수염을 문질렀다.

"만약 제가 과거로 돌아갈 수 있다면, 저는 그냥 서서 제 인생에 일어난 여러 일을 진실하게 온전히 목격할 겁니다. 그 일들이 결국 어떻게 될지 안다면요."

젠은 앤디를 가만히 응시했다. 더 젊고 덜 지쳐 있고 더 감상적인 버전의 그를.

"어쩌면 그게 나을 수도 있어요……."

젠이 말했다. 그저 지켜보는 것, 그녀의 삶과 그 모든 사소한 일들을 멀리서 목격하는 것. 어쩌면 그것이 그녀가 알아야 할 전부인지도 모른다.

"그래도 이건 궁금해요."

앤디가 말했다.

"타임슬립에 들어갈 만한 거대한 힘을 어떻게 만들어내는 거죠? 제가 알기로는 그게……."

"알아요, 초인적인 종류의 힘이죠. 그 부분은 미스터리로 남아 있어요."

젠은 그에게 손을 들어 보이고는 몸을 돌려 아들에게로 그리고 자신과 아들이 함께 걸어가는 길로 다시 돌아갔다. 먼 과거인 이곳에서 그녀는 준비가 됐다고 느꼈다. 토드는 헤드셋을 벗고 가까이 오라고 젠에게 손짓했다. 그리고 민트 캔디를 건네주었다.

"$C_{10}H_{20}O$. 멘톨의 화학식이에요."

그는 민트 캔디를 씹으며 알려주었다.

"이런 건 어떻게 알아?"

오, 하나님, 그녀는 토드를 너무 사랑한다. 젠이 토드의 어깨에 팔을 두르자 그는 놀란 듯 젠을 힐끔 쳐다보았다. 다른 건 다 필요 없고 토드가 아직 소년인 이곳에 같이 머물면 안 될까?

"그냥 알아요. 제 말은……, 이건 데칸산이랑 산소 분자 두 개가 다를 뿐이거든요."

토드는 신이 나서 이렇게 설명했다. 그런데 이것은 예전이라면 젠이 비웃었을 법한 문장이다.

"설명 감사합니다."

그녀는 항상 이런 식으로 말했다. **아마** 그날도 실제로 이렇게 말했을지 모른다. 하지만 오늘은 그러지 않았다. 농담은 최악의 죄를 숨길 수 있다. 어떤 사람들은 부끄러움을 숨기려고 웃기도 한다. 그들은 '**전 정말 창피하고 숨고 싶어요**'라는 말을 웃음으로 표현한다. 젠은 갑자기 켈리를 생각했다. 그와 항상 주고받던 가벼운 농담. 하지만 켈리가 자신의 감정을 말한 적이 있었던가? 만약 젠이 그를 냉정하게 관찰한다면 그녀는 무엇을 알게 될까?

토드에 대해 알고 있고, 그를 이해한다는 점이 범죄를 막지 못할지라도 젠은 자신이 아들에 대한 지식과 이해심을 가졌다는 것이 기뻤다. 과학 이야기를 나눴던 그날 밤 부엌에서 토드가 물리학을 좋아한다고 말했을 때 젠은 아들이 마음속 진심을 엄마에게 말해 주었다는 사실이 기뻤다.

"시간여행에 대해서 어떻게 생각해?"

"완전히 가능하죠."

"그래?"

"원인과 결과 때문에 시간은 오직 일직선 형태라고 하더라고요."

"한두 단계 좀 내려서 설명해 줄래?"

"우리가 생각하는 방식이……, 음……."

토드는 말하다 말고 젠의 얼굴을 힐끗 보았다. 그리고 도넛 판매대 앞에서 눈썹을 슬쩍 들어 올렸다. 젠은 고개를 끄덕였다. 두 사람은 그곳에 줄을 섰다.

"그냥 관둘래요."

"아니야. 말해봐."

"지루해하실걸요. 전 알아요. 엄마 눈이 흐릿해지고 있잖아요."

"아니라고. 난 네 말이 안 지루해. 네가 얼마나 설명을 잘하는데."

그러자 토드의 얼굴에 생기가 돌아왔다.

"좋아요, 그럼. 시간은 그저 우리가 자유롭게 생각하는 한 가지 방식일 뿐이에요. 우리 행동에는 원인과 결과가 있다는 거죠. 그래서 시간이 강물처럼 한 방향으로 흐른다고 생각하는 거예요."

"하지만 그렇지 않다?"

토드는 젠을 바라보며 어깨를 으쓱했다.

"그건 아무도 모르죠."

그 즉시 젠은 과거의 젠에게 미안하다고 생각했다. 과거의 토드에게는 더더욱 미안했다. 아들과의 관계가, 이 지적인 관계가 불가능하다고 느끼고 그렇게 결론 내려버린 것이 참으로 후회되었다. 젠은 이제 비선형적인 시간, 즉 일직선으로 흐르지 않는 시간에 대해 그 누구보다 잘 알고 있다.

"뒤늦은 깨달음의 역설처럼요."

토드는 도넛을 사면서 말을 이어갔다.

"다들 무슨 일이 일어날지 알고 있었다고 생각하죠. '난 다 알고 있었어!' 이렇게요. 하지만 사실 어떤 결과가 나와도 그들은 똑같이 말할 거예요. 왜냐하면 우리 뇌는 모든 가능성을 고려하는 능력이 뛰어나거든요. 우리는 무슨 일이 일어날지 언제나 알고 있었던 거죠."

젠은 이 설명을 곱씹어 보며 소화하려고 애썼다. 토드는 5초 안에 자신의 범죄에 얽힌 수수께끼를 풀 수 있을 것이다. 그는 너무 똑똑하다. 지금 눈앞에 선 토드는 아직 어리고 관습에 물들지 않은 순수한 마음을 간직하고 있다. 전 세계에 존재하는 그 누구보다도 이런 대화를 나누기에 완벽한 상대다. 그런 사람이 바로 옆에 있을 가능성이 얼마나 되겠는가?

마침내 젠은 그냥 이렇게 말하기로 결정했다.

"넌 정말 똑똑해, 토드."

두 사람은 의학 전시 코너를 지나갔다. 당뇨 검사, 심전도 관련 부스도 있고 복부 대동맥 검사의 중요성을 강조하는 부스도 있다.

"대동맥 검사해 보실래요?"

토드가 농담을 던졌다. 젠은 그가 엄마의 말을 들었고 칭찬을 받아들였다는 걸 안다. 아니나 다를까, 토드는 이렇게 말했다.

"제가 새로운 화합물을 발견하면 엄마는 이렇게 말할 거예요. **'난 다 알고 있었어!'"**

젠은 깔깔 웃었다.

"그럴 거야."

토드가 도넛 상자를 열었다.

"한 개 다 드실래요, 아니면 한 입만?"

왜 그런지 몰라도 젠은 정확히 딱 이 순간이 생각났다. 과거에 그녀는 먹지 않겠다고 말했다. 다이어트 중이었던 것이다. 맞다. 젠은 허리 사이즈가 망할 32인 청바지를 입고 있다. 2022년에는 그렇지 않다.

"한 입만 줄래?"

그녀는 북적이는 복도에 서 있었고 토드가 설탕 입힌 도넛 조각을 내밀었다. 사람들은 짜증 난다는 듯 씩씩거리며 지나갔지만 젠과 토드는 신경 쓰지 않았다. 그녀는 도넛을 베어 먹으며 마치 동물처럼 토드의 손가락 끝을 깨무는 척 장난을 쳤다. 토드가 깔깔거렸다. 눈썹을 올린 채 입을 크게 벌리고 웃는 그 모습은 젠의 시선 속에서 생기를 간직한 채 정지된 화면처럼 보였다.

```
┌─────┐
│ 라  │
│ 이  │
│ 언  │
└─────┘
```

라이언은 몇 주 동안 에즈라에게 절도 차량 세 대를 전달했다. 그는 새벽 3시에서 4시 사이에 일하기 때문에 완전히 녹초가 됐다. 늦잠을 잘 수도 없어서 잠을 제대로 못 자고 있다. 팔다리는 무겁고 몸은 추워서 덜덜 떨린다.

"아주 고맙네."

에즈라가 라이언에게 말했다. 에즈라가 자리를 뜨려 할 때 그의 동료 앤절라가 도착했다.

"아하, 왔군."

에즈라가 말했고 앤절라는 라이언에게 미소를 지었다. '**능숙하게 일하고 있지만 난 이들과 한통속이 아니야**'라는 뜻을 넌지시 담고 있는, 조심스러운 미소다. 그녀는 운동복 바지를 입고 화장은 하지 않았으며, 창백한 두피가 드러나도록 머리를 깔끔하게 뒤로 모아 포니테일 스타일로 묶었다.

"벤츠 한 대 가져왔어요."

그녀가 에즈라에게 말했다.

"차 키가 손이 닿지 않는 곳에 있어서 약간 까다로웠죠. 망치로 변기 위에 달린 작은 창문을 깨고 집 안으로 들어갈 수밖에 없었어요."

에즈라는 수염 위를 문질렀다.

"그래, 그랬군. 그래도 주인은 집에 없었던 거지?"

그는 범죄자가 아니라 친근한 사무실 관리자라도 되는 것처럼 사실을 확인하고는 의무를 이행하듯 메모판에 체크 표시를 했다.

"번호판은 바꿨지?"

"넵. 경보기도 안 울렸어요."

쌀쌀한 밤이다. 3월이지만 아직 서리가 내리고, 공기는 얼음처럼 차갑다. 라이언의 눈은 모래가 들어간 듯 뻑뻑하다. 일이라는 게 다 그렇겠지만 위장 경찰 업무도 때로는 지루하고 짜증 나며 매우 피곤하다는 사실을 서서히 깨닫는 중이다.

"그래, 휴가 갈 때 경보기를 안 켜놓는 사람이 얼마나 많은지 놀라울 정도야."

에즈라의 목소리는 점점 낮아지다 마지막에는 어둡고 비꼬는 어조가 되었다. 마치 자기 혼자 은밀한 농담을 하는 것 같다. 앤절라는 눈치껏 연기 모드에 돌입했지만 라이언은 에즈라를 압박해 이런 질문을 하고 싶다는 마음이 꿈틀댔다. '집주인이 휴가 떠난 건 어떻게 알죠?'

"어쨌든 좋은 물건일 거예요. 꽤 새 차거든요."

앤절라가 말했다.

"중동 사람들이 벤츠를 좋아하지."

에즈라는 말수가 적은 사람이다. 라이언은 그가 어떤 부류인지 알아챘다. 형 켈리도 비슷했다. 결정적인 일은 비밀로 해두는 사람. 더 이상의 질문이 필요 없을 만큼 충분히 설명해 주지만 필요한 것 이상의 정보는 절대 주지 않는 사람. 사람들은 대부분의 시간 동안 그가 회피하고 있었다는 사실조차 모르다가 아무런 답을 얻지 못한 채 웃으며 떠난다. 그러곤 문득 생각한다. '**잠깐**, 이거 어떻게 된 거지?' 켈리에게서는 배울 점이 많다.

"내일 할 일 문자로 받았나?"

에즈라가 물었다. 이것이 위장 경찰 업무의 또 다른 특징이다. 일과 휴식의 경계가 매우 흐려지는 것. 사실 라이언은 내일 근무조가 아니다. 하지만 그걸 어떻게 말할 수 있겠는가?

"아, 미안. 쉬는 날인가?"

"넵."

"자네 둘, 아주 잘하고 있어."

라이언은 이 모든 일을 한눈에 바라보는 입장에서 에즈라의 말이 완전히 사실이라는 것, 하지만 에즈라가 원하는 방식은 전혀 아니라는 것이 얼마나 우스운지 생각했다.

"이 일이 정말 좋아요. 이렇게 쉽게 돈을 벌어본 적이 없어요. 평범한 일을 한다고 생각해 보세요. 번 돈의 절반은 망할 세금으로 나가잖아요?"

라이언이 이렇게 말하자 에즈라는 앓는 소리와 웃음소리의 중간쯤 되는 이상한 소리를 냈다.

"그렇지. 출근 찍고 퇴근 찍고, 국가 보험료 내고. 마르베야*에 별장은 꿈도 못 꾸는 인생이지."

마르베야. 또 하나의 정보다. 갱단이 그곳에 별장을 살 때 쓴 돈을 추적해 볼 수 있겠다.

"바로 그거예요."

"어쨌든 이 돈 많은 멍청이들은 두 번째 차가 필요 없어."

에즈라가 한마디 추가했다. 라이언은 땅바닥을 발로 직직 긁었다. 그는 경찰서에서 침묵이 가진 힘에 대해 배웠다. 이제 처음으로 그것을 활용해 보려 한다. 에즈라가 뭔가 중요한 말을 하려 한다는 느낌이 왔기 때문이다.

"하지만 그 아기 일은 빌어먹을 서커스였지."

라이언은 무표정을 유지하려 했지만 속으로는 흥분을 감출 수 없었다.

"정말 맞아요."

앤절라가 조심스럽게 말했다.

"나쁜 애송이들이었잖아요. 그렇죠?"

"아, 애송이들. 자네는 가끔 이상한 말을 쓴단 말이야."

라이언은 얼굴을 찡그리면서 에즈라가 알아차리지 못하길 빌

✢ 스페인 남부의 휴양도시로 유럽 부호들의 별장이 몰려 있는 곳이다. 지중해와 블랑카산맥을 앞뒤로 끼고 있어 아름다운 풍광을 자랑한다.

었다.

"빌어먹을 이교도 두 명."

에즈라가 중얼거렸다. '이교도'는 불성실한 말단 조직원을 가리키는 갱들의 언어다. 이 정보는 라이언을 위로 끌어올려 갱단 우두머리에게 다가가게 해줄 것이다. 적어도 라이언에게는 더 중요한 정보이기도 하다. 아기에 대한 힌트를 주는 정보이기 때문이다. 아기를 구할 수만 있다면 차량 절도범들을 놓치더라도 상관없었다. 아기를 생각하면 라이언은 도통 잠을 잘 수가 없었다. 겁에 질린 채 혼자 있는 아기. 신만이 알고 있을 그 누군가에게 붙잡혀서 엄마를 애타게 찾고 있을 그 아기. 그 생각만 하면 그는 너무 괴로웠다.

그들은 에즈라가 차를 확인할 수 있도록 주차해 둔 곳으로 걸어갔다. 바닥에는 깨진 유리와 담배꽁초가 널려 있었다. 아무 소용 없는 행동이지만 라이언은 자신이 감수하고 있는 위험에 대해 다시 생각해 보았다. 스스로 이 위험에 동의했다는 사실도. 갑자기 그는 위장 경찰의 사망률이 얼마나 되는지, 그들이 얼마나 자주 신분을 들키는지, 정보를 얻기 위해 얼마나 자주 선을 넘는지 궁금했다.

"그런데 그 사람들은 어떻게 아기를 보지도 못했을까요?"

라이언이 의문을 제기했다. 앤절라가 코를 긁었다. 그만하라는 신호다. 하지만 라이언은 그녀를 무시했다.

"빌어먹을 바보들이지, 안 그래?"

에즈라는 더욱 활기를 띠며 말했다.

"그놈들은 그냥 무신경했던 거야."

그는 두 손을 들어 올렸다.

"나도 아기 따위는 신경 안 썼어. 하지만 중대범죄팀에서 온 놈들이 우릴 감시하고 있는지는 신경 쓰지."

앤절라는 정말 코가 가려운 듯 계속 긁었다. 하지만 라이언은 질문을 이어갔다. 도저히 멈출 수가 없다.

"그럼 그 아기는 결국 배를 타게 되는 건가요?"

그들은 이제 차를 댄 곳에 도착했다. 에즈라는 보닛에 손을 올리고 몸을 기댔다. 그리고 라이언을 제대로 보기 위해 고개를 돌렸다. 느리고 동물적인 움직임이다. 마침내 두 사람의 눈이 마주쳤다. 라이언은 에즈라의 차가운 눈빛을 보고 망했다고 생각했다. 하지만 다행히 그건 아니었다.

"농담해? 난 당연히 아기를 배에 타게 두지 않았어."

라이언은 숨을 죽이고 동작을 멈추었다. 그들은 무언가의 가장자리에서 비틀거리는 중이다. 라이언이 다시 질문하려는 찰나 앤절라가 손을 뻗었다. 미리 공유한 비밀 신호를 몰랐다면 라이언은 그 행동이 무슨 뜻인지 절대 알지 못했을 것이다.

"네, 그러니까…… 좋은 생각이에요."

질문하려던 라이언은 마음을 바꿔 이렇게 말했다. 이번만큼은 그의 본능이 앤절라의 의견에 동의했다. 그렇지만 위험을 감수함으로써 라이언은 정보를 캐내는 데 성공했다. 라이언은 이제 담당 형사에게 그리고 형사는 경찰청 범죄수사과에 말할 수 있다. 아기가 아직 이 나라에 있다고. 중동으로 가는 배에 실려 가지 않았다고. 하나님 감사합니다.

그쯤에서 멈춘 것은 분명히 옳은 결정이었다. 에즈라가 이렇게 말했기 때문이다.

"내일 밤 회장님을 만나러 갈 거야."

"아, 보스 말씀이시죠?"

흥분한 라이언은 목소리마저 달라지기 시작했다. 아버지에게 물려받은 웨일스 억양이 점점 사라졌다. 이 삶에서 자기 자신을 잃기란 얼마나 쉬운가. 말 그대로 다른 신분으로 위장해 살다가 점차 정말로 그 사람이 되어버리는 일은 또 얼마나 쉬운가. 날씨가 너무 추워 라이언의 턱이 떨렸다. 공기 중에는 분필 가루 같은 마른 눈이 가득했다. 에즈라는 라이언을 가리키며 말했다.

"자네도 오게."

그리고 앤절라를 보더니 그녀의 가명을 불렀다.

"자네도, 니컬라."

토드는 열세 살이다. 137센티미터의 아담한 키에 비스킷과 야외 활동의 냄새를 풍긴다. 젠의 가족은 나중에 더 좋은 모델로 바꾸면서 팔아버리는 오래된 차 안에 있다. 토드는 젠의 뒷좌석에 앉아 의자를 발로 툭툭 차고 있다. 젠은 이 행동을 너무 싫어했지만 지금은 약간 그립기까지 하다.

오늘은 4월 1일. 젠이 아침에 눈을 뜨자 노란 햇살이 복도를 비추고 있었다. 그녀는 이날, 이 주말이 생각난다. 부활절 일요일이다. 세 식구는 마을 축제에 놀러 갔다가 저녁을 먹고 집으로 돌아가는 길이다. 단순한 일들을 가족과 함께한 하루였다. 젠은 아들과 남편이 주고받는 농담에 웃음을 터뜨리느라 온종일 자신을 잊고 지냈다. 처음 이날을 보냈을 때 완벽한 주말이라고 생각했던 기억이 난다. 그만큼 날씨도 완벽했다. 젠의 가족은 내내 야외에서 친구들과 바비큐 파티를 했다. 그리고 집으로 돌아가던 바로 그때 차 안에서 켈리가 이런 말을 했다.

"내일도 공휴일이라 하루 더 놀잖아."

젠은 왜 그 말이 명확히 기억나는지 궁금했다. 이날보다 더 밝고 기억에 남는 날들도 있을 것이다. 그런데 두 사람의 결혼식처럼 더 큰 일이 있었던 날은 오히려 흐릿하게 떠오를 뿐이다. 젠의 가족은 이날 이 시간으로 돌아와 있다. 이때 차를 타고 가면서 젠은 며칠 전 사무실에서 법정 심리에 관한 건으로 아버지를 화나게 한 일을 걱정하고 있었다. 그녀는 할 수만 있다면 팔을 멀리 뻗어 정신 차리라고 과거의 자신을 잡아 흔들고 싶다. 인생은 너무 짧아. 눈 깜짝할 새에 지나가 버린다고. 아버지는 언젠가 돌아가실 거야. 이렇게 말해주고 싶지만 그럴 수가 없다. 젠은 오늘의 젠일 **뿐이다.**

차 안은 어둡고 조용하며 라디오는 낮게, 히터는 높게 틀어져 있다. 젠이 가장 좋아하는 상태다. 피부가 당기는 느낌이 든다. 그날 젠과 켈리는 둘 다 처음으로 피부에 화상을 입었는데 그걸 완전히 잊어버리고 오늘 똑같은 실수를 반복했다. 기만적인 영국의 봄 태양답게 공기는 차가웠지만 햇볕은 뜨거웠다. 해는 5분 전에 졌고 도로 위에 펼쳐진 하늘은 우아한 분홍색 장밋빛이다. 그들은 브렉시트에 관해 이야기하고 있다.

"지금은 브렉시트를 추진해야 해요."

토드가 말했다. 나중에 그는 이 관점을 철회하게 된다.

'좀 더 신중해야 했어요.'

항구에 길게 늘어선 줄을 보고 토드는 이렇게 말할 것이다. 밝은 햇빛 속에서 아주 좋은 하루를 보냈는데 왜 이 시점으로 돌아왔는지 젠은 알 수가 없다. 지금까지 시간여행을 하면서 그녀는 최소한 무언가를 발견했다. 사소하고 헷갈리는 단서일지라도 변화를 일으킬 만한 무언가를 찾아냈던 것이다. 미스터리의 한 조각이라도. 하지만 이날은 처음 겪었을 때와 완전히 똑같이 흘러갔다. 제길. 젠은 조수석 창문에 관자놀이를 기대고 눈을 감았다. 운전은 켈리가 하고 있다. 2022년에 그는 전보다 운전하는 횟수가 현저히 줄었다. 예전에는 항상 켈리가 운전했었다는 사실을 잊고 있었다. 켈리는 왼손을 젠의 무릎 위에 가볍게 올려놓고 있다. 젠은 남은 시간을 그냥 즐길 생각이었다. 만약 그녀가 뭔가를 알아내려는 노력을 멈추면 무슨 일이 일어날지도 모른다.

"집에 가서 바로 안 자도 돼요?"

토드가 뒷좌석에서 물어보았다. 젠은 눈을 뜨고 시계를 확인했다. 이제 7시 반 정도밖에 되지 않았다. 토드가 열세 살 때 몇 시에 잠자리에 들었는지 전혀 생각나지 않는다. 이 기억은 점점 흐릿해지다 토드가 성인이 되면서 완전히 사라져 버렸다. 젠은 켈리를 쳐다보며 눈썹을 들어 올렸다. 켈리는 어깨를 으쓱하곤 말했다.

"그래. 안 될 거 없지."

"툼 레이더 게임 할까요?"

"그럴까?"

토드가 행복하게 웃었다. 켈리는 젠을 보았다.

"당신은 그저 라라 크로프트*가 좋은 거지?"

젠은 낮은 목소리로 속삭였다.

"그래, 내가 컴퓨터로 만든 가슴을 얼마나 좋아하는지 알잖아."

"뭐라고요?"

토드가 뒤에서 큰 소리로 물었다.

"내일도 공휴일이라고 했어."

켈리는 젠을 향해 미소를 지으며 말했다. 차가 고속도로 진입로로 들어설 때 젠은 어두운 차 안에서 켈리에게 웃는 얼굴로 화답했다.

"지당한 말씀."

그녀는 자신의 목소리 안에 묻어 있는 향수와 슬픔을 그리고 또다른 무언가를 켈리가 눈치채지 않기를 바라며 조용히 말했다. 그들이 주고받는 농담은 본래의 의도보다 더 많은 역할을 할 것이다. 아마 더 깊은 주제로 들어가는 것을 어떻게든 회피하는 효과가 있을 것이다. 젠은 켈리가 웃기만 하고 자신의 진짜 감정은 보여주지 않는다고 가끔 생각했다. 그 농담 아래 숨어 있는 것은 과연 무엇일까? 그들은 항상 매력으로 가득 찬 가족이었다. 억압된 성장기를 보낸 젠이 꿈꾸던 완벽한 가족 그 자체였다. 하지만 유머는 또 다른 종류의 억압이 아니었을까?

그때 백미러에 파란색 불빛이 비쳤다. 켈리의 눈이 재빨리 그것을 포착했다. 빛을 받아 번쩍이는 그의 짙은 남색 눈동자가 순간적으로 연청색으로 바뀌었다. 맞아, 바로 그거다. 젠은 어떤 기억이

✤   '툼 레이더' 게임의 여주인공. 가장 유명한 비디오게임 여주인공으로 관능적인 몸매를 가졌다.

떠오를 듯했다. 뭐였지? 사고가 있었나? 아니, 아니다. 그들은 차를 세우지만 아무 일도 일어나지 않는다. 그래서 이 기억이 쉽게 잊힌 것이다. 하지만 그날 매우 당황했던 기억이 난다. 이제 다시 살펴봐야겠다. 앤디의 말처럼 젠은 상황을 관찰할 기회를 얻은 것이다.

젠이 속도계를 확인해 봤지만 켈리는 고속도로를 시속 50킬로미터로 달리고 있다. 그는 절대 과속하지 않는다. 세금도 내지 않는다. 여행도 하지 않고 모임에도 가지 않는다. 아무도 알고 지내려 하지 않고 어쩔 수 없는 디너파티에서는 조용히 앉아 있기만 한다.

"경찰이에요!"

아직 순수한 토드가 뒷좌석에서 깔깔거리며 말했다. 젠은 마치 적대적인 시선을 받는 것처럼 등 쪽이 불편한 느낌이었다. 그녀는 몸을 돌려 토드를 바라보았다. 4년 반 뒤에 살인 혐의로 체포되는 아이, 손목에 수갑이 채워질 때조차 아무 상관 없다는 듯 지치고 나이 들고 초점이 맞지 않는 멍한 눈빛을 보여주는 그 아이를. 젠은 손을 뻗어 손바닥 안에 쏙 들어오는 토드의 무릎을 꼭 잡아보았다.

경찰은 불을 껐다가 다시 켰다. 젠이 거울을 통해 보니 검은 조끼를 입고 운전석에 앉은 경찰관이 누가 봐도 분명하게 왼쪽을 가리키고 있다.

"차 세우라는 거 같은데?"

젠이 켈리에게 말했다. 경찰은 파란색과 주황색 불빛을 동시에 켜며 지시를 내리기 시작했다.

"그래, 우리한테 볼일이 있나 보네."

켈리의 목소리가 좀 이상했다. 젠은 그를 빤히 쳐다보았다. 켈리는 딱딱한 표정으로 거울을 보고 있었고, 젠의 무릎 위에 있던 손은 제자리로 돌아갔다. 그의 목소리는 화가 난 듯했다. 속도위반 딱지 같은 게 아니라 뭔가 다른 것, 더 큰 무언가에 화를 내는 것 같았다. 처음 이날을 보낼 때는 젠도 불안해서 켈리의 반응을 미처 알아채지 못했다. 하지만 이제 그녀는 알 수 있다. 가식적인 재치의 표면 아래에서 가끔 부글부글 끓는 듯하던 그 분노를. 켈리는 고속도로 끝에서 운전대를 비틀었다. 왼쪽으로 꺾어 주유소 가장자리에 차를 세웠다. 바퀴 두 개는 보도 턱 위에, 나머지 두 개는 보도 아래에 가도록 차를 세운 삐딱한 각도가 마치 협조하기 싫다는 10대처럼 적대적으로 보였다.

남자 경찰관이 운전석에 앉아 있었다. 완벽히 둥근 머리통에 민머리가 고속도로 주유소의 밝은 불빛 아래서 빛난다. 축구공 같은 그 대칭성이 왠지 모를 만족감을 주었다. 거기에 더해 그는 투견이 두를 만한 크고 두꺼운 쇠사슬을 목에 감고 있다. 켈리가 창문을 내리자 그가 말했다.

"안녕하세요."

봄바람이 창문 안으로 불어왔다.

"공휴일에 무작위로 음주측정 중입니다. 참여하시겠습니까?"

그는 기대하는 듯 미소를 지었지만 이건 사실 질문이 아니다. 켈리의 시선이 계기판, 앞 유리 그리고 경찰에게로 향했다. 젠은 켈리의 일거수일투족을 관찰했다.

"물론이죠."

차에서 내리며 켈리가 흔쾌히 대답했다. 젠은 그 순간 그가 청바지 뒷주머니에 있던 지갑을 꺼내 떨어뜨리는 모습을 포착했다. 너무나 자연스러운 움직임이다. 지갑은 딱정벌레처럼 좌석 위로 가볍게 미끄러져 떨어졌다. 어두운 차 안에서 지갑은 전혀 눈에 띄지 않는다. 오직 젠만이 알 수 있다.

"그럼 절 잡아넣는 건가요?"

켈리는 농담을 건넸고 젠은 점점 초조해졌다. 경찰은 의무적으로 행동했고, 켈리는 차들이 휙휙 지나가는 길가에 서서 엉덩이에 손을 올린 채 음주측정기를 불었다. 그는 운전할 때 절대 술을 마시지 않는다. 단 한 잔도. 그래서 젠은 아무런 걱정을 하지 않았다. 이날을 기억하지 못하는 이유는 그 때문이다. 하지만 젠이 여기 와 있는 데에는 분명 이유가 있을 것이다. 이번에도 모든 정황이 남편을 가리키고 있다.

"왜 무작위로 음주측정을 하는 거예요?"

토드가 창밖으로 고개를 내밀고 묻자 켈리가 대답했다.

"공휴일에 술 마시고 운전하는 바보들이 있기 때문이지."

켈리는 다시 차에 올라탄 뒤 창문을 올렸다. 그는 지갑을 깔고 앉은 게 틀림없다. 편안할 리가 없는데 얼굴에 전혀 드러나지 않는다. 너무 태연한 표정이다. 그는 젠을 힐끗 보더니 말했다.

"나 원 참, 자기가 무슨 로스앤젤레스 경찰국✣ 경찰이라도 되는 줄 아나?"

✣ 미국 캘리포니아주의 치안을 담당하는 로스앤젤레스 경찰국(LAPD)은 LA를 배경으로 하는 액션 영화에는 반드시 등장한다고 할 정도로 대중에게 친숙하다.

"차 세우라고 하면 좀 무섭지 않아? 난 내가 뭘 잘못했나 싶어서 항상 긴장되더라고."

그녀의 말에 퀠리는 온화한 말투로 대답했다.

"하나도 안 무서워."

젠은 앞 좌석에 앉아 입술을 깨물었다. 그녀는 자신의 결혼생활을 감시하는 관찰자다. 퀠리가 마지막으로 그녀에게 짜증 나는 일이 있었다고 **말한 게** 언제였던가? 그런 말을 한 적이 있기는 한가? 그녀는 갑자기 무서워졌다. 이 남자를 밤에 잠 못 들게 하는 건 뭘까? 무엇이 그를 화나게 하는가? 그는 죽을 때 무엇을 후회할까? 젠은 자신이 영원히 사랑하겠다고 맹세한 남자 옆에 앉아서 이 질문 중 어느 것에도 답하지 못한다는 사실을 문득 깨달았다.

젠은 파자마 차림으로 벨벳 소파에 다리를 꼬고 앉아 있다. 그들이 몇 년 안에 버릴 오래된 램프가 켜져 있다. 오늘 밤 젠은 이 과거로 다시 돌아와 있는 것이 기쁘다. 스스로 그리워하는지도 몰랐던 편안한 것들에 둘러싸인 이 시간.

퀠리의 지갑이 젠의 손안에 있다. 갈색 가죽 지갑은 모서리가 접힌 책처럼 귀퉁이가 닳아 있다. 지갑 안에는 신용카드와 현금카드는 없고, 공동계좌카드, 3파운드 동전, 헬스장에서 사용하는 로커 코인 그리고 운전면허증이 들어 있다. 이것들을 무릎 위에 펼쳐놓고 보니 너무나 평범하다. 젠은 무엇을 찾아낼 수 있을까? 불법적인 물건을 지갑에 넣고 다니는 사람이 있기는 할까?

문득 그녀는 운전면허증을 보다가 홀로그램 부분이 조금 이상하다고 느꼈다. 소파에서 벌떡 일어나 자신의 운전면허증을 꺼내 나란히 놓고 대조해 보았다. 홀로그램이 똑같나? 빛을 비춰보니, 아니다. 완벽하게 똑같지는 않다. 켈리의 면허증은 뭔가 더 과장되어 있다. 그녀는 구글에 **'위조 운전면허증'**을 검색해 보았다. 인터넷 기사 내용에 다음과 같은 문구가 있다.

"위조 운전면허증을 판별하는 가장 좋은 방법은 홀로그램을 보는 것입니다. 그 부분은 완벽하게 복제할 수 없습니다."

그리고 진짜와 위조 운전면허증을 나란히 놓고 비교한 사진이 올려져 있는데, 위조 운전면허증이 켈리의 것과 완전히 똑같다. 젠은 더는 견딜 수가 없었다. 잊어버리고 싶은 일들을 끊임없이 발견하고 또 발견하는 이 끝나지 않는 터널. 그녀는 램프를 끄고 어두운 거실에 멍하니 앉아 있었다. 가족이 오래 써온 편안한 소파에. 남편의 위조 운전면허증을 손에 들고.

젠은 다른 침대에 누워 있었다. 침대가 달라졌다는 걸 알아챈 방식은 지금이 아침 7시 정도라는 것을 알아챈 방식과 같다. 방으로 들어가기 직전에 누군가가 내 이야기를 하고 있었다는 사실을 알아차리는 것, 차가 내 앞에서 막 출발하려 한다는 걸 알게 되는 방식과도 같다. 미세 감정이라고 하던가? 인간이 작은 변화를 감지할 수 있는 능력이다. 설명할 순 없지만 그냥 아는 것. 토드는 그걸 '뒤늦은 깨달음의 역설'이라 부를 것이라고 젠은 생각했다.

빛이 달라 보였다. 그게 첫 번째 차이점이다. 퇴창에 블라인드가 없다. 그 대신 커튼을 통과해 흐릿하게 걸러진 회색빛이 방 안에 드리워져 있다. 근처의 라디에이터가 켜져 있는 걸 보니 지금은 분명 겨울이다. 뜨거운 금속 냄새가 나고, 인공적인 열기가 침대 위의 찬 공기와 섞이는 것이 느껴진다.

매트리스의 느낌이 다르다. 지금보다 가난하던 시절이었기 때문에 매트리스가 낡고 삐걱거린다. 일단 돈이 생기면 우리는 이 새로운 생활에 얼마나 쉽게 익숙해지는가? 싸구려 매트리스에서 자고 포장 음식을 먹으며 생활비를 절약하는 등 넉넉지 않은 형편으로 사는 방식을 우리는 너무 쉽게 잊어버린다.

젠은 혼자다. 그녀는 회색빛 속에 누워 눈을 깜박이며 긴 숨을 내쉬고 있었다. 고개를 들어 주변을 둘러보기가 두렵다. 그녀는 이불 속으로 손을 넣어 옆구리를 만져보았다. 그래 이거야. 두드러진 골반뼈. 그녀는 **훨씬** 젊다. 맞아. 젠은 단단히 마음먹고 침대에서 일어났다. 바닥에 깔린 카펫을 보고는 바로 알아차렸다. 여기가 어딘지 알겠다. 젠이 가장 좋아하는 집이다. 산골짜기에 외따로 놓여 있는 작은 집. 그 사실을 깨닫자 젠은 전율을 느꼈다. 신분을 위조한 남자와 단둘이 있는 것이다. 그녀는 손을 뻗어 휴대폰을 집어 든 다음 최소한 자신을 기다리는 것이 하나는 있어 다행이라고 생각했다. 심호흡을 하고 날짜를 확인했다. 15년 전이다. 2007년 12월 21일. 젠은 갑자기 속이 울렁거렸다. 이건 미쳤어. 완전히 완전히 미쳤어. 그녀에겐 세 살짜리 아이가 있다. 젠은 스물여덟 살이다. 엄청나게 멀리 뛰어넘었다. 열세 살이었던 토드가 세 살이라니.

젠은 갑자기 이런 일이 자신에게 일어나고 있다는 것에 너무 화가 났다. 그녀는 창문을 확 열고 소리를 지르거나 뭐라도 해야겠다는 생각에 창가로 걸어갔다. 그런데, 세상에. 그곳에 그녀가 가장 사랑하는 풍경이 펼쳐져 있다. 토드가 학교에 다닐 나이가 되기 전, 그래서 아직 한곳에 정착하지 않아도 되는 시기에 켈리와 함께 유목민처럼 자유롭게 살던 그 시절이었다. 산속의 작은 집. 인적 드문 곳의 모노폴리 호텔 같은 집.

이것이 문제였을까? 너무 고립된 삶이 켈리에게 해를 입혔는지 모른다. 젠은 창밖을 향해 소리 지르는 대신 창문에 머리를 기댔다. 도대체 내가 어떻게 알아? 빌어먹을 단서가 전혀 없는데. 분노에 찬 숨결이 창문을 뿌옇게 만들었다. 제발 문제가 뭔지 알려줘. 젠은 이렇게 생각하며 창문에 맺힌 수증기를 바라보았다. 수증기가 서서히 증발하자 그녀는 창밖을 내다봤다. 황량한 풍경의 아름다움, 겨울 황무지의 세피아 갈색빛. 언덕들은 오래되고 촌스러워 보인다. 누구의 손길도 닿지 않은 진짜 야생의 시골. 사구에서 뻗어 나온 금빛으로 반짝이는 기다란 풀들. 젠은 이곳을 너무 사랑했었고, 지금 여기에 다시 와 있다.

그녀는 이런 옷이 있었다는 게 기억조차 나지 않는 타탄체크무늬 잠옷 위로 실내용 가운을 둘렀다. 거실에서 토드와 켈리의 목소리가 들렸다. 시끄럽게 떠드는 소리다. 젠은 아직 그들을 만날 준비가 되지 않았다. 그녀의 몸은 이 오두막집의 구조를 기억하고 있다. 그녀는 거실로 가기 전에 오른쪽으로 꺾어 화장실에 들어갔다. 무엇을 기대해야 할지 알려면 먼저 자기 자신을 봐야 한다. 젠은 거울 위에 달린 작은 스트립라이트✤ 조명을 바라보다가 본능적으로 손을 뻗어 세게 잡아당겼다. 그녀는 이 조명이 단단히 고정되어 있어 빠지지 않을 거란 사실을 안다. 그리고 나중에 완전히 부서진다

✤　여러 개의 전구를 나란히 늘어놓은 무대용 조명.

는 것도. 펑, 소리와 함께 조명이 켜졌다.

사진 속에서 보던 젠이 거기 있다. 결혼식 날의 젠이다. 그녀는 이때의 자신을 자주 회상해 보곤 했다. 자신이 얼마나 근사했었는지 그때는 왜 미처 몰랐을까 안타까워하면서. 당시에는 강해 보이는 코와 거친 머리카락만 눈에 들어왔는데 지금 보니 그녀는 광대뼈가 두드러졌고 피부가 밝고 맑다. 젊음은 속일 수 없다. 힘을 빼고 있으면 얼굴에 주름이 하나도 없다. 피부에 손을 대봤다. 빵 반죽처럼 탄력 있고 콜라겐이 가득하다. 크레이프* 종이 같은 마흔 살의 피부가 아니다.

젠은 문 쪽으로 몸을 돌렸다. 아직 남편과 아이의 소리가 들린다. 거실로 가면 12월의 반쯤 잠긴 빛 속에서 그들을 만날 수 있다.

"젠?"

그때 켈리가 젠을 불렀다.

"응, 왜?"

젠의 목소리는 2022년에 비해 더 높고 가볍다.

"토드가 엄마를 찾네!"

켈리는 젠이 지금도 생생히 기억하는, 지친 기색이 가득한 목소리로 말했다. 당시 그들은 어린아이를 키우며 해야 할 수많은 일에 휩쓸려 전전긍긍하고 있었다. 지금 와 돌아보면 젠은 뭐가 그렇게 힘들었는지 잘 기억하지 못했고, 어떤 일이 있었는지 자세히 생각나지도 않았다. 단지 그때는 그랬다. 밤에 침대에 누우면 종아리 근

✢ 주름지고 얇은 직물로 비단의 일종이다.

육이 아팠다. 육아 전쟁의 증거물만 남아 있었다. 먹지 못한 채 그대로 토스터 안에 들어 있던 토스트. 축축한 상태로 세탁기에 너무 오래 방치해 냄새나는 빨래를 한밤중에 꺼내 널던 일. 조금 더 편하게 살아보겠다고 시도했던 이상한 작업들. 한번은 자꾸 TV를 꺼버리는 토드의 행동을 막기 위해 TV 둘레에 아기 울타리를 세워둔 적도 있었다. 미친 짓이라는 건 알았지만 그냥 실행했던 일들. 그 순간을 살아내기 위해 어쩔 수 없이 했던 일들.

"나 여기 있어. 갈게."

젠은 욕실의 불을 끄고 복도로 들어섰다. 그곳에 그들이 있었다. 그녀의 시선이 토드를 찾았다. 기억 속의 토드다. 그녀의 세 살짜리 아들은 아직 키가 100센티미터도 되지 않는다. 젠의 얼굴, 켈리의 눈을 가진 토드는 엄마를 향해 통통하고 작은 손을 내밀고 있었다.

"우리 아장이 토드, 일어났네!"

아이의 별명이 젠의 입에서 쉽게 흘러나왔다.

"5시부터 깨 있었어."

켈리가 머리를 뒤로 넘기며 말했다. 그리고 그녀를 향해 의미심장하게 눈썹을 으쓱했다. 젠은 2022년 현재 켈리의 머리가 얼마나 많이 빠져 있는 것인지를 깨닫고 깜짝 놀랐다. 다른 부분도 충격적이기는 마찬가지였다. 켈리의 얼굴은 소년 같다. 그런데 40대의 켈리보다 20대의 켈리가 덜 매력적이라는 데 또 한 번 놀랐다. 젊은 켈리는 좀 더 뚱뚱하다. 이 시기에 두 사람은 포장 음식을 많이 먹고 운동은 하지 않았다. 아이 없이 보내는 시간이 너무나 드물고 소중했기 때문에 두 사람은 그 시간을 행복한 침묵 속에서 가만히 앉아 보냈다.

"더 자고 싶으면 가서 자."

젠은 켈리에게 제안했다. 그리고 현관문으로 걸어갔다. 문틈으로 얼음처럼 차가운 냉기가 스며들었다. 젠은 풍경을 제대로 보고 싶었다. 너무나 젊고 주름 하나 없는 그녀의 손은 예일* 사에서 만든 잠금장치를 열 때 문손잡이를 누르면서 동시에 잡아당겨야 한다는 것을 기억하고 있다. 그렇게 문을 열자, 아! 그녀의 계곡이 그곳에 펼쳐져 있다.

"오늘은 자기가 늦잠 자는 날이야."

켈리가 말했다. 그래, 맞다. 그들은 서로 번갈아 가며 늦잠 자는 규칙을 만들었고 그것을 거의 종교처럼 따랐다.

"괜찮아."

그녀는 손사래를 쳤다. 이곳에서 보내는 시간이 단 하루뿐일 테니 오늘만큼은 진심을 다해 아이를 돌볼 것이다.

밖을 내다보니 서리가 내려 있다. 젠은 문에 걸린 리스를 아무 생각 없이 만지작거렸다. 돌로 된 현관 바닥에 고무장화가 놓여 있다. 우유병도 있다. 당시 그곳엔 우유를 가져다주는 구식 우유 배달부가 있었다. 그리고 젠이 사랑한 계곡이 보인다. 두 언덕이 X자 형태로 만나고, 가루 설탕처럼 차가운 눈이 뒤덮여 있다. 밖에서는 달콤한 냄새가 난다. 연기와 소나무와 서리 그리고 멘톨 냄새. 공기 자체가 깨끗하게 청소된 듯한 느낌이다.

✤　미국 코네티컷에 본사를 둔, 세계에서 가장 오래된 자물쇠 제조업체.

젠은 만족스러운 마음으로 문을 닫고 엄마에게 걸어오는 토드를 향해 돌아섰다. 토드가 엄마에게 손을 뻗자 젠은 몸을 굽혔다. 자그마한 토드가 엄마의 어깨에 얼굴을 파묻었다. 이 모든 과정이 마치 오랫동안 잊고 지냈던 춤 동작처럼 끊기지 않고 매끄럽게 이어졌다. 그녀의 몸은 그를, 자신의 아기를, 그 아이의 모든 모습을 기억한다. 세 살, 열다섯 살, 열일곱 살 그리고 범죄자가 된 열여덟 살. 그녀는 그 모두를 사랑한다.

"가서 자."

젠은 켈리를 바라보며 말했다. 그는 그녀에게 따뜻한 미소를 지어 보였다.

"그냥 일어난 게 아니라 대포에서 발사된 것 같은 느낌이야."

켈리는 하품을 하며 기지개를 켰다. 그래도 자러 가지는 않는다. 아이를 키우는 사람들이 대부분 그렇듯 일을 넘겨주기보다는 격려받고 이해받고 싶은 것이다. 그는 털썩 소파에 앉았다. 젠은 아들에게로 돌아섰다. 2007년, 딱 하루 주어진 오늘, 무언가를 바꾸기엔 너무 짧은 시간이지만 이 아이를 데리고 잘못된 어딘가를 고쳐야 한다. 그렇게 해서 2022년으로 다시 돌아갔을 때 아이가 누군가를 죽이지 않도록 해야 한다. 방에는 그녀가 기억하지 못하는 장난감들이 흩어져 있다. 노란색 아이스크림 트럭, 젠의 부모님이 물려주신 피셔 프라이스✛ 차고. 한쪽 구석에서는 크리스마스트리가 빛나고 있다. 오래되고 인공적인 느낌이 나는 이 트리는 아마 지금

✛   미국의 장난감 브랜드.

도 크로스비 집의 다락방에 있을 것이다. 어둑어둑한 거실에 트리의 은은한 불빛만이 비추고 있다.

"그럼 이제⋯⋯."

젠은 토드에게서 한 발짝 물러선 다음 자그마한 청바지를 입고 있는 그 아이를 보았다. 토드는 항상 그랬듯이 영혼을 담은 눈빛으로 말없이 그녀를 마주 봤다. 잉크처럼 짙은 눈, 살짝 들린 코, 분홍빛 뺨, 학구적인 표정이 그의 얼굴에 나타나 있다. 젠은 나무 블록을 집어 들었고 토드는 매우 진지한 태도로 그녀에게서 블록을 받아 바닥에 떨어뜨렸다.

"블록 쌓기 해볼까?"

토드는 아주 천천히 손을 밖으로 뻗었다.

"인질 협상만큼 긴장감이 넘치네."

켈리의 말에 젠이 한마디 했다.

"뭐라고 하더라, 아기들은 노는 게 아니라 일하는 것이다?"

"하, 그렇겠지."

"난 어렸을 때 블록에 집착했었어."

"그래?"

켈리는 소파에 기대앉아 두 다리를 올리고는 한쪽 팔로 감쌌다. 그리고 눈을 감았다.

"자기는 그럴 줄 알았어. 잘 모르지만 플래시 카드 같은 걸로 항상 뭔가를 배웠겠지."

"정말 아니야. 글자 읽기까지 엄청 오래 걸렸어."

"난 안 믿어. 말로 먹고사는 변호사들⋯⋯. 당신들은 다 똑같아."

켈리가 느릿느릿 말했고 젠은 놀란 듯한 미소를 지었다. 예전에 켈리는 이런 식으로 지금보다 더 신랄했다. 2022년에도 여전히 그는 건조하지만 지금 이곳의 켈리는 잔뜩 신경이 곤두서 있고 불만이 가득하다. 젠은 잊고 있었다. 그가 일에 대해 얼마나 투덜댔고, 얼마나 많은 사업 아이디어를 냈다가 폐기했는지. 켈리는 성공하고 싶은 듯 의욕을 불태우다가도 금세 꽁무니를 빼곤 했다.

"그럼 내가 공부한 플래시 카드에는 뭐가 쓰여 있었을까?"

젠이 물었다.

"초보자를 위한 법학의 정의……. 늦어도 두 살까지는 이것을 알아야 한다."

"물론이지. 그리고 나이가……. 몇이었지, 켈리? 스물여덟 살?"

"영어는 잘하지만 수학은 못하네."

켈리가 재빨리 말했다.

"스물아홉이야. 내 나이도 잊어버렸어?"

"나 알잖아."

갑자기 뜬금없이 토드가 깔깔 웃더니 켈리를 향해 박수를 쳤다.

"그래, 잘했어."

켈리가 아이에게 말했다.

"자기는 뭐였어?"

젠이 물었다. 그녀는 경찰을 만나 차를 세웠을 때 차 안에 앉아 어떤 기분을 느꼈는지 떠올리며, 아마 자신이 도달하지 못했을 그의 어떤 면에 닿도록 애써보았다.

"뭐 말이야?"

"제일 좋아하던 장난감."

"기억이 안 나."

켈리는 여전히 눈을 감은 채 소파에서 자세를 고쳐 앉으며 대답했다.

"커서 무슨 일을 하고 싶어 했어?"

젠이 묻자 켈리는 팔꿈치를 괴고 냉소적으로 그녀를 바라보았다. 속마음을 알 수 없는 냉정함이 그의 얼굴에 가득했다. 젠은 어떻게 이것을 놓칠 수 있었을까?

"그건 왜?"

"그냥 궁금해서. 전혀 몰랐으니까. 그리고 우린 당신이 자란 곳에서 너무 멀리 와 있잖아. 사실 난 당신을 알고 지낸 사람을 아무도 못 만나본 것 같아."

"다들 너무 멀리 사니까. 엄마는 항상 내가 매니저가 되길 바라셨어."

켈리는 슬쩍 주제를 바꾸며 말했다.

"웃기지 않아?"

"무슨 매니저?"

젠은 기대에 찬 얼굴로 손을 맞잡은 토드 앞에서 블록을 쌓아 올리고 있었지만 마음속으로는 켈리가 얼마나 대충 얼버무리려 할지 생각했다.

"말 그대로 무엇이든 관리하는 매니저. 그게 엄마가 원하는 거였어. 우리 아버지가 제기랄, 사라지고 나서."

켈리는 토드를 힐끗 보고는 자기가 한 말을 수정했다.

"엄마가 우리에게 바란 건 안정성이었어. 엄마에게 그건 지루한 사무직을 뜻했지. 1년에 딱 하루 휴가 가고, 작은 집에서 주택담보 대출 갚으면서 사는 거."

"그런데 자기는 반대로 했네."

젠은 이렇게 말하며 속으로 생각했다. '**우리 아버지.** 우리 아버지라고 말했다.'

켈리와 눈이 닮은 사진 속 남자. 젠은 자신이 켈리와 닮은 사람을 상상한 적이 없다는 사실을 **알았다.** 그녀는 깜짝 놀라 눈을 깜박였다. 켈리는 그녀의 눈길을 피하며 말했다.

"그렇지."

"근데 자기 '**우리 아버지**'라고 했어?"

"아니. 내 아버지라고 했는데?"

"**우리**'라고 했잖아."

"아니야."

젠은 한숨을 쉬었다. 계속 물어본다면 그는 이 대화를 완강히 거부할 것이다. 뭔가 다른 방법을 시도해야 한다.

"자기 아버지는 하늘나라에서 어머니를 만나셨을 거야. 우리 엄마도."

젠은 부드럽게 말했다.

"나도 그렇게 생각해."

"어머니가 돌아가셨을 때 자기가 몇 살이었다고 했지?"

젠은 이 질문을 하면서 자신이 왜 망설임을 느껴야 하는지 알 수 없었다. 어쨌든 이 남자는 자신의 남편인데 왜 이렇게 눈치를 봐야 할까?

"스무 살."

"그리고 자기가 아버지를 마지막으로 본 건……?"

"아무도 몰라. 세 살 때였을까? 아님 다섯 살?"

"외동으로 자라고, 나중엔 부모님도 없었으니 정말……, 힘들었겠다."

"맞아."

"어머니가 나랑 토드를 좋아하셨을까?"

"당연하지. 근데 잠시만. 당신의 제안을 받아들이겠습니다. 자야겠어."

켈리는 몸을 숙여 입술 전체로 그녀에게 키스했다. 2007년부터 지금까지 유일하게 변하지 않은 것이다. 그는 젠과 토드를 남겨두고 어슬렁거리며 침대로 걸어갔다. 젠은 알 수 없는 힘에 이끌려 블록 놀이를 하는 토드를 거실에 두고 갈색 카펫이 깔린 단조로운 복도를 지나 켈리를 따라갔다. 그리고 안방에 도착해서 한 귀로는 토드가 내는 소리를 들으며 문 앞에 멈춰 섰다.

켈리는 방에 없다. 젠의 눈에 보이지 않는다. 그녀는 흐릿한 조명 아래서 안방 문을 살짝 열고 몰래 들어갔다. 아무도 없다. 어디 간 거지? 방을 가로질러 안쪽으로 들어가니 욕실에 불이 켜져 있다. 내가 불을 켜고 그냥 나왔던가? 가만히 서서 뭘 해야 할지 생각하고 있는 찰나, 소리가 들려왔다. 조용히 괴로워하는 소리, 누군가가 고통을 안으로 삼키려는 듯한 소리다. 그곳에 켈리가 있다. 욕실 문틈으로 몰래 들여다보니 20년을 함께한 남편이 변기 뚜껑 위에 앉아서 두 손에 머리를 묻고 흐느끼고 있다. 그가 우는 모습은 처음 본다.

"켈리?"

젠이 부르자 켈리가 깜짝 놀라 황급히 주먹으로 눈물을 닦아냈다. 손등이 축축하게 젖어 있다. 우는 모습이 토드와 너무 닮았다. 아랫입술, 모든 것이 전부 다. 우는 모습을 감추려 애쓰는 켈리를 보면서 젠은 무거운 슬픔을 느꼈다.

"감기에 걸렸더니 자꾸 눈물이 흐르네."

켈리는 바보 같은 거짓말을 한다. 젠은 지금까지 그가 얼마나 많은 거짓말을 했는지, 그 이유가 무엇인지 궁금했다. 하지만 지금 그의 표정을 보며 슬픈 마음으로 생각했다. 15년 뒤 아들이 누군가를 죽였을 때 그가 지은 것과 같은 표정이다. 비탄에 잠긴 표정.

"무슨 일 있어?"

"아니, 아무것도 아니야. 솔직히 이 망할 감기 때문이라니까. 크리스마스까지는 다 나았으면 좋겠는데."

"어머니 때문에 그래?"

젠이 나지막한 목소리로 물었다. 켈리는 아이를 걱정했다.

"토드는 괜찮은 거야? 혹시 걔가……."

"거실에 있어. 괜찮아."

젠은 작은 욕실 안으로 들어갔다. 변기 위에 앉아 있는 켈리의 옆으로 다가간 젠은 그의 등을 손으로 감싸고 자기 쪽으로 끌어당겼다. 놀랍게도 켈리는 젠이 그렇게 하도록 놔두었다. 그리고 젠의 다리를 감싸 안고 가슴에 머리를 기댔다.

"괜찮아."

젠은 토드에게 하듯 가만히 속삭였다.

"속상해도 괜찮아."

"이건 그냥⋯⋯."

"크리스마스 감기에 걸린 거지, 알아."

젠은 그게 무엇이든 그의 거짓말을 그냥 내버려 두었다. 그가 그렇게 믿도록 허락했다. 2022년에 켈리가 이혼하는 한 부부에 관해 했던 말이 떠올랐다.

'고통을 피하는 걸 값을 매길 수 없을 만큼 중요하게 생각하는 사람들도 있어.'

몇 분 뒤 켈리가 그녀를 놓아주었다. 토드가 잘 있는지 확인하기 위해 거실로 나가려 하자 켈리가 말했다.

"엄마가 너무 그리워."

이 말을 하기가 너무 힘들다는 듯, 말하는 켈리의 몸이 심하게 흔들렸다. 젠은 빠르게 고개를 끄덕였다. 바로 이것이다. 이유가 무엇이었든 남편이 그녀에게 한 번도 보여줄 수 없었던 그 마음.

"알아."

젠이 말했다. 엄마가 일찍 돌아가신 그녀는 정말로 그 마음을 알았다.

"말해줘서 고마워."

그녀가 이렇게 말하자 켈리가 젖은 눈으로 미소 지었다. 검은 머리가 제멋대로 헝클어져 있다. 그의 눈은 특히나 더 푸르게 보였다. 과거의 이곳에서 두 사람은 무언가를 주고받았다. 그 어떤 것보다 더 중요한 무언가를. 뭐라고 이름 붙일 수조차 없지만, 켈리가 나쁜 사람이 아닐 거라는 희망을 주는 무언가를. 제발 그렇게 되면 좋겠다.

젠은 토드가 놀고 있는 거실로 갔다. 거실에는 낡은 초록색 카펫, 짙은 색 목재 가구가 있다. 그리고 특유의 냄새가 있다. 시나몬 설탕, 쿠키, 꺼진 촛불에서 나오는 듯한, 마음을 안정시켜 주는 편안한 냄새다. 어딘가에서 또 다른 버전의 젠이 어젯밤 쿠키를 만든 것 같다고 추측했다. 그때는 이런 것들이 왜 그렇게 중요하게 느껴졌을까. 지금 생각하니 우스울 뿐인데. 크리스마스 조명을 구경하러 가고 쿠키를 구워 진저브레드 하우스를 만드는 일들. 그리고 훅! 이 모든 일들은 역사 속으로 사라졌다. 스트레스만 유발하고 아무런 흔적도 남기지 않은 채. 마치 모래 위에 찍힌 발자국이 너무나 빠르게 사라져 버리는 것처럼. 젠은 평생 남에게 어떻게 보일지를 지나치게 신경 쓰며 살아왔다. 외모를 가꾸고, 모든 것을 갖추고, 파낸 호박을 집에 장식해 놓고 의무를 다했음을 모두에게 알리는 일. 그런데 과연 이 모든 것이 무엇을 위한 일이었을까?

토드는 장난감 자동차를 가지고 놀다가 거실 반대쪽으로 아장아장 걸어갔다.

"안 돼, 토드. 그건 아니야."

아이가 갑자기 쓰레기통으로 뛰어들자 젠이 말렸다. 하지만 토드는 엄마 말을 듣지 않고 킷캣 초콜릿 포장지로 보이는 은박지 뭉치 두 개를 꺼냈다. 젠은 꼬마 토드와 함께 단 하루를 보낼 뿐임에도 이렇게 쉽게 짜증이 난다는 사실에 스스로 실망했다.

"내 거야."

토드가 마음이 상했다는 눈빛으로 엄마를 보았다.

"더."

토드는 이렇게 말하고는 다시 쓰레기통으로 몸을 돌렸다. 머리를 쓰레기통에 박고 발은 바닥에서 띄운 채로 사실상 몸을 거꾸로 뒤집었다.

"미안, 토드. 이리 와. 엄마한테 와."

젠이 말을 꺼내자마자 토드는 몸을 돌렸고, 꽃이 태양을 향하듯 엄마를 쳐다봤다. 그 순간 갑자기 불이 켜진 것처럼 젠은 깨달았다. 배 속 깊은 곳, 마음속 깊은 곳에서부터 알 수 있었다.

토드의 눈이 이른 아침의 푸르스름한 겨울빛을 포착하는 걸 보고 그녀는 알았다. 그건 내 잘못이 아니야. 그건 토드의 잘못도 아니야.

젠은 자신이 아이를 충분히 잘 키웠음을 알았다. 토드의 눈이 그것을 말해주었다. 아이의 눈이 사랑으로, 엄마에 대한 사랑으로 빛나고 있었기 때문이다. 젠은 소파 위에서 몸을 움츠렸다.

그녀는 최선을 다했다. 설령 그렇지 못한 순간에도 그녀가 느낀 죄책감은 최선을 다하고 싶었다는 증거였다. 젠은 아이를 위해 최선의 노력을 다했다.

여기 있는 바로 저 아이가 10여 년 후에 그녀에게 가르쳐 줄 '뒤늦은 깨달음의 역설'이 그녀를 덮쳤다. 젠은 자신이 그 일이 일어날 것임을 알고 있었다고 생각하며 자신을 비난했다. 엄마와의 관계에 문제가 있어서 토드가 살인을 저질렀다고 생각했다. 하지만 그

건 사실이 아니었다. 환상일 뿐이었다. 지금 이 순간 젠은 그 사건
과 토드의 성장 과정에는 전혀 관계가 없음을 깨달았다. 토드의 어
린 시절은 사건의 진실을 푸는 열쇠가 아니었다.

"이리 와, 토드."

젠이 말하자 토드는 쓰레기통에서 꺼낸 은박지를 즉시 바닥에
떨어뜨리고 그녀에게, 자신의 엄마에게 다가왔다.

라이언

　라이언은 마침내 그를 만날 수 있게 되었다. 모든 과정을 지휘하는 최종 보스이자 거물. 그는 수백 명의 말단 조직원, 동료들을 데리고 다수의 작전을 수행한다. 차량 절도, 마약, 도둑맞은 아기 등은 지극히 일부분일 뿐이다. 라이언은 자신이 목표로 삼는 집들이 왜 항상 비어 있는지, 아기 이브는 어디로 갔는지 알지 못한다. 하지만 조금씩 문제를 해결해 나가고 있다. 지금 추위 속을 걸어서 버컨헤드의 물류창고로 가고 있는 것도 성과 중의 하나다. 최고 수뇌부까지 잠입하는 데 성공한 것이다.

　에즈라가 가르쳐 준 대로 앤절라와 라이언은 저녁 8시에 이곳에서 그를 만나기로 했다. 그를 만나고 나면 더 나은 일, 더 중요한 임무를 맡고, 결정적으로 더 좋은 정보를 얻게 될 것이다. 라이언은 몹시 긴장했고 보스가 자신을 의심하지 않기를 간절히 바랐다.

리오는 그런 일은 없을 거라고 단언했다. 그자는 신뢰하지 않는 사람은 만나지 않는다고 했다. 리오는 어젯밤 통화에서 이렇게 말했다.

"만약 그가 의심하는 기미를 보이면 자네는 엄청난 모욕을 당한 것처럼 행동해야 해."

"맞는 말씀입니다."

라이언은 평소라면 절대 하지 않을 법한 말을 했다. 가끔 그는 자신이 위장하고 있는 그 사람이 되어가는 것 같다고 느꼈다. 더 어둡고 더 경박한 사람.

라이언과 앤절라는 침묵 속에서 걸으며 차들이 배에 실리고 내려지는 모습, 사람들이 들어왔다 나가는 광경을 바라보았다. 물류 창고에 가까워지자 그들의 몸짓이 달라졌다. 라이언은 앤절라가 니컬라로 변하는 모습을 지켜보았다. 걸음걸이가 더 으스대듯 건들거리고 버릇도 바뀌었다. 라이언은 자신의 몸짓이 어떻게 달라지는지 알지 못한다. 단지 그렇게 될 뿐이다.

물류창고 위에는 아무런 표지판이 없고 문은 닫혀 있었다. 이런 거래를 하기에 최적의 장소다. 라이언은 소리가 잘 울리는 곳이기를, 그래서 도청장치로 이곳의 상황을 엿들으며 증거를 수집하고 있을 팀에게 도움이 되기를 바랐다. 라이언은 지시받은 대로 짙은 초록색 셔터가 내려진 문을 두 번 노크하고 기다렸다. 앤절라는 떨고 있다. 그녀는 첫인상만큼 냉정한 사람이 아니었다. 라이언은 그녀가 자신만큼 겁에 질려 있다고 생각했다. 물론 이것이 함정일지 모른다는 생각도 했다. 그들은 발각될 수 있다. 끝장날 수도 있다.

하지만 라이언은 어쩐지 별로 신경 쓰이지 않았다. 두려움이 몰려올 때면 그는 아기 이브를 생각했다. 길을 잃고 혼자 있을, 바다로 실려 간 건 아니지만 그와 진배없는 상태일 그 아기를.

"들어와."

건물 저편에서 목소리가 들렸다. 라이언과 앤절라는 건물 가장자리를 돌아 받침대로 받쳐놓은 열린 문을 발견했다. 외부 보안등 불빛이 문틈으로 흘러 들어가 물류창고 내부의 기둥을 비추고 있다. 바닥부터 천장까지 텅 빈 선반들이 층층이 이어져 있었다. 이 선반들이 없었다면 이곳은 완전히 빈 공간이었을 것이다. 거대하고 넓은 창고 안에 키가 크고 라이언의 예상보다 젊은 남자가 서 있었다. 온통 검은색으로 차려입은 그 남자는 팔짱을 낀 채 미동도 없이 가만히 서 있다. 검은 머리에 염소수염을 가진 남자다.

"두 명의 정예요원들."

그는 이렇게 말하며 담배꽁초를 자기 발 쪽으로 휙 던졌다. 타고 남은 잉걸불이 몇 초 동안 칙칙거리다 이내 꺼졌다.

"자네들이 할 일이 있어. 빈집 목록을 모으는 거지. 지금 바로 주소를 보내겠네."

곧바로 라이언의 대포폰이 울리며 문자메시지가 떴다. 그래, 바로 이거야! 발신자의 실제 휴대폰 번호가 함께 떠 있다. 문자 내용은 리버풀 번화가의 한 주소다. 이제 됐다. 모든 권한을 가진 이 남자는 그들을 신뢰하고 있다. 어떤 차량을 훔쳐야 할지 정보를 얻는 방법을 그들과 공유하려 한다.

"다음 지시를 기다리도록."

"좋아요. 감사합니다."

라이언이 원래의 억양을 바꿔서 말하자 남자가 고개를 뒤로 살짝 갸우뚱하며 물었다.

"자네 어디 출신인가?"

"맨체스터입니다."

남자가 재촉하는 듯한 몸짓을 했다.

"그 전에는?"

"계속 맨체스터에 있었는데요. 하지만 아버지가 웨일스 출신이십니다."

그건 사실이었다. 굳이 억양을 바꾸려 하기보단 이 부분은 고수하기로 경찰 수사팀과 미리 합의했다.

"자네는?"

남자가 앤절라에게 물었다.

"네, 이 근처입니다."

그녀는 리* 출신이지만 완벽한 리버풀 말투로 대답했다. 위장 경찰은 그 지역 출신이 아닌 경우가 많다. 출신 지역에 파견된다면 아는 사람을 만나 신분을 들킬 위험이 크기 때문이다.

남자가 검은 부츠를 신은 발로 바닥의 부스러기를 밟으며 그들을 향해 저벅저벅 걸어왔다.

"조셉이라고 하네."

✤　영국 그레이터맨체스터주 위건의 메트로폴리탄 자치구에 있는 마을.

그는 라이언과 앤절라에게 차례로 손을 내밀어 악수를 청했다.

"니컬라입니다."

조셉은 두 손을 들어 올리며 말했다.

"절대 바뀌지 않는 경고를 하나 알려주지. 자네가 만약 나를 배신하거나 밀고하거나 마약단속반이라거나 실수를 하면, 난 형을 살겠지. 그러면 빌어먹을, 다시 와서 자네를 죽일 거야. 알겠나?"

"저도 마찬가지입니다."

라이언이 말했다.

"그럼 합의하고 악수하세."

"켈리라고 합니다."

라이언이 조셉의 손을 잡으며 말했다.

"만나 뵈어 반갑습니다."

켈리. 라이언이 위장할 이름을 선택해야 했을 때 스스로 고른 이름이다.

"들으면 바로 고개가 돌아가는 이름이어야 해."

리오가 이렇게 조언했다.

"뭔가 익숙한 이름 말일세. 경찰인지 아닌지 확인하려고 그들이 가장 먼저 하는 테스트가 뭔지 알아? 바에서 이름을 불렀을 때 고개를 돌리는지 보는 거야."

"형 이름이라면 항상 대답할 것 같아요."

라이언은 그날 밤을 떠올리며 목소리를 낮춰 말했다. 그의 형이 너무 많은 금전적, 정신적 빚을 진 채 깊이 숨어버린 그날 밤. 형이 목을 맸던 그날 밤. 검시관이 나중에 말하길, 목숨을 건지기엔 형이 너무 늦게 발견됐다고 했다. 30분은 지난 뒤였다고. 형은 다락방에 있었다. 그는 발견되기를 원치 않았던 것이다.

젠은 층마다 방이 두 개인 이층집 테라스에 서 있다. 그녀는 켈리와 함께 이 집을 1년간 렌트했다. 그들은 이 집에 애틋함 같은 것을 전혀 느끼지 않았고, 젠은 이곳이 기억나지도 않았다. 습기로 얼룩진 천장을 바라보는 지금 이 순간으로 돌아와서야 그녀는 이 집에 살았었다는 게 떠올랐다.

젠은 아직 임신하지 않았고 당연히 토드도 태어나지 않았다. 그렇다면 이 미스터리와 관련된 사람은 단 한 명이 남는다.

"로페즈?"

켈리가 아래층에서 그녀를 불렀다. 젠의 가슴에 묘한 감정이 차올랐다. 켈리가 한때 자신을 그렇게 불렀었다는 사실을 까맣게 잊고 있었다. 제니퍼 로페즈의 노래 〈제니 프롬 더 블록Jenny from the Block〉이 나왔을 때 젠의 별명은 제니가 되었고 그다음엔 로페즈가 되었다.

"켈리?"

"자기 일어났네."

"응, 일어났어."

"그런데 말이야."

그는 특유의 신중한 태도로 말했다.

"오늘 일이 있어."

"무슨 일인데?"

"하루 종일 회의를 해야 해."

젠의 마음속에서 명확히 정의 내릴 수 없는 무언가가 동요를 일으켰다. 어떤 인테리어업자가 온종일 회의를 한단 말인가? 하지만 그를 믿었기에 당시엔 아무런 의심을 하지 않았다.

"다녀와."

젠은 흔쾌히 말했지만 침대에서 일어났을 때 마치 모래로 된 바닥을 디딘 듯 불안정하게 느껴졌다.

"하루 종일 걸리는 거야?"

"응."

켈리는 딴생각에 빠져 있는 듯했다.

"그래, 알았어."

"자기, 유령이라도 본 것 같네."

이렇게 말하는 켈리의 눈은 지금과 똑같지만 눈을 제외한 나머지 부분은 많이 다르다. 그는 우아해 보일 정도로 아주 날씬하다.

"난 괜찮아."

젠은 그를 올려다보며 힘없이 말했다.

"걱정하지 말고 가."

"정말 괜찮아?"

"더는 괜찮을 수 없을 정도야."

젠은 지체 없이 미행에 나섰다. 그녀는 그들이 모든 것이 폭로되는 순간을 향해 달려가고 있음을 알았다. 젠은 택시 뒷좌석에 앉아 있다. 이렇게 먼 과거에서 택시를 잡는 건 훨씬 어려웠다. 그녀는 휴대폰을 갖고 있었지만 오래된 벽돌 같았고, 형광 초록색으로 빛나는 숫자판을 누르면 소리가 났다. 아이들이 갖고 노는 장난감 수준이다.

"여기서 세워주실 수 있나요?"

젠이 택시 기사에게 부탁했다. 켈리는 방금 리버풀 한복판에서 주차금지 구역에 불법 주차를 했다. 그의 차는 '미니쿠퍼 Y'다. 젠은 그동안 자동차 디자인이 얼마나 많이 바뀌어왔는지 느끼지 못했는데, 지금 보니 그 차는 상자 같고 너무 크다. 그녀는 차와 켈리에게서 눈을 뗄 수가 없었다. 자신이 외계인이 된 듯한 기분이었다.

켈리는 긴 다리를 운전석 밖으로 내밀고 좌우를 살폈다. 문가를 확인하는 그의 행동은 습관적이고 병적인 집착 같다. 그의 파란 눈이 거리를 이쪽부터 저쪽까지 빠르게 훑었다. 젠은 택시에 그대로 앉아 있었다. 켈리는 택시의 더러운 창문 뒤로 몸을 숨긴 그녀를 볼 수 없을 것이다.

"곧 출발해야 합니다."

택시 기사가 말했다.

"딱 5분, 5분만요, 부탁이에요. 지켜볼 게 좀 있어서요."

기사는 대답 대신 불만 가득한 몸짓으로 소설책을 꺼냈다. 존 그리샴의 책으로 여러 페이지가 접혀 있다. 엔진은 공회전 상태다. 세상에, 시간을 보내기 위해 소설을 읽던 시절이라니.

"죄송해요. 오래 걸리진 않을 거예요."

젠은 이렇게 말하면서 그에게 알려주고 싶은 미래의 온갖 일들을 머릿속에 떠올렸다. 브렉시트, 팬데믹. 아무도 믿지 않을 충격적인 일들을. 20년이라는 세월이 통째로 택시 안으로 밀려드는 느낌이었다.

켈리는 자신의 차 뒤편으로 걸어갔다. 그리고 지금도 가끔 그러듯이 지평선을 죽 훑어보았다. 이렇게 남편을 관찰해야 하는 상황이 오기 전까지는 젠이 별로 신경 써본 적 없는 행동이다. 앞부분에 젤을 바른 켈리의 머리는 깔끔하게 손질되어 있다.

다른 운전자가 택시 옆을 지나가면서 손짓을 하고 경적을 울렸다. 그는 창문을 내리고 소리쳤다.

"움직이라고!"

택시 기사는 차에 기어를 넣었다.

"잠시만요, 제발요, 제발."

젠은 기사에게 사정했다. 지금 여기서 내리면 켈리가 그녀를 볼 것이다. 그러면 모든 일이 물거품이 되고 만다. 켈리는 한 손으로 차 트렁크를 열고 뭔가를 꺼냈다. 짙은 자주색의 커다란 물건이 반으로 접혀 있다. 뭐지, 커튼인가? 젠은 칙칙한 택시 창문에 이마를 대고 눈을 찡그린 채 자세히 관찰했다. 그것은 정장 가방이었다. 이 가방을 본 기억이 난다. 켈리는 아주 가끔 정장을 입었다. 주로 장례식이나 결혼식에 갈 때였다. 이 가방은 옷장 뒤편에 걸려 있었다.

"얼마든지 괜찮아요, 자기."

농담하듯 말하는 기사에게 젠은 고개만 끄덕였다. 켈리가 샛길로 사라졌다. 아무 생각 없다는 듯 가벼운 발걸음이었지만 젠은 그것이 연기임을 알고 있다. 이러다 켈리를 놓칠 것만 같아 젠은 황급히 말했다.

"이제 내려야겠어요."

그녀는 켈리를 시야에서 놓치지 않으려고 애쓰며 가방과 지갑을 챙기기 시작했다. 옛집의 낯선 주방 서랍에서 꺼내온 옛날 디자인의 지폐를 세고 있는데 또 다른 차가 옆을 지나가며 빵빵거렸다.

"잠깐만요!"

기사가 응답했다.

"저 내릴게요. 이제 내려요!"

젠은 소리치듯 말했다.

"우리가 버스 차선을 막고 있어요."

기사의 말에 젠은 소리를 질렀다.

"지금 빨리 내릴게요!"

경적이 계속해서 울려댔고, 젠은 자동차 문손잡이를 만지작거리며 만약 여기서 돈을 내지 않고 도망가 버리면 어떻게 될까 생각했다. 그냥 택시일 뿐이다. 이건 범죄 축에도 들지 않을 것이다. 그녀는 담뱃재가 담겨 있는 은색 트레이 위에(하나님 맙소사, 예전엔 아무 데서나 담배를 피웠었지!) 쓸데없이 많은 지폐를 올려놓고 택시 밖으로 튀어 나갔다. 그리고 샛길로 달려갔다.

켈리는 길 끝에 다다랐다. 군중 속에 있어도 토드가 금방 눈에 띄는 것처럼, 긴 목록에서도 자기 이름은 바로 발견하는 것처럼 젠은 켈리를 금세 찾아냈다. 켈리는 갑자기 왼쪽으로 돌아 '선댄스'라는 펍 안으로 들어갔다. 정장 가방을 계속 팔에 걸친 채였다. 젠은 들키지 않기 위해 근처 보도 위에서 잠시 기다렸다. 울워스✜ 매장 앞에 서 있자니 빨간색 바탕에 흰색 글자가 새겨진 낯익은 간판이 보인다. 이 회사는 5년 뒤에 도산한다. 비교적 최근의 일인데도 아주 오래전처럼 느껴졌다. 안에는 플라스틱으로 마감된 바닥과 문구류가 보인다. 젠은 지나간 과거에 경탄하면서 한없이 이곳에 머물 수 있을 것 같았다. 여기서 게임기를 고르고 픽 앤 믹스✜✜ 코너에 들러 간식을 사던 여러 번의 크리스마스가 떠오른다. 젠은 하염없이 창 너머를 바라보며 지난 20년 동안 세상에 닥쳐온 변화들, 그동안 잃은 것들과 얻은 것들을 생각했다.

시간여행을 시작한 지 얼마 안 됐을 무렵처럼 그녀는 창문에 손바닥을 대고 그저 기다렸다. 얼마 후 켈리가 펍에서 나오는 모습이 창문에 비쳤다. 정장으로 갈아입고 가방을 팔에 걸치고 있다. 젤을 발라 정리한 머리에 반짝이는 검은 구두를 신었다. 그때 갑자기 어

✜　100년 전통을 자랑했던 영국 대형 마트 체인으로 2009년 도산했다.

✜✜　울워스 마트 체인점에 있던 코너로, 사탕류를 비롯해 작은 간식들을 골라 담을 수 있는 곳.

디선가 한 여자가 나타났다. 다른 펍이나 골목에서 나온 듯했다. 그녀가 켈리 쪽으로 다가간다. 눈을 가늘게 뜨고 바라보니 니컬라다.

"어떻게 됐어?"

켈리가 묻자 니컬라가 말했다.

"응, 괜찮았어. 근데 힘들어. 모든 방법을 다 알아내려고 해."

켈리가 어이없다는 듯 웃었다.

"그걸 말할 순 없지."

"당연하지. 그래서 말할 수 없다고 했어. 판사가 안 좋아하더라고. 이제 행운을 빌게. 그리고 전화해. 알지? 만약 나중에……, 돌아오고 싶으면."

니컬라는 그렇게 말하고는 켈리에게서 멀어졌다. 이제 켈리는 인파 속으로 사라졌다. 젠은 켈리가 사라진 곳을 응시하면서 20년 뒤 그가 니컬라에게 보낸 문자를 생각했다. 니컬라가 켈리를 돕는 대가로 무언가를 요구한 사실도.

젠은 약간의 거리를 두고 켈리를 미행했다. 이곳이 아는 사람이 많은 크로스비가 아닌 리버풀이라 다행이었다. 사람들의 패션이 놀라웠다. 나팔바지, 9월의 뜨거운 태양 아래 맨살을 드러낸 보호 스타일✤ 상의. 옛날 자동차와 가게들. 세상이 온통 빈티지다. 젠은 켈리가 분명한 목적을 가졌지만 불안해하며 걷고 있다고 생각했다. 켈리는 고개를 똑바로 들고 있다. 하지만 젠은 그가 쫓기는 사

✤　21세기 초에 유행한 여성 패션 스타일. 보헤미안과 히피를 결합한 개념으로, 헐렁한 상의와 긴 치마 등 자유롭고 편안한 느낌을 강조한다.

슴과 쫓는 사자 중 어느 쪽인지 분간할 수 없었다.

그들은 구불구불한 길을 따라 걸으며 데번햄스*, 블록버스터** 등 지난 20년 동안 살아남았거나 사라져 버린 브랜드들을 지나쳤다. 그러고는 귀금속 가게가 가득한, 환하게 조명을 밝힌 쇼핑몰로 들어갔다가 반대편으로 나갔다. 왼쪽, 오른쪽으로 요리조리 꺾으며 공업용 대형 쓰레기통이 늘어선 샛길까지 걸어갔다. 젠은 켈리와 더 거리를 두었다. 이윽고 회색으로 포장된 널찍한 보행자 전용 구역에 이르자 켈리의 발걸음이 느려졌다. 주위에는 고층 빌딩이 가득했다. 켈리는 그중 한 건물을 향해 성큼성큼 걸어가더니 문을 열고 안으로 사라졌다. 젠은 지도를 보거나 간판을 읽을 필요가 없었다. 변호사인 그녀는 이 건물을 잘 안다. 어떻게 모를 수 있겠는가? 이곳은 리버풀 형사 법원이다.

건물 밖에는 구식 가로등이 늘어서 있다. 전구가 마치 진주처럼 둥글고 하얗다. 이 건물은 2003년에도 2022년과 별로 다른 점이 없다. 짙은 갈색 외장재, 색을 입힌 창문이 달린 거대한 70년대식 직육면체 건물은 위풍당당함을 자랑하고, 건물 정면에는 문장이 새겨져 있다. 젠은 이번만큼은 오래되고 케케묵은 사법제도가 절

✤　1778년 런던에 처음 문을 연 영국의 유서 깊은 백화점 체인으로, 재정적 어려움 때문에 2021년에 완전히 문을 닫았다.

✤✤　미국에 본사를 둔 DVD, 비디오, 게임 대여점 체인. 1985년에 창립했고 매출이 정점을 찍은 2004년에는 미국에 9000개, 해외에도 100개 이상의 매장을 보유했으나 비디오 시장의 쇠퇴로 2010년 파산했다.

대 변하지 않는다는 사실이 반가웠다. 그녀는 몇 분간 밖에서 기다리다가 켈리를 따라 법원으로 통하는 이중 유리문을 밀고 들어갔다. 그리고 자신이 가진 법적 지식에 기뻐하며 곧장 재판 목록이 게시된 곳으로 향했다. 로비의 코르크 보드에 종이 네 장이 꽂혀 펄럭이고 있다. 이것을 한꺼번에 고정하고 있는 압정은 아마 2022년 현재까지도 사용되고 있을 터였다. 젠은 자신이 무엇을 찾고 있는지 알고, 무엇을 발견하게 될지도 알고 있다. 날짜가 일치한다. 과거로 여행하면서 젠은 그것을 깨닫지 못했었다. 보관된 뉴스 기사와 그에 대한 혐의 목록. 그리고 젠이 찾던 것이 거기 있다. 아래를 살펴볼 필요도 없다.

'조셉 존스 공판. 1번 법정.'

이것이 바로 거꾸로 사는 삶이다. 젠이 전혀 알지 못하는 일들이 일어났고, 그것들은 자동차처럼 그녀를 무해하게 지나쳐 갔다. 그녀는 1번 법정으로 들어가 방청석에 앉았다. 진부한 찻주전자와 케케묵은 책, 먼지와 광택제 냄새가 난다. 사람들이 북적인다. 세간의 이목을 끄는 재판이었는데, 당시에 젠은 전혀 몰랐다. 어떻게 알았겠는가? 그녀는 켈리를 놓쳤다. 그가 어떤 자격으로 재판에 참석하는지도 알지 못했다. 하지만 조셉 존스의 친구이니 아마도 공범으로 온 것이 아닐까 생각하며 얼굴을 찡그렸다. 방청석의 벤치는 교회의 신도석처럼 배치되어 있다.

"모두 일어나세요."

서기가 말했다. 그는 독서용 안경을 코끝에 걸치고, 싸구려 카펫이 깔린 바닥에 끌릴 정도로 긴 가운을 입고 있었다. 그녀는 자신이 평생 몸담아 온 사법제도의 거창한 의식에 어색함을 느꼈다. 판사가 도착하자 그녀는 일어나서 반사적으로 고개를 숙였다. 수갑을 찬 피고가 한쪽 귀에 섬세한 고리 귀걸이를 한 경호원에게 이끌려 와 피고석에 앉았다. 조셉 존스다. 서른 살의 젊은 조셉. 그가 언제 죽는지 아는 상태로 그를 바라보는 건 정말 이상한 기분이었다. 특유의 뾰족한 요정 귀, 염소수염, 더 좁은 어깨를 가진, 소년 같은 조셉을 보면서 젠은 생각했다. 그는 누군가의 아들 같은 모습이다. 토드 같기도 하다.

판사가 간단하게 논고했다.

"앞서 검찰의 두 번째 증인인 증인 A씨의 심리를 마쳤고, 이제 세 번째 증인을 부르겠습니다."

법정은 이미 개회 중이다. 젠은 마음속으로 상황을 정리해 보았다. 켈리가 말한 '종일 하는 회의'는 증인 소환이었음이 틀림없다. 재판은 항상 이전 재판이 끝날 때까지는 언제 증인을 필요로 할지 알 수가 없다.

"감사합니다, 재판장님."

법정 변호사가 말했다. 복고풍의 두꺼운 안경을 쓴 여자다. 그녀가 쓴 가발은 창백한 안경다리를 살짝 덮고 있다. 국립보건서비스*에서 제공한 그 안경을 보기 전까지 젠은 과거에 와 있다는 사실을 잠시 잊어버렸다. 그 안경은 요즘 아이들이 쓰는 것과 비슷하

✤ 영국 국립보건서비스는 국가지원금액 내에서 선택할 수 있는 무료 안경알과 안경테를 제공한다.

게 생겼다. 패션이 작동하는 방식은 때로 우습다.

"어제 HSBC✚ 직원 그레이스 엘린코트는 조셉 존스가 정기적으로 회사의 은행 계좌에 거액을 입금하고 인출한 사실을 확인해주었습니다."

변호사는 배심원들을 날카롭게 바라보더니 이어서 말했다.

"우리는 앞서 증인 A씨에게서 조셉 존스가 정기적으로 자신의 말단 조직원들에게 차량 절도를 지시했다는 증언을 들었습니다. 그리고 이를 확증하기 위해 주 정부는 다음 증인을 증인석으로 불러들일 것입니다. 이를 위해 배심원단과 공개 방청객들이 일시적으로 법정을 떠날 것을 다시 요청하는 바입니다."

젠의 마음이 요동쳤다. 배심원단과 공개 방청객 퇴장을 요청하는 건 몇 가지 경우에만 해당한다. 증거에 문제가 있을 때, 법과 절차상 문제가 생겼을 때, 증거능력에 관한 논쟁이 발생할 때 그리고 익명의 증인. 변호사를 제외한 모든 사람이 자리를 떠났다. 젠은 이리저리 배회하며 아마 자신처럼 이 일에 관련되었을 사람들을 관찰했다. 사람들이 자판기 커피를 마시며 이야기 나누는 모습은 법원에서 흔히 볼 수 있는 풍경이다. 유일한 차이점은 이때는 휴대폰을 갖고 있는 사람들이 지금보다 적다는 것이다.

젠은 건물 밖으로 나가 계단 위에 서서는 2003년의 스냅사진을 보듯 세상을 관찰했다. 지금 세상에선 새로 출시된 것이겠지만 젠의 눈에는 오래된 자동차들을 보았다. 미니쿠퍼 N, 미니쿠퍼 P 같

✚   영국의 투자은행.

은 차들이다. 변호사 한 명이 근처에서 담배를 피우며 생각에 잠겨 있다. 건물들은 지금과 똑같다. 하늘과 태양도 예나 지금이나 다름 없다. 젠은 지난 3월에야 켈리를 만났다. 둘의 관계는 아직 6개월 도 채 되지 않았다. 그녀는 천천히 원을 그리며 돌았다. 아무도 모를 것이다. 정말 모른다. 세상은 그들이 얼마나 변하고 있는지 알지 못한다.

"배심원은 1번 법정으로 들어오세요."

안내원이 로비에서 말했다. 젠은 안으로 들어가며 도시의 지평 선에 잠시 시선을 고정했다. 그녀는 뭔가를 찾아내려는 중이다. 자 신이 절대 모를 수 없는 무언가를. 법정에 들어서서 젠은 9월의 눈 부신 햇빛에 익숙해진 눈을 실내에 적응시키고자 몇 번 깜박거렸 다. 그러다 다음 순간 기대하던 것을 목격했다. 증인석이 달라졌 다. 검은색 커튼으로 가려져 있다.

여성 변호사는 솟아나는 샘처럼 또렷하고 맑은 목소리로 말했다.

"증인 B씨는 위장 경찰 업무를 수행 중입니다. 증인과 경찰이 일 하는 방식, 업무 절차 그리고 증인의 안전을 위해 익명성이 반드시 필요합니다. 그러면 이제 증인 B씨, 이름을 말할 필요는 없습니다. 선서를 어떻게 하시겠습니까?"

커튼 뒤에서는 아무 말도 들려오지 않았다. 변호사는 잠시 기다 리다가 침묵이 너무 길어지자 커튼을 향해 다가갔다. 젠은 숨을 참 았다. 분명히, 분명히 이 사람은 켈리가 아닐 것이다. 변호사는 잠 시 뒤 커튼 밖으로 나오더니 벤치 쪽으로 다가갔다. 중얼중얼 의견 을 나누는 소리가 들렸다.

"증인은 목소리를 익명으로 처리하길 원합니다. 억양이 있습니다. 그래서 우리는 음성변조를 정식으로 신청합니다."

젠은 그 뒤로 이어지는 말을 전부 알아듣지 못했다. 간간이 일부만을 포착할 뿐이었다. 그나마 그녀가 변호사이기 때문에 이해할 수 있는 말들이었다.

"하지만 존경하는 재판장님, 열린 정의를 위해……."

다른 변호사들이 말했다. 그들은 장황하게 논쟁을 이어갔고, 젠은 그들의 말을 전부 들으려 애썼다.

"공개 법정에서는 증인의 목소리를 있는 그대로 듣는 것이 중요합니다."

몇 분 뒤 판사가 선언했다.

"증인 B, 어떤 선서로 하시겠습니까?"

변호사가 재촉했다. 그런데 잠깐, 커튼 뒤에 앉은 사람은 피고 측이 아닌 검찰 측 증인이다. 그렇다면……? 그 순간 젠은 한숨 소리를 들었다. 아주아주 독특하고 화가 난 한숨 소리다. 그리고 드디어 목소리가 들렸다.

"세속적인 선서*로 하겠습니다."

바로 이것이다. 아마 젠이 이미 알고 있었을 사실. 켈리가 증인 B다. 젠은 전부 잘못 알고 있었다. 켈리는 범죄에 연루된 것이 아니다. 그는 범죄를 막으려는 사람이었다.

✤　증인은 증언하기 전에 선서문을 선택할 수 있다. 종교가 없는 경우 세속적인 선서, 종교가 있는 경우 각자 종교에 맞는 선서문을 낭독한다.

"맞습니다. 작년에 몇 달 동안 저는 그 사람과 함께 일했습니다."

켈리의 목소리다. 그는 웨일스 억양을 감추고, 대패로 나무를 밀 듯 부드러운 어조로 말했다. 젠은 저 증인이 켈리라는 걸 알아채는 사람은 자신밖에 없을 거라고 확신했다. 20년 동안 결혼생활을 한 사람만이 알 수 있는 언어적 단서가 있는 것이다.

"당신은 무슨 역할을 했습니까?"

젠의 마음은 여전히 이 사실을 어떻게 받아들여야 할지 몰라 갈 팡질팡하고 있는데 질문은 멈추지 않고 계속되었다. 이 사실은 지진 후 충격파처럼 계속 반복적으로 그녀에게 닥쳐왔다. 켈리는 경찰이다. 아니, 켈리는 경찰이었다, 라고 해야 할까? 젠의 시선이 법정 꼭대기에 뚫린 작은 창문으로 향했다. 그는 말해주지 않았다. 그녀의 인생은 거짓이 되어버렸다. 수많은 기자가 질문을 던지듯 여러 생각이 젠의 주위에 몰려들었다. 그는 어떻게 이 같은 사실을 계속 숨길 수 있었을까? **켈리가?** 그녀의 낙천적이고 믿음직한 남편 켈리가? 아무것도 설명이 안 된다. 이 거짓말이 만들어낸 파장을 왜 20년 뒤에 보게 된 걸까? 토드는 왜 연루되었을까?

그는 말해주지 않았다. 말해준 적이 없다. 젠은 두 손으로 이마를 감쌌다. 하지만 어떤 면에서 이 진실이 다른 진실보다 더 마음에 들지 않나? 그럴 수도 있다. 하지만 이렇게 해도 망하고 이렇게 하지 않아도 망한다면 그것은 그냥 망한 것이다.

"저는 피고인이 운영하는 범죄조직에 잠입하는 임무를 부여받았습니다."

켈리는 냉정한 목소리로 말했다. 오, 하나님, 이건 미쳤다. 정말 미쳤어.

"당신이 파견된 시점은 언제입니까?"

켈리는 헛기침을 했다.

"아기가 실종됐을 때입니다."

"재판장님."

나이 든 피고 측 변호사가 즉시 일어서며 말했다.

"논점에서 벗어나지 않도록 해주시기 바랍니다."

"피고가 사주한 차량 절도 작업의 일환으로 두 명의 말단 조직원이 아기를 훔쳤을 때입니다."

켈리가 신랄하게 상황을 설명했다.

"재판장님."

변호사가 다시 지적하자 판사가 말했다.

"증인 B씨, 우리는 당신에게 논점을 이탈하지 않을 것을 정중히 요청합니다. 이것은 납치 사건에 대한 재판이 아닙니다."

"우리는 범인들을 찾지 못했습니다. 하지만 피고는 알고 있습니다."

"재판장님."

"증인 B씨."

판사는 이제 화가 난 게 분명했다.

"알겠습니다."

켈리가 수긍했다. 젠은 그가 이를 악물고 있음을, 그래서 광대뼈 아래가 움푹 들어가 있을 것임을 안다. 켈리는 잠시 말을 멈추었다. 젠은 지금쯤 그가 손가락으로 머리를 벅벅 긁고 있을 것이란 사실도 안다. 20년 만에 만난 켈리일지라도, 지금 이 시점에서는 사귄 지 6개월밖에 안 된 켈리일지라도 젠은 그를 잘 알고 있다. 처음 만난 순간부터 계속 거짓말쟁이였던 켈리. 그는 열여섯 살 때부터 페인트공 겸 인테리어업자로 일했고 부모님은 두 분 모두 돌아가셨다고 말했다. 검정고시로 중학교 과정을 마쳤고 이후로 학교는 다니지 않았다고 했다. 이 중에서 진실은 얼마나 될까? 어떻게 그가 경찰일 수가 있지? 왜 나한테는 말하지 않은 걸까?

젠은 이해했을 것이다. 위장 경찰로 일한 건 범죄가 아니다. 그녀는 법정 변호사들과 함께 대질심문에 참여하고 싶다는 생각을 하며 방청석에서 불편한 마음으로 자세를 바꾸었다.

"저는 피고인의 신원을 알아내라는 지시를 받았습니다. 그래서 그의 범죄조직 말단으로 들어가 임무를 수행했습니다. 익명성을 보호해야 하는 이유로 제 역할이 무엇이었는지 그 이상은 말씀드릴 수 없습니다."

"피고인의 밑에서 어떤 일을 했습니까?"

"익명성을 보호해야 하는 이유로 제 역할이 무엇이었는지 그 이상은 말씀드릴 수 없습니다."

"피고인이 무슨 일을 하는지 직접 목격했습니까?"

"저의 익명성을······."

변호사는 한숨을 쉬었다. 짜증이 난 게 분명했다. 그녀는 안경을 벗어 과장된 몸짓으로 가운에 문질러 닦은 다음 다시 썼다. 켈리가 반복하는 말이 누구의 이익을 위한 것인지 젠은 알 수 없었다.

"제가 무엇을 안 했는지는 말씀드릴 수 있습니다."

켈리는 젠이 잘 알고 있는, 도움이 안 되는 행동을 하기 전에 보이는 특유의 어조로 말했다.

"네?"

"저는 조셉 존스가 범죄를 지시한 사람들을 전혀 찾지 못했습니다. 아기 이브를 납치하게 만든 그 지시들이요."

"맞습니다."

피고 측 변호사가 벌떡 일어나며 맞장구쳤다. 판사는 문제를 일으키는 검은 커튼에 시선을 던지며 손짓했다.

"배심원은 퇴장해 주세요."

판사의 말에 배심원들은 천천히 로비로 나갔다. 10분 뒤 안내원이 이 사건은 내일까지 휴정한다고 알려주었다. 젠은 그 자리에 서서 어이없다는 듯 입을 딱 벌렸다.

"뭐라고요?"

"내일 재개할 겁니다."

안내원이 젠의 물음을 일축하며 말했다. 사람들이 마치 물고기 떼처럼 로비에 선 그녀 주변에서 무리 지어 움직였다. 나에게는 내일이 없어. 젠은 절망적으로 생각했다. 내일은 오지 않을 거야.

자동차 옆에 선 젠을 보고 켈리의 얼굴이 하얗게 질렸다. 볼이 홀쭉해지고 입술도 창백해졌다. 그는 눈동자를 좌우로 잽싸게 움직이더니 젠을 보고 미소 지었다. 과장된 행동으로 상황을 모면하려는 것이다. 젠은 그를 빤히 바라보았다. 그녀의 남편이 될 남자, 거짓말을 하고 있는 남자. 그의 정장은 이미 구겨졌고 재킷은 팔에 걸쳐져 있다. 그는 아파 보인다. 젊고 창백한 모습이 마치 어린아이 같다. 토드와 아주 비슷하다.

"자기 증언하는 거 봤어."

젠은 짧게 말했다.

"방청석에 있었거든."

아무렇지 않은 척했지만, 사실 그녀는 당장이라도 울면서 반평생이 넘게 사랑한 이 남자에게 위로받고 싶었다. 그녀가 항상 의지할 이 남자.

"나는……."

켈리는 번화가 쪽으로 시선을 돌렸다. 잠시 해를 바라보더니 차에 타자는 듯 손짓했다.

"어떻게 된 거야?"

그가 잠시 멈춰서 어떤 진실을 말하고 어떤 진실을 숨길지 생각하는 동안, 젠은 머릿속에 담긴 사건들을 움직여 뒤가 아니라 앞으로 나아가게 하려고 기를 썼다. 하지만 도저히 생각할 수가 없다. 그녀의 머리는 온갖 사실들이 뒤섞인 바다 같다. 어쩌면 여기서 끝날지도 모른다고 그녀는 생각했다. 켈리와 헤어질 수도 있을 것이다. 하지만 너무 많은 질문이 답을 얻지 못한 채 남아 있다. 앤디 덕분에 젠은 이유는 모르지만 아직 때가 되지 않았다는 사실을 알고 있다.

두 사람은 차에 탔다. 밖은 안개가 자욱했으나 허벅지에 닿는 자동차 시트는 따뜻했다. 켈리는 총알처럼 빠른 속도로 차를 몰아 리버풀 밖으로 달렸다. 그는 아직 아무 말도 없다.

"켈리?"

젠은 그를 재촉해야 하는 이 상황이 짜증스럽다.

"그러니까 내 말은……."

젠은 두 사람이 만난 지 6개월밖에 안 되었다는 것을 다시 떠올렸다. 둘이 함께할 미래 그리고 20년 동안 행복한 결혼생활이 이어진다는 사실을 그가 모른다는 것도 떠올렸다. 그는 자신이 무슨 일을 저질렀는지, 무엇이 위험에 처했는지 그 중요성을 알지 못한다. 켈리는 운전하는 동안 아무 말도 하지 않았다. 그는 일방통행 교차로를 살피며 눈을 깜박였다.

"자긴 위장 경찰이구나."

그는 고개를 기울여 단 한 번 까딱했다.

"그래."

"그럼……. 날 처음 만났을 때도 위장 경찰이었어?"

"맞아."

"자기 이름이 켈리 맞아?"

그는 잠시 멈칫했다.

"아니."

그가 꿀꺽 침을 삼키자 목젖이 위아래로 움직였다.

"어떻게……. 자기가 어떻게 이럴 수 있어?"

젠의 마음은 어둠 속에서 어지럽게 빙글빙글 돌고 돌았다. 그녀는 문장 하나를 온전히 말할 수가 없다.

"나한테 거짓말을 했잖아."

그녀는 겨우 천천히 말했다.

"기밀 사항이라서 그랬어."

젠은 묻고 싶은 게 너무 많아 어디서부터 시작해야 할지 갈피를 잡지 못했다. 그녀는 전혀 어울리지 않는 두 가지 사실을 연결시키려 해보았다. 켈리는 곧 울 것 같은 표정이었다. 눈가가 빨개졌다. 시선은 멀리 지평선을 훑고 있다. 젠은 그를 안다. 그가 불행할 때 어떤 모습인지 안다.

"진짜 내 이름은 라이언이야."

켈리는 조용히 말을 이었다.

"켈리는 내가 아는 사람 이름이었고."

라이언. 이제 여러 가지가 맞아떨어지기 시작한다.

"어떻게……."

젠은 상황을 제대로 짜 맞추려고 애쓰며 말했다.

"어떻게……, 켈리로 살 생각인데?"

그는 불편하다는 듯 자세를 바꾸었다.

"나도……, 모르겠어."

"라이언이란 존재는 지우고? 그가 죽었다고 속이고서?"

켈리는 깜짝 놀라 젠을 쳐다보았다.

"아니, 무슨 소리야? 나도……, 나도 잘 몰라. 어떻게 해야 할지 모르겠어."

젠은 시선을 돌려 창밖을 바라보았다. 문제를 회피하는 켈리의 전형적인 모습이다. 일단 무시했다가 문제가 불쑥 나타나면 허겁지겁 수습한다.

버려진 집 '샌달우드'에 관한 의문이 이제야 조금 해소되었다. 지나는 이 집이 왕실에 귀속되었기 때문에 라이언 하일스가 죽었다고 생각했고, 라케시도 마찬가지였다. 하지만 라이언 하일스의 죽음에 관한 다른 기록은 없었다. 지금 보니 그럴 수밖에 없었다. 라이언은 토지등기소에 보여줄 목적으로 가짜 사망진단서를 만들었다. 그리고 그 집이 라이언 하일스에게 넘어가지 않았음을 등기소에 확인시켜 주었다. 따라서 라이언의 정체는 베일에 싸인 채로 남았다. 그는 그 외에 아무것도 하지 않았다. 라이언의 사망에 관해 조사할 빌미를 제공하지 않았다. 예컨대 시신처럼 그가 만들어낼 수 없는 서류나 증거가 필요해질 만한 방식으로는 라이언의 죽음을 신고하지 않았던 것이다. 그것은 커다란 상처를 덮은 회반죽이었다. 켈리의 어머니는 2022년 살인 사건이 일어나기 얼마 전 돌아가신 게 틀림없다. 젠이 그곳을 찾아갔을 때 샌달우드는 방치된

지 얼마 안 된 듯했다. 토드가 세 살일 때 켈리가 화장실에 앉아 어머니가 그립다며 울었었는데, 지금 생각해 보니 그 당시 그는 돌아가신 어머니가 아니라 살아 계신 어머니를 그리워한 것이었다.

켈리는 젠을 보며 말했다.

"난 작년에 경찰 일을 그만뒀어. 내가 켈리로 남은 이유는……."

"이유가 뭐야?"

"너를 만났기 때문이야."

"하지만 말해줄 수 있었잖아. 왜 나한테 말 안 했어? 아니면 그냥 다른 이름을 선택할 수도 있었을 텐데."

"조셉 존스는 나를 범죄자 켈리라고 생각해."

그가 몹시 작은 목소리로 조용히 말해서 젠은 겨우 알아들을 수 있었다.

"만약 뭔가를 바꾸거나 누군가에게 이 사실을 말하면 내가 켈리가 아니었다는 사실이 그의 귀에 들어갈 거야. 그럼 위장 경찰이었다는 게 금방 들통나겠지. 그래서 난 그대로 켈리로 남은 거야."

"범죄자로 남았다고?"

"조셉 존스는 그렇게 생각하겠지. 하지만 난 범죄자가 아니야. 아무 짓도 안 했어. 난 훤히 보이는 곳에 숨는 게 더 나을 거라고 생각했어. 그가 유죄 판결을 받으면 더 나아질 거야."

켈리가 애처롭게 말했다. 그러나 젠은 상황이 그의 생각대로 흘러가지 않는다는 걸 안다. 모든 징역형에는 끝이 있고 그때가 되면 돌이키기엔 너무 늦을 것이다. 라이언은 정말 켈리가 되었다.

"경찰이 알면 어떻게 될까?"

"내가 그들의 지침을 벗어났기 때문에 아마 날 체포하겠지. 거짓 진술에 의한 사기죄로. 어쩌면 나를 고소할지도 몰라. 내가 경찰관을 사칭했다면서 공직에서의 위법행위로 기소할 수도 있어."

젠은 몸이 뜨거워지면서 충격에 휩싸였다. 생각보다 훨씬 큰일이었다. 그녀는 눈을 질끈 감았다. 경찰은 사기죄뿐 아니라 켈리가 2022년에 저지른 범죄도 같이 추궁할 것이다. 켈리는 면책특권의 보호를 받지 못하고 범죄자로 간주될 것이다.

"우리가 여행 갔을 때 자기는 돌아오기 싫어했어. 외딴 오두막집에 머물고 싶어 했지. 그 사람 때문이었어?"

"그래. 조셉 존스는 말단 조직원 두 명이 자신을 배신했다는 걸 알았어. 여자 한 명과 남자 한 명."

여자는 니컬라다.

"그런데 왜 나한테는 말해주지 않은 거야?"

켈리는 그녀에게서 시선을 떼고 낮은 목소리로 말했다.

"기밀 사항이어서."

"하지만, 내 말은……."

그녀는 하고 싶은 말을 할 수가 없었다. 연인 사이에도 기밀 사항이 적용되나? 왜 평생 그녀에게 비밀로 해도 괜찮다고 생각했는가? 하지만 아직 두 사람의 결혼생활이 시작되지도 않은 시점이기 때문에 그렇게 물어볼 수가 없었다.

"나한테 말해줄 생각은 있었어?"

"당연하지. 말하려고 했어. 정말이야."

젠은 두 사람의 시점이 얼마나 다른지 느끼며 놀라움을 금치 못했다. 그녀의 과거. 그의 미래. 하지만 그의 말은 거짓이다. 젠은 이미 그 시간을 살아보았다. 퍼즐의 마지막 조각이 마침내 정확한 순서대로 앞뒤를 찾아간다. 그래야만 하는 방식대로. 젠은 마음속에서 이 모든 과정을 가만히 응시했다.

"하나 물어봐도 될까……?"

그녀는 방금 켈리가 조셉에 관해 한 말을 생각하며 물었다.

"뭔데?"

"조셉이 감옥에서 나왔을 때 자신을 감옥에 집어넣은 경찰이 당신이라는 걸 알게 되면 어떻게 할까?"

"그는 모를 거야. 커튼이 쳐져 있었고 나도 억양을 감추고 말했으니까. 그 사람 밑에서 일하는 나 같은 사람이 정말 많았어. 그 규모가……."

"근데 어떻게든 그가 알게 됐다고 쳐. 그럼 어떻게 될까?"

켈리는 잠시 멈추었다가 말했다.

"나를 찾아와서 죽이겠지."

늦은 밤이다. 젠은 목욕을 하고 있다. 빨리 잠자리에 들어 내일 어딘가 다른 곳에서 깨어나고 싶은 마음뿐이다. 그녀의 배 속에 뜨거운 혼란이 잔뜩 모여 출렁거린다. 위장 경찰, 위장 경찰. 추악하고 거대한 그 단어가 그녀의 가슴뼈 아래에서 심장박동처럼 쿵쾅거린다. 이제야 이유를 알겠다. 그가 세금을 내는 일을 하지 않고, 소셜미디어도 파티도 피했던 이유. 켈리는 지난 20년 동안 거짓 신분으로 살아온 것이다. 하지만 왜 나한테 말하지 않았을까?

그녀는 자신이 모아온 사실들을 올바른 순서로 짜 맞췄다고 생각한다. 앤디에게 물어보고 싶었지만 앤디는 아직 학위도 마치지 못했을 시점이다. 지금은 앤디조차 그녀를 도와줄 수 없다. 젠은 서리 낀 창문을 응시하며 곰곰이 생각했다. 켈리는 범죄조직에 잠입해 위장 수사를 했고 그가 모은 증거로 조셉은 감옥에 갔다. 20년 뒤 조셉은 감옥에서 나오자마자 켈리를 찾아 로펌에 왔다. 그는 옛 동료들과 함께 다시 범죄를 시작하려 했다. 켈리가 조셉과 함께하길 거부하면 조셉은 그가 배신자라는 걸 눈치챌 것이다. 반면에 켈리가 조셉을 따른다면 그는 범죄자가 될 것이다. 켈리가 이길 수 없는 게임이었다. 더구나 조셉은 수많은 조직원과 함께 저지른 범죄로 20년을 복역했기 때문에 출소 후 만약 그들이 자신을 따르지 않는다면 그들의 죄를 모두 폭로하고 경찰에 넘겨버릴 수 있었다. 조셉 본인은 인지하지 못했겠지만 사실 그는 오직 켈리에게만은 더 큰 영향력을 갖고 있었다. 만약 조셉이 과거 켈리의 범죄 이력을 신고했다면 경찰은 켈리가 아직도 가장된 신분으로 살고 있음을 알아냈을 것이다. 최악의 경우, 켈리가 위장 경찰이 아닌 채 범죄를 저지르고 있었음도 파악할 것이다.

켈리와 조셉이 도난 차량의 열쇠가 들어 있는 꾸러미를 주고받은 것은 이 때문이다. 켈리는 어쩔 수 없이 조셉의 요구에 응했을 것이다. 그들이 만났을 때 토드와 클리오는 우연히 그 자리에 있었고 둘은 사랑에 빠졌다. 켈리는 자신과 조셉의 관계를 엄마에게 말하지 말라고 토드에게 당부했다. 나중에는 클리오와 헤어지라고 말했다. 그날 밤 정원에서 켈리는 토드에게 자신의 진짜 정체를 털어놓은 것이 틀림없다. 그때 토드는 이것이 지금까지 자신에게 일어난 일 중 가장 최악이라고 말했다. 켈리는 아마도 자신이 쓰던 오래된 배지와 포스터를 토드에게 보여주었을 것이다. 젠은 이제 그 둘이 토드의 방에서 나눴을 대화를 상상해 볼 수 있다. 토드는 젠이 눈치채지 못하게 신분증과 대포폰, 포스터를 숨겼다.

켈리는 다시 조셉을 돕기 시작했지만 자신이 배신한 경찰관이라는 사실을 조셉이 알지도 모른다고 생각한 순간 필사적으로 니컬라에게 도움을 요청했다. 그 당시 위장 경찰로 근무했던 니컬라는 계속 경찰 신분을 유지했다. 켈리는 진퇴양난에 빠진 기분이었을 것이다. 생명이 위태로워졌다는 두려움 때문에 니컬라에게 모든 사실을 털어놓은 것이 그나마 최악을 면하는 선택이었으리라. 니컬라는 조셉에게서 켈리의 비밀을 지켜주는 조건으로 그에게 한 가지 부탁을 했다. 다시 조셉의 범죄에 관한 정보를 경찰에 넘겨달라고 한 것이다. 니컬라는 켈리가 경찰의 보호를 받을 수 있게 도와주었고, 젠이 순찰하는 경찰차를 목격한 이유도 바로 여기에 있었다. 사건이 일어난 그날 밤 구급차보다 경찰차가 훨씬 빨리 도착한 것도 같은 이유일 것이다. 경찰은 개입할 시기를 가늠하고 있었지만 너무 늦어버렸다.

니컬라는 토드가 살인을 저지르기 이틀 전에 **조셉에게** 해를 당했음이 틀림없다. 젠이 경찰서에서 우연히 들은 18항 고의상해 사건이 바로 그것이다. 조셉이 그녀의 정체를 알아냈다. 감옥에서 나온 조셉은 자신이 가진 명단을 하나하나 조사해 배신자를 골라냈을 것이다. 니컬라는 경찰 일을 그만두지 않았기 때문에 발각되기가 쉬웠다. 와가마마에서 니컬라가 완전히 달라 보인 것은 그 때문이었다. 그녀는 더 이상 위장 경찰이 아니었다.

니컬라의 정체가 발각되자 조셉은 켈리도 의심하기 시작했다. 그리고 켈리의 정체를 알아낸 그는 10월 말의 어느 날 밤 켈리를 찾아왔다. 조셉은 무장하고 있지 않았을까? 주머니에 손을 넣어 무기를 꺼내려 하지 않았나? 경찰은 살인이 일어난 직후에 도착했다. 그들은 뭔가 심상찮은 일이 벌어질 것임을 이미 알고 있었다. 경찰은 켈리를 배신했고, 토드를 체포했다. 켈리가 니컬라에게 도움을 요청했음에도. 경찰서에서 켈리가 격노한 것은 그 때문이었다.

그런데 토드는 왜 그랬을까? 모든 사태를 파악한 지금, 그 이유는 너무 단순하고 명확하다. 토드는 아빠를 보호하려 한 것이다. 니컬라가 칼에 찔렸다는 소식을 듣고는 칼을 샀다. 토드는 집에 오는 길에 조셉을 보았고 그가 무장했다는 사실을 알고는 공황 상태에 빠졌다. 그리고 자신이 할 수 있는 단 하나의 일을 했다. 모든 걸 감수하고 아빠를 지킨 것이다.

웰벡가 718번지. 조셉이 라이언과 앤절라에게 알려준 주소다. 그들은 준비를 마쳤다. 앤절라는 밖에서 망을 보고 라이언이 들어가기로 했다. 다음으로 나머지 팀원들은 조셉을 체포할 것이고 앤절라와 라이언이 조셉의 신원을 확인해 줄 것이다. 조셉은 라이언과 앤절라를 믿었다. 그 믿음은 그를 유죄로 만들기에 충분한 증거들을 차곡차곡 모아주었다. 문자메시지, 라이언과 앤절라가 가진 증거 등은 조셉이 범죄조직을 운영하고 있었다는 사실을 증명하기에 충분했다. 족히 수십 년은 그를 감옥에서 썩게 할 수 있을 터였다.

유일하게 해결하지 못한 것이 아기다. 아직 아기를 찾지 못했다. 두 사람이 걸어가는 도중에 문자가 하나 더 도착했다.

앞서 보낸 주소로 가서 페인트칠이나 실내장식을 하러 왔다고 말해. 그리고 사장 사무실로 들어가서 내가 널 보냈다고 하면 알 거야. JJ.✲

라이언이 앤절라에게 말했다.

"바로 이거야. 이렇게 빈집 주소들을 얻은 거야. 이 사무실을 통해서. 그 사람을 찾았어. 빌어먹을 그놈을 찾아냈다고."

"그래, 드디어 찾아냈네."

앤절라가 중얼거리듯 동의했다. 라이언과 앤절라는 비 오는 3월의 거리를 걸었다. 라이언은 형 켈리와 올드 샌디를 떠올리며 자신이 어떻게 세상을 조금 바꾸었는지 생각했다. 그는 아주 약간, 그만의 방식으로 세상을 변화시켰다. 라이언은 얼마간의 감상 혹은 뭐라고 표현하기 힘든 감정들을 애써 밀어냈다.

두 사람은 드디어 주소지에 도착했다. 니컬라는 위장한 인물로 완벽하게 변신해 라이언에게서 멀어졌다. 라이언은 건물 안으로 들어갔다. 로펌 같은데 꽤 고급스러운 느낌이 난다. 한 여자가 로비에 앉아 있다. 검은 머리를 늘어뜨리고 눈이 큰 예쁜 여자다.

"페인트칠이나 실내장식 필요 없으십니까?"

뭔가 바라는 게 있는 듯 큰 미소를 띠며 라이언이 물었다.

"네? 그냥 즉흥적으로 실내장식을 한다는 건가요?"

그녀는 어색하게 웃으며 말했다. 그 표정을 보자 라이언의 배 속에서 무언가가 뒤집혔다. 전혀 예상치 못한 일이었다. 그는 이 여자

✲   조셉 존스.

도 계획의 일부이며 암호를 말하면 알아들을 거라고 생각했다.

"어, 네, 그렇죠."

"그럼 지금 모든 가구를 벽에서 밀어넬게요. 어때요? 페인트를 칠하시는 동안 저희는 법률 업무를 보고요."

"그래도 괜찮으시다면 저야 좋죠."

라이언이 가볍게 말했다.

"고맙지만 저희는 괜찮아요. 하지만 계획에 없던 실내장식을 하게 된다면 그쪽한테 맡길게요."

그녀는 라이언을 무시하고 다시 컴퓨터로 시선을 옮겼다.

"제가 대표님께 의논드려도 될까요?"

"제가 대표가 아니란 건 어떻게 아시죠?"

"혹시 대표세요?"

"……아뇨."

두 사람은 잠시 눈을 마주쳤다가 웃음을 터뜨렸다.

"어쨌든 만나서 반가웠습니다. 대표님 아니신 분."

"저도 마찬가지예요. 즉흥적인 실내장식업자님."

그녀는 마치 서로 아는 사이인 양 라이언에게 미소 짓고는 사무실 안쪽을 향해 소리쳤다.

"아빠! 누가 만나러 오셨어요."

그녀는 사무실 쪽으로 막 걸음을 옮기려는 라이언을 힐끗 보고는 말했다.

"저는 젠이에요."

"켈리라고 합니다."

젠의 눈이 떠졌다. 제발 2022년이기를. 하지만 그녀는 2022년이 아니라는 것을 알고 있다. 골반뼈, 구식 휴대폰, 정말 정말 옛날 스타일의 침대. 세상에, 옆면이 나무로 마감된 낮은 침대라니. 폐에서 공기가 훅 빠져나갔다. 시간여행은 아직 끝나지 않았다. 젠은 일어나 앉아 눈을 비볐다. 맞다. 그녀의 아파트, 그녀가 처음 독립해 살았던 아파트다. 젠은 일을 막 시작했을 때 이 집에 들어왔다. 보증금으로 3000파운드를 냈는데, 2022년 기준으로 보면 우스운 금액이다. 이 집에는 침실이 하나 있다. 그녀는 일어나서 너덜너덜한 갈색 카펫이 깔린 바닥을 지나 거실로 갔다. 장식용 커튼이 달린 거실은 보헤미안 분위기가 난다. 싸구려 커튼이 거실과 부엌을 분리하고 있고, 습기로 인해 생긴 얼룩을 감추기 위해 보라색 쿠션들이 깊은 창턱 위에 줄지어 놓여 있다. 젠은 놀라워하며 집 안 풍경을 바라보았다. 그녀는 이 집을 잊고 있었다.

아침 햇살이 지저분한 창문을 통과해 들어온다. 젠은 휴대폰을 확인했지만 날짜가 표시되어 있지 않았다. 그녀는 TV를 켜고 채널을 돌려 시팩스✣를 찾아보았다. 젠장, 예전엔 날짜를 이렇게 번거롭게 확인했나? 지금은 2003년 3월 26일 아침 11시다. 어제에서 다시 6개월 전으로 왔다. 오늘은 젠이 켈리를 처음 만난 다음 날이며 공식적인 첫 번째 데이트를 한 날이다. 젠은 휴대폰을 쳐다보았지만 사용 방법을 잘 모른다. 이 폰은 문자를 보낼 수 있고 통화를 할 수 있으며 스네이크 게임✣✣도 할 수 있다. 그녀는 문자메시지를 찾아보았다. '섹시한 페인트공 겸 실내장식업자'라는 이름으로 저장된 남자와 주고받은 메시지가 있다. 대화 끝에 켈리가 마지막으로 보낸 메시지가 보인다. 당시엔 이 남자가 자신의 남편이 될 거라고 전혀 생각지 못했다.

'카페 타코에서 5시 반, 일 끝나고 만날까요? XX.'

휴대폰에 뜬 글자체는 투박하고 구식이다. 화면은 계산기 같은 형광 녹색으로 빛난다. 젠의 답문자는 다른 문자함에 별도로 보관되어 있다. 주고받은 문자가 하나로 연결되지 않는다. 이런 고릿적

✣ 영국 BBC의 문자다중방송. TV 방송 중 화면에 문자 형태로 뉴스, 일기예보 등 각종 정보를 송출하는 방식이다. 1974년에 서비스를 시작했고 2012년에 종료되었다.

✣✣ 1970년대에 처음 나온 게임 장르로 아직까지도 수많은 변종이 나오고 있는 인기 게임이다. 화면에 뜬 뱀처럼 길쭉한 막대를 상하좌우로 움직이는 단순한 규칙을 따른다.

방식이라니. 그녀는 보낸 문자함을 확인했다.

'좋죠.'

스스럼없고 격의 없는 말투다. 그녀는 문자에 집착한 기억이 없지만 곧 그렇게 될 거라고 확신한다. 늦은 아침이다. 젠은 폭음을 하고 늦잠 자는 버릇이 있었다. 숙취가 느껴졌다. 어제 처음 켈리를 만난 뒤 밤에 무얼 했는지 기억이 안 나지만 아마도 술을 마신 듯하다. 그녀는 인조대리석으로 만든 주방 조리대를 손가락으로 쓸어보며 집 안의 물건들을 가만히 바라보았다. 법률 교과서가 여러 권 있고, 하이힐을 신은 여자들이 그려진 페이퍼백 책도 많다. 양초들이 병 안에 담겨 있고, 와인 병 꼭대기에도 꽂혀 있다. 바지 정장두 벌이 바닥에 뒹구는데, 바지와 양말이 그대로 엉켜 있다.

젠은 타일 틈새에 낀 때를 보고 놀라워하며 오래 샤워했다. 우리는 우스울 정도로 쉽게 주변 사물에 익숙해진다. 이 집에 살 때 젠은 집 안 환경에 그다지 신경 쓰지 않았다. 한 푼이라도 아끼기 위해 창턱의 곰팡이, 외부에서 들려오는 끊임없는 소음을 그저 견딜뿐이었다.

몸에 수건을 두르고 욕실 밖으로 나온 젠은 곧장 데스크톱 컴퓨터로 향했다. 뜨겁고 향기로운 증기 안에 있자니 어떤 생각이 떠올랐던 것이다. 그녀는 스펀지 같은 버튼을 누르고 전원이 켜지기를 기다렸다. 컴퓨터 앞에 앉을 때 코끝에서 물이 흘러내려 바닥에 뚝뚝 떨어졌다. 모니터가 켜지는 모습을 보며 젠은 생각했다. 수습사원일 때 그녀에겐 앨리슨이라는 가장 친한 친구가 있었다. 라이언을 찾으러 경찰서에 갔을 때 즉흥적으로 내뱉은 가명이 앨리슨이었던 것이 이 친구 때문이었나 하는 생각이 문득 들었다. 앨리슨은 근처 회사에서 일했고, 점심시간이면 젠과 함께 '프렛'✚에서 식사를 함께 했다. 앨리슨은 법에 대해 혹평했다. 그녀는 나중에 비서로 직업을 바꾸었고 젠은 일하던 곳에 남아 계속 부부들을 이혼시켰다. 그리고 공통 관심사만으로 쌓인 우정이 으레 그러하듯 두 사람은 점점 멀어지다 연락이 끊어졌다.

이 시간으로 다시 돌아온 기분은 정말 이상했다. 앨리슨의 번호로 전화해 만날 수 있다니. 인생에는 정말 다양한 영역이 있다. 우정, 사는 곳 그리고 영원할 것처럼 느껴지지만 절대로 지속되지 않는 삶의 여러 측면들. 정장을 입고, 갈아입을 옷을 들고 다니고, 사랑에 빠지는 일도 다 한때일 뿐이다.

젠은 모니터에 뜬 윈도우 XP를 보며 눈을 깜박거렸다. 하나님 맙소사, 케케묵은 해커 영화에서나 나올 법한 장면이다. 그녀는 겨우겨우 익스플로러를 찾아냈다. 인터넷은 전화망을 이용해 연결하는 방식이다. 마침내 젠은 검색엔진 '애스크 지브스'✚✚에 들어가 검색어를 입력했다. **실종된 아기, 리버풀.** 그러자 아기에 관한 정보가 떴다. 이브 그린. 몇 달 전 도난당한 차량 뒷좌석에 타고 있었다. 개인 조사관이 아기에 관한 정보를 찾을 수 없었던 이유가 이것이었다. 이브는 20년 전에 실종되었던 것이다. 켈리는 아기를 훔친

✚ 샌드위치와 커피를 파는 영국의 체인점.

✚✚ 1996년에 설립된 미국의 검색 엔진 사이트. 현재는 애스크 닷컴으로 그 명칭이 바뀌었다.

범죄조직을 소탕하는 데 관여했지만 결국 아기는 찾지 못했다. 켈리는 줄곧 포스터를 보관해 왔고, 토드에게 모든 사실을 털어놓았을 때 분명 그 포스터도 보여주었다. 그래서 대포폰과 포스터, 경찰배지가 토드의 방에서 발견된 것이다. 그 아기는 결국 찾아내지 못했고 켈리는 니컬라와 이에 대해 이야기를 나눴다.

젠의 배가 뒤틀리듯 아팠다. 사라진 아기, 20년 동안 돌아오지 못한 아기. 그녀는 낮게 비추는 겨울 아침 햇살 속 흐릿한 리버풀을 바라보며 이 모든 걸 이해해 보려 노력했다. 젠의 아버지는 살아 있다. 가장 친한 친구는 앨리슨이다. 그녀는 오늘 밤 첫 데이트를 하는 남자와 미래에 결혼을 하고 토드라는 아이를 낳는다. 젠은 실종된 아기와 토드, 켈리에 대해 생각했다. 나쁜 놈들과 위장 경찰 혹은 둘 다에 해당하는 사람들로 이루어진 범죄조직을 생각했다. 그리고 그 모든 것들보다 먼저 어떻게 토드의 살인을 막을 것인지 생각했다. 퍼즐은 아직 완성되지 않았고, 그녀의 시간여행도 끝나지 않았다. 젠은 아직도 과거 깊숙이 들어와 있고, 여전히 해야 할 일과 해결해야 할 일, 이해해야 할 것들이 남아 있다.

그녀에겐 가벼운 안도감이 필요했다. 젠은 거울 앞으로 다가가 수건을 떨어뜨렸다. 스물네 살의 몸을 보고 싶은 욕망을 이길 수가 없었다. 젠장, 20년 만에 알게 되다니! 그녀는 너무 날씬했다. 하지만 누구나 그렇듯 그 당시 그녀는 자신의 젊음에 감사할 줄을 몰랐다.

멋지게 지각한 켈리는 5시 40분에 카페에 도착했다. 그와 20년을 함께 보낸 젠은 켈리가 긴장하고 있음을 알아차렸다. 켈리는 밝은 데님과 어두운 데님을 위아래로 입고 머리를 앞으로 올렸다. 항상 그랬듯 애쓰지 않고도 멋진 모습이다. 하지만 그의 눈빛은 사슴처럼 겁에 질려 있다. 그는 젠에게 다가오기 전 청바지에 손을 닦았다. 젠은 그를 맞이하며 자리에서 일어섰다. 그녀의 몸은 너무 날씬하고 가볍다. 마치 물속에서 방금 나온 듯하다. 그녀는 계속 더 적은 것들을 지닌 자신과 만난다. 모든 것이 다 더 적다. 나이도, 몸무게도, 재산도. 그리고 매우 유연하고 한없이 에너지가 넘친다. 커피와 햇살을 흡수해서 그런지 숙취가 금세 사라졌다. 켈리는 젠의 뺨에 키스하려고 몸을 숙였다. 그에게선 나무 수액 냄새가 난다. 그 냄새. 완전히 잊고 있었다. 오래전의 애프터쉐이브, 데오도란트, 세탁세제 냄새 같은 것들. 그동안 켈리의 냄새를 잊고 있었다. 그런데 갑자기 그녀는 2003년의 카페에 그와 함께 있다. 그녀가 사랑에 빠지는 이 남자. 젠은 그를 바라보았다. 그녀의 젊은 눈이 그의 눈과 마주쳤다. 젠은 쏟아지려는 눈물을 겨우 참았다. 그녀는 말하고 싶었다.

'우리는 이루어져. 언젠가 한 우주에서 2022년까지 함께해. 여전히 섹스를 하고 데이트를 하면서. 우리한테는 토드라는 멋지고 재밌는 괴짜 아이도 있어.'

하지만 먼저, 당신은 나에게 거짓말을 하지.

켈리는 젠에게 인사하며 아무 말도 하지 않았다. 전형적인 그의 모습이다. 그가 조심스러워하는 이유를 이제는 안다. 그는 거짓말쟁이니까. 하지만 켈리가 자신의 몸을 위아래로 슬쩍 훑어보자, 모든 것을 알고 있음에도 젠은 배가 뒤틀리듯 긴장되었다.

"커피 마실래요?"

"좋죠."

젠은 테이블 위에 놓인 일회용 설탕을 만지작거렸다. 분홍색 종이에 담긴 '스위트 앤 로'✤ 제품이다. 메뉴에는 커피, 페퍼민트 차, 오렌지 스쿼시✤✤가 있다. 2022년의 마키아토 같은 건 없다. 3월 말인데도 창문에는 요정 같은 불빛이 밝혀져 있다. 나머지는 꽤 평범하다. 포마이카 테이블, 리놀륨 바닥, 튀긴 음식과 담배 냄새, 금전등록기 소리, 카드 결제 영수증에 서명하는 사람들. 2003년에는 2022년의 멋을 찾아볼 수 없다. 요정 불빛을 제외하면 시각적인 즐거움을 위해 준비한 것이 하나도 없다. 벽에 사진을 걸어둔다거나 식물을 매달아 놓지도 않았다. 테이블과 텅 빈 벽 그리고 켈리뿐이다. 켈리는 날씬한 몸으로 뻐딱하게 서서 주문한 음료가 나오기를 기다리고 있다. 그의 얼굴은 헤아리기 어려운 수수께끼 같다.

"실례합니다."

켈리가 구식 컵과 컵받침을 두 개 가져오며 말했다. 그는 젠의 맞은편에 앉았다. 그녀의 남편이 될 이 사람은 과감하게도 우연인 양 자기 무릎을 젠의 무릎에 가져다 댔다. 젠은 그와 키스하고 사랑하고 섹스하고 아이를 갖는 게 어떤 느낌인지 속속들이 알고 있음에도, 켈리의 이 행동에 처음과 같은 짜릿함을 느꼈다. 켈리는 그

✤　설탕 대신 단맛을 내는 제로칼로리 감미료.

✤✤　과즙을 소다수에 넣은 음료.

녀를 흥분시키는 데 실패한 적이 없다.

"그래서, 젠은 어떤 사람인가요?"

그는 총처럼 장전해 둔 문장을 꺼내놓았다. 그녀의 무릎에 닿은 그의 무릎이 따뜻하다. 섬세한 그의 손은 그녀가 조금 전 만지작거렸던 설탕 봉지를 잡아당기고 있다. 켈리는 항상 젠에게 이렇게 행동했고, 그가 곁에 있으면 젠은 정신이 아득해지곤 했다. 젠은 테이블을 응시했다. 그는 위장 경찰이고 그의 이름은 켈리가 아니다. 왜 20년 동안 그녀에게 한 번도 말하지 않은 걸까? 젠은 도저히 그 이유를 알 수가 없었다. 그 답은 저 요정 같은 불빛 너머, 밖의 어딘가에 있을 게 분명하지만 젠은 아직 찾아내지 못했다. 그녀는 만약 그 답을 찾아낸다면 시간여행이 멈출지 궁금했다. 그게 아니라면 어떻게 해야 멈출 수 있을까?

"말할 건 별로 없어요."

젠은 창밖으로 2003년의 거리를 계속 바라보았다. 그동안 애써 무시해 온 명백한 진실에 대해서도 생각했다. 두 사람이 사랑에 빠지지 않았다면 토드도 존재하지 않았을 것이라는.

"켈리는 누구죠?"

그녀도 되물었다. 갑자기 젠은 자신이 원한다는 이유로 호박을 사 온 켈리를 떠올렸다. 벨파스트 스타일의 싱크대를 마련해 준 것도. 미래에 그가 나쁜 놈들을 잡아들이는 모습도 생각했다. 켈리의 태도는 영감을 주지만 살짝 위험하기도 하다. 켈리는 젠의 흥미를 불러일으킨다. 둘은 잘 어울리는 한 쌍이었고 지금도 그렇다. 하지만 두 사람의 관계는 거짓말을 기반으로 하고 있기에 무너지는 절벽 가장자리에 선 듯 위태롭다.

켈리는 온 얼굴에 미소를 띤 채 아랫입술을 깨물고 젠을 바라보았다.

"켈리는 꽤 섹시한 여자와 데이트 중인 꽤 지루한 사람이죠."

"꽤 섹시하다? 그게 다예요?"

"이성을 유지하려고 노력 중이거든요."

"실패하고 있나 봐요."

그는 두 손을 들어 올리며 웃었다.

"맞아요. 제 이성을 로펌 문 앞에 두고 왔어요."

"그럼 페인트칠 얘기는 계략이었군요."

그의 얼굴 위로 어두운 무언가가 지나갔다.

"아니요……. 하지만 당신 아버지 로펌을 꾸미는 덴 더 이상 관심 없어요."

"그럼 어떻게 그 일을 하게 된 거죠?"

"전 그저 기득권층이 되고 싶지 않았을 뿐이에요."

젠은 이 문장을 그리고 이 문장이 기득권층인 자신에게 끼친 영향을 정확히 기억한다. 이 말을 처음 들었을 때 그녀는 전율을 느꼈다. 지금은 지긋지긋하고 혼란스러운 말이 되었지만. 젠은 라이언이 끝나고 켈리가 시작되는 지점이 어디인지 알 수 없었다. 그녀가 사랑에 빠진 켈리의 여러 가지 모습이 진짜인지 가짜인지도 모르겠다.

"어떤 법률 분야에서 일하세요?"

"저는 수습사원이라 모든 걸 다 해요. 온갖 잡일들요."

켈리는 딱 한 번 고개를 끄덕였다.

"복사 말입니까?"

"복사, 차 우리기, 양식 작성하기."

그는 커피를 한 모금 더 홀짝이고 젠과 다시 눈을 맞추었다.

"그 일이 마음에 들어요?"

"전 사람들이 좋아요. 사람들을 도와주고 싶어요."

켈리의 눈은 이 말에서 빛을 포착했다.

"저도 그래요."

두 사람 사이에 무언가 변화가 일어난 것 같다.

"저도 사람들 돕는 걸 좋아해요. 회사 운영에 관여를 많이 하시나요?"

"거의 관여 안 하죠."

젠은 이런 질문들에 그리고 보통의 젊은 남자들과 달리 가만히 경청하는 그의 태도에 우쭐했던 기억이 난다. 하지만 오늘은 전혀 다른 느낌이다. 켈리가 발목을 꼬면서 젠에게 닿아 있던 무릎이 멀어졌다. 두 사람을 둘러싼 이 모든 혼란스러운 상황 속에서도 젠은 그 빈자리가 춥게 느껴졌다.

"좋네요."

켈리가 조용히 말했고 젠은 그를 마주 보았다. 두 사람 눈에만 보이는 불에서 불씨가 튀어나오듯 그들 사이에 불꽃이 튀었다.

"전 대단한 직업, 큰 집 같은 건 원한 적이 없어요."

켈리가 말을 이어나갔다. 젠은 미소 지으며 테이블을 힐끗 보았다. 켈리의 특성이 잘 드러나는 말이었다. 특유의 태도, 자신감, 예리함도 여전하다. 젠은 자신도 모르게 마음이 휘청였다. 결혼생활을 하는 동안 대부분 그들은 가난하지만 행복했다.

"당신이 맡은 가장 흥미로운 사건에 대해 얘기해 봐요."

젠은 켈리가 했던 이 말도 생각났다. 그녀는 한 이혼 사건에 대해 말했고, 그는 진심으로 흥미를 가지고 오래 들어주었다. 적어도 그녀는 그렇게 생각했다.

"아, 이제 지루한 얘기는 그만할게요."

"좋아요. 그럼 10년 뒤에 어디서 살고 싶은지 말해줘요."

젠은 켈리에게 완전히 매료된 채 그를 응시했다.

'당신과 함께요. 예전의 당신 말이에요.'

그녀는 단순하게 생각했다. 세상에, 지금 내가 무슨 생각을 하는 거지?

하지만 켈리는 항상 좋은 남편 아니었던가? 그는 충실하고 솔직하고 섹시하고 재미있고 상냥했다. 무릎이 다시 돌아왔다. 그는 발을 모으고 무릎을 젠의 무릎에 밀착했다. 그 순간 마치 살짝 긋기만 해도 불이 붙는 성냥처럼 젠의 배 속이 뜨거워졌다. 밤이 깊어질수록 비는 점점 거세졌고 카페 안에는 뿌옇게 김이 서렸다. 두 사람은 온갖 주제에 관해 이야기를 나누었다. 미디어, 젠이 사는 곳, 켈리의 어린 시절도 잠시 언급되었다.

"전 외동이고 부모님은 두 분 다 돌아가셨어요. 저랑 페인트 붓뿐이죠."

그들은 각자 좋아하는 동물에 관해 이야기했고(켈리는 수달을 가장 좋아한다고 말했다) 결혼제도를 믿는지에 대해서도 말했다. 정치,

종교뿐 아니라 온갖 사소한 것들까지도 화제에 올랐다. 그는 아침형 인간이고 그녀는 올빼미형 인간이라는 것도 드러났다.

"가장 좋은 일은 밤에 일어나요."

젠이 말하자 켈리가 응수했다.

"제일 좋은 건 아침 6시에 마시는 커피죠. 논쟁할 생각은 없어요."

"아침 6시는 한밤중인데요."

"그럼 밤을 새우면 되죠. 저랑 같이."

그들은 테이블이 허락하는 한 최대한 서로 가까워졌다. 젠이 뚱뚱한 고양이를 키우며 '헨리 8세'라는 이름을 붙여주고 싶다고 말하자, 켈리는 이 말이 현실이 되리라곤 꿈에도 모른 채 테이블이 흔들리도록 크게 웃어댔다.

"그럼 그 고양이의 후계자는 헨리 9세라고 해야 하나요?"

그들은 각자 좋아하는 휴가에 관해서도 이야기했다. 켈리는 콘월주로 여행 가는 걸 좋아하지만 비행기를 타는 건 싫어한다. 만약 사형수가 된다면 마지막으로 어떤 음식을 먹을 것인지 물어보자 두 사람 다 테이크아웃한 중국 음식이라고 말했다.

"음, 사실……. 전 거칠게 자란 것 같아요. 그래서 제 아이들한테는 더 잘해주고 싶어요."

"아이들이라고요?"

이것은 켈리가 보여준 여러 가지 모습 중에서 젠이 진실이라고 생각하는 부분이다.

"그러니까 다음 세대를 키워내는 일에 대해 생각해 보면요. 부모님이 우리에게 알려주지 않은 걸 가르쳐 주는 거죠."

"스몰 토크를 건너뛰어서 좋네요."

"저는 빅 토크를 좋아하거든요."

"어제 회사에는 우연히 들어오신 건가요? 일 때문에?"

젠은 그들의 기원이 되는 이야기를 완전히 이해하고 싶다는 마음으로 질문했다. 그날 켈리는 젠의 아버지가 있는 대표 집무실에 들어가더니 겨우 5분 만에 나왔다.

"아뇨. 아실지 모르겠지만 당신 아버지와 저는 공통으로 아는 지인이 있어요. 조셉 존스라고. 당신도 이미 만나봤을 수 있겠네요."

그 순간 어딘가에서 폭탄이 터졌다. 최소한 그녀는 그런 느낌을 받았다. 아버지가 빌어먹을 조셉 존스를 안다고? 눈 깜짝할 사이에 젠의 세상이 멈추는 것 같다. 그녀는 속삭이듯 말했다.

"아니요, 만난 적 없어요. 아버지가 모든 사람을 상대하세요."

마치 그녀가 풍선을 터뜨린 것 같았다. 켈리가 안도한 듯 어깨를 툭 떨어뜨렸다. 그는 젠에게로 손을 뻗었다. 젠은 자신의 손을 잡으려는 그의 행동을 무심결에 내버려 두었지만 마음은 동요하고 있었다. 아버지가 조셉 존스를 알았다고? 그럼 뭐지? 아버지는……. 어떤 사람인 걸까? 젠이 만화 속 주인공이라면 이 장면에서 머리 위로 물음표가 마구 튀어나왔을 것이다. 켈리의 손가락이 피아노를 치듯 젠의 손목 위에서 춤을 추었다.

"우리 여기서 나갈까요?"

그가 물었다. 잠시 뒤 두 사람은 카페에서 나와 3월의 비를 맞으며 밖에 서 있었다. 거리는 비에 씻겨 깨끗해졌고 번화가의 불빛이 고인 물에 반사되어 금색으로 반짝였다. 켈리는 젠을 끌어당겨 작은 등에 손을 얹고는 그녀의 입술 곁에 자신의 입술을 가져갔다. 젠은 이번엔 그에게 키스하지 않았다. 그리고 밤새도록 침대에서 이야기를 나누게 될, 자신의 집으로 가자고 말하지도 않았다. 그 대신 그녀는 헤어지기 위한 핑계를 댔다. 켈리는 실망감에 눈썹을 찡그렸다. 그는 거리를 걸어가며 머리 뒤로 손을 흔들었다. 그녀가 계속 쳐다보고 있을 것임을 알았기 때문이다.

　젠은 이 모든 일이 시작된 이후 수도 없이 그랬던 것처럼 거리에 홀로 서 있었다. 그녀는 두 팔로 몸을 감싸며 어떻게 아들을 구할지 생각했다. 아무도 자신을 구해주지 않으며, 구할 수도 없다고 생각했다. 아버지조차, 남편은 더더욱.

그는 너무 깊이 들어와 버렸다. 라이언은 젠의 침실에 서 있었다. 아주 이른 아침이다. 그녀는 인어처럼 베개 위에 머리를 늘어뜨린 채 자고 있다. 그는 이틀 연속 그녀와 밤을 보냈고, 그저께 카페에서 그녀를 만난 이후 자신의 원룸으로 돌아가지 않았다. 그는 이곳을 절대 떠나고 싶지 않다. 그게 문제다. 오늘 조셉이 어떻게 지내냐며 문자를 보내왔다. 자신이 젠의 집에 왔다는 사실은 곧 조셉의 귀에 들어갈 것이다. 라이언은 어떻게 해야 할지 생각하느라 머리가 빙빙 도는 느낌이다. 사태를 수습할 방법을 떠올리는 데 집중하고 있다.

"자기가 아침형 인간이라고 한 건 농담이 아니었네."

젠이 돌아누우며 중얼거렸다. 그녀는 아무것도 입고 있지 않다. 몸을 움직일 때 함께 물결치는 가슴을 이불로 덮는다.

"미안해."

그가 쉰 목소리로 말했다. 라이언은 젠의 아버지를 조사하는 중이다. 게다가 젠은 그의 이름이 켈리라고 생각한다. 라이언은 마음속으로 중얼거렸다. **'우린 절대로 이루어질 수 없어.'**

그녀가 번쩍 눈을 뜨더니 그를 바라보았다. 그러고는 침대에서 몸을 일으켜 천천히 행복한 미소를 지었다. 그가 여기 있다는 게 믿기지 않는다는 얼굴이다.

"가지 마."

대담한 그녀의 목소리가 방을 가로질렀다. 그녀는 알몸이지만 그는 옷을 입고 있다.

"난……."

동시에 마음속 목소리가 울린다. **'우린 절대로 이루어질 수 없어.'**

"나랑 같이 있어 줘."

그녀는 다시 들어오라는 의미로 이불 끝을 들어 올리며 말했다. **'우린 이루어져야 해.'**

"난 가야 하는데……."

"켈리."

그녀가 그를 불렀다. 그는 그 이름이 울리는 소리가 좋았다. 오래된 느낌과 새로운 느낌이 동시에 드는 이름이다.

"일만 하기엔 인생이 너무 길어."

인생은 너무 길다? 정말 똑똑하네. 라이언은 미친 사람처럼 두 손으로 머리를 감싼 채 서 있었다. 그는 그녀를 사랑한다. 미치도록 사랑한다. 일만 하기엔 인생이 너무 길다. 그녀 말이 옳다. 너무나 옳은 말씀이다. 그는 순식간에 옷을 벗어 던지고 그녀가 있는 이불 속으로 다시 들어갔다.

"이제 아침이 좋아?"

라이언이 묻자 젠이 말했다.

"자기랑 같이 있는 아침이 좋아."

라이언은 3일 연속 밤을 새웠다. 그는 마침내 자신의 원룸에 돌아왔다. 오늘 밤 그는 자정쯤 피곤을 핑계로 간신히 그녀에게서 몸을 떼어내 집으로 왔다. 그리고 부엌의 싸구려 합판 테이블 앞에 앉아 연달아 커피를 마셨다. 이제 그의 머릿속에는 젠 생각뿐이다. 앞으로 그녀와 어떻게 할 것인가?

'적과의 동침인가?'

조셉이 아까 이렇게 문자를 보내왔다. 중요한 부분은 다 뺀 무신경한 그 문자는 섹스 얘기만 하는 것처럼 느껴졌다. 라이언은 답장을 보내기 전에 어떻게 해야 할지 생각하며 그 문자를 빤히 바라보았다. 그리고 12시 59분, 마음의 결정을 내렸다. 그는 서머타임으로 시간이 한 시간 빨라진다는 것을 잊고 있었다. 그때 새벽 1시가 2시로 바뀌었고, 그는 마침내 결심했다. 경찰을 그만두자. 그러지 않으면 그녀를 잃고 만다. 지저분하고 작은 원룸에서 가짜 신분증을 테이블 위에 올려둔 채 그는 생각했다. 이것은 전혀 결정의 문제가 아니라고.

라이언은 크로스가 모퉁이의 불빛 아래에서 누군가를 기다리며 추위에 발을 동동 굴렀다. 그는 선택의 여지가 없다고 스스로에게 말했다. 이건 절대 선택할 수 있는 일이 아니다. 그는 너무 추웠고 아드레날린 과다로 손이 떨렸다. 라이언은 사랑에 빠졌다. 그는 더 이상 세상을 바꾸고 싶지 않다. 젠과 함께하고 싶을 뿐이다. 그가 수사 중인 조직범죄 집단의 조력자를 아버지로 둔 그녀. 그가 열여섯 살에 학교를 떠났고, 부모님은 돌아가셨으며, 이름은 켈리라고 믿는 그녀. 울면서 웃는 듯 눈이 반짝이는 그녀. 첫 번째 데이트에서 수달은 바보 같다고 생각했다고, 자신도 아이들을 원한다고, 사람들을 도와주고 싶다고 말했던 그녀. 그와 몸이 찰떡같이 맞아서 마치 라이언의 일부로 항상 거기 있었던 듯한 그녀. 자신이 너무 많이 먹는다고 말하고, 오직 그에게 키스하기 위해 만들어진 존재인 양 행동하는 그녀. 그런데 그녀의 빌어먹을 아버지는 조셉 존스에게 빈집 리스트를 공급해 왔고, 조셉은 그것을 이용해 말단 조직원들에게 차를 훔치도록 했다. 젠의 아버지는 휴가용 공동주택이 양도되는 일정을 알았고 주 단위로 누가 그 집을 사용하는지 기록했다. 이렇게 해서 그는 언제 사람들이 집을 비우고 휴가를 떠날지 알 수 있었던 것이다. 변호사들이 일상적으로 접근할 수 있는 정보에서 나온 너무나 단순한 범죄였다.

그리고 지금 라이언은 손가락으로 머리를 쓸며 하늘을 올려다보았다. 소리를 지르고 싶지만 그럴 수 없다. 그때 어떤 남자가 나타났다. 동료의 동료의 동료. 조셉과 관련이 없는 사람이길 바라지만 누가 알겠는가. 낯선 이 남자는 다부진 체격에 키가 작고 머리가 벗겨졌다.

"가방은 거기 둬요."

남자가 말했다. 라이언은 다시 크로스가에 돌아왔지만 이번에는 다른 이유 때문이었다. 그는 낯선 남자에게 현금 가방을 전달했다. 남자는 돈을 세어보더니 음흉하게 웃으며 청바지 뒷주머니에서 구겨진 봉투를 꺼내 그에게 건넸다. 라이언은 그것을 받아 들고 공포에 질린 채 뒤도 돌아보지 않고 그곳을 떠났다.

젠이 없는 시간에 라이언은 로펌을 찾았다. 사무실에 앉아 있던 젠의 아버지 케네스는 켈리를 보고 놀라며 그를 올려다보았다.

"드릴 말씀이 있습니다."

케네스는 침을 한 번 삼켰다. 섬세한 골격이 젠과 닮았다.

"절대 비밀로 해주셔야 해요."

"알았네."

케네스는 읽고 있던 계약서를 내려놓고 라이언에게 모든 주의를 집중했다. 라이언은 책상 위로 몸을 숙여 케네스와 악수했다. 그의 손은 단단하고 건조했다.

"저는 경찰입니다. 조만간 조셉 존스가 체포될 겁니다. 그는 훨씬 더 큰 범죄조직에 속한 한 지파의 우두머리죠. 대표님도 아실 거라고 생각하는데요."

"아니, 나는……."

"그에게 정보를 흘리신다면 대표님은 철창 신세를 지게 될 겁니다."

라이언은 한 번도 이런 식으로 말해본 적이 없다. 하지만 지금은 해야만 한다. 이 난국에서 자신을 구하기 위해 할 수 있는 모든 일을 해야 한다. 케네스가 그를 보며 말했다.

"원하는 게 뭔가?"

"어떻게 이 일에 연루됐는지 말씀해 주세요."

"켈리, 난…… 사실 시작은 아주 쉬웠어."

"어떻게 된 거죠?"

라이언이 팔짱을 꼈다.

"나는 임대료를 지불할 수가 없었어. 말 그대로 낼 돈이 없었지. 우리는 파산의 길로 가고 있었어. 몇 년 전에 사기 사건 민사소송 관련해서 조셉을 변호한 적이 있다네. 그가 변호사 의뢰비를 정산하러 왔을 때 밀린 청구서들을 보게 됐지. 날 도와줄 수 있다고 하더군. 그래서 같이 계략을 짰어. 나는 휴가용 공동소유 주택 판매와 구매 관련 업무를 하고 누가 언제 그 주택을 사용하는지 기록했어. 수많은 소유자의 일정을 달력에 기록해 두니 언제 집을 비울지 보이더군. 그건 항상 들어맞았어. 그들은 대개 차를 두 대 갖고 있었고, 한 대는 집에 두고 갔지. 보통 비싸고 실용성은 떨어지는 스포츠카가 남아 있었어. 가끔 공동소유 주택을 예약해 놓고 이용하지 않거나 다른 사람에게 양도하는 경우도 생겼지. 그럴 땐 급히 도망치면 됐어. 난 차 값의 10퍼센트를 받았네."

"당신 때문에 아기가 실종됐어요."

"그건 내 탓이 아니야. 그들이 다른 집까지 건드릴 줄은 몰랐어."

그가 더듬거리며 말했다.

"범죄로 번 돈을 행복하게 챙기셨죠."

"임대료를 지불하려면 어쩔 수 없었어."

"젠이 알고 있나요?"

"오, 절대 아니지."

케네스가 답했다. 라이언은 그의 말이 사실이라고 생각했다.

"젠은 절대 알면 안 돼요. 아버지가 한 일을 알면 안 됩니다."

"안 되지. 나도 동의하네."

케네스가 분명하게 말했다.

"그리고 저에 관해서도요. 저는……, 젠과 사귀고 싶습니다."

케네스는 깜짝 놀라 눈을 깜박였다. 라이언은 아무 말 없이 답을 기다렸다. 그는 비장의 카드를 가지고 있다.

"저에게 협조하면 처벌을 면하게 해드리겠습니다."

"그래, 좋아. 내가 어떻게 하면 되지?"

케네스가 속삭였다.

"거래 장부를 제거하세요. 불태우든 물에 빠뜨리든 어떻게든 없애주시면 됩니다."

"……그래, 걱정 말게."

"조금이라도 말이 새 나가면 살아남지 못할 겁니다."

"알았네."

"좋습니다."

이번엔 케네스가 자신이 가진 비장의 카드를 꺼냈다.

"내 딸과 사귀기 전에 자네에 대해 말해주게. 진짜 자네에 대해 말일세. 그 애와 사귀고 싶은 이유도 말해주게. 그렇게 하지 않는다면 난 깨끗이 자백하고 대가를 치르겠네. 내 딸을 위해서."

"저한테 맞지 않는 일 같습니다."

라이언은 리오의 사무실에 왔다. 그는 항상 좁은 벽장 사무실 안에서 일했기 때문에 이곳에는 몇 번밖에 와보지 않았다. 알고 보니 리오의 사무실은 불쾌할 정도로 넓었다. 두 명이 충분히 쓸 수 있는 공간이다.

"아시겠지만 거짓말을 하고 속임수를 쓰는 게 힘에 부칩니다. 그리고 전반적인 경찰 업무가 맞질 않아요. 긴급출동 일도 싫었고 지금 이 일도 싫습니다."

말을 마칠 때 라이언의 목소리가 갈라져 나왔다. 전혀 사실이 아니기 때문이다. 젠에게 자신의 이름을 속인 것 다음으로 지금 이 말이 두 번째로 큰 거짓말이다. 새로 만들어낸 이름과 경력은 이미 익숙해졌다. 라이언은 자신의 진정한 자아와 완벽히 이별했다. 리오에게 진실을 말한다면 그가 뭐라고 할지 궁금했다. 그러나 위험을 감수할 수는 없다. 그들은 켈리로 살도록 그를 내버려 두지 않을 것이다. 켈리는 라이언을 어둠의 세계로 들여보내기 위해 그들이 만들어낸 신분이다. 이 가짜 신분은 목적이 달성되는 즉시 사라진다. 신분을 유지한다면 소송, 형사 고발, 범죄자들의 보복에 경찰을 무방비 상태로 노출하는 결과를 가져온다. 그들은 라이언이 자백하도록 만들 것이다. 그렇게 되면 라이언과 젠의 관계는 완전히 붕괴된다. 그에게는 선택의 여지가 없다. 젠이 알아채기 전에 경찰 신분을 버려야 한다. 이제 그에게는 자신보다 그녀가 더 중요하다. 그것이 사랑이라고 라이언은 생각한다. 그는 항상 자신이 언젠가 호되게 넘어질 거라고 예감했다. 그는 그런 부류의 사람이다. 그렇지 않은가? 하지만 이런 일이 벌어지리라고는 생각지 못했다. 그는 켈리로 남아야 한다.

라이언은 자신의 입에서 나온 거짓말에 흠칫 놀라며 멘토와 동료들을 바라보았다.

"너무 실망스럽다고 말할 수밖에 없네."

리오가 진심으로 말했다.

"이해합니다. 그동안 감사했어요."

라이언은 이렇게 말하고 나서 이게 정말 옳은 선택인지 고민하며 잠시 망설였다. 하지만 경찰과 그녀 중 선택해야 한다는 생각이 들자 그의 결심은 명확해졌다. 두 가지는 비교할 수조차 없다.

"그래, 그런데 자네도 알다시피……."

리오가 잠시 말을 멈추었다. 자세히 무언가를 설명해야 할지 말지 망설이는 듯했다. 하지만 이내 마음을 바꾼 듯 라이언을 바라보며 이렇게 말했다.

"그래, 알았어. 자네의 경찰 신분은 즉시 효력을 상실하네. 위장경찰 일이니 당연하지."

"감사합니다."

"이렇게 끝나다니 유감이네, 라이언."

"저도 아쉬워요."

"어디 가서 뭘 할 건지는 생각해 봤나?"

라이언은 티끌 하나 없는 리오의 책상을 물끄러미 바라보았다. 그 질문을 받자 라이언의 얼굴에 쓸쓸한 미소가 떠올랐다. 그는 자신이 말한 대로 인테리어업자가 되어야 할 것 같다고 생각했다.

"아뇨, 하지만 곧 찾아내겠죠."

"그래도 계속 증거를 가져와 줄 수 없나? 자네가 정말 도움이 많이 됐는데."

라이언은 리오를 힐끗 쳐다보았다. 자신의 눈빛이 차갑다는 게 느껴졌다.

"알아. 우린 이브를 찾아내지 못했지."

"그렇죠."

그 사실이 그를 괴롭게 한다. 만약 그가 젠을 만나지 않았다면 경찰을 그만두지 않았을 것이다. 더 오래 일했을 것이다. 하지만 이제 그는 이 길을 떠나기로 결심했다. 그녀를 만났기 때문이다. 영원히 떠날 것이다. 행복한 마음으로.

"로펌 대표의 딸 말인데요. 확실히 아무것도 모릅니다. 그 아버지도 솔직히 우물 안 개구리일 뿐이에요."

"그런가?"

"조셉 수사에 집중하세요. 아버지란 자는 주소를 넘기면서도 그게 무슨 뜻인지 모르는 것 같았어요."

"자네가 주는 증거가 유용할 거야."

"계속 증거를 찾아드릴게요. 그 로펌을 내버려 둔다면요. 조셉만, 다른 조직원들만 신경 쓰세요."

"윗분들에게 얘기해 보겠네."

리오는 이유는 모르지만 라이언이 협상을 하고 있다는 것은 이해한다는 듯 천천히 말했다.

"알겠습니다."

문제가 하나 해결되었다. 이제 이 일에서 벗어날 수 있을지도 모른다. 앞으로 그가 해야 할 일은 다른 사람이 되는 것이다.

"하지만 말이야, 우린 중심인물을 잡을 거야. 알지? 그자는 감옥에서 20년은 썩을 거고."

"네, 그렇긴 한데……."

라이언은 리오의 책상 앞에 서서 슬픈 목소리로 말했다.

"아기를 찾지 못한다면 그게 무슨 소용인가 싶네요."

"무슨 말인지 알아."

리오가 상냥하게 말했다. 이런 일은 항상 일어난다. 위장 경찰 업무에서는 특히나. 리오가 손을 내밀었다. 라이언은 그동안 써온 물품들을 리오의 손바닥에 턱 내려놓았다. 경찰이 켈리의 이름으로 발급해 준 여권과 운전면허증이다. 이제 모두 사라졌다.

"있지, 라이언. 나에게 다시 기회가 온다면 이 일을 하지 않을 것 같네."

리오는 라이언의 물품들을 가져가며 말했다. 라이언은 놀랐다.

"정말입니까?"

"그래, 그러니까…… 사는 게 사는 게 아니잖아. 범죄자인 척하는 일과 범죄자가 되는 일 사이에 무슨 차이가 있겠나?"

라이언은 수사적인 질문에는 대답하지 않고 리오를 바라보기만 했다. 잠시 후 리오가 문을 가리켰다.

"잘 가게."

리오는 그곳을 떠나며 나지막하게 인사했다. 라이언은 항상 세상을 바꾸고 싶어 했으나 이제 그것은 그에게 더 이상 중요한 문제가 아니다. 그는 씁쓸함을 느꼈다. 하지만 갑자기 그는 자신이 엮일 것이라곤 생각해 본 적도 없는 이상한 세계로부터 호되게 당한 느낌이 들었다. 라이언은 이제부터 사회나 고용주, 그 누구라도 자신을 어떻게 생각하든 신경 쓰지 않겠다고 맹세했다. 아무도 자신을 모르게 할 것이다. 오직 한 사람만 받아들일 것이다. 바로 젠이다.

그는 작별 인사를 하러 벽장 사무실로 갔다. 대부분의 물건을 이곳 경찰서에 두고 떠날 생각이다. 도저히 버리고 갈 수 없는 부적들, 바로 경찰 배지와 아기 사진이 담긴 실종자 포스터만 챙겼다. 잃어버리기엔 너무나 소중한 것들. 라이언은 누구로 살든 이것들을 영원히 간직할 것이다.

경찰서를 나서면서 라이언은 자신의 차 조수석 아래에 놓아둔 지퍼백을 떠올렸다. 그 안에는 어젯밤 범죄자에게 구입한 새로운 가짜 신분증이 들어 있다. 켈리가 되는 것 외에 그에게 다른 선택권은 없다. 무엇을 하든 조셉에게 들킬 빌미를 줄 것이다. 조셉은 라이언이 젠을 좋아한다는 걸 안다. 켈리가 되지 않으면 젠과 함께 할 수 없다. 이제 되돌아갈 길은 없다. 그는 직업 범죄자 켈리라는 신분 안으로 발을 들여놓았고 앞으로는 이 삶을 살아가야 한다. 켈리 브라더후드. 그가 위장 경찰로 일할 때 선택했던 이름이자 진짜 켈리를 기리는 형제애를 담은 이름이다. 그는 조직범죄 집단의 우두머리들이 어떻게 감시망을 피하는지에 관해 리오가 해줬던 이야기를 떠올렸다. 여행을 하지 않고 세금도 내지 않는 것이다. 따라서 그 역시 해외에 나가지 않을 것이고 공항 검색대를 통과하지 않을 것이다. 경찰이 그의 차를 세우는 일도 없어야 한다. 그래도 그는 살아갈 수 있다. 사랑하고 결혼할 수 있다.

라이언은 눈물을 흘리며 어머니에게 사정을 설명했다. 그리고 그동안 함께 일했던 범죄자 동료들에게 곧 조셉이 체포되면 자신도 한동안 숨어 지내야 한다고, 때가 되면 다시 연락하겠다고 말했다. 모든 일을 끝낸 후 라이언은 타투를 했다. 바늘이 영원한 흉터를 남길 때 긁히고 뜨겁고 화끈거리는 느낌이 났다. 그의 손목에는 영원한 낙인이 찍혔다. 급하게 새긴 문신이지만 그는 절대 후회하지 않으리란 걸 알았다. 그녀와 사랑에 빠진 날 그리고 그가 자기 자신이 된 날을 새긴 것이었기 때문에.

7158일 전, 12시

젠과 켈리가 처음 만난 날이다. 젠은 웬 잘생긴 남자가 로펌으로 걸어 들어온 이날을 항상 기억한다. 거대한 2003년식 데스크톱 컴퓨터 앞에 앉아 일하는 오늘, 그녀는 처음 만날 그를 기다리고 있다. 젠은 3월이면 특별한 느낌을 받는다. 햇살 아래서 그와 함께 웃던 기억이 떠오르기 때문이다. 그녀는 언제나 3월을 특별하게 생각할 것이다. 무슨 일이 생기든. 그가 누구든. 그가 배신하고 무언가를 숨기고 거짓말한 이유가 무엇이든.

젠은 로펌 로비에서 일하는 것을 좋아하지 않았다. 사람들이 항상 그녀를 비서라고 생각했기 때문이다. 하지만 오늘은 이곳이 마음에 든다. 유리창 밖으로 보이는 3월의 황량한 번화가 풍경, 고풍스럽고 압도적이고 온전히 그녀만의 것인 로비의 고요함.

"젠."

아버지가 로비로 걸어오며 그녀를 불렀다. 젠은 시선을 돌려 아버지를 보았다. 건장한 체격을 가진 45세의 아버지. 건강하고 행복해 보인다. 갑자기 젠은 견딜 수가 없었다. 아버지의 젊음과 배신, 조셉과의 연관성. 젠이 2021년에 아버지의 집을 찾아가 마늘빵을 구웠을 때, 아버지는 켈리가 무슨 짓을 하고 있는지 분명히 알았을 것이다. 틀림없다.

"4시까지 파트 8을 제출해야 해."

아버지의 말을 이해하지 못했지만 젠은 일단 대답했다.

"네, 걱정 마세요."

젠이 뭔가를 입력하는 척하며 크고 구식인 망할 컴퓨터의 키보드를 이리저리 두드리고 있을 때 밖에서 어떤 움직임이 감지됐다. 그리고 그가 나타났다. 켈리다. 티를 내지 않으려고 노력해 보았지만 그를 아는 그녀의 눈에는 그가 보인다. 켈리는 아닌 척하며 문밖에서 젠을 빤히 보고 있다. 후드 달린 상의에 내일 데이트에서 입을 똑같은 데님 재킷을 입고서. 그리고 저 머리는……

"젠? 파트 8 알지?"

아버지가 재촉했다. 이제 켈리가 들어오려고 한다. 그는 받침대를 받쳐놓은 열린 문틈으로 머리를 쏙 들이밀었다. 로펌은 절대 문을 닫아놓지 않았다. 항상 손님들에게 개방돼 있었다.

"안녕하세요."

켈리가 인사했다. 아직 젠의 이름을 모르는 그녀의 남편. 그녀도 그의 의도를 아직 모르고 있다.

"페인트칠이나 실내장식 필요 없으십니까?"

펍에서 점심을 먹고 돌아오는 길이다. 두 사람은 우산을 나눠 쓰고 있다. 켈리와 젠의 어깨가 몇 번 살짝 스쳤다.

"우리 너무 늦었어요."

젠이 웃으며 말했다.

"제가 나쁜 영향을 끼쳤네요."

로비는 조용했다. 컴퓨터가 낮게 웅웅거리는 소리, 건물 안쪽에서 아버지가 통화하는 소리만 들릴 뿐이다.

"차 한잔하실래요?"

젠이 켈리에게 물었다. 그는 예상치 못했다는 듯 눈을 깜박이다가 고개를 끄덕였다.

"좋죠."

젠은 로비 뒤의 간이 주방으로 들어갔다. 그리고 이번에는 켈리를 주시하며 기다렸다. 그러자 켈리가 수상한 행동을 시작했다. 젠은 어느 정도 예상했음에도 막상 그 장면을 두 눈으로 확인하자 마음이 무너져 내렸다.

켈리는 천천히 그녀의 책상을 뒤지기 시작했다. 솜씨가 좋다. 그는 고개를 숙이고 있다. 손가락으로 가만히 탐색하면서도 손은 거의 움직이지 않는다. 멀리서는 전혀 눈치채지 못할 움직임이다. 젠은 모르는 척하고 계속 관찰했다. 켈리가 서랍을 살짝 열었다. 세상에, 이렇게 오래전에 그가 이런 행동을 하고 있었다니. 젠의 가슴이 쿵쾅거렸다. 켈리는 서랍에서 종이 한 장을 꺼내 살펴본 뒤 다시 집어넣었다.

차를 가져오겠다며 너무 시간을 끌었나 생각할 때 아버지가 사무실에서 나왔다. 그는 켈리를 향해 고개를 까닥했다. 그들에게 가려다 젠은 잠시 멈추고 귀를 기울였다.

"지난번 리스트 감사했습니다."

켈리가 나지막이 말했다.

"그런데 공동소유 주택 스케줄표에서 이 숫자가 8인가요, 아니면 6인가요?"

"아,"

아버지는 전혀 놀라지 않고 예의 바른 태도로 말했다. 입고 있는 슈트 여기저기를 더듬어 보지만 안경을 찾지 못했다.

"6이네."

"네, 감사해요."

켈리는 종이 한 장을 유심히 보고 있었다. 젠은 침을 삼켰다. 아버지가 기억 못 하는 척했던 공동소유 주택 일이다. 아버지는 범죄 조직에 협력하고 있고 남편은 이를 수사 중이다. 나쁜 건 아버지였다. 세상이 삐딱하게 기울고 빙빙 도는 것 같다. 아버지는 부패한 변호사였고 그를 수사하던 경찰이 켈리였다. 첫 번째 데이트에서 그가 했던 질문들. 그의 강렬함, 그들의 기원이 담긴 이야기, 그들이 사랑에 빠진 과정. 이 모든 것이 젠의 머릿속에서 뒤엉켰다. 아버지를 수사하는 사람이 켈리가 아니었다면 얼마나 좋았을까.

"무슨 얘기였어요?"

젠은 마음을 진정시키고 생각을 정리하기 위해 서류를 다른 로펌에 넘겨주는 작업을 했다. 그리고 마음의 준비를 마친 뒤 아버지의 사무실에 왔다. 어렵게 찾아온 이 기회를 놓치지 않고 아버지에게 물을 것이다.

"아무것도 아니다."

"좀 전에 그 종이에 뭐가 있던 거죠? 주소인가요?"

아버지는 젠의 눈을 피했다.

"빈집들 주소인가 보죠?"

그녀가 재촉했다.

"작은 부업이야."

아버지의 시선이 옆으로 옮겨갔다. 하지만 그는 바보가 아니다. 아버지는 무슨 일이 일어날지 예측하고는 창가로 걸어가 블라인드를 내리고 그녀를 스쳐 지나가 문을 닫았다.

"무슨 일인데요? 정보를 파는 건가요? 범죄자들한테요? 숨길 생각은 하지 마세요. 말씀 안 해주시면 켈리한테 물어볼 거예요."

아버지는 서류 캐비닛을 살펴보다가 그녀를 쳐다봤다.

"사실······."

그가 말하기 시작했다.

"켈리가 너한테 말해줄지 잘 모르겠구나."

마침내 그는 이렇게 말했다. 젠은 사무실 한쪽 구석에 놓인 의자에 앉았다.

"임대료를 낼 수가 없었어."

아버지는 말을 더듬었다.

"그냥 정보일 뿐이라고 생각했다. 채찍질 손상* 청구서를 파는 사람들처럼 말이야."

"이건 채찍질 손상 청구서가 아니잖아요."

"아니지."

"전 아버지가 정직하다고 생각했어요."

"난 정직했어."

"하지만 어떻게……."

"돈 때문이야, 젠."

이 말의 무게 때문인지 아버지는 앉아 있던 의자를 살짝 돌렸다.

"잘못된 결정이었어. 하지만 그런 사람과 일하면……, 빠져나갈 수가 없게 돼. 난 매일 후회하고 있다."

"어쩔 수 없다는 말씀이네요."

아버지의 눈이 한순간 그녀에게 향했다. 젠은 과거를 여행하면서 사람들이 변하는 과정을 목격할 때 가장 이상한 감정을 느꼈다. 2022년에 어두웠던 켈리는 2003년으로 오면서 가볍고 순진한 켈리로 변했고, 아버지는 개방적인 모습에서 억압적인 모습으로 바뀌었다.

"네가 여기서 일하기 전에 회사 임대료를 못 냈던 거 기억하니? 우린 지불 기간을 연장했어. 네가 대학에 다닐 때 그 계약서 초안을 작성했지."

✤　교통사고와 같은 외부의 충격으로 흔히 발생하며, 머리가 뒤로 과하게 젖혀졌다가 반동으로 과하게 굽혀짐으로써 목 근처의 근육과 조직이 손상을 입는 과정이 채찍을 휘두르는 것과 유사하기 때문에 채찍질 손상 혹은 편타 손상이라고 한다. 여기서 '채찍질 손상 청구서'는 이 손상으로 인한 보험 청구서를 지칭하며, 아버지는 부상을 입지도 않았는데 보험금 청구를 위해 부당하게 청구서를 거래하는 행위에 자신의 상황을 빗댄 것이다.

이것이 젠의 첫 계약이었다. 물론 그녀는 기억하고 있다.

"네, 기억나요."

"그다음에 이 고객이 들어왔어. 그리고 젠, 그는 거절하기 힘든 제안을 했단다. 명단과 주소를 넘겨주는 대가로 우린 몇 년 동안 회사를 유지할 수 있었어. 네 법률실무과정 비용도 이걸로 치렀고, 네 수습사원비도 이걸로 대고 있어."

"사람들이 차를 도난당하고 있어요."

"어떻게 알았니?"

"그건 중요하지 않아요."

젠은 차라리 이 사실을 몰랐으면 좋았겠다는 생각마저 들었다. 그리고 아버지를 바라보며 그동안 어떻게 이걸 모를 수 있었을까 생각했다. 켈리가 그녀의 가족 안에 도사리고 있는 이 어두운 비밀을 알아내고도 말하지 않은 것은 지금 보니 일종의 친절이었다. 켈리는 자신의 정체성과 신분의 변화 그리고 비밀을 그녀에게서 지켜왔다. 그녀를 사랑했기 때문이다. 2003년의 어느 날, 그는 로펌에 걸어 들어와 그녀와 완전히 사랑에 빠졌고, 과거를 지우고 새롭게 살고 싶었던 것이다.

잠에서 깨어나니 아파트로 돌아와 있다. 젠은 내리닫이창과 그 아래 놓인 보라색 쿠션을 쳐다보며 눈을 깜박였다. 그리고 한쪽 팔로 눈을 가렸다. 여기에 왔다. 싱글베드 위에서 이리저리 몸을 굴리며 생각했다. 아직도 과거다.

'그는 그녀를 사랑해서 배신했다.'

켈리는 20년 동안 그녀에게 거짓말을 해왔다.

'하지만 그렇게 하지 않았다면 그가 무엇을 해야 했을까?'

켈리는 자신이 말하는 그 사람이 아니다.

'그는 모든 걸 포기했다. 그녀를 위해서. 그는 그녀의 아버지가 부패했다는 사실을 그녀에게 절대로 말하지 않았다.'

왜 여기 와 있는 걸까? 젠은 조용히 침실에서 나와 간이 주방으로 갔다. 1월의 이른 아침 햇살이 가득하다. 그녀는 아직 켈리를 만나지 않았다. 그의 번호도 휴대폰에 저장되어 있지 않다. 켈리는 위장 경찰로 젠의 아버지를 조사하고 있다. 켈리가 자기 자신에 관해 젠에게 말해주지 않은 것도, 미래에 그녀에게 그것을 조사하지 말라고 경고한 것도 이 때문이다. 조셉이 로펌에 온 것도 이 때문이다. 그는 켈리를 찾아 모든 걸 다시 시작하려 했고, 옛 동료 중 누가 신분을 속이고 잠입했는지 알아내려 했다. 그래서 2022년에 켈리는 젠에게 조셉에 관한 조사를 멈추지 않으면 위험하다고 경고한 것이다. 조셉은 젠이 자신의 아버지가 무슨 일을 저지르는지 알고 있다고 생각했다. 그는 젠이 감옥으로 면회를 갔을 때 많은 사실을 이야기했다.

젠은 내리닫이창 앞으로 가서 정장을 입고 출근하는 사람들로 가득한 거리를 내려다보았다. 아직 만나지 못했지만 그녀의 남편이 될 사람도 저기 어딘가에서 경찰로 일하고 있을 것이다. 젠은 쏟아지는 햇빛을 등지고 돌아섰다. 오늘은 1월 12일, 인터넷 기사에서 봤던 그 날짜다. 이브가 실종되는 날. 오늘 밤 그 아기가 사라진다.

젠은 버스를 타고 버컨헤드에 위치한 머지사이드 경찰서로 갔다. 밖에서 보니 크로스비 경찰서와 상당히 비슷한 1960년대식 건물이다. 회전문으로 들어서자 밝은 로비가 나왔다. 크로스비 경찰서보다 크지만 똑같이 지루한 분위기에 같은 종류의 의자가 서로 붙어 있다. 그녀에겐 몇 주 전이자 20년 뒤인 그날, 켈리가 분노로 몸을 떨었던 그날 밤 둘이 함께 의자에 앉아 있었던 일이 떠올랐다.

사라져 버리는 건 쉽다. 경찰을 그만두고 사랑하는 여자와 캠퍼 밴을 타고 여행을 떠난다. 리버풀을 벗어나 정착한다. 여행은 가지 않는다. 아무도 확인하지 않는 가짜 여권을 가지고 결혼한다. 켈리 보다 더 혹은 덜 명예로운 이유로 수많은 사람이 이런 선택을 해야 만 한다. 젠은 어릴 적 함께 자란 친구와 크로스비에서 마주친 적 이 한 번도 없다. 그녀는 켈리가 자신의 과거를 아는 사람을 만날 뻔한 적은 없었는지 궁금했다. 세상은 아주 넓은 곳이다.

안내데스크 직원은 2003년에 너도나도 따라 하던 스타일대로 눈썹을 뽑아 가느다랗게 만들고 눈 밑에 펜슬로 라인을 그렸다. 네 모난 상자 같은 컴퓨터 앞에 앉아 키보드를 두드리고 있는 직원에 게 다가가 젠이 말했다.

"경찰관 한 분께 드릴 말씀이 있어요. 라이언 혹은 켈리라는 이 름을 쓰는 분이에요."

"왜 그러시죠?"

"제보할 내용이 있어서요. 그 경찰분이 위장 수사하고 있는 범 죄조직과 관련된 내용이에요."

이렇게 말하는데 한 남자가 문을 열고 들어왔다. 50세 정도 돼 보이는 남자는 관자놀이에 흰머리가 소복하다. 남자는 놀란 표정 을 지으며 젠에게 물었다.

"켈리라고요?"

"켈리라는 분께 알려드릴 게 있어요. 그분이 위장 경찰이라는 거 알아요."

"들어오시는 게 좋겠군요."

그는 손을 내밀어 악수를 청했다.

"저는 리오라고 합니다."

접견실에서 켈리는 젠의 맞은편에 앉아 있다. 그녀가 누군지 전혀 모른 채로. 미친 것 같지만 사실이다. 그에게 젠은 만난 적 없는 사람이다.

"잘 들어보세요."

젠은 차분하게 설명했다.

"제가 어떻게 아는지 말씀드릴 순 없어요. 하지만 그들이 오늘 밤 목표물로 삼은 그 집 근처에서……, 차를 두 대 훔치려고 해요."

그녀는 기사에서 찾은 이브 그린의 주소를 정확히 전달했다. 리오와 켈리가 그것을 받아 적었다. 젠이 알려준 주소는 그녀의 아버지가 갖고 있던 종이에 적힌 주소와 숫자 하나만 다르다. 그린우드가 125번지.

"감사합니다."

켈리는 사무적으로 대답했다. 그의 푸른 눈이 젠의 눈에 계속 머물러 있다.

"어떻게 얻은 정보인지 알려주실 순 없습니까?"

젠은 그의 눈을 마주 보며 말했다.

"죄송하지만 말씀드릴 수 없어요."

"알겠습니다. 그러면,"

켈리는 낯선 사람을 대하듯 관심을 딱 끊고 이어서 말했다.

"알려주신 내용은 저희가 반드시 확인해 보겠습니다."

그는 형식적이면서도 신중한 미소를 지었다. 젠은 그를 바라보며 라이언이라는 이 남자와 그녀의 켈리 사이의 연결고리가 어디에 있을까 생각해 보았다. 그가 켈리가 된 것인지 아니면 내면 깊은 곳에서는 항상 켈리였는지 궁금했다. 하지만 이곳 경찰서에서 20년 동안 사랑한 남자를 바라보던 젠은 갑자기 그게 중요한 문제일까, 의문이 들었다. 우리가 어떻게 혹은 왜 지금의 모습이 되었는지 신경 쓰는 사람이 있을까? 어둡거나 조심스럽거나 웃기거나, 뭐가 됐든 오직 지금의 내가 **어떤 사람인지가** 중요한 것 아닐까?

"제가 말씀드린 일, 조사하실 건가요?"

젠이 묻자 켈리가 가볍게 대답했다.

"네. 단서를 따르지 않기에는 인생이 너무 길죠."

그날 저녁, 젠은 사건이 시작될 바로 그 길에서 대기 중이었다. 그녀는 오래된 고물차 안에 앉아서 생각에 잠겼다. 아버지는 어떻게 그럴 수 있었을까? 범죄자에게 정보를 넘겨주고, 그 사실을 딸에게 숨기고, 딸이 위장 경찰과 결혼하는 걸 허락하다니.

그때 갑자기 비가 내리기 시작했다. 차 지붕 위에 빗방울이 불규칙적으로 툭툭 떨어졌다. 젠은 아버지가 돌아가시던 날 무슨 말을 했는지도 곰곰이 생각했다. 아버지는 켈리가 정직하다고 말했다. 켈리의 정체를 알면서도 왜 젠에게는 숨겼을까? 왜 끝까지 정직하다고 변호해 줬을까? 아마 아버지는 알았을 것이다. 켈리가 다 말했을 테지. 그때 불현듯 어떤 장면이 젠의 머릿속에 떠올랐다.

NEC의 과학전시회에서 봤던 표지판. 바로 복부 대동맥 검사에 관한 안내문이다. 당시에는 그 중요성을 미처 깨닫지 못했지만 지금와 생각해 보면 아버지를 죽음으로 몰고 간 그 병을 이 검사로 찾아낼 수 있다. 젠은 그 기술이 2003년인 지금도 존재하는지 궁금했다. 만약 그렇다면 지금 당장 아버지에게 전화를 걸어 검사를 받아보라고 할 수 있지 않을까? 어쩌면 오늘 밤 한 명 이상의 생명을 구할 수 있을지도 모른다.

젠은 팔꿈치를 창문에 기대고 손바닥에 얼굴을 묻었다. 마음속 깊은 곳에서 그것은 옳은 일이 아님을 알고 있다. 그녀는 오븐에 마늘빵을 넣어달라고 했던 아버지를 떠올렸다. 아버지는 아주 만족스러워했다. 이어서 젠은 아버지보다 훨씬 먼저 돌아가신 어머니도 떠올렸다. 아마 아버지가 떠나실 때가 됐던 것이리라. 우리는 모두를 구할 수 없다. 그래선 안 된다. 젠은 아버지가 돌아가시는 날로 되돌아가서 아버지에게 상황을 털어놓고 공동소유 주택에 관한 단서를 얻을 수 있었다. 그날로 돌아간 건 그 때문이었으리라. 하지만 젠에게는 그날과 관련해 아직 무언가가 끝나지 않은 것처럼 느껴졌다.

일반 차량으로 위장한 경찰차들이 그린우드가 123번지를 둘러쌌다. 그리고 11시 반쯤 그들이 도착했다. 그냥 정말 애들 같은, 기껏해야 토드와 나이가 비슷해 보이는 10대 두 명이다. 온통 검은색 옷을 입고 있어 마치 거미처럼 보였다. 차에서 내린 그들은 목표물인 집을 향해 다가갔다. 이런 일이 일어난다는 사실을 이미 알고 있었지만 막상 눈으로 확인하니 두려운 마음이 들었다. 43세의 젠이 훨씬 젊은 젠의 몸 안에서, 미리 알고 있던 일들이 실제로 벌어지는 모습을, 자신이 할 수 있을 거라고 믿지 못했음에도 해낸 일들을 목격하고 있었다.

젠은 10대들이 우편물 투입구에서 차 키를 끄집어내는 모습을 지켜보았다. 그녀는 이제 이 모든 일이 막바지에 접어들었다는 걸 알았다. 오늘이 마지막 날이라는 것을 알고 있다. 어떻게든 이 여정은 끝날 것이다. 그때 마치 시계를 맞춰놓은 듯, 피곤해 보이는 한 여자가 옆집인 125번지에서 아기를 안고 나왔다. 그녀는 우는 아기를 카시트에 앉히고는 멈춰 서서 무언가를 찾는 듯 주머니를 더듬었다. 그리고 조용한 거리를 살피며 잠시 머뭇거렸다. 그녀는 차가 어설프게 주차되어 있다는 사실을 모르고 있다. 옆집에서 조용히 범죄가 일어나고 있다는 것, 두 소년이 검은 옷을 입은 채 그 집 그늘에 몸을 숨기고 있다는 사실도 까맣게 모른다.

그 순간, 파란색 불빛이 주변을 가득 채웠다. 포화 상태에 이른 무언가가 폭발하듯 파란빛이 퍼졌다. 차와 덤불, 건물 뒤에서 경찰들이 일제히 몰려나와 10대 둘을 체포했다. 누군가 크게 피의자 권리를 고지하는 소리가 들렸다. 젠은 켈리를 생각했다. 그는 자기 스스로를 보호하기 위해 이 자리에 나타나지 않았다. 그는 위장 수사라고 할 만한 일을 아직 하지 않았다. 그는 아직 목격자 B도 되지 않았고, 그 뒤로 이어질 여러 인물도 되지 않았다. 그는 아직 젠을 제대로 만나지 못했다.

아기 엄마는 여전히 집 앞 진입로에 그대로 있다. 그녀는 자신이 방금 피한 총알이 뭔지도 모른 채 이브를 안고 이 모든 일을 지켜보았다. 우리는 운 좋게 우리를 지나쳐 간 일보다는 운이 나쁘게 닥쳐온 일들만 생각한다. 젠은 눈을 감고 고개를 숙여 운전대에 머리를 기댔다. 자고 싶은 심정이다. 그녀는 준비가 다 됐다. 앤디가 말했듯이 모든 것 아래에는 깊은 지식이 있다. 그녀는 인생을 한 번 살았고 모든 걸 놓쳤지만 그녀의 현명한 마음과 잠재의식은 모든 걸 알고 있었다. 그녀는 이제 준비가 됐다.

새벽 1시 무렵 머지사이드 경찰서 앞에 경찰차가 주차를 했다. 젠이 바라던 대로 켈리도 있었다. 달이 뜬 하늘은 높고 청명하다. 젠은 이제 떠날 때가 되었다는 것을 안다. 켈리와 리오가 일반 차량으로 위장한 경찰차에서 내렸다. 리오는 바로 자기 차로 향했지만 켈리는 어슬렁거리며 느릿느릿 움직였다. 경찰서 쪽으로 천천히 걸으며 차가운 겨울 공기 속에 입김을 뿜어냈다. 그는 집으로 가는 택시를 부르려는 듯 휴대폰을 꺼냈다. 켈리가 전화를 걸려고 하는 찰나 젠이 자기 차에서 내렸다. 그들은 오늘 아침에 한 번 만났을 뿐이다. 켈리의 얼굴에 애매모호한 표정이 스쳤다. 즐거움과 혼란이 뒤섞인 감정. 그는 완전히 토드 같다.

"안녕하세요. 아까 뵀었죠."

젠은 20년을 함께한 남편에게 황급히 뛰어가며 말했다.

"안녕하세요. 근데 괜찮으세요?"

켈리는 걱정스러운 듯 얼굴을 찡그렸다.

"괜찮아요."

젠은 숨을 몰아쉬었다. 그녀는 지금 아주 멀리 와 있다. 미래를 향해 겨누어진 화살은 아주 살짝만 틀어져도 목표물을 맞히지 못할 것이다.

"제가 제보한 그 도둑들이 잡혔는지 궁금해서 왔어요."

"네, 잡았습니다."

켈리가 신중하게 말했다. 그는 택시 잡는 걸 잠시 미룬 듯 휴대폰을 다시 주머니에 넣었다. 그러고는 곧 날씬한 몸을 돌려 그녀를 등졌다. 그 거리감이 10월의 안개와 비슷한 1월의 가랑비 속에서 그녀를 멈춰 세웠다. 젠은 켈리를 바라보며 생각했다. 그는 모른다. 그녀가 사랑했고, 함께 웃었고, 그의 아이를 가졌고, 결혼 서약을 했고, 침대를 함께 쓴 남자. 그는 모른다. 그는 그녀를 모른다. 젠은 조심스러운 켈리, 그가 낯선 사람을 대하는 태도를 보고 있었다. 과거의 이 시점에는 조심해야 할 것이 없는데도 그는 여전히 신중했다. 그녀가 맞았다. 그녀가 사랑하는 남자, 켈리는 변하지 않았다.

"잡아서 정말 다행이에요."

켈리는 호기심을 이기지 못하고 물었다.

"그런데 어떻게 아셨습니까?"

"그건 말씀드릴 수가 없어요."

젠의 대답은 그가 즐겨 하는 장난기 어린 농담과 똑같다. 켈리의 얼굴이 풀어지면서 미소가 떠올랐다.

"아까 저를 찾으셨죠. 라이언이나 켈리를 만나고 싶다고 하셨다고."

"네, 맞아요."

"그 두 이름의 연관성은 아무도 몰라요. 제 말은, 저도 거의……."

젠은 어깨를 으쓱하며 양손을 옆으로 내밀었다.

"말씀드렸다시피, 출처는 비밀이에요."

그녀는 차가운 가랑비에 젖고 있었다.

"아, 근데 우리가 너무 일찍 끼어들었어요. 중심인물이 도주한 것 같아요. 그 사람 밑에서 일하는 말단 조직원들이 체포됐다는 소식이 그의 귀에 들어간 거죠."

조셉. 그가 도망쳤다. 추위보다 더한 무언가가 젠의 몸을 떨리게 했다. 그녀는 한 가지, 즉 의도하지 않은 결과를 조심해야 하나? 하지만 그럴 때마다 젠은 옳은 선택을 하지 않았나? 복권을 사지 않았고, 기회가 있었음에도 아버지를 구하려 하지 않았다. 젠은 일이 흘러가는 대로 그냥 두었다. 모든 게 괜찮기를 바라면서 그녀는 코트를 여미며 켈리에게 다가갔다.

"옳은 일을 하신 거라고 생각해요."

젠은 아기 이브를 떠올리며 상냥하지만 슬픈 목소리로 말했다. 미끄러져 지나가는 바람에 우리가 아깝게 놓치는 것들을 그리고 피부를 스치고 지나가는 화살을 우리가 미처 보지 못한다는 사실을 안타까워하면서. 켈리는 아직 택시를 부르지 않았다. 그의 시선이 우연히 그녀와 마주쳤다. 젠은 그 눈빛을 너무나 잘 안다. 켈리는 눈썹을 으쓱하며 분위기를 바꿔버리는 문장을 말했다.

"진부함의 극치인 건 알지만, 저희가 아는 사이인가요? 오늘 만나기 전부터요."

젠은 참지 못하고 웃음을 터뜨렸다.

"아직 아니에요."

남편과 주고받는 농담은 언제나처럼 편안함을 준다. 젠은 켈리의 눈을 마주 보았다. 켈리는 그녀를 너무 깊이 사랑한 나머지 그녀를 위해 자신의 인생을 포기했다. 자신의 이름, 어머니, **정체성**. 젠은 그의 결혼생활 전체가 거짓이었다고 생각하지 않는다. 그러지 않으려고 애썼다고 생각한다.

　"어쨌든 전 라이언이라고 합니다. 당신은요?"

　"저는 젠이에요."

　지금이 바로 그 순간이다. 젠은 알 수 있다. 준비가 되었다. 그녀는 잠이 드는 것처럼 눈을 감았다. 그리고 사라졌다. 그녀가 예상한 대로, 모든 것이 지워졌다.

0일

1시 59분에서 막 1시가 되었다. 젠은 층계참에 서 있다. 호박이 있고 모든 것이 제자리다. 10월 밤의 유령 같은 안개가 피부에 느껴졌다. 그녀를 바라보는 남편의 시선도 느껴진다. 남편이 침실에서 나오며 말했다.

"뭐 해?"

"우리가 처음 만난 날에 대해서 말해줘."

젠은 한 걸음 다가가 남편의 따뜻한 품으로 파고들었다.

"뭐라고?"

그는 졸린 목소리다.

"말해봐."

젠은 이 대답에 모든 걸 걸었다는 듯 절박하게 말했다.

"어……. 당신이 경찰서에 들어와서……."

젠은 믿을 수 없다는 듯 입을 딱 벌렸다. 해냈다. 그녀는 그와 함께, 라이언과 함께 또 다른 20년을 살아온 것이다.

"내가 변호사야?"

"음……. 그렇지. 난 자야겠어. 내일 교대근무야."

그는 경찰이다. 젠은 기쁜 마음으로 눈을 감았다. 라이언은 더 행복해질 것이다. 더 이상 마음이 공허하지도, 무언가 빠진 듯 부족함을 느끼지도 않을 것이다.

"망할. 시간이 너무 늦었네."

라이언은 신음하듯 말했다. 그는 여전히 변하지 않았다.

"우리 아버지가 살아 계셔?"

"왜 그래, 자기? 무슨 일 있었어?"

"부탁이야. 그냥 말해줘."

"……아니."

그의 말을 듣는 순간, 젠은 모든 걸 이해했다. 종이에 베인 상처, 아버지를 구하는 것, 둘 다 지속되지 않았다. 앤디의 말이 맞았다. 20년 전 1월의 비 오는 날 이후 일어난 모든 일이 그녀가 과거로 가면서 만든 다른 변화들을 모두 지운 것이다. 단지 맞는 장소, 맞는 시간으로 가서 문제를 해결할 정보를 찾아낸 것이기 때문에 그녀가 만들었던 변화는 모두 사라졌다.

"엄마?"

토드가 불렀다. 무언가가 젠의 가슴속에서 해돋이처럼, 그들의 인생을 부수고 찾아오는 새벽처럼 떠올랐다. 토드다. 토드가 집에 왔다. 그 애가 칼을 들고 거리를 걷고 있는 게 아니라 계단 아래에서 엄마를 부른다.

"아직 안 주무세요? 엄마가 보기 흉한 사진처럼 창가에 서 있네요!"

라이언이 큰 소리로 웃었다.

"저기, 라이언?"

"응?"

그는 아무렇지도 않게 대답했지만 그의 이름은 그녀에게 확신을 주었다. 젠은 그를 가만히 응시했다. 똑같은 파란 눈. 똑같이 날씬한 몸매. '젠'이라고만 새겨진 타투.

결국 조셉은 잡히지 않았지만 아기도 실종되지 않았다. 전망창 앞에서 그녀는 잠시 이 사실을 반추해 보았다. 얻은 것도 있고 잃은 것도 있다. 범죄자들은 항상 마약, 무기, 정보를 거래할 것이다. 항상 훔치고 거짓말을 할 것이다. 우리는 그들을 전부 잡을 순 없지만 무고한 사람을 지킬 수는 있다. 어쨌든 감옥에서 보낸 20년이라는 시간도 조셉을 변화시키지 못했다. 그렇지 않나? 젠은 남편과 아들을 한 번씩 쳐다보고 계단을 두 칸씩 뛰어 올라갔다. 이건 감수할 만한 가치가 있는 일 아니었을까? 하지만 그녀의 마음 한구석에서 뭔가가 기분 나쁘게 꿈틀거렸다. 인생을 다시 사는 데 써버린 이 이상한 시간을 어떻게 설명해야 할까?

"다녀왔어요."

토드가 그녀의 생각을 방해하며 끼어들었다.

"어디 갔다 왔어? 클리오랑?"

"클리오가 누구예요?"

토드는 휴대폰을 보며 말했다. 아, **당연하다.** 조셉이 켈리를 찾아온 적 없으니 토드도 클리오를 만날 일이 없었겠지. 젠은 아들을 바라보았다. 그녀는 그 애의 첫사랑을 사라지게 만들었다. **그것도** 감수할 만한 가치가 있는 일이었을까?

"네가 클리오란 애를 만나는 꿈을 꿨어."

젠은 사실을 확인할 생각으로 말했다.

"이브가 안 좋아할 거 같은 얘긴데요."

"이브? 그게 누구지?"

젠이 날카롭게 물었다.

"제……, 여자친군데요?"

토드의 시선이 어깨를 으쓱하는 라이언에게로 미끄러져 갔다.

"성이 뭐야?"

"그린……?"

그 아기다. 실종 위기를 모면한 그 아기. 젠은 마치 허리케인의 가장자리에 서서 산들바람을 맞는 듯한 기분을 느꼈다. 그 산들바람에 이마의 머리카락이 흩날리는 듯한 기분이다.

"사진 좀 볼 수 있을까?"

토드는 완전히 바보 아니냐는 표정으로 젠을 쳐다보고는 휴대폰의 사진첩을 차례로 넘겼다. 거기에 그녀가 있다. 클리오다. 망할 클리오. 클리오가 실종된 아기였다. 젠이 포스터에서 아기 사진을 봤을 때 친숙함을 느낀 것도 당연하다. 젠은 멍한 상태로 토드의 휴대폰을 잡으려고 손을 뻗었다. 토드는 쉽게 휴대폰을 내주었다. 이번 생에는 비밀 같은 건 없다.

"세상에."

젠은 클리오의 얼굴을 확대해 보며 감탄했다.

"여자 처음 보세요?"

"가만히 좀 볼게."

젠은 사진을 한참 들여다봤다. 그럼 어떻게 된 걸까. 지금 이곳에서 아기 이브는 실종된 적이 없다. 젠이 실종을 막았다. 아기는 이브 그린이란 이름으로 엄마의 손에서 자랐다. 젠은 한 가지 방식으로 두 사람이 만나는 걸 막았지만 그렇게 했음에도 그들은 또 다른 방식으로 만났다. 그 아기는 실종된 뒤 조셉의 친척 집에서 클리오로 자랐을 때처럼 똑같이 2022년에 토드와 사랑에 빠졌다. 이건 운명이다. 젠은 남편과 아들을 올려다보았다. 클리오, 라이언, 이브, 켈리. 이름은 바뀌었지만 그럼에도 사랑을 지켜낸 사람들. 젠이 라이언을 안은 채로 토드에게 팔을 뻗자 토드가 그들의 품 안으로 들어왔다. 전망창 앞에서 세 사람은 함께 껴안았다.

젠의 숨소리가 느려졌다. 잠시 뒤 그녀는 이것저것 확인하고 살펴보기 위해 아래층으로 내려갔다. 문손잡이를 잡았을 때 이상한 느낌이 미세한 안개처럼 그녀를 감쌌다. 기시감이다. 뭐였지? 뭐였지? 그녀는 고개를 흔들었다. 실종된 아기와……. 범죄조직? 눈을 깜박이자 모든 게 사라졌다. 정말 이상하다. 과거에 이런 일이 있었던 듯한 기시감이 느껴지지 않는다. 전날과 다름없는 그저 평범한 저녁인데도.

젠은 잠에서 깼다. 10월 30일이다. 이유는 모르겠지만 그녀는 마치 자신의 모든 삶이 눈앞에 펼쳐진 것처럼 느껴졌다.

"엄마?"

실내용 가운을 걸쳐 입고 있을 때 토드가 말을 걸었다.

"무슨 일 있는 거 아니죠?"

"물론 아니지, 왜?"

젠은 머리가 아팠지만 이 정도 두통쯤은 아무것도 아니다. 아래층에서 요리하는 냄새가 난다. 라이언이 아침 식사를 준비하나 보다.

"어젯밤 엄마가 이상한 얘기를 했어요. 저한테 클리오란 여자친구가 있는 줄 알았다나?"

"클리오라니?"

젠이 말했다.

에필로그

1일 전
의도하지 않은 결과

폴린은 잠에서 깬 뒤 처음 몇 분 동안 그저 멍하니 있었다. 아무 것도 생각나지 않았다. 그러다 잠시 후 기억이 났다. 기억이 떠오름 과 동시에 불안감이 엄습해 그녀는 재빨리 침대에서 튀어나왔다. **코너**에 관한 일이다. 폴린은 몇 달 전부터 이런 일이 일어날 것을 알고 있었다. 최근 몇 달간 코너는 뭔가를 숨기는 듯하고 무례하고 침울했다. 폴린은 아들을 주시하며 계속 기다렸다. 그동안 점점 코 너의 행동이 심해지더니 여기까지 온 것이다.

그것은 어젯밤 느낀 기시감과 함께 시작되었다. 왠지 모를 기시 감이 든 직후 코너가 체포되었다. 경찰은 코너가 마약, 절도 등 온 갖 범죄를 저질렀다고 했다. 알고 보니 코너는 최근 몇 년간 조셉 이라는 자가 이끄는 범죄조직의 일을 하고 있었다. 코너는 자신의 창창한 미래를 망치고 있다. 폴린은 변호사를 불러 이 상황을 바로 잡아야 한다. 그러기 위해 할 수 있는 모든 일을 다 해야 할 것이다. 코너가 왜 이런 일을 저질렀는지 그 원인을 찾아 저 밑바닥까지 들어가야 한다. 그녀는 변호사를 찾아볼 생각으로 컴퓨터 전원을 켜고 층계참으로 나갔다. 그런데 거기에 아들 코너가 있다.

"어? 그 사람들이 널 내보내 준 거니?"

"누구요?"

"경찰 말이야."

"무슨 경찰이요?"

코너가 웃음을 터뜨리며 말했다. 그 순간 폴린은 알아차렸다. 코너의 방에서 시끄럽게 흘러나오고 있는 BBC 뉴스 화면에서 오늘 날짜가 번쩍인다. 10월 30일이다. 어제가 30일 아니었나? 폴린은 확신했다.

히스테리성 힘

'히스테리성 힘'은 인간이 정상적이라고 생각하는 것 이상의 극단적인 힘을 보여주는 경우에 쓰는 말이다. 보통 생사가 걸린 상황, 특히 모성과 관련된 상황에서 발생한다. 신생아를 구하기 위해 자동차를 들어 올린다거나 거대한 힘의 에너지장을 만드는 여성들의 일화가 보고되기도 한다. 타임슬립과 같은 더 초자연적인 현상들도 언급된 바 있지만 현재까지 입증된 경우는 없다. 히스테리성 힘과 기시감을 함께 경험했다고 말하는 사람도 종종 있다.

감사의 말

나는 이 소설에 관한 아이디어를 얻은 순간을 정확히 기억한다. 동료 작가이자 친구인 홀리와 주고받은 문자에는 2019년 11월 27일 그날의 기록이 남아 있다.

나 (18시 32분)   넷플릭스 드라마 〈러시아 인형처럼〉*과 비슷하면서
                     칼을 사용하는 범죄에 관한 책을 쓰고 싶어.

홀리 세돈 (18시 37분) 맙소사, 꿈같은 얘기네.

✤   인형 안에 똑같은 인형이 연속적으로 들어 있는 러시아 인형 마트료시카처럼 주
    인공이 특정 시간대에 갇혀 계속 반복되는 삶을 살며 타임루프에서 빠져나갈 방
    법을 찾는 코믹 드라마.

홀리 세돈 (18시 38분) 어떻게 쓸 건데? 누군가가 계속 칼에 찔리는 건가?

나 (18시 38분) 응, 그럴 거 같아. 어떤 남자가 범죄조직에 들어가고 나서, 모든 일이 시작되기 전까지 점점 더 과거로 되돌아가는 거야. 헐, 그럼 거꾸로 써야 하나?

홀리 세돈 (18시 38분) 오 마이 갓.

나 (18시 38분) 내가 방금 뭔가 발명해 낸 거야?

이 소설은 이렇게 시작되었다. 넷플릭스 드라마 〈러시아 인형처럼〉을 본 다음 뉴스에서 칼을 이용한 범죄 소식을 접했다. 작가들은 늘 이런 식으로 글을 시작한다. 책상 앞에 앉아 있을 때나 원하는 시간에 딱 맞춰 와주지는 않지만 항상 필연적으로 아이디어가 찾아온다. 그리고 이번 아이디어는 역대 최고였다. 이 아이디어를 이야기로 쓰고, 주인공인 젠, 토드와 함께 그해를 보내며 그들과 사랑에 빠졌다. 독자 여러분도 그들에게 애정을 느꼈기를 바란다.

물론 소설을 계획하고 쓰는 과정에서 아이디어가 많이 바뀌었지만 핵심은 그대로 유지되었다. 결말을 잠시 멈추고 시간을 거꾸로 거슬러 가며 진행하는 범죄소설. 이것은 나에게 단순한 감각을 주었다. 모든 범죄는 역사 속에 깊이 묻혀 있는, 과거의 시작점을 갖고 있지 않은가?

나는 2020년 7월부터 2021년 5월까지 두 번의 팬데믹 봉쇄 기간을 거치며 이 책을 썼다. 그중 한 번의 봉쇄 기간은 5개월간 이어지기도 했다. 팬데믹 동안 내가 한 일은 이것이 전부다. 만약 내가 좋은 책을 썼다면 우울함 속에서 무언가 좋은 것이 나왔으리라 생각한다.

나는 이 소설을 나의 에이전트 펠리시티 블런트와 루시 모리스에게 바친다. 위대한 에이전트가 자신의 커리어에 얼마나 큰 영향을 미치는지를 작가가 과장하기는 어려울 것이다. 그들은 조언하고 편집하고 손을 잡아주고 책을 팔고, 무엇보다 나를 더 나은 작가로 만들어준다. 그들은 내가 낸 아이디어를 걱정하지 않았고, 너무 야심만만하다고 생각하지도 않았다. 이에 대해 나는 영원히 감사할 것이다.

펭귄 마이클 조셉의 편집자 맥신 히치콕과 리베카 힐스돈이 내 인생을 완전히 바꿔놓았다. 나는 감사의 말을 쓸 때마다 이 말을 항상 언급하는데 정말 사실이기 때문이다. 나는 지금까지 여섯 권의 베스트셀러를 썼다. 이는 PMJ라고 부르는 나의 드림팀 덕분이다. 맥스, 리베카, 엘리 휴스, 스리야 바라다라잔, 젠 브레슬린(천재), 그리고 세일즈 팀의 모든 분들. 또 나의 교열 담당자 세라 데이. 〈선데이타임스〉 베스트셀러 여섯 권, 리처드 앤 주디 북클럽 선정 책 한 권, 약 50만 권 판매된 전자책 베스트셀러 1위. 책을 쓰며 그들과 함께 성취할 목록은 앞으로도 계속될 것이다.

나와 새롭게 함께하게 된 미국의 편집자 리사 코위슈, 윌리엄 모로와 하퍼콜린스 팀에게도 감사한다. 당장 시작하고 싶어 몸이 근질거린다!

이 소설을 쓰는 동안 몇 명의 전문가들에게 자문을 구했다. 실제로 J. D. 샐린저 티셔츠를 갖고 있는 리처드 프라이스는 물리학과 닫힌 시간 곡선에 관해 도움을 주었다. 닐 그리너프는 경찰 업무가 진행되는 방식을 알려주었다. 경찰 업무에 관해 조언해 줄 수 있는 사람을 안다는 것이 얼마나 감사한 일이었는지 모른다. 닐은 한없이 관대하게 자신의 시간을 내어주고 나의 이상한 질문에 답해주었다(실수가 있다면 전적으로 내 잘못이다. 물론 위장 수사팀은 절대 경찰서 본부 밖에서 일하지 않는다). 폴 웨이드는 멀티버스에 관해 조언해 주었다. 타일러 토머스는 정말 대단한 사람으로, 토드와 비슷하다. 리버풀 전문가 존 기번스와 닐 앳킨슨에게도 감사한다.

그리고 나의 아버지. 끝없는 수다 상대가 되어주고 귀중한 조언을 해주고, 언제나 그렇듯 나의 첫 번째 독자가 되어주어 감사하다. 이름을 빌려준 조 자모에게도, 가족의 전승 지식을 빌려준 케네스 이글스와 케이시에게도 감사를 전한다.

30대가 점점 깊어질수록 최고의 친구들이 곁에 없었다면 나는 아무것도 하지 못했을 것이라는 사실을 깨닫는다. 리아 루이스, 홀리 세돈, 베스 올리리, 루시 블랙번, 필 롤스와 더 웨이즈✣. 당신들은 나의 치료사, 코미디언이고 가장 소중한 비밀을 공유한 사람들이다.

마지막으로 데이비드에게도 감사를 보낸다. 이 글을 쓰고 있는 지금으로부터 20시간 뒤면 그는 내 남편이 될 것이다. 어떤 우주에

✣ 영국의 가스펠, R&B 그룹.

서든 어느 시간대에서든 당신의 이름이 무엇이든, 나는 5372일 전까지(그 반대 방향으로도) 당신을 사랑할 것이다.

잘못된 장소
잘못된 시간

초판 1쇄 발행 2023년 7월 27일
초판 17쇄 발행 2024년 6월 25일

지은이 질리언 매캘리스터
옮긴이 이경

편집인 이기웅
책임편집 안희주
디자인 어나더페이퍼
마케팅 유인철
경영지원 박혜정, 최성민
제작 제이오

출판등록 제2020-000145호(2020년 6월 10일)
주소 서울시 강남구 테헤란로 332, 에이치제이타워 20층

ⓒ 질리언 매캘리스터

ISBN 979-11-92579-81-8 (03840)